大连大学学术著作出版基金资助

Literature Thematology
and Traditional Culture

文学主题学
与传统文化

王立 著

中国社会科学出版社

图书在版编目（CIP）数据

文学主题学与传统文化/王立著.—北京：中国社会科学出版社，2016.9
ISBN 978-7-5161-8812-5

Ⅰ.①文… Ⅱ.①王… Ⅲ.①中国文学—古典文学研究 Ⅳ.①I206.2

中国版本图书馆 CIP 数据核字（2016）第 205148 号

出 版 人	赵剑英
责任编辑	史慕鸿
责任校对	董晓月
责任印制	戴 宽
出 版	中国社会科学出版社
社 址	北京鼓楼西大街甲 158 号
邮 编	100720
网 址	http://www.csspw.cn
发 行 部	010-84083685
门 市 部	010-84029450
经 销	新华书店及其他书店
印 刷	北京君升印刷有限公司
装 订	廊坊市广阳区广增装订厂
版 次	2016 年 9 月第 1 版
印 次	2016 年 9 月第 1 次印刷
开 本	710×1000 1/16
印 张	19
插 页	2
字 数	316 千字
定 价	69.00 元

凡购买中国社会科学出版社图书，如有质量问题请与本社营销中心联系调换
电话：010-84083683
版权所有 侵权必究

目 录

前言 主题学诸范畴及其内在联系 ………………………………… (1)
 一 主题学发展的若干阶段及特点 ………………………………… (1)
 二 主题与母题的联系和区别 ……………………………………… (5)
 三 主题学的文化积存与审美价值 ………………………………… (7)
 四 比较文学主题学的意象与情境 ………………………………… (11)
 五 母题、类型的兴替 ……………………………………………… (16)

第一编 人伦诚信编

第一章 孟子仕隐观的社会正义原则及其对文人心态的影响 ……… (23)
 一 孔子出处仕隐观的基本表现 …………………………………… (23)
 二 孟子出处仕隐观的几点新创 …………………………………… (25)
 三 孟子仕隐观与其社会正义思想的联系互动 …………………… (27)
 四 唐末林慎思《续孟子》对孟轲仕隐观的理解发挥 …………… (30)
 五 孟子仕隐观对于中国文人心态的影响 ………………………… (32)

第二章 《孔雀东南飞》:婆媳矛盾母题的经典本土建构 …………… (35)
 一 东方民族的一个常见、多发的家庭症候 ……………………… (36)
 二 母题的经典本土文化建构 ……………………………………… (38)
 三 婆婆异化、儿媳优越感与弱男懦怯的代价 …………………… (41)
 四 婆媳关系:一个永恒而无解的社会生态难题 ………………… (47)

第三章　性格、伦理冲突下的匡章父子关系及悲剧内涵 …………（55）
    一　两个匡章原型内蕴及其文本演变 ……………………（55）
    二　主要人物个体性格之间的冲突 ………………………（60）
    三　父子关系伦理异化后的冲突表现 ……………………（64）

第二编　博物器物编

第四章　《搜神记》的小说母题史意义 ……………………（73）
    一　树神母题为核心的神秘崇拜以及变形 ………………（73）
    二　符箓效验、获宝机缘与法术运用 ……………………（76）
    三　人类生命与灾害关系及生命时限本身 ………………（79）
    四　小人国传奇、仙女香氛与外星人传闻 ………………（83）

第五章　媚药源于西域考述 …………………………………（88）
    一　媚药的原料构成种种 …………………………………（88）
    二　佛经中的媚药及其最初被认为产于外域 ……………（96）
    三　媚药介绍中的原始思维互渗律 ………………………（100）
    四　关于媚药的故事传闻以及文学化 ……………………（104）

第六章　生命体内生异石母题的源流与意义 ………………（111）
    一　动物体中之石的祷雨功能 ……………………………（111）
    二　关于元代的"心中结石"传说 …………………………（117）
    三　"相思结石"的深层来源及传播的时代成因 …………（120）

第七章　明清窃印还印母题与印崇拜的文化渊源 …………（123）
    一　明清野史笔记与小说中的窃印、还印母题 …………（123）
    二　中国古代印崇拜的文化渊源 …………………………（127）
    三　印的辟邪作用与象征功能的文学展演 ………………（137）

第三编　传奇人物编

第八章　博物者的认知阈限:古代文献与传说中博物母题的连锁悖论 …… (147)
一　祖师型博物者:孔子、鬼谷子、张良等的神化 …… (148)
二　精灵博物者:白泽传说及精怪神兽的人化取向 …… (156)
三　整合型博物者:东方朔博物的互文性书写 …… (161)
四　自然博物者:张华与魏晋六朝志怪的本体性认知 …… (175)
五　博物观念的延续与异变:明代博物书写的现代性特征 …… (179)
六　域外博物者:中国古人对"异域异能"的期待与认知局限性 …… (183)

第九章　奇女子刘三秀命运题材的渊源、演变及时代成因 …… (189)
一　《过墟志》文本渊源及其演变 …… (190)
二　《过墟志》不同文本的意义及影响 …… (194)
三　《过墟志》体现的明末清初的多重时代成因 …… (196)
四　《过墟志》的题材渊源:乱世中的女性命运关怀 …… (198)

第十章　明清通俗文学之医者形象的文化阐释 …… (206)
一　关于通俗文学、通俗性的界定 …… (206)
二　明清良医、福医形象及其题材表现的通俗性 …… (209)
三　恶医、庸医书写中的通俗文学要素 …… (214)
四　医者形象中的神秘性、传奇性叙事 …… (220)
五　由杂剧入小说:元明清医者形象的通俗化进程 …… (229)

第四编　艺术生产与消费编

第十一章　古代诗学中的"诗境印证实感"现象 …… (239)
一　诗境印证实感的种种审美体验方式 …… (239)
二　古人对"诗境印证实感"现象审美生成的探讨 …… (244)
三　"诗境印证实感"现象对于文学创作的影响 …… (251)

第十二章 明清"作诗免罪"母题与诗歌艺术的生产消费 …………（257）
    一　明清小说中的作诗赋免罪描写 ……………………………（257）
    二　作诗免罪母题在明清野史笔记中的基本表现 ……………（261）
    三　宋代之前作诗免罪母题的盛兴及特点 ……………………（269）
    四　母题盛于明清的部分现实成因及其艺术生产本质 ………（279）

参考文献 ………………………………………………………………（286）

后记 ……………………………………………………………………（296）

前　言

主题学诸范畴及其内在联系

主题学（Thematics/Thematology）作为一个在文学史与文化史的动态发展流程中，把握文学细胞基本形式和思想观念流变的学科，也是一个非常具有反传统性、具有多重挑战性的学科，介乎比较文学、民俗学、民间故事学、国别文学观念史等交叉领域，也是与通常的文学理论有着较大区别的理论方法。具体说来，它是在民俗故事学研究的基础上，拓展为对文学主题、母题、题材、人物、意象、情境等在不同时代（国别、地区、民族）演变的研究，而且需要研究主题相关因素表现的过程、规律、特点和成因，以及它们在世界文学中的同一性和差异性。

一　主题学发展的若干阶段及特点

主题（Theme）作为西方文论的术语，大略相当于中国古代文论中的"意"、"立意"，即文学作品所体现出来的思想内容。"主题学"，却不是这种文章学意义上的概念，而带有明显的方法论性质。它有赖于诸如母题、意象、惯常思路、套语等一系列带有较强实际操作性的概念范畴，体现在领悟、鉴赏和研究实践中。

主题学理论产生由来已久。19世纪德国民间故事与童话传说编辑研究是主题学的摇篮。19世纪上半叶格林兄弟对欧洲民间童话故事的整理研究，使主题学发轫并丰富充实。19世纪中叶，一些学者开始对印度梵语故事的介绍和研究，使主题学跨文化影响研究逐渐臻于成熟。从1859年出版的本费（T. Benfey）的《五卷书》（*Panchatantra*）德译版始，对印度文学在西方传播问题的研究就展开了。本费被认为是借用学说的创始人，他仔细研究过《五卷书》不同修订版及其多种东方语言译本，得出结论:"我在寓言、童话以及东方和西方民间故事领域所做的调查使我确信,从印度扩散开来的少量寓言、大量童话和其他民间故事几乎覆盖了整个世界。"[①]

尽管后来学者对此又有一些新看法,但主题学这两大源头却说明,不能忽略印度古代神话(民间文学)和中国中古汉译佛经的问题,后者保存着大量展示印度神话母题演变状况的资源。而法国学者梵·第根(Paul Van Tieghem, 1871—1948)更细密地把主题学分为文体、风格、题材、主题、典型等,特别关注诸多现象的来源。主要由于这一研究,主题学长期遭到偏重文学来源而忽视思想和艺术研究的批评。一般认为主题学的发展线索为:

1. 19世纪末到20世纪50年代——主题史(Stoffgeschichte);

2. 20世纪60年代至20世纪80年代中期——主题学(Thematics或Thematology);

3. 20世纪80年代中期以来——主题学题目被纳入流行的各课题之中(如族群本体、族群性、族群中心论、女性躯体、女性隐喻、女性本体、婚姻、性欲、社会阶级和社会身份等)。

主题学自20世纪60年代末70年代初在西方复苏,西方研究神话传说人物如普罗米修斯、唐璜和浮士德等著作相继面世。德国弗伦泽尔出版有《文学史的丛剖面》(1962)、《题材史与主题史》(1966)。而美国哈利·列文(Harry Levin, 1912—)的《主题学与文学批评》(1968)被认为是具有里程碑意义的。而麦柯弗(Major Gerald Mcgough, 1934—)的博士论文为《主题史/主题学:历史综述与实践》(1975)。自20世纪70年代末以来,国际学术界已重新对主题学研究产生兴趣。[②] 同时,主题学也成为一个交叉学科,如神话学、叙事学、民俗学、人类学和比较文学等无一不把主题学作为重要内容。本书所研究的比较文学主题学,以不同文化体系的世界文学中主题的同一性和差异性为对象。

主题学在汉语文学研究中的发展与开拓。我国的主题学思想在古代类书(包括佛教类书)编纂和选本编选、诗话及诗文笺注已萌芽,魏晋

[①] T. Benfey, *Pantschatantra*, Leipzig, 1859, pp. 1–20. 转引自斯蒂·汤普森《世界民间故事分类学》,郑海等译,上海文艺出版社1991年版,第450—451页。

[②] 陈鹏翔:《主题学研究回笼——序王立的〈中国古代文学十大主题〉和〈中国古典文学九大意象〉》,《文艺理论研究》1994年第4期。

《皇览》到两部佛教类书《经律异相》《法苑珠林》，直到北宋《太平广记》、《事类赋》等。元代也汇辑宋代以前史传野史笔记传奇故事，编辑了带普及读物性质的类书，分为天文、时令、地理、人物、仕进、人伦、仙佛、民业、技艺、文学、性行、人事、宫室、器用、冠服、饮食、花木、鸟兽十八类，以下又细分为八百三十二子目。[①] 对于叙事文学题材、母题、表现模式等探讨，较为自觉的研究思路，始于俞樾、林纾等清末学者的实证式溯源考察。

从民间故事研究演变而来的主题学，有一个不断被借用、自身疆域不断扩展的发展过程。因此，主题学以其巨大穿透力而具有一种横断学科的功能。在中国，顾颉刚先生为首的"古史辨"派就非常借重于主题学。主题学研究在20世纪中国大陆发展阶段大致可分为五个：

1. 20世纪初至20年代初；
2. 20年代初至40年代末；
3. 50年代初至70年代末；
4. 70年代末至80年代中期；
5. 80年代中期至20世纪末。

相比第一阶段救亡图存目标下的有意误读、大量译介和援西就中，第二阶段主题学研究在中外比较、影响方面和国别文学方面齐头并进，立足于中国的国别主题学方法开始成形。像胡适研究歌谣提出了"母题研究法"，研究古典小说提出了"箭垛人物"（如清官包公等），还有孙悟空形象来源于印度哈奴曼的争论，以及钟敬文、许地山、陈寅恪、霍世休、季羡林等人对民俗母题和中印文学主题的影响研究等。经过第三阶段这一全面停滞、片面发展的阶段，在沉潜中赵景深、郑振铎、孙楷第、叶德均、朱一玄等学者等人对小说题材母题源流的梳理，都使得主题学作为文学史研究重要方法被众多学者认同。1979年面世的钱锺书《管锥编》，以国别文学主题学思路为经纬，展示了中国"主题文学"[②]基本材料脉络、意念发展和"虚构文学"的基本构建，辅以中西比较，浓缩了众多重要主题母题。该书给人的最大启迪，当是主题学见诸各体文学及文化史丰厚材料

---

① 王莹编：《群书类编故事》，江苏广陵古籍刻印社1990年影印本，第179—180页。
② 与"虚构文学"相对应，参见拙著《文人审美心态与中国文学十大主题》"绪论"，辽海出版社2003年版。

后的开放性理论结构、广博视野与旺盛持久的生命力。同时也为中国比较文学树立了样板。

相比之下，从东亚比较文学来说，日本和中国港台地区学者的主题学研究较早与欧美学术接轨。小川环树（Ogawa Tamaki）发表于 1959 年的论文《中国的乐园》，依据五十一个中国中世纪的乐园故事，归纳出八个特点：（1）乐园位于深山或海上；（2）到仙乡途中常经过洞穴；（3）在仙乡获仙药或食物；（4）在仙乡与美女相遇，并结为夫妇；（5）在仙乡被传授某种法术或得到某种礼物；（6）在仙乡忽然忆念起故乡，并被劝回乡一行；（7）强调仙乡的时间很快，如"天上一日，等于地上一年"之类；（8）回乡之后就无法再次回归乐园。① 此后，台湾出版了王秋桂《中国俗文学里孟姜女故事的演变》（1977）、田毓英《西班牙骑士与中国侠》（1984）、崔奉源《中国古典短篇侠义小说研究》（1986）、龚鹏程《大侠》（1987）、王金生《白兔记故事研究》（1986）、洪淑苓《牛郎织女研究》（1987）等，其中较有原创性理论意义的是陈鹏翔《主题学研究与中国文学》。俄罗斯汉学家李福清偏重小说母题与民间文学关系的研究，在域外与中国文学有关系的主题学研究中可谓独树一帜。此外，美籍华人学者刘若愚撰写了《中国之侠》（1967），丁乃通编制了《中国民间故事类型索引》（1978），分别从侠文学主题和民间故事母题方面进行了偏重中国文学的国别主题学研究的实践。谢天振教授对于主题学理论的引进和阐发作出了重要贡献。

20 世纪 80 年代后，大陆比较文学主题学研究表现为多学科的互动整合，文学主题的超个案、跨文类研究。这是中国主题学历史的一个新阶段，比较文学主题学有自己的特色。从主题史看，已不局限于王昭君、孙悟空、包公、诸葛亮、杨家将等人物母题研究，也不局限于纯文学题材作品，而进入到叙事话语模式，乃至本文接受史和阐释增殖史的动态综合研究。从中外比较看，中西、中日、中印等跨文化主题研究，与国别主题学相映照。此外，思想史、人类学的主题文学研究、宗教与文学主题研究等，都有很大拓展。

---

① ［日］小川环树：《中国魏晋以后（三世纪以降）的仙乡故事》，张桐生译，王孝廉编《哲学·文学·艺术》，台北：时报文化出版企业有限公司 1986 年版。

二　主题与母题的联系和区别

　　主题与母题的侧重与区别。至于母题（motif）与主题、意象的概念往往因交叉而易于混淆，其联系与区别如下。

　　首先，母题与主题，甚至包括题材等，都是共存于特定的作品以及作品所处的"作品流"的网络体系中，任何孤立、抽象地给母题下定义，都会有以偏概全的弊病。而在同一部尤其是同一系列作品流之中，母题主题的功能是搭配在一处并且产生文本间作用效应的。

　　其一，母题较有具象性，而主题则往往是思想性较强的抽象概念。门罗·C.比尔兹利《美学》认为，主题指"被一个抽象的名词或短语命名的东西：战争的无益、欢乐的无常、英雄主义、丧失人性的野蛮"；尤金·H.福尔克《主题建构类型：纪德、库提乌斯和萨特作品中母题的性质和功用》说，"主题可以指从诸如表现人物心态、感情、姿态的行为和言辞或寓意深刻的背景等作品成分的特别建构中出现的观点，作品中的这种成分，我称之为母题；而以抽象的途径从母题中产生的观点，我称之为主题"。①

　　由于母题具有浓缩力、涵摄面较大的特性，一些反复出现的词语、意象（image）都可以构成母题，陈鹏翔《主题学研究与中国文学》一文中提出："我认为好几个意象可能构成某个母题（譬如季节的母题、追寻的母题或及时行乐的母题）。我用'可能'这个词表示，有许多意象丛未必能形成母题，因为这已涉及'母题'这个词的本义了。"② 因而在西方有人早已把母题（动机）分为主导性与一般性的，就是行动的主导性动机与一般性动机，重要的是将主题与中心动机分开。像"两个女人中间的男子"母题不一定表达抽象的爱情主题，当然爱情主题范围广阔，更是不必非要以"二女一男"的三角恋作为母题；这种理论往往是对叙事性作品而设立的，西方文学中的史诗和戏剧、小说等叙事性作品资源丰富，相当重视母题的演变。而抒情文学中的主导性母题实际上往往是作品中惯

---

①　［瑞士］弗朗西斯·约斯特：《比较文学导论》，廖鸿钧等译，湖南文艺出版社1988年版，第235页。
②　陈鹏翔：《主题学研究论文集》，台北：东大图书公司1983年版，第22页。

常出现的核心意象。

作为具有母题功能的核心意象，往往已不局限于其自身在个别作品中的一次性意义，而与创作者、接受者心中该意象的主题史意蕴脉络接通，它是沿着该意象主题史的当下与恒久、共时与历时的网络发挥审美功能的。例如"春"是被抽象后较大的季节母题，有其具体形象的物候特征，它常常构成抒情作品主导性的核心意象，并不局限于某一作品所表现的何年何地之春。春可独自出现，又往往由若干展示具体色相、声响的一般性意象（如春草、春花、春鸟、春水等）构成，有时哪怕一般意象也具有"全息性"效果，牵一动万、以少总多地展示春（三春：早春、仲春、季春）的图景氛围；而"春恨"，则为中国文人见乐景生感伤、反思自身怀才不遇之意义及惯常情绪的表达模式。同时"春恨"也具有母题的集散功能，能与别的主题如相思、怀乡、伤悼等主题互渗结合（这正是母题、主题容易混同的原因之一）。①

其二，母题较多地呈现出客观性、中性的特征，而主题正由于这母题（意象，或不止一个）的出现及特定组合，而显示出某种意义，这样融注并揭示了作家的主观性、倾向性。如离别母题也由一种社会生活事象而来，但思乡怀土、男女相思、挚友深情等主题，历史性地以其伤离惜别的感情色彩逐渐染浓了离情别绪，以致人们惯于将离别母题本身即视为与伤离惜别模式等同，尽管后者也可应用于诸多更具实质性思想倾向的主题。

其三，主题数目极多而母题数目有限。主题虽变幻多端，但在具体作品中却是意象组合、母题营构后提纲挈领的总结；而有限的母题却频频出现在系列作品中。陈鹏翔认为："主题学中的主题通常由个别的或特定的人物来代表，例如攸里息斯（尤利西斯——引者注）即为追寻的具体化，耶稣或艾多尼斯（Adonis）为生死再生此一原型的缩影等。母题我认为是由两个或两个以上不断出现的意象所构成，因为往复出现，故常能当作象征来看待。"② 这种见解很有道理，比如所谓"追寻"主题的具象化程度高是一种特征，包括维吉尔《埃涅阿斯纪》与屈原《离骚》都可以列入其中。而母题意象的象征作用，则是弗莱的原型批评理论所强调的，是文

---

① 王立：《文人审美心态与中国文学十大主题》第六章，初刊于《内蒙古社会科学》1986年第1期，中国人民大学《复印报刊资料》J2主题1986年第3期转载。

② 陈鹏翔：《主题学研究论文集》，第24页。

本中反复出现的。

换个角度看,母题也未必非要两个或两个以上不断出现的意象所构成,如"猿公"这一意象,即可表现多种主题,事实上它也活跃在许多故事中,又具有母题的结构功能;而像"黄昏"在悼祭文学中,"梦"在相思别离文学中,这些单个的意象又何尝不具备母题的资格!因为它们可以向叙事文学频繁而大规模地渗透,其体现的多重象征功能是显而易见的。这些意象,往往即是核心意象,或曰主导性母题(leitmotifs)。事实上这正是缕缕旧有母题意象的系列组合,为一首诗中的主导性母题动机及一般性意象所触发牵动,构成了作品当下与绵延而上的传统间的互文性。

其四,由于上述几点,在进行跨民族、跨文化比较时,母题的着眼点偏重在同,而主题的着眼点偏重在异。意象母题体现了人类反映世界,表达情感、认识的共通心理图景模式,而对其置于什么样的格局、进行何种价值判断及道德评价,就相当于主题,它们各有差异。

三　主题学的文化积存与审美价值

比较文学主题学是具有创新性的一个分支。与通常的文学理论和文学批评相比,主题学具有的较大不同表现在:

(1) 通常的文学理论关注发掘文本的独特意义,主题学则强调在具体主题、母题流变中考察文本的互文性与文本间性,可能较多地发掘不同文本的流传中的历史继承性。

(2) 主题学的本质是在流程参照下的比较定位,比起一般的文学理论,主题学更强调"一"与"多"的有机联系,注重当下文学现象的生成过程,因此不是简单地分析和判定个别作品的具体价值。而文学生成过程的动态把握,也离不开多重多维的比较。

(3) 因此,主题学研究必须以实证性为前提。其不是以逻辑演绎为擅长,而以具体材料为根据来立论,往往离不开描述、胪列。主题学研究的学理根据,在世界多民族的文学史料宝库中能得到较多的验证。

母题与主题往往具有深厚的社会、历史、文化语境的积存,带有特定文化体系的一定印痕。其民族文化的稳定性内涵构成了文学作品创作、接受上理解认同的前提和基础。例如古代小说如《水浒传》等屡涉不厌的天书,清代人就注意到,其母题来源的历史性与文化积存唐代就有:

《崇文总目》载《阴符天机经》一卷，注云：唐李筌撰，自号少室山达观子，好神仙，尝于嵩山虎口岩石壁得黄石阴符本，题云魏道士寇谦之传诸名山，筌虽略抄记，而未晓其义。后入秦骊山，逢老母传授。《唐书·艺文志》、《通志略》及《文献通考》俱载之。又载骊山母传《阴符元气》一卷，注：李筌撰。《太平广记》十四卷引《神仙感遇传》尤详。乃至俗伶演唱亦有所本，未可尽谓无稽也。[1]

如果我们讨论《水浒传》中的题材来源，特别是涉及宋江形象定位问题的受玄女天书一事，就不能忽略于此文学传统的功能。无独有偶，古希腊史诗《伊利亚特》第一卷中，当阿喀琉斯愤而欲与阿伽门农决裂时，战争女神雅典娜及时出现，"雅典娜训示"与中国叙事文学中的"玄女天书"一样顷刻扭转了危局，引导了胜利的到来。因为母题的一个突出意旨，是女神（女战神）授予凡夫俗子智慧法术（天书），显示神格对于凡世纷争的干预。而包括《三国演义》在内的数十部古代小说中，相当一部分天书接受者的资质问题及其讽刺批判性，也在母题传统与当下作品结合上发挥出来。[2]

母题一旦产生，就有着顽强的生命力，自觉不自觉地为不同的创作主体所运用。审美效应上的惯性作用，即使体现在"伪典"上也一仍其旧。例如，谢肇淛《五杂组》曾列举一个并非生疏的例证：

汉嫁乌孙公主，令琵琶马上作乐以慰其心，后石季伦《明妃词》云："其送明妃亦必尔。"已自臆度可笑，而《图经》即谓昭君在路愁怨，遂于马上弹琵琶以寄恨，相沿而误，愈甚矣。今人不知琵琶为乌孙事而概用之昭君，又不知琵琶为送行之乐而概以为昭君自弹，盖自唐以来误用至今而不觉也。[3]

从接受效果看，此"伪造典故"的接受美学价值，同伪作的"苏李诗"

---

[1] 周寿昌：《思益堂日札》卷九，许逸民点校，中华书局1987年版，第185—186页。
[2] 王立：《道教与中国古代通俗小说中的天书》，《东南大学学报》2000年第2期。
[3] 谢肇淛：《五杂组》卷十二，上海书店出版社2001年版，第255页。

等类似。虽然后世的文本中误读了以前的意象本事,存在着历史语境的差异,但在主题学的互文性角度,这种差异恰恰成为文本间的互文性意义。母题一经故事话语确立,就会在文学史上发挥母题的审美功能,触发建构后人心目中的既定联系的关系存在。又如有关种植速长母题,俞樾以自己的阅读经验指出:"《搜神记》载:吴时有徐光者,常行术于市里。从人乞瓜,其主勿与,便从索瓣,杖地种之,俄而瓜生蔓延,生花成实,乃取食之,因赐观者。鬻者反视其所卖,皆亡耗也。按蒲留仙《聊斋志异》,有术士种桃事,即本此。乃知小说家多依仿古事而为之也。"① 在这种研究中,主题学可以发挥出一种相当时髦的作用——文学重建与改写——甚至可以和当代西方批评进行对话。当然,从比较文学主题学角度,跨文化体系的母题流传与文本实践更为引人注目。季羡林指出:"孙悟空大闹天宫的故事出自《贤愚经》卷一三《顶生于像品》六四。"② 主题重建并未降低文本的创新性和审美价值,反而有了跨文化的创造性。

单一文化体系内部的母题沿袭,往往有一定的负面作用。关于题材母题的沿袭习惯和可能带来的僵化保守之弊,戏曲史家早有此论断:"中国戏剧的取材,多数跳不出历史故事的范围。很少是专为戏剧这一体制联系到舞台表演而独出心裁来独运机构。甚至同一故事作而又作,不惜重翻旧案,蹈袭前人。如司马相如、卓文君事。南戏有《司马相如题桥记》及《卓文君》两种,元剧有关汉卿之《升仙桥相如题柱》、孙仲章之《卓文君白头吟》、范居中等之……至于其他同一题材而作两三种形式写出者,更数见不鲜。虽未必皆出有心雷同,自亦未脱窠臼。而杂剧沿袭南戏,传奇复取材杂剧。皮黄剧更从杂剧传奇而改编,在戏剧史的演进上,即凭这些剧本,也可以觇知其间的嬗变。这风气,直到近代还活跃着,中国戏剧不能更多地从现实生活取材,而只借历史故事来藏褒寓贬,这对于中国戏剧而言,虽由此造成一种特殊的表演形式,但许多历史人物,在舞台上已成定型,如果仍旧在历史故事上兜着圈子,则纵有新的形式,也将摆脱不了内容上的束缚。"③

---

① 俞樾:《春在堂随笔》卷九,张道贵,丁凤麟标点,江苏人民出版社1984年版,第161页。
② 王树英选编:《季羡林论中印交流》,新世界出版社2006年版,第255页。
③ 周贻白:《中国戏剧史长编》附录《中国戏剧本事取材之沿袭》,人民文学出版社1960年版,第647—648页。

比较文学主题学的重点是不同文化体系间的文学文本主题流传，是文化差异所形成的审美创新，是互文性的价值阐释。对此，美国提倡"世界文学"研究的达姆洛什倒是为我们提供了一个在他看来是"雷达屏幕上的漏扫"的例子。中国清初小说《金云翘》被越南诗人阮攸（1768—1820）改编成了《金云翘传》（1810），越南裔美国作家郑明河（Trinh T. Minh-ha）近年来将其改编为电影《爱的故事》（A Tale of Love，1996）。在中越小说中，金云翘是为了偿还家债卖身青楼，而在美国电影中，金云翘竟变成了美国移民。这种主题上的重建是既有东西方的差异，又有古今话语之间的对话，这本身就是一种主题学的溯源与观澜，如达姆洛什所说："对不同国家走向世界文学的路径进行比较研究，可以帮助我们所有人更好地探究世界文学传统，我们可以看到各自的学术团体高估了、低估了，或者是错过了哪些研究内容。"[①]

明人曲论注意到情爱题材的具体表现中，其母题运用非常容易模式化而趋于雷同。王骥德《曲律》卷三称："元人杂剧，其体变幻者固多，一涉丽情，便关节大略相同，亦是一短。又古新奇事迹，皆为人做过。……"[②]应当说，元杂剧这一现象，与明清才子佳人小说结构尤其是母题的雷同，极为相似。情爱题材结构乃至语言上的雷同，《红楼梦》第一回里，曹雪芹也曾借石头之口，批评才子佳人等小说人物的陈词滥调，以及结构布局的雷同："开口'文君'、满篇'子建'，千部一腔，千人一面，且终不能不涉淫滥。在作者不过要写出自己的两首情诗艳赋来，故假捏出男女二人名姓，又必旁添一小人拨乱其间，如戏中小丑一般。更可厌者，'之乎者也'，非理即文，大不近情，自相矛盾。"[③] 此认识是否受到了明人上述批评元杂剧情爱作品的启发呢？而谢鸿申《东池草堂尺牍》

---

① ［美］戴维·达姆洛什：《比较的世界文学：中国与美国》，高旭东主编《多元文化互动中的文学对话》上册，北京大学出版社2010年版，第60页。

② 中国戏曲研究院编：《中国古典戏曲论著集成》四，中国戏剧出版社1959年版，第148页。

③ 《红楼梦》程甲本，启功、张俊、武静寰、周纪彬、聂石樵、龚书铎校注，中华书局1998年版。庚辰本作："至若佳人才子等书，则又千部共出一套，且其中终不能不涉于淫滥，以致满纸潘安、子建、西子、文君，不过作者要写出自己的那两首情诗艳赋来，故假拟出男女二人名姓，又必旁出一小人其间拨乱，亦如戏中之小丑然。且鬟婢开口即者也之乎，非文即理。故逐一看去，皆自相矛盾、大不近情理之话……"中国艺术研究院红楼梦研究所校注，人民文学出版社1982年版。

卷一《答周同甫书》则高度评价《红楼梦》的创作，说"其事本无可述，而一经妙手摹写，尽态极妍，令人愈看愈爱者"；可是他指出有的小说却不然，也有模仿糟糕的："其事本有可述，而一经庸手铺叙，千人一心，千心一口，令人昏昏欲睡者，《岳传》、《女仙外史》诸书是也。"[①]

四 比较文学主题学的意象与情境

世界文学的母题与主题类型的多样性，为比较文学研究提供了广阔的领域，其中极为重要的是人物的精神状态、心理动机等有关的母题，包括精神行为的全部领域，包括意志、良知以及某种强烈感情、情感、情绪等，如怨恨、疯狂、孤独、复仇、报恩、正义等。例如，中西方对于正义实现的理解不同。在西方，正义被认为是一种普遍性的社会义务，文学作品主人公的人物形象就具有正直的性格，有强烈的责任感。中国古代的"正义"所牵涉的义务是家族伦理为核心的，"百善孝为先"，"孝"被视为一种"私义"（Private justice），其实并不等于公理正义，但因古代中国是宗法制的伦理型文化，与西方对于行使正义复仇权利的认定者便有所不同。中国古代违法杀人复仇的当事人——孝子义士们的"文学正义"，是一种"礼"的道德实现。受害者本人或亲友（社会舆论）就是法官和行刑人；而西方因受宗教精神影响，认定人的善恶，权柄不在于人和人世间的法庭，上帝才是人世恩怨的仲裁者，正义实现者体现的是上帝的意志。于是，中西方复仇主题因诸多观念意识不同，具体母题的表现也有了较大差异[②]。当然不同观念制约下的"人物类型化"，也会导致许多系列人物形象的差异。

人物母题也是一个重要的分支。东西方文学中都不乏这样的主题或形象的历史展演。如亚历山大（Alexander）、朱迪思（Judith）、普罗米修斯（Prometheus）、罗敷、荆轲、孟姜女、武松、白蛇女等均显示出一种绵延不绝的楷模范本，它通过读者的适应性能被认证。但在母题旧有载体的重写过程中，它也加入了一些不同的、有时从根本上矛盾冲突的主题意义。

---

① 一粟编：《红楼梦卷》，中华书局1963年版，第383—384页。
② 王立：《西方的骑士与中国古代的侠——中西方文学共同母题中表现的正义精神》，《上海师范大学学报》2009年第4期。

这个故事和它的基本形象通过正式的、观念性的替代物被认识。但随着时间的推移，有赖于不同作者、故事讲述者和某种文化环境，通过不可忽视的个性条件因素，将微妙的、具有个性化的特征熔铸进去。

例如，作为英雄楷模的朱迪思形象具有持续发展的性格特征。据国外学者研究，《圣经》系列故事里，"朱迪思"作为类型人物，先是一个漂亮、虔诚的寡妇，为了家乡的自由，她孤身进入敌营。通过美丽和智慧，她让那个力大无比的敌方将军爱上了她。她以超乎凡伦的器识与行为，消除了战争威胁，使家乡人得以保全。欧洲中世纪《圣经》的阐释中，朱迪思经常被衍化为头戴光环的圣母马利亚形象。《死亡圣徒》一书中朱迪思被描写成是一个具有美德的斗士。她在中世纪法国神话剧中也被性格化。她因女性欲望而成为受难者耶稣这一形象。16世纪，朱迪思故事被完全世俗化了，她甚至被塑造成为一个修女形象在学生剧里表现出来。在天主教教义中，她恰恰也易于被用来赋予一个新思想的形象：改革派的内容，特别重视在上帝面前个人的信仰与忠诚；而为了扩散某种新思想，她又很容易被用来作为一个宣传工具。莎士比亚悲剧中罗密欧与朱迪思（这里名之朱丽叶）的故事主题，是一个被阻挠的、爱情不可能实现的主题。这个爱的经历被戏剧化地阐发并达到了顶点，赞美了作者所热爱的英雄。原作中的罗密欧宣言："噢！她确实是像火炬一样点燃了光明。"然而在20世纪戏剧中，朱丽叶却变成了一个没有英雄性格特征的普通妇女，她有普通人需要解决的问题。作为重建性文本，它提供了一个完整例子：作家的观点是怎样完全改变一群基本与形象有关的主题和母题。主题和母题又是怎样通过后来的阐释而发生变化，它们的意义通过个人的、时代的、文化的、历史和经济的诸多条件因素而被确定。① 由此可见，以同一人物的符号化为核心，人物母题在不同时代不同作家那里，免不了还要折射着不同的观念，同时，也受到一定的时代精神、经济状况的制约。不过，中国古代小说对于人物母题的泛化、因袭，也是人们经常提起的。

观念母题较多地熔铸某些伦理性、正义性或特定的思想倾向，引人偏重正义的实现、秩序的重建，关注伦理价值判断或确证某种理想实现。而

---

① [Holand] Frank Trommler, *Thematics Reconsidered Essays in Honor of Horst S. Daemmrich*. Amsterdam-Atlanta, GA1995, pp. 117 – 126. 参见［荷兰］安尼·玛丽 玛斯彻特《恒定不变的形象特征和变化着的主题使用——朱丽叶与罗蜜欧形象的新阐释》，王立译，《福州大学学报》2003年第1期。

人物母题，则引人关注人的个体命运，喜怒哀乐，悲欢离合，往往贴近某些世俗生活，如乱世遭逢的情境，客居漂泊的异乡之旅。

此外，还可以注意时空的母题。文学中一些基本结构如特定的富有人文内蕴的地点，如隋堤、灞岸、阳关、北邙等；时间方面的如季节（秋、春）、日暮（黄昏）以及秋夜等。它们经常在咏怀、咏史，包括小说之中和戏曲唱段里出现。许多被看作意象的词语在此具有母题的功能。如论者从《三国演义》、《东周列国志》中所引咏史诗的分析中得出结论："胡曾咏史诗的通俗程度很高，故而成为沟通作为雅文学的士大夫之诗与作为俗文学的演义小说之桥梁。……可见胡曾诗的简易构思模式正是通俗小说家得以模仿假托的原因。"① 按：诗人以其凝练的诗笔，点睛式地揭示出某种带有普遍性的意旨，成为某种母题套路的一个印痕，于是引导着通俗小说家沿此诗意进行拓展延伸。由雅至俗，诗入小说，通俗小说常常向诗意取法。

佛经故事母题对于中国意象流变有强烈的冲击。宗教经典在有些国别文学语境中，可能不仅仅是具有一般的文学性，而是因具有更新奇的想象力而富有刺激触媒的功能。以佛教故事来说，它具有先前中土文学所欠缺的一些文学特征，这对于中国文学尤其是中国叙事文学来说是个难得的催奋和触媒。其中相当突出的一点，是作品中既定构思框架下人物角色的不断变化，展示了某种母题性功能，钱锺书先生《一节历史掌故、一个宗教寓言、一篇小说》即采用的母题研究方法，他岂止是没有局限在一种文体，简直就是故意"超文体"，指出：

> 整部《生经》使我们想起一个戏班子，今天扮演张生、莺莺、孙飞虎、郑恒，明天扮演宝玉、黛玉、薛蟠、贾环，实际上换汤不换药，老是那几名生、旦、净、丑。佛在这里说自己是甥，在《野鸡经》里说："尔时鸡者，我身是也"；在《鳖猕猴经》里说："猕猴王者，则我身是"。诸如此类。那个反面角色调达也一会儿是"猕"；一会儿是"鳖"，一会儿是"蛊狐"。今生和前生间的因果似乎只是命运的必然，并非道理的当然……②

---

① 莫砺锋：《论晚唐的咏史组诗》，《社会科学战线》2000年第4期。
② 钱锺书：《七缀集》，生活·读书·新知三联书店2002年版，第178页。

不同文本中的不同角色，活跃在共同的母题框架里，从而达到一种带有重复性演述的叙事效果，于是，它是宗教的又是浅俗的，正是在一种喋喋不休、反反复复的唠叨中，宗教的奥义与纷呈变化的意象、程式化的故事融为一体。而其间宗教经典文献的民俗故事母题特色，就凭借着人物角色的这种随意性的变换而凸显。有的则是汉译本不同，如著名的表现猕猴计逃恶友谋害的故事，在阇那崛多罗译《佛本行集经》中说的是虬与猕猴，"虬"在竺法护译《生经》中作"鳖"，而在郭良鋆、黄宝生先生据巴利文《佛本生经》转译的《鳄鱼本生》中作"鳄鱼"①，不同的译本在流传中是什么效果呢？故事的特定框架结构，又体现出了体现了正反人物类型之间，呈现的一种"一"对"多"的关系。正面人物佛陀的前生，似乎总是弱者、善良无辜的受害者角色，而反面人物提婆达多（汉语又译作地婆达兜、调达等），却一再地在不同异文文本中变化，这本身就表明了一种是非褒贬的倾向性。而从文学接受的效果看，至少带来了对于同一母题下的不同角色灵活性的感受，这在较为关注具体个别意象象征性的中土传统中，是一个很新鲜、很有触发力的表现方式。于是，这在中古以降的接受和进一步融入中国文学传统过程中，有助于叙事母题所表现的灵活度和宽容量。

　　主题学与意象话语。意象（image）是抒情文学中最小的具有特定意义蕴含的语词单位。而主题学意义上的意象，不同于诗歌美学上的偏重具体作品意象营构组合等共时性探讨上，而是着眼于意象的民族文化生成、文学主题史流变，因此自 20 世纪 90 年代初以来被笔者称作"意象的主题史研究"②。这一研究，较多关注在意象同神话民俗、史书传说乃至整个叙事文学的参融整合过程，从不同时代的接受心理、文化传播与文化变迁对不同意象系统的影响来考察，以期揭示某一母题性意象的文化蕴涵及其

---

① 季羡林、郭良鋆、黄宝生译撰：《佛本生故事选》，人民文学出版社 1985 年版，第 127—128 页。

② 此为 1992 年 8 月吉林大学、文学遗产编辑部合办的"中国诗歌史及诗学理论研讨会"（吉林松花湖）上笔者提出的，会议综述称："与会代表们还就在宏观的背景下进一步探讨诗歌内部规律取得一致看法：认为王立从主题学角度提出的'意象史'是一个值得注意、有待进一步深入探讨的'新命题'。陈伯海认为，近年的'意象'研究缺乏历史感是一个弱点，单纯的意象研究是文学批评的问题，不属于文学史范畴……"见《文学遗产》1992 年第 6 期，原文"王"误印为"至"。参见王立《中国文学主题学——意象的主题史研究》，中州古籍出版社 1995 年版。

历时性演变的深在动因。

母题可以由一个至若干个意象组成，也可以由若干个小母题组成，其实，有些小母题即意象。从主题学角度看，由于意象的母题化，抑或母题的意象化，许多文化内容得以蕴藏其中。于是，意象及母题带有了主题的性质——这往往也正是主题与母题容易混淆的原因之一。

意象与母题的关系。从应用范围、侧重点来看，意象的运用与活跃程度是同文体密切相关的。一般来说，意象主要运用于抒情文学中；而母题，则用于叙事文学中。在主题学特别是主题史的研究中，意象和母题具有类似的审美功能，但它们的应用范围，不仅视文体区别带有特色和侧重点，而且文化内蕴的含量也有差别。一般来说，文学意象的内涵要相对明确、稳定和丰富一些，而母题则不一定带有明确、稳定的内蕴。母题虽然也时或带有相当成分的象征意旨，而意象的隐喻象征性质显然更为突出。许多抒情性作品，正是借重了意象这种象征性，才得以明确或含蓄、更集中地表现深刻的主题。意象作为一个语词构成的范畴单位，实际上往往也要小于母题。因此意象的排列组合，也能构成具有一定含义的母题类型。类型，在这一意义上是大于母题的单位。

母题与情境（situation，又译局面、形势）的关系。情境在比较文学中指特定国别文学中某一题材中的惯常格局。一些特定的母题、意象的运用，非常有利于营构出读者心目中已有的类似旧情旧景，从而特定的情境常常包含一个特定的母题（或组合后的母题群），而同样的情境可能表现为若干个不同的主题，于是情境就往往最突出地体现出特定主题、母题与题材之间的有机联系。情境均非笼统的而是具体个别性的，往往构成相应母题发生、运作的条件、背景和前提基础。

母题与类型，虽然一般来说后者要大于前者，然而两者在具体文本中往往很难分清，都具有模式范型的特征，在文学传统中具有传递题材核心内蕴的延续性功能。鲁迅体会到："旧瓶可以装新酒……倘若不信，将一瓶五加皮和一瓶白兰地互换起来试试看，五加皮装在白兰地瓶子里，也还是五加皮。这一种简单的试验……明示着'五更调''攒十字'的格调，也可以放进新的内容去。"①

题材，作为文学作品所反映的社会生活面，在唐代以降的传统小说相

---

① 鲁迅：《重三感旧》，《鲁迅全集》第五卷，人民文学出版社1982年版，第259页。

对稳定。这需要借鉴民间故事母题类型的分类，而又不能拘泥于现有的丁乃通先生采用的"AT分类法"的分类，已有学者指出："AT分类法是建立在西方民间故事实际的基础之上的；东方的情况，尤其是中国的情况，有其自身的规律。是让AT分类法适应中国民间故事类型的实际呢，还是让中国民间故事类型去适应AT分类法原来设计好了的种种规则？这是每一个学者在这时候所必须作出的选择。我们不妨举一个众所周知的例子。中国古代的鬼故事非常繁荣，各种各样的鬼报恩、鬼复仇、鬼交友、鬼婚恋、鬼挪揄故事充斥在历代典籍之中，几乎到了俯拾即是的地步。……"[①] 这种见解反映了从本土文化视阈来评价西方标准的要求。例如，我们探讨《聊斋志异》的题材类型，当然对其中的鬼灵故事题材的判定，要与《哈姆雷特》中的幽灵归来有所不同，除非不是站在民族化特征的立场上来考察，否则又岂可离开旧有母题！

母题、类型与题材，也常常纠缠在一起，必须连带讨论。通常情况下，母题类型带有较为具体个别的性质，而题材因其牵涉的生活面要广泛得多，可以涵括若干母题类型。不过在特定的题材疆域内，总是有一个或一个以上的母题类型是较为活跃多发、具有代表性的。如《聊斋志异》的主要题材"人与动植物关系"，就可以分设柳御蝗灾、动物引识仙草、动物求医报恩、小兽伏虎、禽鸟报仇、向猛兽复仇等母题类型；女性及婚恋题材则有侠女复仇、情人身上特征、女性保贞术、夜叉国娶妻等母题类型。而有时，题材与母题、类型之间的关系，间时或呈现出交叉重合、错综复杂的有机联系。

五　母题、类型的兴替

母题的生成、盛兴要有一些必要条件和文学史的机遇，并非所有的意象都具有母题的性质和功能。我们知道，典故分为语典和事典。以后者为例，在中国古代的抒情文学中，一些符合事理的早期事典，为后人不约而同地仿拟，从而构成母题。许多诗赋运用的典故，并非后人故意因袭，而是由于生成了母题，具有套语的表达力与吸引力。如继庾信之后，唐代赵自励《出师赋》咏："桓桓大将，黄石老之兵符；赳赳武夫，白猿公之剑

[①] 顾希佳：《浙江民间故事史·引言》，杭州出版社2008年版，第18—19页。

术。"用了《史记》写张良接受黄石公兵法、《吴越春秋》写越处女与白猿公比试剑术的典故，钱锺书先生指出："盖张良事指兵法，越处女事指武艺，谋勇兼到，故赋咏将士者多俪事焉，不必意中有庾信文也。"他注意到宋代诗话也认为李白、杜牧的此类吟咏出自庾信，其实未必然："窃谓此等熟典，已成公器，同用互犯者愈多，益见其为无心契合而非厚颜蹈袭。"①

实际上，这就是母题生成与功能发挥的问题，由文本的互文性所形成的集体无意识，实为母题的文化认证，不能仅仅理解为创作过程中的简单模仿。所谓的"这些词语"就是频繁出现的"惯常意象"，与古代抒情文学题材与各自表达方式、意象群的相对稳定性等，直接相关。如古代思乡诗就常常出现陇头流水、雁、杜鹃等。所谓"旅人本少思乡梦，都是秋虫暗织成"，而边塞异域的思乡则多闻羌管、胡笳和琵琶，实际上并非写实，而是文学传统意象的主题史体现模式。

母题类型的兴替主要指母题的老化和僵化，与某些社会制度有关，也同文学主题史自身的潮涨潮落分不开。文学主题史上的受众心理，也带有通常的恪守传统与喜新厌旧并存的复杂心理。即使像"才子佳人"这样将文学题材、母题、主题与传统文人心态结合较为完美的，也经受不住过度的开发。如小说史专家概括的：

> 才子佳人小说在长期发展过程中，形成了一套固定的模式，而成为这一小说流派的显著特征。初起时，其结构与形象虽已常见于戏曲、话本及文言小说，但在章回说部中仍堪称新颖别致之作。后起者纷纷学步，这种模式遂成窠臼。尽管后来有不少作家试图破除，但终未能如愿。才子佳人小说基本的结构模式，是将情节分为明显的三个阶段：一是一见钟情，吟咏唱和；二是姻缘阻隔，矢志不移；三是金榜题名，终得团圆。无论人物与时空如何变化，情节总是按此三段式结构进展。……才子佳人尚有一共同特征，体现在籍贯和家世上。籍贯绝大部分为南方，其中尤以江、浙两省居多。究其原因，一是作者多是江、浙人，二是江、浙在明清两代确多才士。王士禛《池北偶谈》记清初江南科甲之盛，仅苏州一地，便有六名会元，七名状元。

---

① 钱锺书：《管锥编》第四册，中华书局1979年版，第1530页。

这从一个侧面说明，形象模式的形成与社会现实不无联系。至于家世，则大多出身世家，是上层社会的青年男女。然而，作者却大多是下层文人。对上层社会的生活缺乏切身感受，故笔下形象势必虚假雷同，成为作者思想观念的影像。这是才子佳人小说人物形象概念化的根本原因。①

可见，母题类型的衰退、老化和僵化的原因，往往是因与特定的主题过于持久地联系紧密，合二为一。不过，这也说明才子佳人母题所表达的文人的追寻及其理想和命运的主题，与所代表、浓缩的思想内蕴和时代精神，的确非常恰切而成功，赢得前所罕见的"趋同"式的模仿认同。不过，过犹不及，物极必反，大量受众持久的审美疲劳，在接受层面上最终还是让这一母题的"生产热"降了温。在旧有母题框架内，还要以推陈出新为追求，才能有生机勃勃的发展。

然而，如果仅仅从审美平行研究的角度强调主题学，那么，就很容易造成误解，尤其是易于把母题、意象的跨文化影响研究，从主题学中割裂出去了，这也与世界文学的历史事实不符。要解释何以出现如此偏差，需要从比较文学主题学大的发展动态中把握，这也与主题学自身的某些特点有关。一者，比较文学主题学主要源自世界不同文化体系题材史和民俗故事研究，因此同时进行交流影响和审美平行研究，特别有利于主题史、题材史研究的实际操作，同时也有利于阐发研究时不受或较少受到实证（跨文化实际接触交流的证据）的限制。二者，主题学研究不是架空地就主题谈主题，就思想意蕴去就事论事，其必定要牵涉主题的渊源、牵涉其所引领或赖以支撑的母题意象，可以说，渊源追索和母题运用、意象营构等，乃是主题学探讨过程中的题中应有之义，是具体切入点和研究操作的基本对象。三者，对于外来母题（包括人物母题）意象的借用、情节构思乃至核心意旨的模仿重铸，也自然属于主题学研究的范围，而且还可以说是主题学研究的重要构成。四者，从中外主题学研究实践看，有哪些具体的主题学研究论述，是纯粹就主题谈主题，而不牵涉主题的表现功能进而涉及母题意象的呢？而某一具体的母题意象（是惯常性的带有一定稳定性和象征意旨的）则必有自身的来源，文化属性。所以从主题学研究

---

① 张俊：《清代小说史》，浙江古籍出版社1997年版，第61—63页。

史来看，也不宜把主题学研究局限在平行研究之内。

可见，事实上母题研究也是主要包括在主题学、主题史研究范围之内的。某一具体的特定主题，都有着自己特定的题材疆域、母题（意象）群落，正是这些具体的材料板块，支撑着主题的成立和历史流变。而这些题材、母题，也往往并非某一民族国别文学所独有，它们恰恰是文化——文学交流过程中最为活跃的因子，是文学主题跨文化传播的主要载体。

钱锺书先生曾从选本的角度，强调那些传统作品与文学史研究侧重点的陈陈相因，非常警醒，这也是对那种总跳不出《弟子规》、李杜苏辛和小说名著研究的弊端，一次有力的针砭：

> 选诗很像有些学会之类选会长、理事等，有"终身制"、"分身制"。一首诗是历来选本都选进的，你若不选，就惹起是非，一首诗是近年来其他选本都选的，要是你不选人家也找岔子。正像上届的会长和理事，这届得保留名位；兄弟组织的会长和理事，本会也得拉上几个作为装点，或"统战"。所以老是那几首诗在历代和同时各种选本里出现。评选者的懒惰和懦怯或势利，巩固和扩大了作者的文名和诗名。这是构成文学史的一个小因素，也是文艺社会学里一个有趣的问题。①

其实，研究论著中的选题，又何尝不是如此！要想在以点、面为主的论题设计之中，避开那些大家谈得万语千言的名篇佳作，以母题史、主题史演变为经纬，跳出个案介绍性的框架来讨论问题，较多地借鉴古代文学史之外的其他学科的研究方法，是本书的一个追求。

本书中四编十二章，属于种类不同、侧重有别的主题学研究，偏重在其作为不同文化分支的贯通性书写的总结。

第一编"人伦诚信编"从单位观念史的主题学研究。考察孟子正义观念、孟子仕隐观的主要阐释过程及其对中国文人心态的影响；以匡章的历史故事新编为例，讨论明清文学中的父子关系；还对叙事诗名篇《孔雀东南飞》中婆媳关系的东方文化特色、乡土民俗特征等进行民俗文化解读。

---

① 《钱锺书集·宋诗选注》附录，生活·读书·新知三联书店 2002 年版，第 433 页。

第二编"博物器物编"属于概念性人物类型、意象母题研究。以《搜神记》关于树神崇拜、符箓法术、灾害归因、火神及救火、生命时限、外星人等母题集散为例，探讨了相关的神秘思维之于文学书写的关系；以"媚药"为题，具体阐发了古人对这一特殊的"物"的神秘信仰，其实也是一种观念史的研究；另有窃印还印母题首次借助该意象，探讨了政治文化、道教文化与神秘崇拜的关系。

第三编"传奇人物编"，属于人物主题研究。博物母题，在与上编错综交叉的框架中，偏重在特定类型系列的人物所挟古人认识世界的精神文化历程描述，以若干有代表性的博物人物类型书写来揭示；形形色色的医者形象，则通过或质朴或神奇的行医者故事展示，体现出共同的通俗文学及其传播的特征；奇女子刘三秀则为乱世遭逢中幸运女性主题，通过多文本传播展示出女性命运书写在满汉交融时代的阶段性变异。

第四编"艺术生产与消费编"以古代诗学同叙事文学关系密切的两个母题，展开对"诗境印证实感"现象和"作诗免罪"故事的专论，这是主题学理论在世俗文化与文人雅文化关系方面的探讨。

第一编

人伦诚信编

第一章

孟子仕隐观的社会正义原则及其对文人心态的影响

《周易·系辞下》有"君子之道,或出或处"。出者,仕进;处者,隐退,这是社会中人们面临的君臣、人与社会主客关系的重要问题。一般来说,《诗经》时代主体独立人格意识尚未形成,有关出处的意念不明显,但人们已有对涉足政事的忧虑。《邶风·北门》咏:"王事适我,政事一埤益我。我入自外,室人交遍谪我。已焉哉!天实为之,谓之何哉!"吐露从政苦恼。《小雅·小明》言:"曷云其还,政事愈蹙";"岂不怀归?畏此反覆"。朦胧感受到当政执事的烦恼威胁,思索避开自保。《卫风·考槃》咏离群索居自得其乐:"独寐寤歌,永矢弗过。"后人称此诗可为隐逸诗之祖。《小雅·雨无正》也有:"维曰于仕,孔棘且殆;云不可使,得罪于天子;亦云可使,怨及朋友。"显示了中国文学早期抒情主体的进退不知所措之虑。

一 孔子出处仕隐观的基本表现

春秋末年随着奴隶制解体与新兴地主阶级崛起,"士"阶层形成、壮大。知识分子作为社会较高文化层次的代表,始为无可替代的"谋士",为诸侯参政主事。在"百家争鸣"时代氛围中,出处自觉的理性思考时代来临。每一种文化的发达及其活力,是以其定型时期理论思想的多样性、适应性为前提的。而作为中国士大夫文化组成部分的出处问题,即带有中国式的哲理、朴素辩证法思想和人文精神。其作为孔子面对历史挑战的一种应战策略,跃升到思想史的层面上来。

《论语》展示出孔子的理想人格是《雍也》说的"博施于民而能济

众"。《子路》里他宣称:"苟有用我者,期月而已可也,三年有成。"只是一厢情愿的入世憧憬。理想人格实现屡遭挫折,他不得不取出处两宜的立身行事原则,《季氏》自言:"隐居以求其志,行义以达其道";在隐退中完善自我,以自我为中心进行更加主动的政治选择,这就是《泰伯》讲的"天下有道则见,无道则隐";《卫灵公》讲"邦有道,则仕;邦无道,则可卷而怀之";以及《述而》讲的"用之则行,舍之则藏"。

孔子的如上志向,是有条件且在孜孜不倦地努力着。《礼记·射义》称孔子与弟子一同练习射箭,《论语·八佾》中称:"君子无所争,必也射乎?揖让而升,下而饮,其争也君子。"他把比射竞技看得还是很重要的,并具有高尚的精神追求:"子曰:君子谋道不谋食,耕也,馁在其中矣;学也,禄在其中矣。君子忧道不忧贫。"《卫灵公》其实,"道"的实现与否,也与追求者物质待遇分不开。

儒家先哲思想在后世人理解和阐发中可更加以清晰明确。上面诸多政治上去取进退话语,即司马光《资治通鉴》卷五十六评汉末党锢之祸时所讲的:"天下有道,君子扬于王庭,以正小人之罪而莫敢不服;天下无道,君子囊括不言,以避小人之祸,而犹或不免。党人生祸乱之世,不在其位,四海横流,而欲以口舌救之,臧否人物,激浊扬清,撩虺蛇之头,跷虎狼之尾,至身被淫刑,祸及朋友,士类歼灭,而国随以亡,不亦悲乎!"只不过孔子的时代,隐退还不至于有严重的性命之尤。然而,孔子比起那些深怀愤世嫉俗心的真正的隐者,总对参政不能忘情,而隐者们一再讽孔子"知其不可而勿为"。《阳货》自陈:"吾岂匏瓜也哉?焉能系而不食?"这类话语在《子罕》也有不同语境下的表述:"子贡曰:'有美玉于斯,韫椟而藏诸,求善贾而沽诸?'子曰:'沽之哉,沽之哉,我待贾者也!'"因而,前揭孔子说的天下无道则隐,邦无道则可卷而怀之,亦当视为激愤之语,并非放弃入仕追求,这与他的士人价值原则并不相违背:"所谓大臣者,以道事君,不可则止。"

尽管孔子力图出处两得,自我价值的被否定与不被肯定却常常困扰于胸,他要采取适当方式解脱与补偿。这就是后来为程朱理学推崇的"孔颜乐处"。孔子称羡颜回箪食瓢饮,甘于贫寒:"回也不改其乐"(《雍也》);他自谓:"饭疏食饮水,曲肱而枕之,乐亦在其中矣。"(《述而》)由"孔颜乐处"的人生境界推展为一种"孔颜人格"。内心中孔子最崇尚能保全个性名节的隐士:"不降其志,不辱其身,伯夷叔齐与!"(《微子》)"伯夷叔齐饿于首阳之下,民到于今称之,其斯之谓与?"(《季氏》)这内中原因之一,是这两位殷朝逸士善于宽容忍让,保持心理平衡,"不念旧恶,怨是用希"(《公冶长》)。但以道自任的孔子又何尝不热切地期待在群体组织中确证自身的价值,《微子》写他受到真正的隐者长沮、桀溺奚落,不仅不动气,还为之动情:"夫子怃然曰:鸟兽不可与同群,吾非斯人之徒与而谁与?天下有道,丘不与易也。"受到荷蓧丈人讥诮时也自辩:"不仕无义。长幼之节,不可废也;君臣之义,如之何其废之?"无怪被人认为这是"知其不可而为之"。这种"为",不单是自己行为上的身体力行,更是一种精神价值的重新审定。

孔子惯于在一种两相对照框架中,进行社会认知和标明政治态度的。在社会中,政治形势至少有两种;于是个体也有两种不同的态度。《泰伯》称:"邦有道,贫且贱焉,耻也;邦无道,富且贵焉,耻也。"径直把个人对于政治参与与否,看作是其人格评定,乃至内心感觉的风标。《宪问》里称:"子曰:邦有道,危言危行;邦无道,危行言孙。"后者杨伯峻释为"言语谦顺",显然是标举要洁身自好。该篇还明确解释"耻"——"子曰:邦有道,榖;邦无道,榖,耻也。"羞耻感是人的自我意识较为自觉化的一个标志,在此衡量人的出处态度,说明孔子的出仕乃是以不损害自身人格为前提的,其实,这不就是他聚徒讲学以谋生传道行为的初始原么?在他看来,为仕即要实现自己的政治理想,而只不是作官食禄。否则,即便是身处高位也于心不安。可以说,后世文人出处两难选择中,另辟一个折中的方案,即常为诗人们津津乐道的"朝隐"①,不仅落实到行为方式上,还要在诗赋中大力讴歌、表白如此之举的无奈,正是这一点的现实推行与文学实践,但价值标准和功能上却背道而驰了。

二 孟子出处仕隐观的几点新创

孔子出处仕隐主张在《孟子·万章下》中得到发挥,说万章问孔子为何不辞官,孟子答曰,孔子做官先要试一下,主张能行得通而君主却不肯施行,才离去,所以不曾在一个地方停留三年:"孔子有见行可之仕,

---

① 王立:《朝隐的缘起及核心之旨——再论中国古代出处文学主题》,[韩国]岭南中国语文学会《中国语文学》(第37辑),[韩国]岭南大学校2001年版,第163—175页。

有际可之仕,有公养之仕。于季桓子,见行可之仕也;于卫灵公,际可之仕也;于卫孝公,公养之仕也。"①

第一种是因可行道而做官,第二种因君主礼遇而做官,第三种因君主能养贤而做官。《孟子·万章下》还把仕进分成了"为贫"和"非为贫"而仕,后者乃是为了政治理想而仕——做官又实现不了自己的政治理想,似有违角色人格,使人内心无法平衡:"立乎人之本朝,而道不行,耻也。"这一点的有意延伸,与孟子人格个性更强,更为浩气刚烈不为无关。相比之下,他不是因遭际坎坷的挫折感形成的出处两宜,而是从根本上就蔑视那种出仕又不能建功立业的生存状态(不能为与不作为),反对言行不由衷的仕出做官。

对于处隐,孔子也非简单化地认为是像隐者离开社会避居山林那样离世逃遁,而是多元化选择。《论语·宪问》载:"子曰:贤者辟世,其次辟地,其次辟色,其次辟言。"尽管他自己不属于"辟世",但他告诫门徒敬重避世的隐士。《论语·为政》讲究在日常生活的人际关系中处理好个人与家族、社会之关系,求得精神完善与人格实现,并以之影响政治。

相比之下,孟子则发展了孔子出处态度的上述层面,更为重视出处选择中的个体人格操守,力求客观,《万章下》称:"仕非为贫也,而有时乎为贫。"经济条件时或制约着出处选择,但有着人格尊严的士,却不能食无道者之禄,还是要视政治条件可否:"天下有道,以道殉身;天下无道,以身殉道。(朱熹注:道屈则身在必退,以死相从而不离也。)未闻以道殉乎人者也。"为此孟子更称赏:"柳下惠不以三公易其介。"(《尽心上》)《滕文公下》认为,出仕是一个士与生俱来的本能需要、角色使命规定的社会责任:"士之仕也,犹农夫之耕也";"士之失位也,犹诸侯之失国家也"。认为道高于势,德尊于位,在义与利、义与生——即鱼和熊掌不可兼得时,毅然要舍利取义,舍生取义,绝不枉道以从势。因而《尽心上》中他恳切地叮嘱宋勾践:"士穷不失义,达不离道。穷不失义,故士得己焉;达不离道,故民不失望焉。"这样,能在天下无道时不消极躲避,且要"以身殉道"的孟子,其出仕行道便显得更为自觉主动。在以自己的主张影响诸侯时,他并未忽视处隐。《万章下》还以出处尺度来评论古贤,认为伊尹与柳下惠分别走的是"出"的极端。前者是"治亦

---

① 杨伯峻:《孟子译注》,中华书局1960年版,第240页。

进，乱亦进"，"圣之任者也"，后者处变不惊："不羞污君，不辞小官，进不隐贤，必以其道；遗佚而不怨，厄穷而不悯"。至于伯夷与孔子，一个是"治则进，乱则退"，简单行事孤芳自赏；另一个是"可以处而处，可以仕而仕"的"圣之时者"。

比起后世那些明哲保身地主张"朝隐"的，孟子《万章下》反对身处朝中而"不作为"的态度："立乎人之本朝，而道不行，耻也。"本朝，即朝廷，《晏子春秋·内篇谏下》："故诸侯之宾客惭入吾国，本朝之臣惭守其职，崇君之行，不可以导民，从君之欲，不可以持国。"[①]《荀子·儒效篇》指出："儒者法先王，隆礼义……人主用之，则执在本朝而宜；不用，则退编百姓而悫；必为顺下矣。虽穷困冻馁，必不以邪道为贪；无置锥之地，而明于持社稷之大义。呜呼而莫之能应，然而通乎财万物，养百姓之经纪。执在人上，则王公之材也；在人下，则社稷之臣，国君之宝也；虽隐于穷阎漏屋，人莫不贵之，道诚存也。"[②] 孟子看出了邦国治乱与道之有无，不应作为个体出处进退的唯一决定因素，所以才更推重孔子："集大成也者，金声而玉振之也。"这启发了《荀子·儒效篇》借称颂孔子，而对文人理想人格及其价值实现设计的图景："彼大儒者，虽隐于穷阎漏屋，无置锥之地，而王公不能与之争名；……用百里之地，而千里之国莫能与之争胜。……其穷也，俗儒笑之；其通也，英杰化之，嵬琐逃之，邪说畏之，众人愧之。通则一天下，穷则独立贵名。天不能死，地不能埋，桀、跖之世不能污……"如是近乎完善的儒家精神，以如上核心内容构成了古代出处文学主题核心之旨与深层结构。

三 孟子仕隐观与其社会正义思想的联系互动

首先，孟子如此对待出处仕隐抉择，因其坚守更高的一层伦理范畴——正义。《孟子·滕文公下》标举独立人格操守的坚持："富贵不能淫，贫贱不能移，威武不能屈，此之谓大丈夫。"他讲求的正义，更多地接近平等公正，即《史记·刺客列传》写豫让的"国士遇我，我故国士

[①] 吴则虞：《晏子春秋集释》卷二，中华书局1962年版，第155页。
[②] 章诗同：《荀子简注》，上海人民出版社1974年版，第60页。

报之"。《孟子·梁惠王下》叙邹鲁两国冲突时，邹穆公不满，因官吏死了三十三人，百姓却没有一个死难的，他拿不准是否诛杀那些"疾视其长上之死而不救"的百姓，孟子的回答体现出一种社会正义的理念：

> 凶年饥岁，君之民老弱转乎沟壑，壮者散而之四方者，几千人矣；而君之仓廪实，府库充，有司莫以告，是上慢而残下也。曾子曰："戒之戒之！出乎尔者，反乎尔者也。"夫民今而后得反之也。君无尤焉。君行仁政，斯民亲其上、死其长矣。

他引用曾子语，认为君主用什么态度对待百姓，百姓就会以如此态度回报。这实为较温和的表述，在有的语境中此意表述更激越，如《公孙丑上》借引述来表态："《太甲》曰：'天作孽，犹可违；自作孽，不可活。'此之谓也。"看来似乎站在百姓的"民本"立场，有人认为这是"民本思想"表现，而在深层上，孟子追求的是一种期求君臣平等的正义观念。"民为贵，社稷次之，君为轻。……"（《尽心下》）不过是矫枉过正的愤激之语。

其次，孟子讲求实现社会正义的责任感，突出体现在赞成"以直报怨"，这是社会正义的核心。《孟子·滕文公下》载汤居亳地，与葛伯为邻，葛伯放纵无道，不祭祀；汤赠其牛羊供祭却被其吃掉了；汤责问，葛伯又称无粮："汤使亳众往为之耕，老弱馈食。葛伯率其民，要其有酒食黍稻者夺之，不授者杀之。有童子以黍肉饷，杀而夺之。《书》曰'葛伯仇饷'，此之谓也。为其杀是童子而征之，四海之内皆曰：'非富天下也，为匹夫匹妇复仇也。''汤始征，自葛载'，十一征而无敌于天下。"不能说汤的征伐仅因一童子遇害，但以为无辜童子复仇号令天下，却愈加师出有名。《论语·阳货》指斥："乡愿，德之贼也！"就点出那些没有善恶是非的好好先生，实际上起到的是败坏道德原则的恶劣作用。承此，《孟子·尽心下》更具体揭露了其自私而无社会责任感的卑劣实质："阉然媚于世也者，是乡原也。"他们口说"生斯世也，为斯世也，善斯可矣"，其实行的是纵恶媚世。"原"，本谨厚之称，而孔子以为德之贼，故万章在此疑惑，《孟子·尽心下》如是解释：

> 曰："非之无举也，刺之无刺也；同乎流俗，合乎污世；居之似

忠信，行之似廉洁；众皆悦之，自以为是，而不可与入尧舜之道，故曰'德之贼'也。孔子曰：'恶似而非者：恶莠，恐其乱苗也；恶佞，恐其乱义也；恶利口，恐其乱信也；恶郑声，恐其乱乐也；恶紫，恐其乱朱也；恶乡原，恐其乱德也。'君子反经而已矣。经正，则庶民兴；庶民兴，斯无邪慝矣。"

《孟子·滕文公下》提倡"富贵不能淫，贫贱不能移，威武不能屈"的坚忍执着，也体现在复仇意志褒举上。孟子仕隐观与其对正义复仇期许的内在联系在于，复仇意识实际上洋溢着不畏强暴、不为权势所屈折的勇气，透露出原始共产主义那平等、公正且敢于献身的精神，因而有血性的孟子的个性情怀。这样《离娄下》中孟子才敢于面陈齐宣王："君之视臣如土芥，则臣视君如寇仇。"像《公孙丑上》载北宫黝历练勇气，便接受了挑战君权的检验："不受于褐宽博，亦不受于万乘之君；视刺万乘之君，若刺褐夫；无严诸侯，恶声至，必反之。"上述思想也与"同态复仇"旨意接近。后者本质是社会公平原则，拉法格《思想起源论》指出正义思想起源是报复的渴望和平等的感情："……同等报复是为代替流血复仇而创造和施行，它能为原始人所承认是因为这能满足他们的复仇欲，同等报复一经成为风俗就应当像一切风习一样做出具体规定。"[①] 报复范围的限制，起初不要防止大规模流血事件的毁灭性后果，后来集中表现为"同态复仇"。对此古巴比伦人《汉谟拉比法典》、古印度人《摩奴法典》曾有具体规定，拉法格说："人们逐渐习惯了不是向氏族或全家复仇，而只是向犯罪者复仇，而且这复仇限于严格的报复——以打击还打击，以死还死。"先秦儒家也注意到，同态复仇一定程度上可避免报复过当，更突出了复仇的正义性质，《孟子·尽心下》的感慨代表了儒家对复仇逻辑对等性的认识："吾今而后知杀人亲之重也：杀人之父，人亦杀其父；杀人之兄，人亦杀其兄。……"《左传》、《墨子》等载录先秦复仇传闻一般遵循同态复仇的原则，与魏晋南北朝后扩大化复仇区别明显。[②]《春秋公羊传·定公四年》受此启发，强调只有枉死才可进行复仇："父

---

① [法]拉法格：《思想起源论》，王子野译，生活·读书·新知三联书店1963年版，第74—75页。

② 王立、刘卫英：《传统复仇文学主题的文化阐释及中外比较研究》，北京师范大学出版社2011年版。

不受诛，子复仇可也；父受诛，子复仇，推刃之道也。"何休注："取仇身而已，不得兼仇子复，将恐害己而杀之。"对复仇范围的限制，无疑使复仇的正义性更难于摇撼。"推刃之道"，指的是复仇利刃一来一往，冤冤相报不止，这显然不是正义复仇了。而同态复仇在孟子这里，与其积极入世，在位认真的责任感是联系互动的。

四 唐末林慎思《续孟子》对孟轲仕隐观的理解发挥

唐末林慎思认为，《孟子》七篇非本人亲自著述，而是弟子整理，不能完整、充分地表达孟子本意，于是"因传其说演而续之"，"大抵因孟子之言推阐，以尽其义"。《续孟子·高子五》发挥了孟子思想：仕出，为帝王师，建功立业，必定要有先决条件，即君主贤明，能采纳苦口良言，否则不会有所作为，这"官"也就没必要做。林慎思心目中的孟子为何毅然离开官场呢？他的"文本重建"体现为《续孟子·高子五》的叙述：

> 孟子将去齐，高子曰："王欲授夫子室，夫子舍之而去，然王意于夫子不为不厚矣，夫子或缺所以，王必补之，今何为不止？"孟子曰："吾尝观齐王之意也，先有执雅乐之器进于王，王始重之，使奏，而未尝乐也。后有执靡声之器进于王，王始轻之，使奏而未尝舍也。然而执雅乐之器者，王虽未弃，王终不能用矣。是执雅声以得罪于王也。今吾以王之未弃也，若受王之禄，居王之室，王终不能矣，是媒吾身以得罪于王也，不亦甚乎！吾幸去，何适而不遇哉！孔子曰：邦有道，穀；邦无道，穀，耻也。"①

在林慎思看来，齐王既理智战胜不了"靡声"诱惑，那么作为有着独立人格和理想抱负的臣子，也就只有弃官归隐。按，《孟子·梁惠王上》有见梁襄王后的印象："望之不似人君，就之而不见所畏焉。"可是在《续孟子·公孙丑六》的这一重建文本里，则索性让文本中的主人公付诸"用脚投票"的行动：

---

① 林慎思：《续孟子》，文渊阁四库全书本，台北：台湾商务印书馆1986年影印本。

孟子去齐反邹，止于昼。公孙丑、高子从。昼人有感于孟子曰："齐王能悔过修德，日新其道，邹之民闻于路，夫子何适哉？"孟子不怿，径宿于昼。高子以为孟子信昼人之言而欲不行，乃谓公孙丑曰："昼人之言于夫子，夫子信乎？"公孙丑曰："诺。予请问之。"入曰："众人之言，信伪孰多？"孟子曰："伪多。"曰："能言天不覆，地不载乎？"曰："甚于斯！言天不覆，地不载，是露其机而先见其伪，先见其伪欲惑于人，其可得乎？隐其机而难知其伪，欲人不惑，其可得乎？且设穽于野，隐其机也；兽不知其防，则触而入矣。设伪于国，隐其机也，人不知其防，则触而入矣。曰：孰不惧邪？曰：君子周防其身，何惧？"公孙丑出曰："夫子不信昼人之言哉！"

《续孟子》这里可谓把孔子"天下有道则见，无道则隐"的主张付诸实践了，恐怕还正是把握到了《孟子》原意，《孟子·万章下》称："孟子曰：'伯夷，目不视恶色，耳不听恶声。非其君不事，非其民不使。治则进，乱则退。横政之所出，横民之所止，不忍居也。思与乡人处，如以朝衣朝冠坐于涂炭也。当纣之时，居北海之滨，以待天下之清也。故闻伯夷之风者，顽夫廉，懦夫有立志。'……"被誉为"圣之清者"的伯夷所为，也是孟子理想人格的一个化身，倾心仰慕的，所谓"三军可夺帅也，匹夫不可夺志也"。

一般来说，古代中国的"义"较为偏重"私义"，这也往往是人们对中西方文学表示的正义精神，理解、解释不一致的一个症结所在。[①] 而讲究君臣平等的孟子，却较为青睐人人遵从的社会正义。林慎思敏锐地发现并予以强调，禹不因父被杀之仇而拒为舜用，是因有"天下苍生"的利益在，"公义"大于"私义"，而私义则应服从"公义"，于是这里的"公义"较接近我们认同的正义精神，《续孟子·庄暴十二》还叙述：

[①] 王立：《西方的骑士与中国古代的侠——中西方文学共同母题中表现的正义精神》，《上海师范大学学报》2009年第4期。

> 庄暴问孟子曰:"鲧遭舜殛,禹受舜禅,其为孝乎?"孟子曰:"禹之孝在乎天下,不在乎一家也。夫鲧遭舜殛,公也;禹受舜禅,亦公也。舜不以禹德可立,而不殛鲧,是无私于禹也;禹不以父仇可报,而不受禅,是无私于舜也。且舜哀天下之民于垫溺也,命禹治之,禹能不私一家之仇而出天下之患也,此非禹之孝在乎天下而不在乎一家欤?苟私一家之雠而忘天下之患,则何以为禹之孝?故孔子曰:'禹,吾无间然矣。'其是之谓乎?"

这是在孟子亲亲(老吾老以及人之老)思想和"为匹夫匹妇复仇"的基础上,试图调和向君报父仇所面临的两难困惑,而用高于"私义"的更符合普遍利益的范畴,来解决"不能复仇尽孝"的矛盾。

林慎思的主张有着文人文化史根基,也有时代的必然性。中唐以后藩镇割据,涌现出许多表现民间正义精神的文人叙事作品,如李公佐《谢小娥传》的女性化装为佣为父、夫报仇;沈亚之《冯燕传》的冯燕杀掉不义的情妇而主动自首开脱无辜,以及薛用弱《贾人妻》的女性隐姓埋名为夫雪怨、李肇《故囚酬报李勉》的刺客醒悟反杀恩将仇报者,等等,其固然有着某种主题学视野下的一以贯之的传统,然而,都或正或反,或与文人咏侠诗歌呼应,体现了一种民间的正义精神,得到了文人的认同而在精神层面上带来影响。于是下层豪侠文化带来了对孟子正义思想理解、阐释的新视野,林慎思的重构孟子,不过是一个时代精神的缩影,也是孟子思想所体现的正义观念延续光大的时代心声。

五 孟子仕隐观对于中国文人心态的影响

巴黎大学比较文学博士李辰冬教授(1907—1983),在多年仕途阅历的深切经验后,把中国文人的出处抉择划分为仕、隐两大类,指出在社会实践及个体思想表现上,其实又非常复杂:"想做官的不一定都能做到,即令做到,也不一定都能达到自己的理想,于是苦恼、牢骚、忿恨、不平等等的情绪就由这里产生。大凡理想愈高,离现实愈远,当两极端接触时,则失望也愈大,由失望而附带产生的各种情感也愈浓厚。……许多文人的放荡诗酒,行为不羁,激昂慷慨的行为与作品,就由这种'失+望'的情绪所致。……重观念,富情感,以城市生活与绅士生活作为描写对象及文字典雅，为'仕'人文学的主要特征。'仕'人文学的特征，当然不止这几点，不过，其他特征都由这些主要的特征演绎而来。"[①] 他指出由"隐"的政治态度经过文人心态所派生出的文学，以大自然、农村、山林、风景为题材，文体也不严格地守着规律。这实际上涉及创作主体仕隐观制约文学题材主题的问题。因此，讨论中国文学题材主题与文人心态关系时，不能忽视早期儒家出处观的影响，而与"我善养吾浩然之气"且与"至大至刚"正义观念联系的孟子仕隐观，则特别重要。

首先，孟子进一步其确立了《周易·系辞上》"君子之道，或出或处，或默或语"二元对立的政治态度和处世方针，强化了阴阳对举、进退仕隐政治思维原则的建构，强调仕进态度与正义实现、社会责任感的内在联系。直到西晋之后，这一非此即彼的价值观才为"朝隐"明哲保身的折中谋略所修改。

其次，考察唐末林慎思这一早期的出处思想接受阐释史，将其改造重铸孟子思想的历史贡献确当定位，可知，他对此后该"单位观念"的接受流传建构趋向起了定向作用。孟子对华夏精神史的贡献在于，其突出了古代文人心态中正义人格坚守所受民间豪侠精神的滋养激励，其暗示与情绪化的热诚，带有恒久的感染力和激发力，也就成为中国文人标榜"出劣处高"价值观的原型辐射中心。孟子为后世如朱元璋等敏感的君主所不喜，是为旁证。

最后，由于西汉中叶后儒家文化居于中国文化主流地位，出处意念伴随着儒家人格理想对于文人功业情结的支配功能稳态化，其踵随文人士大夫情感体验的丰富与雅文学表现形式演进，流光溢彩的美学因子日增，在文学圣殿中跃然登场。几乎每一个有成绩的文学家，其内心都免不了出处情结带来的喜悦和苦恼，感伤和忧虑，从而不少春恨秋悲的抒情，田园山水题材的偏爱，咏史咏怀的根基，都建立在出处意念焕发的勃郁之忧上，而正义理想是其支配性动机。

所谓"国学研究"，不应停留在对早期儒家思想的关注，而应结合文学作品流变，切实考察不同历史阶段中"国学"内在价值流向的转化变更，特别是与不同历史阶段文人心态结合、文学主题体现等方面，可以说，这

[①] 李辰冬：《李辰冬古典小说研究论集》，中华书局2006年版，第249—252页。

才是国学与文学主题学内在互动相生的生命力之所在，亦为其摆脱困境进入新的学术生长点之所在。[①] 而多数文人心中，都离不开孟子正义人格影像的召唤。

[①] 王立：《关于国学与文学主题学关系的几点思考》，大连理工大学国学研究所编《国学与文化自觉》，人民出版社2012年版。

第 二 章

《孔雀东南飞》:婆媳矛盾母题的
经典本土建构

　　学界通常认为,汉乐府名作《古诗为焦仲卿妻作》(初见徐陵编选《玉台新咏》)是一篇写实之作,理由是诗前序有"汉末建安中,庐江府小吏焦仲卿妻刘氏……"《孔雀东南飞》表现了焦母与兰芝的婆媳矛盾,这主要是根据诗中叙述的情节,特别是序中的:"(刘氏)为仲卿母所遣,自誓不嫁。……"而该诗自产生到《玉台新咏》的三百余年流传中,诗中的插入语作为与听众的交流语言,被认为有加工的痕迹。对此,俞平伯先生《略谈孔雀东南飞》曾指出:"我一向认为这序不可靠,出于后人附益。不但序文如此,连这《古诗为焦仲卿妻作》这题目也是后来加上的。试问,作诗有自称'古诗'的么?既曰'古诗',即是后人的口气。……此外,本诗似乎还有一个问题,为什么这么空前宏伟的名篇却不见于记载,而忽然突兀地如彗星一般出现在六朝的晚年?……近来偶读阮籍《咏怀诗》中的'昔日繁华子'一首:'愿为双飞鸟,比翼共翱翔'下,《文选》卷二十三,注引:'建安中无名诗曰:中有双飞鸟,自名为鸳鸯。'仿佛如见故人,这就是'孔雀东南飞'呵!"[①] 其实,关于古诗《孔雀东南飞》中的人物名称之类的有无,与故事的宏旨可能无关大碍。似更应关注,其为什么会在民间广为流传以及为什么会有各类变形出现?特别是该母题的社会影响。

---

① 俞平伯:《略谈孔雀东南飞》,《论诗词曲杂著》,上海古籍出版社1983年版。

一 东方民族的一个常见、多发的家庭症候

类似于《孔雀东南飞》焦母和兰芝的婆媳矛盾，在东方民族中并不是孤立的存在，至少印度民间故事中也有载录。涂尔干（一译迪尔凯姆）的观点值得借鉴，"当我们试图解释一种社会现象时，必须分别研究产生该现象的原因和它所具有的功能"。①

这或许至少可以说明，类似的社会问题具有东方文化的普遍性，在毗邻的印度社会中也存在，说是一家三口：

> ……但是自从媳妇进门以后，母亲就觉得儿子不像原先的儿子了，儿子也感到母亲不像原来的母亲了。……这并不是因为母亲不爱儿子，或者儿子不爱母亲，而是儿子从前只感到母亲可爱，现在感到妻子也可爱。母亲看到从前是自己给儿子做饭，而现在却由媳妇给儿子做饭；从前儿子不离母亲，现在儿子成天守在妻子身边；从前母亲就是儿子的一切，现在媳妇成了系在儿子脖子上的铃铛，不管是在地里干活，放牛，放羊或是挤牛奶，儿子和媳妇的眼光总是避开母亲，互相含情脉脉，相视而笑。在这种时候，母亲的心里总感到不是滋味，脸上掠过一丝愁容。……可是母亲又有什么错呢？她的儿子被别人夺去了呀，她晚上睡不着觉呀。她成天像久旱不雨的天空一样，空空荡荡，她老说："是媳妇给我儿子灌了迷魂汤了。"她在他们之间成了外人，孤苦伶仃，媳妇夺走了她的儿子，这叫什么规矩？纺好线，织工拿去；养了儿，媳妇夺走！母亲爱儿的一片心意有谁理解？怎能宁静？渐渐地，婆媳之间有了隔阂……②

这与焦母怒斥儿媳"此妇无礼节，举动自专由"何其相似！也是长期以来作为寡母们的一个代表，在带有性嫉妒意味的"羡憎"情绪支配下，忍无可忍，发展到"槌床便大怒"，婆媳关系也有一个恶化的累积、渐进式过程。

---

① ［法］迪尔凯姆：《社会学方法的准则》，狄玉明译，商务印书馆 1995 年版，第 111 页。
② 王树英等编译：《印度民间故事》，北京大学出版社 1984 年版，第 238 页。

主要受到陆侃如先生启发，章培恒先生认为此诗属于"分阶段累积而成"，大部分出于魏晋及以后，《艺文类聚》所依据的是一个较《玉台新咏》为早的文本，逼嫁与夫妇自杀之事恐南朝以后所增。该文引述谈蓓芳教授所发现的晏殊（991—1055）编《类要》引用了"新妇初来时，小姑始扶床"，而后来的《乐府诗集》无此，自不能此二句为《玉台新咏》所收该文本所原有。① 这样，该长诗产生的年代，很可能较之通常理解的年代要延后一些，所受佛经故事及印度民俗的浸染也随之更多。很多现代学者立论如汤斌先生等，也是这样理解的，认可了兰芝嫁到焦家时，小姑尚小。于是兰芝事实上在焦家，就不可能仅仅是"共事三二年"的问题，而有着一个相对长期的婆媳关系逐渐紧张的过程。

清人曾对该诗中人物特定关系，有过这样的体味："府吏不劝妇安分，而遽直言诘母，为妇鸣被遣之冤，而妇所以被遣之故又坐此。言妇好，正激母怒也。……母性本不仁慈，加以夫妻皆不善于调处，于是遣归之心决，而遣归之言吐矣。"② 也看得出，家庭是社会的结构元素，更是社会多种复杂关系的一个个缩影，处理家庭关系也是一门高深的艺术，阅历不足、与外界接触有限的新妇，哪能与久经历练的中年家庭主妇在处理关系上相比？又如何在种种不利于自己的态势中调整关系？

如此看来，或许这印度古代故事，就是汉末长诗《孔雀东南飞》的外域来源！当然，也可能是相反程序的一种故事传播。可是，必须要有力的更为确凿的证据，不过，至少这是中印古代社会中都发生过的，并且为人们意识到的普遍的现实存在与极具现实意义的叙事母题。故事在中印不同文化背景下，动机各异地流播丰富着。

中国大陆的南方，海路、陆路交通方面也都受到过南亚习俗和故事的影响。刘守华先生就比较过西南边疆某些少数民族民间故事所受到的印度传说濡染。如过伟先生就指出，刘守华先生采录了源于《佛本生经》的

---

① 章培恒：《关于〈古诗为焦仲卿妻作〉的形成过程与写作年代》，《复旦学报》2005年第1期；谈蓓芳：《玉台新咏版本考》，《复旦学报》2004年第4期。陆侃如先生认为："假使没有宝云（《佛本行经》译者）与无识（《佛本行赞》译者）的介绍，《孔雀》也许到现在还未出世呢，更不用说汉代了。"《〈孔雀东南飞〉考证》（《国学月报》3期），《陆侃如古典文学论文集》，上海古籍出版社1987年版，第544—552页。

② 张玉穀：《古诗赏析》卷七，上海古籍出版社2000年版，第159页。

傣族"阿銮"故事五六十个文本，探究出是 13 世纪随小乘佛教传入傣族地区的；发掘出《十二个姑娘的眼珠》出自泰国的《五十本生故事》，原型来自克什米尔古老传说，等等。①

文学史家特别注意到清代南方一些民族的悲剧叙事文学出现了繁盛局面。这些以爱情悲剧为主的描绘，许多有着类似《孔雀东南飞》这样的真人真事依据。如云南德宏地区傣族的叙事长诗《俄并与桑洛》，写桑洛在外地结识了美貌姑娘俄并，相爱已深，却得不到母亲的允诺，非要让他娶富有而粗俗的阿扁。俄并远路迢迢来寻桑洛，却受到其母迫害，回归后憾恨身死，闻讯赶来的桑洛也殉情自刎，两人的坟墓长出芦苇根系相连，被放火烧掉，火中升起的两颗星，也在年年三月相会。纳西族的传统大调《游悲》相爱的男女主人公也因无法成亲，出走雪山之外殉情。因汉族婚前"男女授受不亲"，因而与中原汉族故事相比，是相恋不能成婚的痛苦："《孔雀东南飞》等爱情叙事诗及其他情诗大多叙述婚后的事，表达了相思之苦，死别悼亡之悲；而南方少数民族由于'恋爱自由、婚姻不自由'的习俗，他们这些长诗大多展示了从真诚相恋到悲惨婚姻的整个过程，表现了恋的甜蜜、婚的苦涩，差异明显。"② 所言十分中肯。男女交往的民间风习不同，决定了中原与南方爱情悲剧所表现的时间段侧重的不同。

二 母题的经典本土文化建构

如果将上述中印两段故事详加比较，不难发现如下异同点：

1. 婆媳长期相处后发生难以调和的矛盾，而这矛盾又与家庭成员除仲卿外，均为女性性别有关。但又可以看出，除了语言优美之外，《孔雀东南飞》对女性间矛盾生成的内外因解释得很更为细致。

2. 儿子、儿媳对于不同角色的感情之"关系存在"，当是婆媳矛盾的一个关键点。仲卿作为久久为刚强寡母羽翼遮盖之下的独生儿子，缺乏男

---

① 过伟：《故事学研究开拓者刘守华》，《草根文学，快乐写作》，大众文艺出版社 2009 年版，收入肖远平、孙正国主编《探索者的足迹——刘守华教授民间故事研究六十年》，华中师范大学出版社 2014 年版。

② 刘亚虎：《中华民族文学关系史》（南方卷），人民文学出版社 1997 年版，第 425—431 页。

性应有的专断魄力,他那唯唯诺诺的女性化以及犹豫不决的性格特征,又导致性别之战时常转化为在家庭空间中生存的权力之战,"山中无老虎,猴子称大王"。

3. 在婆媳矛盾的生成与化解叙述中,印度民间故事更侧重两代人的不理解因素;而《孔雀东南飞》则侧重如何营构家庭和谐气氛,办法如下:

"以德报怨"式的委曲求全。这是华夏正统社会所一贯标榜的处理人际关系模式,刘兰芝正是这样的一个表率,但她自认失败了:"君既为府吏,守节情不移。贱妾留空房,相见常日稀。鸡鸣入机织,夜夜不得息。三日断五匹,大人故嫌迟。"忍无可忍,最终她清醒地意识到"非为织作迟,君家妇难为!"为了能在新的家庭组织中获得应有的角色地位,作为有心计的受到良好教育的年轻女性,刘兰芝不得不因地制宜地改变策略,这符合适应环境生存决策的规则:"这种进化机制不包括盲目的变异和适者生存。与盲目的变异不同,战士们清楚他们的处境并且主动利用它们。他们懂得他们行动的间接后果,就像被我们称为反射原则一样,'给人家不舒服最终反过来自己不舒服'。这些策略是基于思考和经验的,战士们学会了为了与敌人维持双方的克制,他们必须证明自己的实力和自己是可激怒的。他们懂得,合作必须基于回报。因此,策略的进化是基于精心思考而不是盲目的适应。这个进化也不包括适者生存,虽然无效的策略会导致一个部队的更多的伤亡,但兵力的补充使这些单位本身仍然保留下来。"①

在无法容忍的情况下,刘兰芝又采用了"一报还一报"式的处理办法。一般认为:"'一报还一报'的稳定成功的原因是它综合了善良性、报复性、宽容性和清晰性。它的善良性防止它陷入不必要的麻烦,它的报复性使对方试着背叛一次后就不敢再背叛,它的宽容性有助于重新恢复合作,它的清晰性使它容易被对方理解,从而引出长期的合作。"② 表面上看她胜利了,但实质上她是失败了。因为她选错了对象,她要对付的是一

---

① [美]罗伯特·艾克斯罗德:《对策中的制胜之道:合作的进化》,吴坚忠译,张文芝校,上海人民出版社1996年版,第65页。

② 同上书,第40页。

个意志坚定并且有了多年守寡经历、脾气磨炼得刚烈泼辣的中年寡妇焦母①，以及幕后有着相似处境的焦母支持者（如那个未出场的东邻贤女的家长）。

何况，刘兰芝的"一报还一报"的另一个对象，竟然指向了丈夫焦仲卿。在做焦家媳妇期间，丈夫焦仲卿一方面因公职在身，另一方面像多数年轻男子一样，无法也没有较为上心地庇护她；在被休回家的尴尬过程中，"依依不舍"的丈夫并没有一直护送她回到娘家。而在独居的漫长日子里，焦仲卿由于（也难免有借口的成分）在外地公务繁忙，甚至很久都不曾去刘家探望兰芝。因此，当兄长责备她，"作计何不量！先嫁得府吏，后嫁得郎君，否泰如天地，足以荣汝身。不嫁义郎体，其往欲何云？"兄长的责备促使刘兰芝作出改嫁的最后决定，而这一决定在客观上对焦仲卿是沉重的打击，引发他反思自我。

可悲的是，刘兰芝毕竟只是一个有独立思想而又恪守传统的女人，她又处于男性中心的社会和不良的家庭小环境中，应该说，从她恳切地表白辛勤能干的情况看，她当然没有拖欠作为儿媳的角色责任，但这肯定回避了最为重要的、决定性的一件事：如果她能生个一男半女，各种矛盾都会得到很大缓解，可惜没有。作为传统社会的女性，刘兰芝实际上属焦、刘两家的双重财产。这就是回归娘家后，兰芝所面临的设誓之刻思想准备不足的问题："……我有亲父母，逼迫兼弟兄。以我应他人，君还何所望？"

因此，这种比较的结果却是令人惊奇地发现：《孔雀东南飞》是最为经典的婆媳矛盾母题的本土建构。当然，在这一母题构成中，关系核心人物是焦母、焦仲卿和刘兰芝，其实还有一个人物就是"东邻贤女"。下面围绕三个核心人物略作探讨。

---

① 宫白羽：《十二金钱镖》第七十四章《红胡子智寻故剑》写薛兆离家出走之后，妻子独守幼子："早已不是初嫁薛兆时那样了。这七八年守活寡，独撑危局，已将她磨炼成泼辣刚烈的人。……"岳麓书社2014年版，第1168页。而在现代改编的京剧版《孔雀东南飞》中，焦母被策划为由男性来扮演，故意在脸上点了一个大痣，说唱都十分粗俗，其作为一个反面人物，前几场的"气场"都大于青衣、小生，以此衬托出男女主角的悲苦。参见卢霜霜《多维视野中的〈孔雀东南飞〉改编研究》，杭州师范大学硕士学位论文，2011年。

三　婆婆异化、儿媳优越感与弱男懦怯的代价

（一）焦母的性别异化与家长的责任

长诗由婆媳关系引发出一个东方社会惯常性的家庭问题：个体女性与封建家长的冲突。在焦家，父亲早逝，而焦母就是实际的执行家长，她在守寡的艰难岁月里，现实存在的种种迫使其性别角色既偏执又趋于变异，甚而独断、专行而颇接近专制化。为了焦家血脉的有效延承，焦母不惜重金聘娶受过良好教育、资质优秀的刘兰芝："十三能织素，十四学裁衣。十五弹箜篌，十六诵诗书。"而焦母当初为此付出很多彩礼，"受母钱帛多，不堪母驱使"，此既可看出焦家的殷实，也可看出焦母的雄心胆略。有此谋略的焦母为什么最后与儿媳有如此无法弥合的矛盾，以致家破人亡呢？这其中的问题大约集中在以下几点：

首先，作为家长的焦母，爱子心切，付出巨额彩礼娶来训练有素的媳妇。这大约是传统家长所思考的最核心问题：如何使家族光大兴旺，并能在社会体系中获得一定的地位。在这一选择上，焦母无疑是成功的，同时说明焦母很顾及焦家的颜面。

其次，作为传统女性，焦母的个人素养却实在不够高，处于更年期前后的焦灼暴躁的婆婆形象，严重影响了她对婆媳关系处理分寸的正确把握。儿子为媳妇求情，"阿母得闻之，槌床便大怒"，这是积怒已久的爆发，何以不能尽早解决或及时消减？而兰芝拜别时，本属应有的礼节，"上堂拜阿母，阿母怒不止"，基本的面子都不肯给，显得过于刻薄尖酸；因而，训练有素的儿媳受到其儿子的倾心眷恋。与庸俗的母亲相比较，儿子更尊重、亲近能干有一定预见能力的媳妇，而不是对母亲的只有敬畏（除了下定必死之念时），这就使家庭的权力核心有些撼动和倾斜。因此，并非刘兰芝"举动自专由"，也不是她"无礼节"，而是刘兰芝作为一个真实的"他者"永远存在于焦母的对立面，刘兰芝是一面时时折射出焦母庸俗不堪的镜子，时常挑战着焦母的权威，除非刘兰芝在焦家消失。因此，早在唐代乔知之《定情篇》就咏："……庐江小吏妇，非关织作迟。"

最后，焦母虽然性情异化，但她依旧是个女性，是焦父缺席情况下拥有家庭处置权力的家长。狭隘的生活视野与权力欲望的自我膨胀，使得焦母也为儿子选择终身伴侣的标准问题，颇费踌躇："四德"兼备的完美媳

妇与"四德"不全的有缺陷媳妇，哪一类更适合焦家？哪一类更易于统治？哪一类更能延续和体现焦家特征？而这个"四德"不全的人物正是"东邻之女"，而从故事的叙述中，显然"东邻之女"曾经是刘兰芝的手下败将。事实上，正是在现实生活的各种参照中，焦母发现了"东邻之女"的"贤"这一价值，由此会对未来自己权威的"可持续性"有决定性的影响。

（二）刘兰芝的女性自我膨胀与世俗年轻女性角色权力的匮乏

这可以说是一个"知识女性"往往难以回避的悖论。

对于成长之中的刘兰芝，因为读书明理导致她较之世俗的传统女性，更多意识到"女人自身也是一种存在"，而不是借助丈夫与子女的间接存在。但世俗的传统女性普遍遵守"多年的媳妇熬成婆"的生活原则。刘兰芝的反传统行为是其自杀的直接推手，从刘母的大惊"不图子自归"，到焦仲卿的久久无法解决复婚问题，都是明证。

再看刘兰芝的再嫁，似乎仍属于"选婚"，由刘母刘兄操纵此事。当时，女性本人一般没有婚配自主权，《世说新语·假谲》写东晋名将温峤（288—329）妇丧，他早就青睐从姑之女，就假意承领了代为选婿的重任，实则自荐并以珍贵的玉镜台为聘礼，而女方事先并不知晓，婚后才抚掌大笑："我固疑是老奴，果如所卜！"①说明婚前新娘对配偶情况几乎完全不知，并没有决定权甚至知情权。为了免生枝蔓，男女双方家长事先可能互有欺瞒。刘义庆该篇还写，王文度之弟阿智毛病不少，年纪偏大也无人与婚。孙绰有女邪僻乖张，嫁不出去。孙就拜访文度，求见阿智。见到后很有策略地扬言还可以，只是自己女儿不敢高攀，要阿智主动一些，文度很高兴地告诉了本族的蓝田侯王述，蓝田惊喜。只是成婚后才明白，那女的冥顽不灵、愚妄奸诈的程度，其实超过阿智，这才知道孙绰的狡诈。子女逾时未嫁，相对来说，实在是女方家长比较焦急心切。

因此，在强大的宗法与社会合力下，有"自我觉醒意识"的刘兰芝们，只能在苦痛煎熬中一个个地夭折在各方力量的交错中。刘兰芝的"高素质"正是焦母与"东邻之女"所妒忌的，也是她不见容婆婆的真正原因。社会需要女性为其创造精神财富吗？答案是否定的。社会需要的是

---

① 余嘉锡：《世说新语笺疏》卷下，中华书局1983年版，第857页。

她们成为创造"物质财富"的工具，那驯顺的"东邻之女"就足够完成此任务了。

在刘兰芝焦头烂额需要帮助的关键时刻，最应该给予帮助的丈夫——焦仲卿怎样呢？

（三）焦仲卿的男性弱化与责任衰颓

仲卿是个生活在婆媳夹缝中的懦弱者，属于"两头受气"的。前期，他因为不常在家，对家里发生的矛盾未能及时施加自己的影响，尚情有可原。矛盾尖锐化并无法调节之时，他努力过，无奈也就屈从强硬的母亲的压力。弱化的男性常常自身难保，又如何保护妻子呢？而弱化的男性也是男性，虽然不能保护妻子却又充满了嫉妒。可以这样说，焦仲卿对于刘兰芝的投水身死，负有不可推卸的责任。

首先，导致刘兰芝在胜利的关键时刻败下阵来的，是焦仲卿的懦弱与猜疑。也可以这样说，焦仲卿是扼杀刘兰芝生命的间接杀手。如清人朱乾《乐府正义》卷十四所论："仲卿不能积诚以回其母，以致杀身陷亲，其情可伤，而其罪亦不小。"陈祚明《采菽堂古诗选》卷二中也深为抱憾："……府吏良谨愿，然不能谕妇以事姑，而但求母以留妇；不能慰母之心，而但知殉妇之爱。"能力实在有限。

其次，虽然仲卿也认为妻子能干反而受到不公平待遇，但当他与母亲交锋败阵后，就"默无声，再拜"而归，立刻就说服妻子离开："卿但暂还家，吾今且报府。不久当归还，还必相迎取。"可是他并没有及时兑现这诺言呀！《礼记·内则》："子甚宜其妻，父母不说，出；子不宜其妻，父母曰'是善事我'，子行夫妇之礼焉，没身不衰。"难说仲卿没有受到这一规定影响。

再次，虽有约定，但仲卿的诺言兑现并不及时，甚至遥遥无期，可知兰芝是在一个怎样的压力下度日如年，以至于被迫允婚，肯定与此难熬的压力有关。

最后，当焦仲卿得知刘兰芝再嫁消息后，也没有充分考虑到刘兰芝处境的艰难，反而不无自私地一味责备，甚至施加"语言暴力"讥讽刘违背誓言："贺卿得高迁！磐石方且厚，可以卒千年；蒲苇一时纫，便作旦夕间。卿当日胜贵，吾独向黄泉！"逼迫刘兰芝在情急之下脱口说出："黄泉下相见，勿违今日言！"

如果说，焦母和刘兄给予刘兰芝的是外在的压力，那么，仲卿的嘲讽和缺少体谅，则是压倒兰芝精神支柱的最后一根稻草。因此，焦仲卿事实上已成为社会传统习俗的一个得力的变相帮手，也许是无意之中他的行动带有习俗的权威性，于是他不自觉地摧折了兰芝的生存下去的信念：

> 当传统和社会习俗已经融会于一个人的活动构造之中的时候，它们事实上对于他的信仰和对于他的行动就具有了权威作用。这些发挥权威作用的势力在个人中是如此普遍和如此深刻的一部分，以致我们没有想到或感觉到它们是外在的和带强制性的。由于它们构成了个人的习惯信仰和目的的一部分，所以就不能把它们当作是与个人相敌对的东西。它们支持着他并给与他以方向。它们自然强迫他对它们忠贞而且激起他对它们的热诚。所以如果我们对于体现习俗传统权威制度进行攻击，这自然引起个人的抱怨；深深地抱怨这是对他本身中最深刻和最真实的东西所进行的攻击。①

可以说，时间的延宕不应忽视。本来，初回娘家时，兰芝履行誓言还是认真的："兰芝初还时，府吏见丁宁，结誓不别离。今日违情义，恐此事非奇。自可断来信，徐徐更谓之。"但焦仲卿的犹豫拖延让她渐渐绝望，恐怕焦仲卿潜意识里已被挤压走向了他母亲的营垒，他达到了焦母没有达到的目的，从肉体和精神上彻底杀死了刘兰芝。关键还在于，就连刘母也不相信女儿具备能调处好新生活的能力："不堪吏人妇，岂合令郎君！幸可广问讯，不得便相许。"这既张扬了兰芝自遣事件，产生了一定的社会影响，又加重了兰芝的精神压力，并有效地降低了兰芝在娘家的话语权，这种严重性逼得兰芝也不能不在短暂时间里来为自己最想说的几句话泣诉："果不如先愿，又非君所详。……"使她在被主客观地疏远仲卿之后，继续加大了与仲卿的彼此隔膜。而提出第一次婚姻失败这事，兰芝在与母亲对话此事时，也就明显处于下风。

作为改嫁之妇，虽然再婚前觉得不可心，不开心，婚后既然木已成舟，最初抵触之，而后渐渐顺遂并很幸福的，这种情形在六朝时期也不是

---

① [美]约翰·杜威：《人的问题》，傅统先、邱椿译，上海人民出版社1965年版，第77—78页。

没有：

> 诸葛令女，庾氏妇，既寡，誓云："不复重出！"此女性甚正强，无有登车理。恢既许江思玄婚，乃移家近之。初，诳女云："宜徙于是。"家人一时去，独留女在后。比其觉，已不复得出。江郎莫来，女哭詈弥甚，积日渐歇。江彪暝入宿，恒在对床上。后观其意转帖，彪乃诈厌，良久不悟，声气转急。女乃呼婢云："唤江郎觉！"江于是跃来就之，曰："我自是天下男子，厌，何预卿事而见唤邪？既尔相关，不得不与人语。"女默然而惭，情义遂笃。①

因此，在庐江府担任若干年府吏的焦仲卿，肯定也听说过一些类似事例甚至案例，他对于听说到的兰芝应允改嫁消息后，对兰芝能否坚守誓言，内心有所猜疑，也不是没有理由的。而刘母、刘兄，恐怕也正是在打这个主意，即改嫁事实成立之后兰芝她可能顺水推舟，就接受了那位条件不错的新夫婿。

不能忽略的，还有细节表现出的男主人公自杀前的焦虑，即焦仲卿的事后懊悔与良心自责：

> 府吏闻此事，心知长别离。徘徊庭树下，自挂东南枝。

这里至少有三点应予关注，一是焦仲卿听到刘兰芝赴水而死之后，才真正意识到"长别离"，也就是说，此前他根本就没有想到兰芝会有"殉情"之举；二是焦仲卿在庭院树下徘徊——焦虑、悔恨、无望，也可以说拷问自责深思熟虑后，才做出"自挂东南枝"的自杀行为。何况，还存在着一个对于兰芝之死追责的问题，再婚前夜新妇投水，谁能说此事与其同前夫私会无关？

焦仲卿何以有如此不同平常的决断？这牵涉到一个男性的生命观问题，由个体延及宗族、社会，庐江府的小吏在无可挽回的价值失落的震撼中，才算真正懂得了责任与担当，这存续了个体在家族面前的责任使命意识。相比之下，刘兰芝被遣前后，一直并非能力的原因而摆脱不了

---

① 余嘉锡：《世说新语笺疏》，第858页。

附属地位：

> 为了部落和氏族的利益，战士们将生死置之度外，借以证明生命并非男人的最高价值，而是应当为比生命本身更为重要的目的才被创造。……从生物学来说，物种只有通过不断复制自身才能繁衍存在，但绝大多数生命创造的结果只不过是反复着相同的生命体。但是，男人在确保重复生命的同时，却又以存在超越了生命，并以这种超越创造了比纯粹重复生命的价值多得多的价值。在动物界，由于没有涉及思考，雄性活动的自由和多样性也就无从谈起。除了完成物种的使命，它的活动无关紧要。但人类中的雄性不但服务于物种，还为大地塑造了未来。他创新工具，他进行发明，他创造未来。在使自己成为主权者的同时，他也会得到作为伙伴的女人的支持。因为女人同样是生存者，也有超越的欲望，她的思想也不光是重复，而同样面对另一种形式的超越——她心里再次验证了男性的超越。她和男人一起庆祝节日，颂扬和证明男性的成就与胜利。然而她的不幸在于注定只能重复生命，甚至他自己也这么认为，生命本身并没有存在的理由，而这种理由甚至高于生命本身。[①]

因此，虽然焦仲卿在寡母的豪横管制之下，但作为未来的焦家的家长，焦仲卿其实也有着男性共同的征服欲望，何况，如他对母亲所言："儿已薄禄相，幸复得此妇。"他在兰芝身上获得了做男人的自豪与尊严，尽管先前由于兰芝的刚强和郁闷，他的尊严不免打了一些折扣。尽管长诗描写他的府吏生涯有所缺失，无疑拥有优秀的兰芝是焦仲卿的骄傲，因此，从内心里，他当然不希望兰芝改嫁，尤其是嫁给地位高于他的郎君。兰芝在仲卿几乎全不了解的压力下权且同意改嫁郎君，使得仲卿对兰芝的忠贞产生了怀疑，这怀疑同自己身为小吏仕途暗淡汇聚，变得迅猛而有些可怕。仲卿的首鼠两端，合乎传统社会中家长接班人的素质，为焦母所期盼。从某个层面讲，焦母对儿媳的虐待，一定程度上也对仲卿将来的家长统治地位有利，为使兰芝驯服，仲卿的内心有时恐怕也默许了焦母的部分行为。

---

① [法]西蒙·波伏娃：《第二性》，李强译，西苑出版社2004年版，第30页。

四　婆媳关系：一个永恒而无解的社会生态难题

焦母的功利而强硬的性格是生活磨炼的结果，刘兰芝的优秀通达是文化熏陶的结果，而长江后浪推前浪又是历史必然；儿子在母亲与妻子之间永远是首鼠两端而又投鼠忌器的。这样看来，婆媳矛盾是无法化解的永恒难题吗？这正是婆媳矛盾母题生成和彰显的深层社会意义所在。涂尔干曾这样说过："关于社会事实的原因和功能这两类问题，不仅应该分别研究，而且一般来说应该先研究前者，然后再研究后者。这种先后次序实际上也是符合社会事实的次序的。自然应该先研究现象的产生原因，而后再设法探明它造成的结果。这种方法也是很符合逻辑的，因为第一个问题一经解决，往往有助于第二个问题的解决。其实，原因与结果之间的牢固联系具有一种互补性，但这个性质还没有被充分认识。当然，没有原因就不可能有结果，而原因也需要有其结果。结果要从原因那里汲取力量，并且一有机会，就把这种力量还给原因，所以，除非不再受原因的影响，否则结果是不可能消失的。"[1]

如果男性家长制的社会结构不变，婆媳关系的矛盾就总会不同程度地存在，严重者就如同焦母、兰芝这样矛盾无法化解。焦母关注的是"此女无礼节，举动自专由"，而兰芝所意识到的是："仍更被驱遣，何言复来还？"这是一项控制与反控制的斗争，专制与自由的冲突，难以缓和的双边紧张关系。

假使设想到，拥有更为复杂的家庭成员的情况，可能对仲卿面临的困境能有更多理解，即娶妇之后旧有的家庭关系必然会疏远与离间，宋代陈正敏《遁斋闲览》记载，姑苏冯氏兄弟三人，非常友爱。冯三娶妇一年多之后，妇经常吹枕旁风让丈夫分家，冯三怒骂她："吾家已经顶着'义'的美名聚居三世了，你想要毁坏我们家族的家业吗？"妇人才不再提出意见。而冯二每当面对亲戚时，常恨恨地担忧："此妇必败吾家。"弄得冯三的媳妇流着泪向丈夫主动要求被遣娘家，问她为什么她也不说，再三询问，冯三媳妇才说出了自己的难言之隐：

---

[1] ［法］迪尔凯姆：《社会学方法的准则》，狄玉明译，第111—112页。

> 始收泪曰："妾父母以君家兄弟笃于友义，故以妾〔归〕君。今仲常欲私我，我不敢从，每恚怒，欲令君逐妾，向劝君卜居于外，其实虑此。使妾不幸为仲所污，纵君含耻能忍，妾亦何面目以见亲族乎？"季怒，遂逼其兄析居，而孝友衰焉。王荆公曾言，柳开所撰其叔母墓志云："人家兄弟无不友爱，多由娶妇离间。"观此，真可以为诫焉。

故事中妇人被调戏的情形或许存在，丈夫相信与否，以及是否与兄弟分离，取决于集团利益的得失。夫妻建构的家庭小团体是丈夫家族整体势力的一个直接体现，而兄弟建构的家族大集团则仅仅是丈夫部分势力或一小部分势力的直接体现。柳开所言"人家兄弟无不友爱，多由娶妇离间"，其实不过是家族兄弟分家的一个原因，并非根本原因，也未必是多数此类纠纷的原因。

人类学家从美拉尼西亚人社会的研究中，得出家庭（男女小家庭）与亲族的关系，其实两者具有竞争性、排斥性：

> 当家庭与亲族并列存在的时候，一个所得到的，也就是另一个所丧失的，家庭关系的加强，不可避免地意味着亲族关系的削弱；亲族关系的加强，又只能以削弱家庭关系为前提。因此，亲族和家庭是在彼此斗争中成长的。①

前引柳开所注意到的，不过是感情上的分配问题，事实上也有日常生活更为现实的资源、经济收入甚至生活空间、隐私等诸多方面的问题。但人类各民族文明发展已经充分证明，夫妻小家庭建构的新的小团体才是社会有活力的细胞，将是社会向前发展的有力动因，这才是夫妻团体结构胜于兄弟团体结构的真正价值所在。

而对于焦母，作为长辈在儿子成家立业之后，感受不到以往的亲子之爱、家庭之中难忘的温馨，是一种必须承认的客观存在。不能因为焦母持有这种"儿子类同情人"错误的感受，就过低估计、估价这种感觉的实

---

① ［苏］Ю. N. 谢苗诺夫：《婚姻和家庭的起源》，蔡俊生译，中国社会科学出版社1983年版，第242页。

际存在及其某种合理性。而这仅是问题的冰山一角，隐藏在现象背后的是，刘兰芝与焦仲卿建构的夫妻小团体，有可能真正动摇焦母的家庭核心权力地位，只是迟早的问题，而这才是焦母们最为担心与恐惧的。

而兰芝，她被沉重的家庭作坊束缚，只是一味地劳作，她并未及时意识到婆媳关系危机将要带给自己和家庭的厄运的严重性，从而及时缓和婆媳关系，而自以为能干就仍旧表现得很刚强，由暗中对抗变为当面对抗，终于达到不得不自遣，而自遣又未能收到预期效果的程度。回娘家前鸡鸣即起，如李因笃《汉诗音注》所称："自初妆以至妆成，每加一衣一饰，皆着后复脱，脱而复着，必四五更之，数数拖延，以推晷刻也。"余冠英先生《汉魏六朝诗选》也体会到："每事四五遍，或是心烦意乱，一遍两遍不能妥帖。或言其极意装束，一遍两遍不能满意。"也可以说，"著我绣夹裙，事事四五通"除了表明兰芝不忍离去的哀伤心情之外，也从一个角度暗示出，刘兰芝对婚后大家庭生活有过分理想化、完美化的奢求。她毕竟年轻气盛，没能真正做到"忍辱负重"、"卧薪尝胆"，一直忍耐到焦母退位而自己"熬成婆"。

对于刘兰芝改嫁的描写，王运熙先生《论〈孔雀东南飞〉的产生时代、思想、艺术及其问题》早就指出，汉魏之时，妇女改嫁是很平常之事[1]，蔡文姬在匈奴生二子，仍可再嫁为董祀妻，并无"节义"的非议，加上没有孩子的拖累，这在兰芝，也是持守性格刚强的一个资本；后来回到娘家后那么快就找到条件不错的下家，也反证了这一点。然而问题要两方面看，在焦母看来，既然兰芝条件不错，也没有什么再嫁的障碍，那主动请归，这边落得清静，有何不可，也就没有多少自责内疚，就只剩下做通儿子仲卿的工作了。但是改嫁之后的刘兰芝，很难说不会遭遇到另一个焦母。而如同汤斌教授所说，在这种父系社会家庭结构之下，如果儿媳有一点"女酋长"作风就可能导致悲剧，如刘兰芝不死，恐怕她将来也会重蹈覆辙迫害儿媳的。[2]

然而，汉末当时，也有一些"烈妇"为反抗家族势力逼迫"再嫁"愤而自杀，如刘兰芝之"举身赴清池"者。范晔《后汉书·列女传》载，南阳阴瑜妻是颍川荀爽的女儿荀采，聪敏有才艺。年十七，嫁给阴氏。十

---

[1] 王运熙：《乐府诗述论》，上海古籍出版社1996年版，第271页。
[2] 汤斌：《〈孔雀东南飞〉的悲剧与父系家庭》，《文学遗产》1989年第6期。

九岁产一女,而阴瑜卒时:

> 采时尚丰少,常虑为家所逼,自防御甚固。后同郡郭奕丧妻,爽以采许之,因诈称病笃,召采。既不得已而归,怀刃自誓。爽令傅婢执夺其刃,扶抱载之,犹忧致愤激,敕卫甚严。女既到郭氏,乃伪为欢悦之色,谓左右曰:"我本立志与阴氏同穴,而不免逼迫,遂至于此,素情不遂,奈何?"乃命使建四灯,盛装饰,请奕入相见,共谈,言辞不辍。奕敬惮之,遂不敢逼,至曙而出。采因敕令左右辨浴。既入室而掩户,权令侍人避之,以粉书扉上曰:"尸还阴。""阴"字未及成,惧有来者,遂以衣带自缢。左右玩之不为意,比视,已绝,时人伤焉。①

烈妇急求左右准备浴具而实自缢之举,持守的乃是"从一而终"的信念,而得到了当时人们广泛的悯惜同情。王符《潜夫论·断讼篇》也注意到了当时的一时风气:"又贞洁寡妇,或男女备具,财货富饶,欲守一醮之礼,成同穴之义,执节坚固,齐怀必死,终无更许之虑。遭值不仁世叔,无义兄弟,或利其聘币,或贪其财贿,或私其儿子,则强中欺嫁,处迫胁遣送,人有自缢房中,饮药车上,绝命丧躯,孤捐童孩,此犹胁迫人命自杀也。"这些类似载录,早已引起了研究者的重视②。

对于兰芝、仲卿自杀引起的后果,长诗采取了圆满的幻想收束,很可能属于执法过程中的"私了"的考虑,以期避免双方家长被地方官追责。对此,后世有的民事纠纷可以反证。研究者曾注意到,20 世纪 40 年代侯家营发生了二十岁的侯振祥媳妇的自杀案。侯氏十七岁嫁入侯家,与丈夫关系还可以,但与泼悍的婆婆关系不好,三年后(1942 年)这种紧张关系达到顶点。年轻的侯氏捡麦秸的钱因回娘家没及时取,公公替她收下,因没零钱找零头就给了儿媳四元钱。婆婆气恼,逼迫多给钱的立刻去拿回零头(一说立即把侯氏找回帮助家里收高粱),要钱的并未向亲家要钱而抱怨指使者(婆婆)蛮不讲理,于是婆婆亲自去找亲家索取,亲家之间恶语相向,使年轻的媳妇非常伤心,当天晚上回婆家后就跳井自杀了。警

---

① 《后汉书》卷八十四《列女传》,中华书局 1965 年版,第 2798—2799 页。
② 乐闻:《〈孔雀东南飞〉的故事背景》,《文学遗产》2002 年第 1 期。

察为此事来村中调查询问,侯家怕遭起诉,请社区有影响的人调解。调查发现,不平等的权力关系压抑了婆媳间公开的纠纷和法律诉讼。①

实际上,在现实生活中,儿媳、儿子双双自杀,带来的乃是整个家庭不可挽回的悲剧。台湾学者就注意到,入主中原后的旗人,经过一二百年的社会变迁、文化固化,婆婆宰制儿媳婚姻的现象很严重:"若婆婆嫌弃儿媳不孝要求离婚,这样的案件经官府断案后,离婚是可以成立的。"道光九年,生下一子一女,与婆婆同住的李氏,就因婆婆黄氏管教太严,争闹并出言顶撞,被告被休。《中华帝国的法律》一书提到的婆婆无故殴打儿媳,在中国非常普遍。而婆婆为了管教儿媳,导致家破人亡、得不偿失的也不少。如据亲属事后供称:儿子出门当差,儿媳杨氏(本是两姨亲)结婚时才十七岁,因做活,又不服顶嘴,婆婆告状,儿媳被打;但又再次告状,儿子就不说媳妇了,婆婆就将儿子、儿媳一并斥骂,隔日儿子儿媳在树上吊死。两个老人后悔哭泣,也投水自杀了。研究者指出,汉朝"孔雀东南飞"的故事历代不断地发生:"这说明法律赋予婆婆管教儿媳的权力,从而使得婆媳之间的关系更加紧张。"②

这一同属于传统社会形态的例证,可以佐证,《孔雀东南飞》结尾的"连理枝"、"双飞鸟"鸳鸯的生命意志变形后的延续。如《太平广记》卷三百八十九引《述异记》也载录了一个民间传说:

> 吴黄龙年中,吴都海盐有陆东美,妻朱氏,亦有容止,夫妻相重,寸步不相离,时人号为"比肩人"。夫妇云,皆比翼,恐不能佳也。后妻死,东美不食求死,家人哀之,乃合葬。未一岁,冢上生梓树,同根二身,相抱而合成一树,每有双鸿,常宿于上。孙权闻之嗟叹,封其里曰"比肩",墓又曰"双梓"。后子弘与妻张氏,虽无异,

---

① 黄宗智:《清代的法律、社会与文化:民法的表达与实践》,上海书店出版社2001年版,第68—69页。而清代陈祚明《采菽堂古诗选》则从写作艺术上理解长诗的结尾安排:"……两家闻二人之死,仓皇悲恸,各怀悔恨,必有一番情事,然再写则沓拖,故直言求合葬,文势紧峭,乃知通篇之缕缕无一闲语也。于此可悟剪法也。"
② 赖惠敏:《妇女无知?清代内府旗妇的法律地位》,台湾《近代中国妇女史研究》2003年第11期。见李贞德、梁其姿主编《妇女与社会》,中国大百科全书出版社2005年版,第315—318页。清代许奉恩诗咏:"连理交柯墓草肥,千秋赢得空同归。眼中泪点心头血,进作东南孔雀飞。"

亦相爱慕，吴人又呼为"小比肩"。①

类似传说在此前后的文本丛集，说明类似生活现象在这一时期多有发生②，恐怕不能仅仅完全算作以往所说的美好愿望的理想化、超现实的寄托，也带有女性自杀带来的连带性后果，暴露出"平静的图画"背后那激化了的家庭矛盾，于是生发出这一美丽的传说，传播功能上起到了转移舆论视线、分散注意力的心理调适作用。

即使这样一个人们熟知的如同梁祝故事一样的"变形成双"的结尾，恐怕与印度文学也不是没有关联的。据研究，《罗摩衍那·猴国篇》即提到了吠鸠陀山上，长满了"如意树"，可以满足人的心愿，戒日王是《龙喜记》写云明王宫里有棵如意宝树，其在印度文学中的意义远大于"连理枝"在中国文学中的意义。普列姆昌德《如意树》写公子拉杰为仇所迫亡命，与父亲原侍从之女金达相恋，但又被仇人掳走多年，回归时金达已死，他们年轻时双双种下的芒果树——如意树已枝叶繁茂，如同当年金达殉情，拉杰也死在树下，从此，如意树上就有了一对小鸟，人们相信这就是公子和金达。此外以植物作为爱情象征或喻夫妇偕老也很多，如迦梨陀娑《沙恭达罗》用植物互生群落，如小茉莉与芒果树喻夫妇、情人之义。至于鸳鸯、孔雀等动物比况夫妇、情人的，印度文学中的也不少。③

植物与人休戚相关的观念，19世纪末维谢洛夫斯基引用过哈特兰德的研究，指出流传很广，波斯人、西欧、希腊、塞尔维亚、乌克兰等民歌中均有，在被恶婆婆拆散的一对夫妻的坟上长出了一棵桐叶槭和一棵白杨，或别的两个植物，在高加索民歌中，坟里长出的两棵树，刮北风时便相互拥抱在一起，因此："起初，比较接近于古代关于人与自然的生命的同一性的观念，树木—花卉从尸体里长出来；这是同样的一些人，生活于以往的激情之中；当同一性的意识淡化之后，形象却保留下来，而树木—花卉已经是被人栽种在殉情恋人的坟墓上，而我们自己则在暗示这一古代

---

① 李昉等编：《太平广记》三百八十九引《述异记》，中华书局1961年版，第3103—3104页。

② 王立：《相思文学主题中的相思鸟、连理树意象寻秘》，《华南师范大学学报》2000年第6期，中国人民大学《复印报刊资料》J2专题2001年第5期转载。

③ 梅晓云：《连理枝与如意树——试论中印文学中爱情悲剧的幻想解决》，《印度文学研究集刊》第三辑，上海译文出版社1997年版，第126—141页。

观念，并加以更新，表示树木就像安息在它们下面的死者一样，依据同情心而继续在相亲相爱。……"卢日支人民歌中就有："请把我们合葬在那棵椴树下，载上两株葡萄藤。葡萄藤长大了，结出累累果实，它们相亲相爱，缠绕在一起，永不分离。"①

长诗结尾："东西植松柏，左右植梧桐。枝枝相覆盖，叶叶相交通。中有双飞鸟，自名为鸳鸯。仰头相向鸣，夜夜达五更。……"清人体会："因即借合葬，就树木之连理，引起鸳鸯双鸣之感人，为两人同心甘死留一印证……"②而三国时译经也有类似句式："白玉树者，白玉根车碟茎，珊瑚枝虎珀叶，金华摩尼殊实，是七宝树转共相成。种种各自异，行行相值。茎茎自相准，枝枝自相值。叶叶自相向，华华自相望，实实自相当。……"③岂非偶然，也有互为参照，甚至译经影响长诗之可能。

佛经中鹦鹉为善鸟，有舍身救火义举，作为幸运之鸟，鹦鹉亦可转生，又以鸣声为人喜爱，《弥陀经》称："弥陀佛国常有种种奇妙杂色之鸟：白鹤、孔雀、鹦鹉、舍利迦陵、频伽、共命之鸟，昼夜六时出和雅音，其音所说：五根、五力、七菩提分、八圣道分，如是等法其上。众生闻是音声，皆悉念三宝。"④至于长诗中鹦鹉长鸣，很可能也受到汉译佛经启发，如《长者音悦经》：

> 有国王亦名音悦，复有一鸟，名曰鹦鹉，在王宫上鸣声和好。王时昼寝，闻鸟鸣声惊觉。问其左右："此为何鸟？鸣声妙好。"侍者白言："有一奇鸟，五色焜煌，适在宫上，鸣已便去。"王遣步骑，逐而求之，推寻殊久捕得与王。即以七宝璎珞其身，常著左右，昼夜看视不去。须臾复有一鸟，名曰鹞枭，来在宫上，看见鹦鹉独得优宠，即问鹦鹉："何缘致此？"鹦鹉答言："我来宫上，悲鸣殊好。国王爱敬于我，取我常著左右。"鹞枭闻之，乃怀妒嫉，心即念言："我亦当鸣，令殊于卿。国王亦当爱宠我身。"王时卧睡，鹞枭即

---

① [俄]维谢洛夫斯基：《历史诗学》，刘宁译，百花文艺出版社2003年版，第157—159页。
② 张玉穀：《古诗赏析》卷七，第162页。
③ 《佛说阿弥陀三耶三佛萨楼佛檀过度人道经》卷上，月氏国支谦译，《大正藏》第十二册，第305页。
④ 僧旻、宝唱等：《经律异相》卷第四十八《禽畜生部中》，上海古籍出版社1988年版，第258页。

鸣……

被惊醒的国王怒将这恶声鸟拔去毛羽处罚,而鸱枭却反倒怪罪鹦鹉。佛说出前世原委:"昔国王者,长者音悦是;鹦鹉者,我身是;鸱枭者,不兰迦叶是。"① 焦刘两人转生为鹦鹉,也当与此有关。

从平行研究来看,印度相关故事与《孔雀东南飞》的结尾及《搜神记》"韩凭夫妇"的死后情状肯定具有可比性:"宿昔之间,便有文梓木生于二冢之端,旬日而大盈抱,屈体以相就,根交于下,枝错于上。又有鸳鸯,雌雄各一,恒栖树上,晨夜不去,交颈悲鸣,音声感人。宋人哀之,遂号其木曰'相思树'。"然而,确切的影响,缺少确切的证据。赵国华先生的经验之谈很有启发性,他认为《摩诃婆罗多》传入中国的渠道:"一是通过汉译佛经,这已经找到了某些文字证明;一是通过中印两国人民的长期交往,如僧人贾客、学子使臣,口耳相传,这是今天易于被人忽视又难以得到印证的。《西游记》与《摩诃婆罗多》存在渊源关系的事实告诉我们,后一条途径或许更为重要。它给我们这样一些启示:在对中印文学作影响研究的时候,既要重视文字记载,又不能拘泥于古代有没有译本,也不能让汉译佛典有没有相类的话束缚自己。比较研究应该放宽眼界,主要去发现内在的联系,寻求实际的对应人物及性格特征、情节、故事类型等。同时,还应该对中印文学影响中的吸收和同化加强规律性的认识。……"②

因此,对于婆媳矛盾这一具有东方特色意义的母题,我们关注的不在于更多地探究具体矛盾的生成原因和破解之法,而也应关注无法消失的婆媳矛盾,将会对社会进程产生哪些有利或不利影响,而如何变不利为有利,才是这一恒久社会问题探究的核心之点。

---

① 僧旻、宝唱等:《经律异相》卷第三十六《杂行长者部下》,第198页。
② 赵国华:《〈西游记〉与〈摩诃婆罗多〉》,季羡林主编《印度文学研究集刊》第二辑,上海译文出版社1986年版,第256—289页。

第三章

性格、伦理冲突下的匡章父子关系及悲剧内涵

明代磊道人《七十二朝人物演义》卷二十九《匡章通国皆称不孝焉》，是根据一些史料记载的真实事件创造的一部历史演义小说①。小说通过匡章父子悲剧性矛盾冲突的故事情节叙述，不仅塑造出一对性格迥异的典型父子形象，更向后人揭示出悲剧背后的深层伦理文化内涵。

一 两个匡章原型内蕴及其文本演变

对于匡章（又称"章子"）其人，《孟子》、《庄子》、《吕氏春秋》、《史记》、《战国策》等典籍，皆有叙述，但比较简单零散。不同文本的载录中，可以明显看出人物事件不同的载录。两个匡章之所以混同，一是因为他们都又叫"章子"，二是都在对父之"孝"伦理行为的效果上出了问题。

一是不孝的匡章（章子）。从《孟子·离娄下》中，可看出当时匡章事件的影响规模及时人的态度：

> 公都子曰："匡章，通国皆称不孝焉，夫子与之游，又从而礼貌之，敢问何也？"孟子曰："世俗所谓不孝者五：惰其四支，不顾父母之养，一不孝也；博弈好饮酒，不顾父母之养，二不孝也；好货财，私妻子，不顾父母之养，三不孝也；从耳目之欲，以为父母戮，

---

① 磊道人：《七十二朝人物演义》，书目文献出版社1988年版。参见古本小说集成第一辑，上海古籍出版社1991年影印本。

四不孝也；好勇斗很，以危父母，五不孝也。章子有一于是乎？夫章子，子父责善而不相遇也。责善，朋友之道也；父子责善，贼恩之大者。夫章子，岂不欲有夫妻子母之属哉？为得罪于父，不得近，出妻屏子，终身不养焉。其设心以为不若是，是则罪之大者，是则章子已矣。"

从侧面勾画出匡章这个人物，综合起来有以下叙事要点：（1）孟子没有否定匡章与其交往甚密（因此有人认为他是孟子弟子，也有人认为是孟子之友）；（2）父子之间关系紧张，章子确实有一定责任；（3）章子失爱于父，非常自责，并影响其以后的人生道路；（4）章子得罪于父，受到当时社会舆论广泛的谴责；（5）章子为惩罚自己的不孝而赶走妻子与儿子。就原型的传播功效来说，没有人物形象塑造、故事情节叙述、故事发生背景等等，还不能形成一个完整的小说创作，更不能说是真正意义上的小说作品，而只是孟子通过此事件阐述个人真实思想的谈话录。

二是孝子匡章（章子）为国征战立功。即齐伐燕时"将五都之兵，以因北地之众以伐燕"的主将匡章，《战国策·齐策》对其匡章没发迹前这段经历的叙述，主要也是通过齐王与臣子的对话：

秦假道韩、魏以攻齐，齐威王使章子将而应之。与秦交和而舍，使者数相往来，章子为变其徽章以杂秦军。候者言章子以齐入秦，威王不应。顷之间，候者复言章子以齐兵降秦，威王不应。而此者三。有司请曰："言章子之败者，异人而同辞。王何不发将而击之？"王曰："此不叛寡人明矣，曷为击之！"顷间，言齐兵大胜，秦军大败，于是秦王拜西藩之臣，而谢于齐。左右曰："何以知之？"曰："章子之母启得罪其父，其父杀之而埋马栈之下。吾使章子将也，勉之曰：'夫子之强，全兵而还，必更葬将军之母。'对曰：'臣非不能更葬先妾也。臣之母启得罪臣之父。臣之父未教而死。夫不得父之教而更葬母，是欺死父也。故不敢。'夫为人子而不欺死父，岂为人臣欺生君哉？"[①]

[①] 郭人民：《战国策校注系年》，中州古籍出版社1988年版，第190—191页。

第三章　性格、伦理冲突下的匡章父子关系及悲剧内涵　57

在这里通过齐王之口，对章子其人也可以得出另外几个情节要点：（1）匡章之母被父杀之后草草埋在马栈之下；（2）齐王认为匡章是忠孝皆全之人并赏识重用他；（3）父母冲突主要原因是匡章之母启得罪了其父；（4）因未得到父命，匡章没有"更葬"母亲。可以从此推论出他必然"移孝于忠"，也会像遵循父命那样忠于国君。和《孟子》一样，后人得知的也就是间接引用透露出的这些零散信息，且涉及匡章发迹前的内容也就这几句。虽然司马迁的《史记》有为汉初前著名人物列传，但并未单列匡章，因而对其叙述直到明代都未见一个较完备的故事情节体系，当然这也为磊道人的创作留下了较大的审美空间。

因此，孝子匡章（章子），与不孝之子匡章，究属一人与否，事实上不是没有争议的。《吕氏春秋·不屈》，陈其猷先生注释曰："《庄子·盗跖》云：'匡子不见父，义之失也。'《释文》引司马云：'匡子名章，齐人，谏其父，为父所逐，终身不见父。'梁玉绳《汉书人表考》以为此匡章即《处方》及《齐策》之齐将章子，非也。考《齐策》云：'……'是章子至孝，与通国称不孝之匡章显非一人。"① 而这一见解得到了学界认可。一般认为，章子与匡章是两个人，孟子根据匡章的为人，并不以为匡章不孝；而与《庄子·盗跖》所称的与父亲闹崩的匡子是同一个人："比干剖心，子胥抉眼，忠之祸也；直躬证父，尾生溺死，信之患也；鲍子立干，申子不自理，廉之害也；孔子不见母，匡子不见父，义之失也。此上世之所传、下世之所语以为士者，正其言，必其行，故服其殃、离其患也。"但这"不见父"，毕竟属于匡章不能自主之事，与那些遭受"好人恶报"的比干等忠臣良士一样②，是外在情境与美好内心品格发生始料未及冲突的牺牲品，可见匡章未必就是不孝之人。

《吕氏春秋·爱类》写惠施一派宣传去争利民主张，可见匡章是一个很固执的人：

> 匡章谓惠子曰："公之学去尊，今又王齐王，何其到也？"惠子曰："今有人于此，欲必击其爱子之头，石可以代之。"匡章曰："公取之代乎？其不与？""施取代之。子头，所重也；石，所轻也。击

---

① 陈其猷：《吕氏春秋校释》卷十八，学林出版社1984年版，第1201页。
② 参见姜颖《齐国部分疑异人物考辨》，《管子研究》2006年第2期。

其所轻以免其所重，岂不可哉！"匡章曰："齐王之所以用兵而不休，攻击人而不止者，其故何也？"惠子曰："大者可以王，其次可以霸也。今可以王齐王而寿黔首之命，免民之死，是以石代爱子头也，何为不为？"民，寒则欲火，暑则欲冰，燥则欲湿，湿则欲燥。寒暑燥湿相反，其于利民一也。利民岂一道哉！当其时而已矣。"①

《吕氏春秋·不屈》也写到匡章是一个亲民的、敢于直言的策士，也是作为一个同惠子论辩的对话者形象出现的。他对惠子的非议，被认为是有道理的：

> 匡章谓惠子于魏王之前曰："蝗螟，农夫得而杀之，奚故？为其害稼也。今公行，多者数百乘，步者数百人；少者数十乘，步者数十人。此无耕而食者，其害稼亦甚矣。"惠王曰："惠子施也，难以辞与公相应。虽然，请言其志。"惠子曰："今之城者，或者操大筑乎城上，或负畚而赴乎城下，或操表掇以善睎望。若施者，其操表掇者也。使工女化而为丝，不能治丝；使大匠化而为木，不能治木；使圣人化而为农夫，不能治农夫。施而治农夫者也，公何事比施于螣螟乎？"惠子之治魏，（以大术）为本，其治不治。当惠王之时，五十战而二十败，所杀者不可胜数，大将、爱子有禽者也。大术之愚，为天下笑，得举其讳，乃请令周太史更著其名。围邯郸三年而弗能取，士民罢潞，国家空虚，天下之兵四至，众庶诽谤，诸侯不誉。谢于翟翦，而更听其谋，社稷乃存。名宝散出，土地四削，魏国从此衰矣。仲父，大名也；让国，大实也。说以不听、不信。听而若此，不可谓工矣。不工而治，贼天下莫大焉，幸而独听于魏也。以贼天下为实，以治之为名。匡章之非，不亦可乎！②

惠子治理魏国的实践证明，基本上是失败的，因而幸亏只是仅仅治理了魏国一国，而未推行天下。敢于直言非议惠子，这里的匡章是一个重视事实，有独立思想的策士形象。杨伯峻先生指出，这里的匡章，并非孟子弟

---

① 陈奇猷：《吕氏春秋校释》卷二十一，第 1463—1464 页。
② 陈奇猷：《吕氏春秋校释》卷十八，第 1196—1197 页。

第三章 性格、伦理冲突下的匡章父子关系及悲剧内涵

子:"匡章——齐人,曾为齐威王将,率兵御秦,大败之。宣王时,又曾将五都之兵以取燕。其言行散见于《战国策》《齐策》《燕策》及《吕氏春秋》《不屈篇》《爱类》诸篇。其年岁大致和孟子相当,两人当是朋友,《吕氏春秋·不屈篇》高诱注云:'匡章,孟子弟子也。'恐不可信。"①

《战国策》卷二十九《燕策一》所载的章子,当为齐国一员大将,年代约与孟子同时:"孟轲谓齐宣王曰:'今伐燕,此文、武之时,不可失也。'王因令章子将五都之兵,以因北地之众以伐燕。士卒不战,城门不闭,燕王哙死。齐大胜燕,子之亡。二年,燕人立公子平,是为燕昭王。"这个章子,是孟子弟子的可能性较大。

东汉王充《论衡·刺孟篇》的叙述,可知匡章还有自己一番言论:

> 匡章子曰:"陈仲子岂不诚廉士乎!居于於陵,三日不食,耳无闻、目无见也。井上有李,螬食实者过半,扶服往,将食之,三咽,然后耳有闻、目有见也。"孟子曰:"于齐国之士,吾必以仲子为巨擘焉。虽然,仲子恶能廉?充仲子之操,则蚓而后可者也。夫蚓上食槁壤,下饮黄泉。仲子所居之室,伯夷之所筑与?抑亦盗跖之所筑与?所食之粟,伯夷之所树与,抑亦盗跖之所树与?是未可知也。"曰:"是何伤哉?彼身织屦,妻辟纑,以易之也。"曰:"仲子,齐之世家,兄戴,盖禄万钟。以兄之禄为不义之禄,而不食也。以兄之室为不义之室,而弗居也。辟兄离母,处于於陵。他日归,则有馈其兄生鹅者也。己频顣曰:'恶用是鶃鶃者为哉?'他日,其母杀是鹅也,与之食。其兄自外至,曰:'是鶃鶃之肉也。'出而吐之。以(由于)母则不食,以妻则食;以兄之室则不居,以於陵则居之。是尚能为充其类也乎?若仲子者,蚓而后充其操者也。"

夫孟子之非仲子也,不得仲子之短矣。仲子之怪鹅如吐之者,岂为"在母不食"乎?乃先谴鹅曰:"恶用鶃鶃者为哉?"他日,其母杀以食之,其兄曰:"是鶃鶃之肉。"仲子耻负前言,即吐而出之。而兄不告,则不吐;不吐,则是食于母也。谓之"在母则不食",失其意矣。使仲子执不食于母,鹅膳至,不当食也。今既食之,知其为鹅,怪而吐之。故仲子之吐鹅也,耻食不合己志之物也,非负亲亲之

---

① 杨伯峻:《孟子译注》,第160页。

恩而欲勿母食也。①

不违背母子亲情，又不违背自己的原则，该是多么困难！王安石文集《答段缝书》以匡章的例证，说明"贤者常多谤，其困于下者尤甚"的道理，指出："匡章，通国以为不孝，孟子独礼貌之以为孝。孔、孟所以为孔、孟者，为其善自守，不惑于众人也。如惑于众人，亦众人耳，乌在其为孔、孟也？"千载之下，成为对孟子理解匡章的理解者和推重者。

二 主要人物个体性格之间的冲突

明代历史演义小说《七十二朝人物演义》之《匡章通国皆称不孝焉》，才算真正从文学创作角度将小说创作与史学记录手法相结合，主要以上述两个匡章原型为核心，将此事件几乎所有信息综合起来，按照时间顺序叙述匡章的个案故事。小说围绕匡章人生经历两件典型事件，大致分为前后两个部分。

第一部分情节为：故事背景（匡章父母不和）—故事开端（匡父酒醉后杀死妻子）—发展（匡章为亲母被杀，与父发生首次冲突）—高潮（为清明祭奠，再次发生冲突并气死匡父）—结局（匡章自责，而遣妻弃子）。小说以此塑造匡章有才学而又自负压抑的悲剧人物形象，匡父则是个脾气暴躁淫威十足的家族家长，并未像《战国策》所言是"母启得罪其父"。相反，对匡章之母，我们看到更多的是一个在夫权制下受害妇女的形象。

第二部分情节为：背景（因父被自己气死，匡章遭社会谴责，只与孟子交往）—开端（齐秦发生战事）—发展（齐王任用并坚定地信任匡章）—高潮（匡章用计大败秦军）—结局（封侯，但仍终身独处）。此章塑造出匡章这一历史人物纵横捭阖、有勇有谋、有情有义的英雄形象，他因卓越的军事才能得到齐王重用，但围绕的主题仍是家庭中父子悲剧这件事，因为从字里行间无不显示自己对父亲被气死的愧疚，他的"出妻屏子"独守以至终身的自责自赎。两件事安排紧密而又以第一部分为主体，小说基本上继承了《孟子》与《战国策》中提供的情节信息，也没有违

---

① 黄晖：《论衡校释》（附刘盼遂集解）卷第十，中华书局1990年版，第463—465页。

背孟子、齐王对匡章的基本评价，而将匡章塑造成性格中优缺点并存的鲜明"孝子—良将"形象。

纵观整部小说，小说家在原有事件要素基础之上，用完整的故事情节将其巧妙、有机地联系在一体。《孟子》、《战国策》等多是用孟子、齐王的谈论从侧面去简单勾勒匡章这个人物，难以刻意塑造人物，小说《七十二朝人物演义》则从基本史料的只言片语出发，大加增饰，将叙述重心完全转到塑造匡章这一中心人物形象上，整篇小说语言和动作是刻画人物性格的主要方式，特别将侧面叙述改为正面与齐王对话来突显匡章的内心世界。另外，小说除了采用正面刻画匡章之外，还将匡父那种专横跋扈、骄奢淫逸形象与儿子匡章忍辱负重、孤高孝顺的形象作对比，因而突出了文学价值，审美效应也为之更高。

按照性格心理学规定，人的个性是人格心理特征的核心部分，主要由后天环境决定，后天的社会化影响是个性形成的主要因素。而性格则是个性的主要组成部分，是一个人对他人、对自己、对事物的基本态度，以及相适应的行为方式中较稳定的独特心理特征的综合："人们倾向于喜欢在某方面或多方面与自己相似的人。'物以类聚，人以群分'，它言简意赅地表明了人际吸引中相似的作用。"[①] 性格影响人与人之间的交往，性格差异过大的父子在交往中必然会出现矛盾冲突，《七十二朝人物演义》中的匡章父子均属这类典型。

匡章父子是一对经不住挑衅与善于挑衅的父子。匡父作为酗酒之徒，性格暴躁残忍："为人凶恶，邻比亲友都不敢近身"，"只管说自家极是，不肯认错"，特别是在酒后稍有刺激更是肆无忌惮施暴宣泄。匡章是"自负清苦，自信孤高"，"若论才华学问，不在贤士杰人之下，熟读兵书战策，精娴跃马操戈"，能与他交往的，竟然只有"孟夫子"这样的大儒，可想而知所受传统伦理思想影响也比较大。由于受到伦理、性格的双重影响，对于父亲平日所为，匡章内心只能"心中苦切"，直到母亲被暴躁的父亲乱刀砍死埋在马厩之后，他的压抑扭曲的深心才开始有所表现。他因鄙视父亲而扩展为鄙视大多数人，更发展到用带有挑衅蔑视的语言行为去处事。小说写匡章父子主要冲突有二。

一是匡章父子冲突的起因和激化过程，首先，是在匡母启被匡父杀害

---

① 张明：《性格心理学》，科学出版社2006年版，第146页。

这一情节中,匡父醉酒杀妻和章子失去理智,使两人个性中最为对立的隐性性格表现出来,冲突终于异常激烈地爆发了。匡父酒后残杀妻子,是父子矛盾冲突的根源,从人伦之理来说,母亲被杀对于深受传统伦理教育的匡章本是极大的痛苦,于是潜意识中将自己对父亲的不满不断凝聚,完全由着自己的性格发泄出来,而发泄的方式,情急之下是对父权不依不饶的挑衅,一贯凌辱他人的匡父,如何承受住这样的刺激?更何况是在酒后。这次冲突匡章对父亲有四次言语或行为表现过激而遭到打骂,不是父亲酒醒和妻子求情恐怕也与母亲一样死无全尸(见表3-1)。从表中可以看出,当匡父正杀在兴头上,儿子却"一脚踢下房门",这样的行为必然容易激起这位酒徒的警告而大骂其"畜生";可没想到章子竟然回了一句:"我怎么欺不得你?"这句蛮横至极的话无疑又大大刺激并伤害了匡父,于是脾气大发要杀章子;在儿媳的求情哀恳下,匡父暂压怒气让章子出去,可是章子不肯离开母尸而去,匡父酒醒忍耐住;最后为掩盖自己罪过,匡父欲将妻子埋于马栈之下,不想章子又冲撞于他,四次挑衅终于让这位暴躁之人火山喷发式怒打章子十数个巴掌,至其晕殒。虽然这次冲突让父子之间的矛盾公开化,但由于匡父酒醒和章子逐渐恢复理智,事态还是暂时平息下来,矛盾还在孕育和发展中。

表3-1

	匡章挑衅言行	匡父回应言行
第一次	一脚踢下房门,寸肠割裂,泪如泉涌,嚎啕大哭。	反喝道:"畜生,你敢为了恶妇来欺父亲么!"
第二次	随口应道:"你杀得我的母亲,我怎么欺不得你!"	激的性发,骂道:"畜生,你敢是嫌我的刀不锋利,如此放肆么!"
第三次	章子怎肯脱离母尸。	"畜生,我姑饶你狗命,还不快走出门!"
第四次	"父亲……于心安乎?";又待回言。	"畜生,有父做主,你怎生强来多管?"接连打了十数个巴掌,晕殒在地。

第二次,则是因匡章祭母而起。清明这个祭奠亲人的时节,匡章"看见人家子子孙孙纷纷的携榼挈榼,都去南北山头祭扫祖茔",不能自已,当晚趁父睡着,准备在马栈边祭奠母,早已压抑的悲绪涌上心头,不

第三章　性格、伦理冲突下的匡章父子关系及悲剧内涵　63

禁放声大哭。不想那晚匡父再次酒醉，被哭声吵醒，此时极度悲痛中的章子又难以克制，父子冲突遂酿成了悲剧：

> （父）见章子祭母，便说忤逆我的意思。道："畜生，你不晓得我一向深恨他（她），将他杀了，埋在栈下，正不要外人知道，扬我狠名。……一个父亲活在这边，反不依顺，真不识人伦道理的畜生！"章子假作不知，道"谁是人伦？"匡父道："人有五伦。"章子又问："是哪五伦？"匡父道："五伦中有君臣、父子、夫妇、昆弟、朋友。"章子又故意作惊道："原来如此，不知父亲与母亲是甚么样人？"匡父即知章子有意来挑动他，便应道："是夫妇。"章子勃然变色道："父亲既知夫妇在五伦中的，为何前夜忍心害理？"匡父嘿然不应……
>
> （章子）高声道："父亲你但知恶我不孝，全不悔自己不仁。……父亲你如此所为，真是毒逾蛇蝎，狠过虎狼。……咳，父亲，你意见忒差，局量忒偏了。"说罢，连声切齿，血泪交颐。匡父心知自己太过，满面羞惭，所谓放手不由手了。便挺起拳头，将章子痛打一番，半昏晕了。

暗地祭母被发现，父骂他"畜生"，而匡章则火上浇油，把话题引到"五伦"上来，有意引诱、挑动其父上当，让其在伦理辩论中处于被动地位，匡章的挑衅则更加刺伤父心，他用自己的才学与计谋将匡父在无形中羞辱一番。首先他带有嘲讽蔑视的口吻用"假作不知"、"故意作惊"，又勃然变色责备父亲"忍心害理"、"不仁"、"真是毒逾蛇蝎，狠过虎狼"，惹得匡父大怒，殴子骂媳，竟然气死了。

这场矛盾高潮及其结局，在匡父，是一贯粗暴无理行为的延续，而在匡章，则是久受压抑怒火的总爆发。平时父子关系在表面的尊敬下淡薄，显然遇到矛盾时两人不可避免地会发生尖锐冲突。此事过后，匡父仍将其妻埋于马栈之下，然而此举也为下次父子冲突埋下种子，匡章虽"惧父凶暴，并不敢放声大哭"，但在这种压抑时间越久，爆发得必然愈加猛烈。果不其然，匡章父子最后发生更为激烈的冲突，最终造成父死和妻离子散的悲剧结局。

两次冲突，都是在匡父酒后与章子在极度悲愤下发生的，两人都将自己性格中相互最为矛盾的地方表现出来，一方是用言语嘲讽与打击，一方是动作恫吓与责打，当父子冲突最终结束时，必然也是悲剧发生之时。

三　父子关系伦理异化后的冲突表现

匡章事件不管是直接责任人还是受害者都是悲剧性的，究其根源，主要是传统伦理道德礼法的异化形成的。

处理父子关系问题，传统伦理主要由两个方面去限定：父权和子孝。从父权来看，有研究者指出："立法者承认'上'——长辈人，或者干脆就是男子——有权对'下'——小辈人，妇女和仆人——实行虐待、残暴。……每当在犯罪人与受害者之间存在着'下'与'上'的关系——辈分、年龄或性别——时，刑法就要加重，反之则从轻。弑父或弑夫列入特别重大罪行之列。"[①] 古代法律如小说产生的明代，对父杀子和子弑父亦有明显倾向性："凡子孙，殴祖父母，父母，及妻、妾殴夫之祖父母、父母者，皆斩；杀者，皆凌迟处死；过失杀者，杖一百，流三千里；伤者，杖一百，徒三千里。其子孙违犯教令，而祖父母、父母，非理殴杀者，杖一百；故杀者，杖六十，徒一年。"[②] 古代赋予父亲的权利很高，主要是从教育子女的角度去考虑的，促使子女在成长过程中能够完全按照传统伦理标准去发展。实际上，古代大多数父亲都是按照这种教育方式去教育自己的子女，而父权也已经深深扎根于每个人的心中。埃利奥特·阿伦森的米尔格拉姆实验说明，"对于大多数人来说，只有公认的权威才能支配人们高度服从，任何接替权威角色的人士都无法做到这点"[③]。这一点中西方并无差异。

从角色上来讲，由于父权的存在，当然从某种意义上说也是一种教育、管束子女的义务，那么父亲就必然处在主动地位，在父子交往过程中也是以其为主导。正如卢克·拉斯特所说："在日常互动的背景下，文化界定的地位（我们和其他人建立关系的位置）很难和权力分离开来。事

---

① [法] 安德烈·比尔基埃等主编：《家庭史》，袁树仁等译，生活·读书·新知三联书店1998年版，第716页。
② 《大明律》，怀效锋点校，法律出版社1999年版，第167页。
③ [美] 埃利奥特·阿伦森：《社会性动物》，郑日昌等译，新华出版社2002年版，第44页。

实上，这些关系常常是由权力决定的……而人的本性，则使得人一向都在把这些位置由高到低进行排列。"① 古代中国自汉唐"以孝治天下"以降，正常情况下，虽然子女始终处于被动地位，但做子女的只要听从父母安排，父子关系相处得一般比较稳定正常，毕竟宗法制社会还有很深的血缘关系为纽带。可是这种父权也有异化之时，显然成因是在关系的主导者父亲这里（见表3-2）。

表3-2

	父权伦理		结果
	父	子	结果
正常	教育管束	接受伦理	顺从规矩
异化	欺凌胁迫	承受压迫	反抗、消亡
	逃避释放	我行我素	放纵

如匡父这样的"另类父亲"，其角色异化的突出表现是对儿子的教育方式，这在小说中不是以一个"酒醉"的非理性状态就能解释的。

他不再是管束、呵护儿子匡章，而是欺凌、压迫，把儿子完全作为暴打奴役的对象，甚至会杀害亲子。今日看来，在处理这层父子关系时，父权成为父亲欺凌、控制儿子的借口与工具，匡父在与匡章发生冲突时，相互间最多的称谓就是如同《红楼梦》贾政生气时对贾宝玉的称呼一样，喊儿子为"畜生"，而以"父亲"、"父"自谓，显然是在提醒、告诫匡章不可挑衅父权，但当他骂句："畜生，你敢为了恶妇来欺父亲么？"匡章竟敢回了一句："你杀得我的母亲，我怎么欺不得你！"于是矛盾激化，发生冲突，要不是酒醒和儿媳孙儿哀求饶恕，恐怕匡章也早死在他的暴怒下。在这类题材的小说里，父亲处在被批判的地位，结局多数以儿子的失败而告终，因为在"父为子纲"的社会里，敢去挑战父权者还是寥寥无几。历史演义小说如《东周列国志》中献公在宠妾骊姬蛊惑下无端废太子申生并欲杀之，申生只有逃亡而不敢有怨父之言；《盘古至唐虞传》中舜父瞽瞍听继母挑拨，多次谋杀舜等，皆是。但也有敢于反抗父权的，例

---

① ［美］卢克·拉斯特：《人类学的邀请》，王媛、徐默译，北京大学出版社2008年版，第158页。

如《残唐五代史演义》中描写朱温霸占儿子之妻，被儿子所杀。

悲剧发生的另一根源是"子孝"的伦理异化。《论语·为政》载："子游问孝。子曰：今之孝者，是谓能养。至于犬马，皆能有养；不敬，何以别乎？"孝，不是作为生物性的后代对生者、养者自然感情的随意流露，而是对一种义务的和伦理化情感的控制。传统社会家族内部长幼尊卑等级区别严格，家训族规中孝悌之道的重要部分强调下对上的孝敬，晚辈对尊长的顺从，特别是子对父的应有付出。① 如清咸丰年间湘阴狄氏《家规》："入孝出弟（悌），弟子宜然，属在梓桑，尤当恭敬。倘不孝子弟，出言无状，冒渎尊长者，带祠扑责。"② 按传统礼法父子关系定位应该是比较稳定的，孝伦理下的儿子有积极主动行孝的义务，父亲有权利享受这种利益，两者是主动付出与被动享受的关系。但是这样的礼法秩序一旦变异，那么这种相对平衡的关系就被打破，要么是隐性的内在抵触，要么是显性的外在冲突，小说中匡氏父子关系则是由子的隐性抵触，向显性的外在冲突转化的一个代表。这主要体现在两个方面：儿子表露出拒绝付出孝的行为和父亲强行索取孝的行为。前者与传统伦理相违背不合礼法，但后者由于对父权加孝伦理的限定，使他们强迫索取各种利益具有了合法的理由，而这种利益甚至超过本身该享有的利益范围，那么父子间抵触或冲突也就成为必然（见表3-3）。

表3-3

| | 孝伦理 || 结果 |
	父	子	
正常	被动享受	主动履行	和谐稳定
变异	主动索取	被动付出	冲突抵触
	被动索取	主动拒绝	

小说中，在匡父眼里只要儿子有违背自己意愿的言行，皆被他限定为不孝，随之而来的便是行使无上的父权而对儿子滥施武力，致使后者几次

---

① 参见王立《永恒的眷恋——悼祭文学的主题史研究》第二章《丧悼文化与行孝尽伦》，学林出版社1999年版。

② 萧放：《中国民俗史》（明清卷），人民出版社2008年版，第197页。

晕倒在地，而父亲的借口则是："一个父亲活在这边，反不依顺，真不识人伦的畜生！"他这种强迫儿子遵循他所谓的孝，必然会遭到匡章的抵触，因为他没有想到自己杀死妻子更把儿子陷于不孝之地。按照传统礼法，违背了杀母之仇必报、不礼葬母亲的传统礼法，或者执行这种礼法可又必然违背父愿，正如小说所说，"或是因了父之故背了母，或是因了母故背了父"，均为不孝。于是他用责父以善这种"朋友"之道，与父争辩，而这种方法岂止不符伦理，简直是对父权和为父尊严的挑战，正如作者磊道人自己所说"这章子若能以至情相感，不出贼恩之言，那匡父或者自怨自艾，仍念夫妇恩情，卜地更葬，恩全父子之情，承欢膝下"，可见，这种变异了的孝在明代还是被认可的，难怪父亲把他赶走，因此他不能侍奉父亲结果还是不孝。匡父死后，匡章再次陷入两难境地：不礼葬母亲仍为不孝，违背父愿礼葬母亲更不孝。他为救赎自己孝母而导致气死父亲的罪过，便赶走妻子、孩子独守自悔，最后，这一压抑的情结终于被良性地转化为深厚的精神力量，小说人物匡章，被明人言说成在一往无前为国征战中实现了自我价值，也印证了"求忠臣必于孝子之门"的孝义伦理价值观。

然而与此映照，那个不孝的典型人物匡章，依旧在民间作为一方负面形象流传。冯梦龙《笑府》则把匡章也作为一个有争议的"孝子"：

> 按君访察，匡章、陈仲子及齐人俱被捉。匡自信孝子，陈清客，俱不请托。唯齐人以其一妻一妾，馈送显者求解。显者为见按君，按君述三人罪状，都是败坏风俗的头目，所以访之。显者曰："匡章出妻屏子，仲子离母避兄，老大人捉得极当；那齐人是叫化子的头，捉他作什么？"[①]

清代游戏主人的《笑林广记·世讳部》也复述了上述"捉头"的笑话，个别字句有差异，属于一个有着民间传播特征的异文，其中的"老大人"作"老公祖"，"捉他作什么？"作"也捉他做甚么？"体现出这是一个沟通雅俗，乐于为民间谈论的笑话。

哲学家冯友兰先生指出："家族制度过去是中国的社会制度。传统的

---

① 陈如江、徐侗纂集：《明清通俗笑话集》，上海人民出版社1996年版，第367页。

五种社会关系：君臣、父子、兄弟、夫妇、朋友，其中有三种是家族关系。其余两种，虽然不是家族关系，也可以按照家族来理解。君臣关系可以按照父子关系来理解，朋友关系可以按照兄弟关系来理解。在通常人们也真是这样来理解的。"① 可见，父子关系，可不是一个小问题。明代产生了上述描写匡章父子关系的小说，不是偶然孤立的，而有着时代思潮的某种必然。

明代磊道人《七十二朝人物演义》，对传统伦理观念的反思与叛逆，也不仅仅是对于匡章父子关系的描写上。据 20 世纪 60 年代出土的《花关索出身传》描写，刘关张三结义时，关张两人为了追随刘备成就大业，决定互相杀掉对方的老小，免除后顾之忧。关羽杀了张飞全家，而张飞在杀了关羽一家十八口后，生了不忍之心，放了关羽怀孕的妻子胡金定。而关羽的次子花关索长大后，到荆州寻父认宗，不料关羽不认，一气之下花关索破口大骂，表示要投奔曹操，捉拿关羽②。

这说明，先前中国社会中稳固的、僵化的家族伦理次序，在明代某些地区已经不再能束缚旧有的父子关系了，父若不慈子就可以不孝，这是一个值得注意的人伦关系的新变。此类现象虽说不是普遍，但也不是偶然孤立的例子，其代表着一种时代的新鲜现象。如同前辈学者所言：

> 这样忤逆的作品并不多见，但却生动地表现了另一种社会层面的价值观。郑振铎《中国俗文学史》中指出，即使"有三五篇作品，往往是比之千百部的诗集、文集更足以看出时代的精神和社会生活来的。他们是比之无量数的诗集、文集，更有生命的。"这是非常中肯的评价。不要小视民间的异端言行，这是对既存的封建秩序和传统文化格局的抵制和消解，启蒙思潮正是从这解构的裂隙中获得蓬勃滋长。……③

因此，有理由认为，磊道人的这部历史小说，借助于历史题材，寓含

---

① 冯友兰：《中国哲学简史》，北京大学出版社 1985 年版，第 27 页。
② 参见李慎之《发现另一个中国》，王学泰《游民文化与中国社会·序》，学苑出版社 1999 年版。
③ 刘志琴：《民间文化与思想史（代序）》，李长莉、左玉河主编《近代中国社会与民间文化》，社会科学文献出版社 2007 年版，第 7 页。

了重新思索父子关系的时代思考，写出了父子关系被异化之后反常表现的时代新声。赵园先生研究明代士大夫多重人伦关系时体会到："对父子一伦的考察，却使我遭遇了意想不到的困难：你不难读到知识人笔下的妻、妾，或含蓄或一往情深，却难以读到儿子笔下形神兼具的父亲。由此也不难推想父子这一种关系的'压抑性'，儿子受制于其家庭角色，书写尊长时的诸不敢、不宜、不便、不忍。"[1] 此说可在匡章形象的文学描绘中得到印证，而匡章父子关系书写的"小说中语"，也可为观照明代士大夫心态提供参考。

---

[1] 赵园：《家人父子：由人伦探访明清之际士大夫的生活世界》，北京大学出版社 2015 年版，第 215 页。

第二编

博物器物编

第 四 章

《搜神记》的小说母题史意义

《搜神记》，是干宝吸收汉末以来中西文化交流诸多外来故事母题和民间传说，精心编撰的一部小说集，体现了古代小说进入本质层面时期，吸收外来和民间营养的重要成果。直到清初蒲松龄在《聊斋自志》中还称"才非干宝，雅爱《搜神》……"简直把干宝及其《搜神记》作为灵异神幻类小说题材的代名词。而实际上，该小说也是由神话、史传、现实佚闻等脱胎而出的里程碑式著述。

一 树神母题为核心的神秘崇拜以及变形

首先，干宝借助民间传闻的搜集整理，充分强调了中古时期树神禁忌所体现的植物崇拜，这是中国古代较早的关于植物生态保护思想的曲折流露。《搜神记》卷六载："建安二十五年正月，魏武在洛阳起建始殿，伐濯龙树而血出。又掘徙梨，根伤而血出。魏武恶之，遂寝疾，是月崩。"此条又见范晔《后汉书·五行志》注引，称出于《魏志》。今检《三国志·魏书·武帝纪》裴注引《世语》，下又引《曹瞒传》："王使工苏越徙美梨，掘之，根伤尽出血。越白状，王躬自视而恶之，以为不祥，还遂寝疾。"[1]《搜神记》共收有树神传说六则，如："吴先主时，陆敬叔为建安太守，使人伐大樟树，下数斧，忽有血出，至树断，有一物人头狗身，从树穴中出走。敬叔曰：'此名彭侯。'烹而食之，其味如狗。《白泽图》曰：'木之精名彭侯，状如黑狗，无尾，可烹食之。'"[2]《搜神记》卷十

---

[1] 《三国志》卷一，中华书局1959年版，第53页。
[2] 干宝、陶渊明撰，李剑国辑校：《新辑搜神记 新辑搜神后记》，中华书局2007年版，第267页。以下引文皆出自此书。

称:"妖怪者,盖精气之依物者也。气乱于中,物变于外。形神气质,表里之用也。本于五行,通于五事,虽消息升降,化动万端,其于休咎之征,皆可得域而论矣。"可以说,在古代民间妖怪和物老成精观念演进过程中,树神传说占有重要的位置,也起到了重要的推动作用。

其次,千年古木的辟邪灵性,也是树木价值的一个形象昭示。《搜神记》卷十八载,燕昭王墓前华表劝狐精勿诣张华,否则"非但丧子千岁之质,亦当深误老表"。狐不听,张华果对书生学问过于渊博生疑,而博物者雷焕建议呼猎犬一试,书生竟无惮色。张华知道千年老精,惟怕千年枯木照之,就遣人伐华表,其中出一小儿,快到洛阳时化为枯木,以木燃之照书生,果然是一斑狐。该故事异文众多,说明流传广泛,与当时人们迫切地要获取知识和工具,以制服精怪的愿望期待有关。

最后,树神还可以给人带来意想不到的幸运。《搜神记》卷三载:"上党鲍瑗家多丧病,贫苦。淳于智卜之,曰:'君居宅不利,故令君困尔。君舍东北有大桑树。君径至市,入门数十步,当有一人卖新鞭者,便就买还,以悬此树。三年,当暴得财。'瑗承言诣市,果得马鞭,悬之。三年,浚井,得钱数十万,铜铁器复二万余。于是业用既展,病者亦无恙。"故事寓含着两种可供阐释的不同内蕴:一者,是树神借助于马鞭发挥了灵气;二者,是马鞭震慑了树神,佑人得财,免遭病害。两者有相通之处,总之树神是有灵验的。《搜神记》卷十一载汉元帝建昭五年,兖州刺史浩赏禁民私所自立社。山阳橐茅乡社有大槐树:"吏伐断之,其夜树复立故处。"当地流传:"凡枯断复起,皆废而复兴之象也。是世祖之应耳。"卷十二还描写:"汉灵帝熹平三年,右校别作中有两樗树,皆高四尺许。其一株宿昔暴长,长一丈余,粗大一围,作胡人状,头目鬓须发备具。其五年十月,正殿侧有槐树,皆六七围,自拔倒竖,根上枝下。其于《洪范》,皆为木不屈直。又中平中,长安城西北六七里,有空树,中有人面,生鬓。"均为树神怪异体现出的神秘意蕴写照。

对于人类的恩惠福利,还包括树神被赋予的预见和赐雨功能。《搜神记》卷七称庐江龙舒县陆亭,流水边一大树高数十丈:"常有黄鸟数千枚巢其上。时久旱,长老共相谓曰:'彼树常有黄气,或有神灵,可以祈雨。'因以酒脯往祭。亭中有寡妇李宪者,夜起,室中忽见一妇人,著绣衣,自称曰:'我树神黄祖也,能兴云雨,以汝性洁,佐汝为生。朝来父老皆欲祈雨,吾已求之上帝,明日日中当验。'"至期果雨。将树神与旱灾的解除联系起来，这是较早的思路。也正由于干宝的青睐，遂使得树神作为古代神物崇拜的一个代表。《搜神记》卷二十八记载南方有虫，一名青蚨，形似蝉而稍大，味辛美，可食："生子必依草叶，大如蚕子。取其子，母即飞来，不以远近。虽潜取其子，母必知处。以母血涂钱八十一文，以子血涂钱八十一文，每市物，或先用母钱，或先用子钱，皆复飞归，轮转无已。故《淮南子术》以之还钱，名曰'青蚨'。"这里的一句"生子必依草叶"，道出了植物崇拜以及地表植被之于人类至关重要的作用，还是与树神有关。

树神显灵离不开变形功能。《搜神记》有黄氏母、清河宋士忠母、丹阳宣骞母俱化为鼋，此又为《晋书·五行志下》、《宋书·五行志五》等收入。相关传闻还载于《鬼神传》、《续搜神记》、《广五行记》、《丹阳记》中。论者曾指出这一传说："当为同一母题的衍化，成为不同版本的民间传说，引起当时人的惊诧不置，故为葛洪所举证。德古鲁（De Groot）《论中国的物魅变化》（On Zoanthropy）广泛征引物化的理论与例证，其中有关'变成爬虫'（Were-Rreptiles）举这些例子为证。"[1]可见干宝之于母题史的贡献。

狐精等动物精灵母题，似乎也与变形母题至为相关，因为事实上狐精行事，乃是以变化形体为人作为前提和必要条件的。狐精崇拜也是较早出现在干宝的笔下，据《搜神记》卷三载，早期的"逐兔见宝——幸运英雄"母题，其中的核心角色是狐：

> 谯国夏侯藻，母病困，将诣淳于智卜。忽有一狐当门，向之嗥唤。藻愁愕，遂驰诣智。智曰："其祸甚急。君速归，在嗥处拊心啼哭，令家人惊怪，大小毕出，一人不出，啼哭勿休，然后其祸仅可救也。"藻如之，母亦扶病而出。家人既集，堂屋五间，拉然而崩。

真是"鲁酒薄而邯郸围"——母题所揭示的动物崇拜——事物之间联系的复杂性，在此已稍见端倪。带有预见性的狐，在此作为人幸运地躲开灾祸的牵线者。而干宝可以说较早得风气之先，将中古汉译佛经中的角色转化为易于为中土人们接受的灵性动物，这一人仙兽妖兼具的角色简直非狐

---

[1] 马昌仪编：《中国神话学文论选萃》下编，中国广播电视出版社1994年版，第401页。

莫属。①

学问狐,是天书解释者的一个早期角色。郭璞《山海经图赞》称:"奇丘奇兽,九尾之狐,有道翔见,出则衔书。"而《搜神记》卷十八也称:"有一书生居吴中,皓首,自称'胡博士',以经传教授诸生,假借诸书。经涉数载,忽不复见。后九月九日,士人相与登山游观,但闻讲诵声。命仆寻觅,有一空冢,人数步,群狐罗列,见人迸走,唯有一老狐独不去,是皓首书生,常假书者。"而学问狐的变形化为书生,是中国狐崇拜的一个重要阶段,于树神传说等也是相生互动的。

二　符箓效验、获宝机缘与法术运用

首先,干宝对于天书符箓所体现的文字崇拜,也以其出色的传闻集散作出了承先启后的贡献。《搜神记》卷三的故事也透露了符字之力,说淳于智以《易》卜筮,善于厌胜术,刘柔夜里被鼠啮指,智卜后说鼠有杀人之心,应死,于是:"乃以朱书其手腕横纹后三寸为田字,可方一寸二分,使夜露手以卧,其明,有大鼠伏死手前。"符字这种震慑力量既来自对于文字的崇拜,又很容易催发强化天书威力建构。而我们熟知,珍惜字纸,也是后世民俗传说某人获得冥间善报的一个重要理由。卡西尔指出,文字一俟产生,这种人的创造物即具有征服人的神秘力量:

> 所有文字开始时都被视为一种模仿符号、一种想象,并且起初这种想象不具有指示的、联系的性质。相反它取代和"代表"着客体。在文字开端时期,它也属于巫术范围。文字是一种巫术工具,通过这种工具获得占有某个事物和击退敌方的力量:一个人铭刻在客体上的符号便把客体引入他自己效验的范围和排除外来的影响。文字越是类似于它欲表示的东西——它是纯粹客观的——文字就越是实现这个目的。在书写符号被理解为一个客体的表达方式之前很久,它作为仿佛是由此发散出的各种力量的实体化身,作为客体的一种恶魔幽灵,使人感到恐惧。只有这时,这种巫术情感确实把人们的注意力从经验转

---

① 王立:《再论中国古代文学中的"逐兔见宝"母题——兼谈该母题的外域文化渊源》,《上海师范大学学报》2002年第2期。

向观念,从物质转向功能,从纯粹的象形文字发展出一种有声音并最终产生一种语音系统,在这个系统中,最初的表意文字、形象化符号已经成为一种纯粹的意义标志或符号。①

对于传统中国这样重视文字载体的民族,尤其如此。东汉王充《论衡·书虚篇》即曾对此不满:"世信虚妄之书,以为载于竹帛者,皆圣贤所传,无不然之事,故信而是之,讽而读之。"举了几例,说明书上所载,也未必可信。

与书本文字崇拜类似,符箓是对于文字形式的精致化和进一步形象化。至于天书,实质上起着与符箓类似的符号功能,只不过符箓主要是被动性、防御性的,主要起到对人类之外的妖魔、鬼怪、野兽的某种威慑作用。

其次,机缘得宝,是古代幸运故事的重要分支,干宝也没有忽视。如宝失家败母题,《搜神记》卷六的"如愿"故事写,商人欧明幸运地被青草湖君邀至家,说需要金玉等物可以给,傍有一人暗地告诉:"君但求如愿,不必余物。"原来如愿是一少婢。"湖君语明曰:君领取至家,如要物,但就如愿,所须皆得。明至家,数年遂大富。后至岁旦,如愿起晏,明鞭之。如愿以头钻粪帚中,渐没,失所在。明家渐贫。故今人岁旦,粪帚不出户者,恐如愿在其中也。"通常,人们认为其启发了唐人《柳毅传》龙宫获宝描写,殊不知也开启了宝失家败母题之端。与此相仿佛,《搜神记》卷五写长安张氏昼独处室,有鸠自外入:"张氏恶之,披怀而祝曰:'鸠尔来,为我祸耶?飞上承尘;为我福耶?来入我怀。'鸠翻飞入怀。以手探之,则不知鸠之所在,而得一金带钩焉,遂宝之。自是之后,子孙昌盛。有为必偶,资财万倍。蜀客贾至长安中,闻之,乃厚赂内婢,婢窃钩以与蜀客。张氏既失钩,渐渐衰耗,而蜀客亦数罹穷厄,不为己利。或告之曰:'天命也,不可以力求。'于是赍钩以反张氏,张氏复昌。故关西称'张氏传钩'云。"这飞鸠所化的金带钩,就是决定张家昌盛与否的宝贝。这一则"拥宝家昌"传说可能产生年代更早些。

宝贝的获取,与古代中国埋藏宝藏的习俗相关。这里的"宝"实际

---

① [德]恩斯特·卡西尔:《神话思维》,黄龙保等译,中国社会科学出版社1992年版,第261页。

上具有宽泛的意义，举凡满足人们急需的便可以称之为宝。得宝者的幸运又往往不是单一的，到后来，而往往具有道德的性质。孝子自有天佑，而与此相应的是贪婪者得到应有的惩治。如《晋书·刘殷传》载其七岁丧父，哀毁过礼，服丧三年，未尝见齿，侍奉曾祖母王氏："尝夜梦人谓之曰：'西篱下有粟。'寤而掘之，得粟十五钟。铭曰：'七年粟百石，以赐孝子刘殷。'自是食之，七岁方尽。及王氏卒，夫妇毁瘠，几至灭性。时柩在殡而西邻失火，风势甚猛，殷夫妇叩殡号哭，火遂灭。后有二白鸠来，巢其树庭。"

最后，在中古汉译佛经的触发下，与宝物思维密切联系的法术运用描写，也博得干宝的青睐。清末俞樾就曾注意到干宝的母题开创意义："《搜神记》载：吴时有徐光者，常行术于市里，从人乞瓜，其主勿与，便从索瓣，杖地种之，俄而瓜生蔓延，生花成实，乃取食之，因赐观者。鬻者反视其所卖，皆亡耗也。按蒲留仙《聊斋志异》，有术士赠桃事，即本此。乃知小说家，多依仿古事而为之也。"① 这里由个别联系到一般，发露出古代小说创作构思的一个常用的、主要的方式，实事求是，而并不为古人的因袭模仿有意讳饰。唐人释道世《法苑珠林》卷七十六《十恶篇》也称："汉明帝时，有檀国蛮夷，善闲幻术，能徙易牛马头。上与群臣共观之，以为笑乐。及三国时，吴有徐光者，不知何许人也，常行幻化之术于市里内。从人乞瓜，其主弗与，便从索子，掘地而种，顾眄之间，瓜生，俄而蔓延生华，俄而成实，百姓咸瞩目焉。子成，乃取而食之，因以赐观者，向之鬻瓜者，反视所赍，皆耗矣。橘柚枣栗之属，亦如其幻化，皆此类也。"② 按照唐人的理解和旁证，道出了该母题渊源当在南亚异域。

《搜神记》卷二还明确载录南亚传来的截断舌复续及吐火之事，也是大类后世的种瓜种树速长的魔术（幻术）表演。《搜神记》卷一等广为流传的木羊故事，也说明了幻术中羊作为一种经常使用的动物，而被广泛接受。故事被佛教类书《法苑珠林·咒术篇》编入："前周葛由，蜀羌人也。周成王时，好刻木作羊卖之。一旦乘木羊入蜀中。蜀中王侯贵人追之，上绥山。绥山在峨眉西南，高无极也。随之者不复还，皆得神道。故

---

① 俞樾：《春在堂随笔》卷九，江苏人民出版社1984年版，第161页。
② 周叔迦、苏晋仁：《法苑珠林校注》卷七十六，中华书局2003年版，第2253页。

里论曰：得绥山一桃，虽不能仙，亦足以豪。山下立祠数十处。"① "里论"一语，《搜神记》作"里谚"，看得出故事曾在民间流传。而其中幻术操纵者葛由的身份"蜀羌人"，也带有西来传说的鲜明印记。

三 人类生命与灾害关系及生命时限本身

人类与自然灾害、人为灾害的关系之文学书写，也可以作为干宝思想的重大贡献之一。

首先是旱灾及其归因。继东汉班固《汉书·于定国传》写东海孝妇被冤杀后："郡中枯旱三年，后太守至，卜求其故，于公曰：'孝妇不当死，前太守强杀之，咎当在此。'于是杀牛祭孝妇冢，太守以下自至焉，天立大雨，岁丰熟。郡中以此益敬重于公。"《搜神记》卷八对此复述尤详：

> 《汉书》载：东海孝妇，养姑甚谨。姑曰："妇养我勤苦，我已老，何惜余年，久累年少。"遂自缢死。其女告官云："妇杀我母。"官收系之，拷掠毒治。孝妇不堪楚毒，自诬服之。时于公为狱吏，曰："此妇养姑十余年，以孝闻彻，必不杀也。"太守不听。于公争不得理，抱其狱辞哭于府而去。自后郡中枯旱三年。后太守至，思求其所咎，于公曰："孝妇不当死，前太守枉杀之，咎当在此。"太守即时身祭孝妇之墓，未反而大雨焉。长老传云：孝妇名周青。青将死，车载十丈竹竿，以悬五幡。立誓于众曰："青若有罪，愿杀，血当顺下；青若枉死，血当逆流。"既行刑已，其血青黄，缘幡竹而上极标，又缘幡而下云。

人之冤死导致天怒。孝妇周青事，还见于《太平御览》引王歆《孝子传》等，也是因结尾补叙了周青临刑血逆流的异事，构成了一个共性认知模式，于是"冤感天怒"母题成为一种类化民俗崇拜母题变得更加成立。相关传闻在大倡孝道的西晋屡屡传播，渐趋稳态化。《搜神记》卷十四载："（晋元帝）建武元年六月，扬州旱。去年十二月丙寅，丞相府斩督

---
① 周叔迦、苏晋仁：《法苑珠林校注》卷六十一，第1804页。

运令史淳于伯,血逆流上柱二丈三尺,其年即旱,而太兴元年六月又旱。杀伯之后旱三年,冤气之应也。"按:其本事亦见王隐《晋书》,为唐初房玄龄等吸收到《晋书》的《五行志·刘隗传》、《郭璞传》,亦早见沈约《宋书·五行志》等。因此,褚人获《坚瓠秘集》卷六强调:

> 《搜神记》:于公⋯⋯又《晋书》:建兴中,斩督运令史淳于伯,血着柱,遂逆上,终极柱末二丈三尺,旋复下流。其子忠诉词称枉。《齐书》:陈显达为官军所败,赵潭注稍落马,斩之篱侧,血涌湔篱。又《洛阳伽蓝记》:神龟中,河间刘宣明以直谏忤旨,斩于都市,血亦逆流,目终不瞑,尸行百步。诸人并以淋漓残败之血肉,能自白其枉。刑官能不为之动念哉!①

同时其也往往成为统治者改朝换代之时平反冤案的一个理由,而更是现实世界中的不满及抗议,在文学中广泛铺展渲染的叙述艺术机杼。

其次,有代表性的是火神崇拜,这亦多半属于人为的灾害也没有被干宝所疏忽,而关注其人的主观能动性问题。《搜神记》卷七讲述:

> 糜竺尝从洛归,未达家数十里,路傍见一好新妇,从竺求寄载。行可数里,妇谢去。谓竺曰:"我天使也。当往烧东海糜竺家。感君见载,故以相语。"竺因私请之。妇曰:"不可得不烧。如此,君可驰去,我当缓行。日中火当发。"竺乃急行还家,遽出财物,日中而火大发。

故事说明即将遭火之人一个偶然性的善行,也可获减少火灾损失的善报,同时也强调了火神具有知恩图报的伦理品格。关于起火原因:一般是解释为下臣陵上,有无君之心。这被认为是地方官员的严重错失,如《搜神记》卷十四:"元帝太兴中,王敦镇武昌,武昌灾。火起,兴众救之,救于此而发于彼,东西南北数十处俱应,数日不绝。此臣而君行,亢阳失节。是为王敦陵上,有无君之心,故灾也。"一个有力的旁证是地震的发生也被如此归因,该书卷十四又称:"元帝太兴元年四月,西平地震,涌

---

① 《笔记小说大观》第十五册,江苏广陵古籍刻印社1984年影印本,第532页。

水出。十二月,庐陵、豫章、武昌、西陵地震,涌水出,山崩。王敦陵上之应也。"

再次,如何有效处理已发生的火灾,这体现为法术与愿望的结合,则是遥知异地火灾,或喷水或喷酒救火。《搜神记》卷二讲述:"樊英隐于壶山,尝有暴风从西南起,英谓学者曰:'成都市火甚盛。'因含水漱之。乃命记其时日。后有从蜀来者云:'是日大火,有云从东起,须臾大雨,火遂灭。'"对此,也有相应的不少异文。至于与此相关的鸟救山火母题,季羡林先生早已予以关注。他还补充说清代周亮工《栎园书影》卷二中出现过这一故事,并且以此故事母题的演变过程,来说明印度文学逐步中国化的过程:"这个过程大概是这样子的:印度人民首先创造,然后宗教家,其中包括佛教和尚,中国的文人学士感到有趣,就来加以剽窃,写到自己的书中,有的也用来宣扬佛教的因果报应,劝人信佛;个别的故事甚至流行于中国民间。鹦鹉灭火的故事就是按照这个过程传入中国的。"① 这一母题的印度渊源,无疑也是得自中古传译的佛经故事,而干宝所着手做的这种母题借用的转换工作,又岂可小觑!他成功将有关失火、火神、灭火术等相关的传闻搜集一处,汇入《搜神记》,让人们可以比照参看,注意到这一与人们日常生活密切相关的灾害,有着人为与神秘的多重因素,需要了解和重视。

动物与人的生命都是不可无视的,否则生命就会以自己的怪异方式表达不满和反抗。数百年前的秦囚群体被害,化为异物郁积地下,不可消解,这也早见于《搜神记》卷二十五:"汉武帝东游,未出函谷关,有物当道。其身长数丈,其状像牛,青眼而曜睛,四足入土,动而不徙。百官惊惧,东方朔乃请以酒灌之。灌之数十斛而物始消。帝问其故,答曰:'此名为患,忧气之所生也。此必是秦家之狱地;不然,则是罪人徒作之所聚也。夫酒是忘忧,故能消之也。'帝曰:'吁!博物之士,至于此乎!'"《搜神记》卷十八即已定调:"汉齐人梁文,好道。其家有神祠,建室三四间,座上施皂帐,常在其中。积十数年,后因祀事,帐中忽有人语,自呼'高山君'。大能饮食,治病有验。文奉事甚肃。积数年,得进其帐中。神醉,文乃乞得奉见颜色。谓文曰:'授手来。'文纳手,得持其颐,髯须甚长。文渐绕手,卒然引之,而闻作杀

---

① 季羡林:《比较文学与民间文学》,北京大学出版社 1991 年版,第 104—106 页。

羊声。座中惊起,助文引之,乃袁公路家羊也。失之七八年,不知所在。杀之,乃绝。"描写羊变人,竟能冒充治病的巫医,但仍不免被识破。

最后,冥游母题,更是为干宝所青睐。《搜神记》卷二十一写贺瑀病游冥间,三日后复苏。自述入冥得一剑以出,门吏问何得,云:"得剑。"吏曰:"恨不得印,可策百神;今得剑,唯得使社公耳。"冥游,构成了贺瑀由凡人成为术士的契机,他能借助"社公"(鬼)驱使众鬼,得力于从冥间带回的神剑。《搜神记》卷二十一还载汉末人贾偶被错勾,发还,在郭外树下暮宿,巧遇一个也是被发还的少女,女拒其求欢,天明后各自上路。为验证其实,他赶到弋阳见女父,说起女子资质服色,其父令人问女,所言皆同,惊叹着将女配给贾偶。此说并非孤证,《辨正论》卷八注引《幽明录》写石长和死,四日复苏。说在冥间那些荆棘中跋涉的人见长和独行平道,叹息曰:"佛弟子独乐,得行大道中。"又有阁上人问他何所修行,长和曰:"不食鱼肉,酒不经口,恒转尊经,救诸疾痛。"阁上人问都录主者:"石贤者命尽耶?枉夺其命耶?"主者报:"按录,余四十余年。"阁上人敕主者将无辜者送回阳世。

生命时限的被关注,因为当时不少入墓存活和死而复生的传闻,如《三国志·魏书·明帝纪》裴注引《傅子》称:"时太原发冢破棺,棺中有一生妇人,将出与语,生人也。送之京师,问其本事,不知也。视其冢上树木可三十岁,不知此妇人三十岁常生于地中邪?将一朝欻生,偶与发冢者会也?"《搜神记》卷二十一则有:"杜锡,字世嘏,家葬,而婢误不得出。后十余年,开冢祔葬,而婢尚生。其始如瞑,有顷渐觉。问之,自谓:'当一再宿耳。'初,婢埋时年十五六,及开冢后,姿质如故,犹十五六也,嫁之,有子。"这岂不与《晋书》本传所载干宝父妾的故事类似?而同卷又载,前代陈留考城史姁的返生故事也颇著名,说其年少时病死前,自知会"复生":

  谓其母曰:"我死当复生。埋我,以竹杖柱我瘗上,若杖拔,掘出我。"及死埋之,柱杖如其言。七日往视之,杖果拔出。即掘尸出,已活,平复如故。后与邻人乘船至下邳卖锄,不时售,思欲归。谓人曰:"我方暂归。"人不信之,曰:"何有千里暂得归耶?"答曰:"一宿便还,即不相信,作书取报,以为验实。"其一宿便还,果得

> 报书，具知消息。考城令江夏鄢贾和闻之，姊病在乡里，欲急知消息，请往省之，路遥三千，再宿报书，具知委曲。

因返阳复生而获取了神行术的异能。又据李剑国辑录《独异志》中的佚文："冯稜妻死，稜哭之恸，乃叹曰：'奈何不生一子而死！'俄而妻复苏。后孕，十月产讫而死。"对于这类母题，干宝有着特殊的偏爱。

此外，动物与人平等，具有人类的情怀，也是干宝所留心表现的。《搜神记》卷九写鹞晓人语（此还见旧题曹丕的《列异传》），说一鸠飞入魏公子无忌案下，鹞逐杀之，无忌捕到群鹞，按剑命杀鸠者低头伏罪，于是"有一鹞俯伏不动"，岂非晓得人语？至于鸲鹆晓得且能说人语、牛晓人语，虽见于《幽明录》，而描写马晓人语则见《搜神记》卷十四，即有名的"蚕马"故事。凡此不一而足。

那么，人类与动物关系是否具有"生态主体"平等、互相关爱的可能？在中土伦理文化支配下，就每多传颂着义兽报恩于人类的故事，《搜神记》卷二十九还写了大蛇、玄鹤被人救治后，衔宝珠（明月珠）来报恩；黄雀被蝼蚁所困，蒙人救助收养，以玉环报恩；虎遇难产，得人相救，向产婆赠野物之肉，甚至连蝼蛄得到人的养护，也能在关键时刻解救恩主，此类故事今存虽然有限，但肯定不止这些，其价值取向较为集中，体现出较为明确的"善待动物"的人伦情怀之与伦理导向。很可能，该类型故事受到中古汉译佛经"感恩动物忘恩人"故事的影响，而又与现实中的某些传闻融合。

四　小人国传奇、仙女香氛与外星人传闻

小人国　这种奇闻虽在《山海经》有载，但给人印象最深的早期文本来自干宝《搜神记》卷十六，称王莽刚登位，池阳有小人出没，长一尺余："或乘车，或步行，操持万物，大小各自相称，三日乃止。《管子》曰：'涸泽数百岁，谷之不徙，水之不绝者，生庆忌。庆忌者，其状若人，长四寸，衣黄衣，冠黄冠，戴黄盖，乘小马，好疾驰，以其名呼之，可使千里外一日反报。'然池阳之景者，或庆忌也乎？"后世小人传闻却变得非常世俗化。徐珂《清稗类钞·动物类》载："光绪某岁，某邑有乡人持一虫入城求售，长仅五寸，状诡异，自首至腰具人

形，瞳小如黑豆，灼灼有光。以物饲之，口张，齿细于针。两手握拳，撩以草，辄张作攫势。腰以下毛茸茸然，两股趯趯犹虫也。观者如堵。乡人索值千钱，无购者。许植之素好奇，如其值，购归，饲以果饵，越日竟毙，乃干之，状如木雕之小人。盖即《搜神记》所载之虫名'庆忌'，具人形，喜效人所为，此特变化未全者耳。然近时科学昌明，动物学中实未有昆虫化人之说也。"①尽管徐珂不同意这一小人来自昆虫变化的说法，但是这"小人"的面世属商业性经营的需要，当属无疑②。传闻的前半部分很可能是由现场出示的实物——如木雕状的小人标本附会而来。

外星人　可以说是自魏晋以来逐渐进入到华夏之邦的文学叙述的。西晋时代，干宝也慧眼卓识，予以涉猎。《搜神记》卷十七载："扶风杨道和，夏于田中耘获，值天雷雨，止桑树下。霹雳下击之。道和以锄格之，折其左股，遂落地，不得去。唇如丹，目如镜，毛如牛角，长三尺许，状如六畜，头似猕猴。"通常人们以为这是古人心目中的"雷公"形象，其实很可能就是一个受伤之后不能飞行的外星人。如《搜神记》的故事，就经唐人道世所编佛教类书《法苑珠林》的转述，更加广泛地在民间俗谈中扩散：

> 魏黄初中，顿丘界有人骑马夜行。见道中有物，大如兔，两眼如镜，跳梁遮马，令不得前。人遂惊惧堕马，魅便就地把捉，惊怖暴死。良久得苏，苏已失魅，不知所在。乃更上马，前行数里，逢一人相问讯，因说向者之事变如此。今相得为伴，甚佳欢喜。人曰："我独行，得君为伴，快不可言。君马行疾，且前，我在后相随也。"遂共行。语曰："向者物何如？乃令君如此惧怖耶？"对曰："其身如兔，两眼如镜，形甚可恶。"伴曰："试顾视我耶？"人顾视之，犹复是也。魅便跳上马，人遂堕地，怖死。家人怪马独归，即行推觅，于道边得之。宿昔乃苏，说状如是。③

---

① 徐珂：《清稗类钞》第十二册，中华书局1986年版，第5658页。
② 王立：《中国古代文学主题学思想研究》第八章《中国古代文献中的小人国母题》，天津教育出版社2008年版，第110—127页。
③ 周叔迦、苏晋仁：《法苑珠林校注》卷六，第217—218页。

《搜神记》卷七载宫亭湖（彭蠡湖）孤石庙，有估客经过其下，见二女子求买两量丝履，说当厚报，估客至都："市好丝履，并箱盛之。自市一书刀亦在箱中。既还，以箱及香置庙中而去。忘取书刀。湖中正泛，忽有一鲤鱼跳入船中。破鱼腹，得书刀焉。"同书卷七还写弦超夜梦会神女成公智琼，后神女白日来游："……且芬香之气，达于室宇，遂为伴吏所疑。"后张敏为作《神女赋》序有"又推问左右知识之者，云当神女之来，咸闻香熏之气，言语之声，此即非义起淫惑梦想明矣"，还写出了交往时男性的勃发性感受："微闻香泽，心荡意放"。《神仙感遇录》称："复书一朱符，置火上，瞬息闻异香满室，有一人来，堂堂美须眉，拖紫秉简，揖樵者而坐。"《汉武帝内传》写上元夫人和西王母别去，也"云彩郁勃，尽为香气"。梁启超先生较早注意到佛经文学的触发想象功能，其1920年所作《翻译文学与佛典》第六章指出：

　　　　此等富于文学性的经典，复经译家宗匠以极优美之国语为之迻写，社会上人人嗜读；即不信解教理者，亦靡不心醉于其词缋。故想象力不期而增进，诠写法不期而革新，其影响乃直接表见于一般文艺。我国自《搜神记》以下一派之小说，不能谓与《大庄严经论》一类之书无因缘。①

　　《搜神记》卷二："晋永嘉中，有天竺胡人来渡江南。"可见，对胡人的理解还是应当宽泛些，有时也包括印度。

　　《搜神记》是干宝为传统文化与文学母题结合进行的重要建设。其成功有多种原因。

　　成因一，汉代前本土神秘文化的旧有积累。《世说新语·排调》讲："干宝向刘真长叙其《搜神记》，刘曰：'卿可谓鬼之董狐。'"然而他也非常留心人鬼、幽明世界之间的纠葛。刘真长即刘惔，如同李剑国先生指出："刘惔对干宝书的评价是以春秋晋国秉笔直书的良史董狐为喻，似乎是称赞，其实是讥讽干宝以史家实录态度对待鬼神荒渺之事……意思是做董狐可做鬼董狐则不可，《晋纪》固为良史，《搜神记》则为妖妄。'鬼董

---

① 《饮冰室文集》第五集，云南教育出版社2001年版，第2958页。

狐'之评明扬暗抑,这是刘惔的品藻之妙。"①

成因二,西来佛教思维及其宗教母题的激活。从干宝之于神秘故事前后态度的变化和《搜神记》内容全面来看,实际上他不仅是有着父妾陪葬十年又复生一事的促动,也是当时佛经故事影响下众多类似传说盛行触发。

唐人修《晋书》本传载,他"性好阴阳术数,留思《京房》、《夏侯胜》等传。宝父先有所宠侍婢,母甚妒忌,及父亡,母乃生推婢于墓中。宝兄弟年小,不之审也。后十余年,母丧,开墓,而婢伏棺如生,载还,经日乃苏。言其父常取饮食与之,恩情如生,在家中吉凶辄语之,考校悉验,地中亦不觉为恶。既而嫁之,生子。又宝兄尝病气绝,积日不冷,后遂悟,云见天地间鬼神事,如梦觉,不自知死。宝以此遂撰集古今神祇灵异人物变化,名为《搜神记》,凡三十卷。以示刘惔,惔曰:'卿可谓鬼之董狐。'宝既博采异同,遂混虚实,因作《序》以陈其志曰:'虽考先志于载籍,收遗逸于当时,盖非一耳一目之所亲闻睹也,亦安敢谓无失实者哉!卫朔失国,二传互其所闻;吕望事周,子长存其两说,若此比类,往往有焉。从此观之,闻见之难一,由来尚矣。……'"② 故事暗示,干宝父婢在墓中经历了一个如同人世家庭生活的阶段,且还没有丧失回到人世重新生活的能力。干宝之父的亡灵具有获取食物奇能,这也吸收当时道教服食求仙信仰。干宝的故事可以说较早开启了冥游母题。

成因三,志怪小说本身发展的叙述需要和干宝本人的天才创造力。又如上面故事的异文,见于《世说新语·排调》刘孝标注引晋代孔约《孔氏志怪》:

> 宝父有嬖人,宝母至妒,葬宝父时,因推著藏中。经十年而母丧,开墓,其婢伏棺上。就视犹暖,渐有气息;舆还家,终日而苏。说"宝父常致饮食,与之接寝,恩情如生"。家中吉凶,辄语之,校

---

① 李剑国:《古稗斗筲录》,南开大学出版社2004年版,第282页。论者也指出著有《五鬼论》的干宝曾是无鬼论者,名士刘惔称他"鬼之董狐",是在揭他疮疤:"嘲讽的意味也就愈加强烈。"实际上是礼法之士与任情放诞的名士的冲突。见张庆民《〈搜神记〉研究二题》,《文学遗产》2008年第4期。

② 《晋书》卷八十二《干宝传》,中华书局1974年版,第2150页。

之悉验。平复数年后方卒。宝因作《搜神记》,中云"有所感起"是也。①

这段叙述似也吸收了佛教的"三界"观念,把冥间世界理解和解释为人世,干宝吸收了此类冥世叙述,把相关传说搜集再造,所谓"博采异同,遂混虚实",进行志怪小说的创造。其融会再造之功,不可没也。

严耀中先生指出,在干宝生活的东晋之初,佛教传播还主要停留在社会上层,因而《搜神记》中佛教消息缺少。② 的确,佛教传播有一个渐进的过程,也需要将收入佛教类书的片段一并考量,因此,《搜神记》保留的哪怕一鳞半爪的佛经故事信息,也是非常珍贵的。

---

① 余嘉锡:《世说新语笺疏》,第798页。
② 严耀中:《关于〈搜神记〉中佛教内容的质疑》,《中华文史论丛》2009年第3期。

第五章

媚药源于西域考述

媚药，是中国古代一个由来已久的信奉，也是古代中医文化所受外来影响的一个重要民俗事象。而且，媚药还与古代情爱文学中两性之间的一个重要沟通纽带——情物，有着千丝万缕的联系，两者往往在功能上还呈显出共生互补的关系。对于这样一个体现古人神秘思维和艺术思维，中医文化与文学表现联系、中外文化交流的课题，作为古代性文化开山之作的高罗佩《中国古代房内考》、《秘戏图考》都没有把媚药作为考查范围①，李零教授20世纪90年代初曾探讨过②，这里适当予以补充。

一 媚药的原料构成种种

古代文献中的媚药，其构成原料多种多样，不一而足，这里仅略加分类。

其一，是某种带有化学元素成分的石英、钟乳类石头，如五石散。唐代孙思邈《千金要方》曰："有贪饵五石，以求房中之乐。"《巢氏病源》称："强中候者，茎长兴盛不衰，精液自出，是由少服五石，五石热著于肾中，下焦虚。"苏轼《东坡志林》讲："世有食钟乳、乌喙而纵酒色而求长年者，盖始于何晏。晏少而富贵，故服寒食散以济其欲，无足怪者。"据余嘉锡先生考证，所谓"五石散"中的五石，是赤石脂、白石脂、紫石脂、钟乳石、硫黄。（后两味可代之以寒水石、滑

---

① ［荷］高罗佩：《中国古代房内考》，李零、郭晓惠等译，上海人民出版社1990年版；《秘戏图考》，杨权译，广东人民出版社1992年版。
② 李零：《中国方术考》（增订本）第七章《马王堆房中书研究》，东方出版社2001年版。

石。)同时还以干姜、防风、栝楼、白术、桔梗、细辛、附子等予加减①。这是魏晋为了长生延寿服食的主要物品,逐渐过渡到为了增长性能力而服用。

其二,是某种动物、昆虫。《太平广记》卷四百七十九引孙光宪《北梦琐言》:"陈藏器《本草》云:砂𧎢,又云'倒行拘子',蜀人号曰'俘郁'。旋乾土为孔,常睡不动。取致枕中,令夫妻相悦。愚有亲表曾得此物,未尝试验。愚始游成都,止于逆旅,与卖草药李山人相熟,见蜀城少年往往欣然而访李生,仍以善价酬。因诘之,曰:'媚药。'征其所用,乃砂𧎢。与陈氏所说,信不虚语。李生亦秘其所传之法,人不可得也。武陵山出媚草,无赖者以银换之。有因其术而男女发狂,罹祸非细也。"唐代段公路《北户录》称:

> 红蝙蝠,出陇州。背深红色,惟翼脉浅黑,多双伏红蕉花间。采者若获其一,则一不去。南人收为媚药、王子年《拾遗云》云:有五色蝙蝠。《异物志》:䴘虱鱼,因风入空木而化为蝙蝠。《灵枝图说》曰:蝙蝠,服之寿万岁。又《媚药》载:㾖金鸟辟寒。金龙子、布谷脚胫骨、鹊脑砂、矮茎草、苟草、左行草、独未见录红蝙蝠处。岂阙载乎?又有无风独摇草,男女带之,相媚。又陈藏器云:梽子蔓,生取子中仁,带于衣,令人有媚,多迷人。②

这一载录以其收入了明人所编的《古今说海》,明清世俗传播更为广泛。

以蜜蜂等昆虫来调动情欲,也是唐人以来的经验。李贺《谢秀才有姜缟练,改从于人,秀才引留之不得,后生感忆。座人制诗嘲诮。贺复继四首》其三咏:

> 洞房思不禁,蜂子作花心。
> 灰暖残香炷,发冷青虫簪。
> 夜遥灯焰短,熟睡小屏深。

---

① 余嘉锡:《寒石散考》,《余嘉锡论学杂著》,中华书局1963年版。
② 陆楫编:《古今说海》说选部辛集,上海文艺出版社1989年版,第5页。

好作鸳鸯梦，南城罢捣砧。①

此还可参阅李时珍《本草纲目》卷四十一。而《太平广记》卷四百七十八引《投荒杂录》也早就载录："南海郡有蜂……雄者既死，雌者即至，雌者死亦然，俗传以雌雄俱置竹中，以节间之，少顷，竹节自通。里人货其僵者，幻人以蜂，俱用为妇人惑男子术。"至于《太平广记》卷四百七十九也引《投荒杂录》称："南方又有水族，状如蛙，其形尤恶，土人呼为蛤。为脔食之。味美如鹧鸪，及治男子劳虚。"

明人谢肇淛《五杂组》暗示一些奇特的动物之所以有媚药的功能，与其特定的生活习性相关，作为药材，因其药效明显还导致产生造伪现象：

> 蛤蚧，偶虫也。雄曰蛤，雌曰蚧，自呼其名，相随不舍。遇其交合捕之，虽死牢抱不开，人多采之为媚药。又有山獭，淫毒异常。诸牝避之，无与为偶，往往抱树枯死，其势入木数寸，破而取之，能壮阳道，视海狗肾功力倍常也。今山东登、莱间，海狗亦不可多得，往往伪为之，乃取狗肾而缝合于海狗之体以欺人耳。盖此物一牡管百牝，牡不得常故也。（《齐东野语》云："山獭出南丹州，土人名之曰'插翘'，一杖直黄金一两。"）②

那么，究竟何谓蛤蚧？明代吴兴白铁道人王修《君子堂日询手镜》认为是甲虫的一种："医家有名蛤蚧者，乃一甲虫，其地甚多，状类蜥蜴、守宫之属，多生城垣串楼，及人家墙壁间。其物上下相呼，牡声蛤，牝

---

① 清人王琦注："广中有绿金蝉，大者如斑猫，其背作青绿泥金色，喜匿朱槿花中，一一相交。传云带之令夫妇相爱，妇女多以为钗簪之饰。段公路《北户录》所谓金龟子，竺法真《罗浮山疏》所谓金花虫，陈藏器《本草》所谓吉丁虫，宋祁《益都方物略》所谓利州金虫，皆此物也。旧注谓以青玉为簪而雕镂虫式者，恐未是。"王琦等注：《李贺诗歌集注》卷三，上海古籍出版社1978年版，第172页。

② 谢肇淛：《五杂组》卷十一《物部三》，第227页。现存《回回药方》残本，作为中土以伊斯兰世界多种医学名著编纂的著作的一部分，现认定为明初洪武年间翻译的，其中已有海狗肾，即黑则米阳（Khaz Miyān），为波斯语，又呼作"米阳黑则"，为海狸的睾丸，阿拉伯语呼为"海兽的睾丸"（Khusyat Hayawān al-bahri）。《本草纲目》卷五十一呼为"膃肭脐"。参见宋岘《回回药方考释》，中华书局2000年版，第93页。

声蚧。累日情洽甚，乃交，两相抱负，日堕于地。人往捕亦不知觉，人以手分擘，虽死不开。人得之，以搞熟草细缠定，锅中蒸过，曝干，售人，炼为房中之药。甚取效。寻常捕者，不论牝牡，皆可为医兽方之剂也。"①

到了清代，这一信奉仍在延续。蒲松龄《聊斋志异·孙生》写的是一对夫妻如何从性冷淡状态中解脱，恩爱缠绵的故事。刚刚嫁给孙生的"故家女"辛氏，这位新娘子"初入门，为穷裤，多其带，浑身纠缠甚密，拒男子不与共榻。床头常设锥簪之器以自卫"。这仿佛就是女性保贞术母题，但是却是一种性冷淡生理——病理状态下的主观追求。故事后面冯镇峦评语曰："捼挪草中虫置枕中，亦令男女相悦。"

清初屈大均载录的南方风物则有："金花虫，大者如斑猫（斑蝥），有文采，其背正绿如金贴，有翅生甲下，一名绿金蝉。喜藏朱槿花中，一一相交。取带，令人相媚。予诗：'持赠绿金蝉，为卿钗上饰。双栖朱槿中，相媚情何极。'"② 汪价《三侬赘人广自序》称：

> 世之愚伦，纵情雕伐，以致阳弱不起，乃求助于禽虫之末。蛤蚧，偶虫也，采之以为媚药；山獭，淫毒之兽，取其势以壮阳；海狗以一牡管百牝，鬻之助房中之术。何其戕伐败道，贵兽而贱人也！且方士挟采阴之说，谓御女可得长生。则吾未见蛤蚧成丹，山獭尸解，海狗之白日冲举也。③

而清人陆次云《峒溪纤志》叙述云南出产："蛤蚧生于枯树，雌雄相呼。交时人捕之，至死不解，取为媚药。"赵翼《檐曝杂记》卷三也称采用的蛤蚧要注意有造伪的："蛤蚧，蛇身而四足，形如虢虎，身有癣，五色俱备，其疥处又似虾蟆，最丑恶。余初入镇安，路旁见之，疑为四足蛇，甚恶之。问土人，乃知为蛤蚧也。郡衙倚山，处处有之。夜辄闻其鸣，一声曰蛤，一声曰蚧，能叫至十三声方止者乃佳。其物每一年一声，十三声则年久而有力也，能润肺补气壮阳。口咬物则至死不释，故捕者辄

---

① 王文濡编：《说库》上册，浙江古籍出版社1986年版。
② 屈大均：《广东新语》卷二十四，中华书局1985年版，第596—597页。
③ 张潮辑：《虞初新志》卷二十，河北人民出版社1985年版，第399页。

以小竹片䂼之使咬，即携以来。虽已入石缝中，亦可乘其咬而掣出也。遇其雌雄相接时取之，则有用于房中术，然不易遇也。药肆中所售两两成对者，乃取两身联属之耳。其力在尾，而头足有毒，故用之者必尾全而去其头足。"①

可见，自然界某种生物的特殊物种行为，被古人理解为有助于人类相关性能力提高，这是一种"吃什么，补什么"的"顺势巫术"的神秘信奉所致。

其三，某种植物。《南方草木状》（托名晋代嵇含，但也有人认为不应以混入后人作，而疑伪作）对南方植物分为草、木、果、竹四类，其写："鹤草：蔓生，其花曲尘色，叶如柳而短，当夏开花，形如飞鹤，嘴翅尾足，无所不备，出南海，云是媚草。上有虫，老蜕为蝶，赤黄色，女子藏之，谓之媚蝶，能致其夫怜爱。"

五代王仁裕《开元天宝遗事》卷上载，唐玄宗宠杨贵妃，安禄山"因进助情花香百粒，大小如粳米而色红，每当寝处之际，则含香一粒，助情发兴，筋力不倦。帝秘之曰：'此亦汉之慎恤胶也。'"② 安禄山身为胡人，他也知道"物以稀为贵"的道理，他当然不会进献中原本属常见的东西，而中原常有之物也不会引起载录者的如此兴趣，此物多半来自西域。

宋人周密《癸辛杂识》也从地缘文化角度载录："（南丹州）又云：彼之山中产'相怜草'，媚药也。或有所瞩，密以草少许掷之，草心著其身不脱，彼必将从而不舍。尝得试辄验。后为徐有功取去。"③ 产地、具体用法，用后的药效都列举出来了。

还有的是将特定植物与其取获的时辰联系起来，如元人伊世珍《琅嬛记》卷下引《采兰杂志》曰："杜羔妻赵氏每岁端午午时取夜合花置枕中，羔稍不乐，辄取少许入酒，令婢送饮，羔即欢然，当时妇人争效之。"明人也载录："贵州青浪卫山间，产'相连草'。苗妇于高山长歌连日，歌淫心荡，有草飞来，入怀，置衣袂间，令人相思欲死。'相离草'，投饮食中，令夫妇参商。又草名'痴汉药'，淫妇以食其夫，如醉梦，绝

---

① 《檐曝杂记　竹叶亭杂记》，中华书局1982年版，第50—51页。
② 丁如明辑校：《开元天宝遗事十种》，上海古籍出版社1985年版，第75页。
③ 周密：《癸辛杂识》续集下《相怜草》，中华书局1988年版，第178页。

无妒心。"①

这一媚药叙事,该是多么具有女性性别的自我保护意识呵!至于《滇南新语》所引唐人段公路《北户录》,则载有:"萎茎草、芎草、左行草、无风独摇草,皆为媚药。"

值得注意的是,还有的是植物与昆虫互化的。刘恂《岭表录异》卷中称:"鹤子草,蔓生也,其花曲尘,色浅紫,蒂叶如柳而短,当夏开花(又呼为绿花绿叶)。南人云是'媚草',采之曝干,以代面靥。形如飞鹤,翅尾嘴足无所不具。此草蔓至春生双虫,只食其叶。越女收于妆奁中,养之如蚕,摘其草饲之。虫老不食而蜕为蝶,赤黄色,妇女收而带之,谓之'媚蝶'。"②

其四,是某种鸟类。如䴔鹁。《太平广记》卷四百六十二引《酉阳杂俎》:"䴔鹁交时,以足相勾,促鸣鼓翼如斗状,往往坠地,俗取其勾足为魅药。"刘恂《岭表录异》:"红飞鼠多出于交趾及广管陇州,皆有深毛茸茸然。唯肉翼浅黑色,多双伏红蕉花间,采捕者若获一,则其一不去。南中妇人,买而带之,以为媚药。"③

《太平御览》卷九百二十一引《淮南万毕术》称:"鹊脑令人相思。"注曰:"取鹊一雄一雌头中脑,烧之于道中,以与人酒中,饮则相思。"

宋代陶穀《清异录》还指出:"昌黎(韩愈)晚年颇亲脂粉。故事:服食用硫磺末搅粥饭啖鸡男,不使交千日。烹庖,名'火灵库',公间日进一只焉。始亦见功,终至绝命。"④ 此叙事是否开启小说《金瓶梅》写西门庆服用胡僧所赠春药丧命?这一思路受此启发显而易见,至少不能排除这种可能性。

其五,是驴马羊等较大动物的分泌物、排泄物。谢肇淛《五杂组》卷十一即把寻究这类物质产地的目光投向西域:

> 肉苁蓉,产西方边塞上垫中及大木上,群马交合,精滴入地而生。皮如松麟,其形柔润如肉。塞上无夫之妇,时就地淫之。此物一

---

① 谈迁:《枣林杂俎》中集《相连草相离草痴汉药》引徐尚书良彦《随风录》,中华书局2006年版,第474页。
② 李昉编:《太平广记》卷四百八引,第3302页。
③ 李昉编:《太平广记》卷四百四十引,第3585页。
④ 周勋初主编:《唐人佚事汇编》,上海古籍出版社1995年版,第1076页。

得阴气，愈加壮盛，采之入药，能强阳道，补阴益精。或作粥啖之，云令人有子。

其实，早自先秦时代的《国语·郑语》引《训语》即载，夏代末年，褒国君主化为二龙在王廷前交合，夏王占卜后，"请其漦而藏之"。漦，有人认为是精液。相传周厉王时，"王使妇人不帷而噪之"，即去掉裙子而驱邪，其化鼋被一女子触上，即导致怀孕。作为重要的承前启后文献，谢肇淛所言当来自周密的载录："鞑靼野地有野马与蛟龙合，所遗精于地，遇春时则勃然如笋出地中。大者如猫儿头，笋上丰下俭，其形不一，亦有鳞甲筋脉，其名曰'锁阳'，即所谓肉苁蓉之类也。或谓鞑靼妇人之淫者，亦从而好合之，其物得阴气，则怒而长。土人收之，以薄刀去皮毛，洗涤令净，日干之为药。其力百倍于肉苁蓉，其价亦百倍于常品也。五峰云：'亦尝得其少许。'"[1]

肉苁蓉（Cistanche deserticola）作为寄生在沙漠树木梭梭、红柳根部的寄生植物，分布在内蒙古、宁夏、甘肃和新疆，有"沙漠人参"美誉，又见明代王世懋《二酉委谭摘录》："助甫又为予言甘州多琐阳肉。苁蓉琐阳，形甚不雅，茎上生肉，苁蓉生土中，掘得之，形甚大，色红，鲜如肉。助甫欲一识之，令卒之田间，掘得异来，俨如一大人臂，因悟苏子瞻所烹肉芝，乃肉苁蓉耳，宜其不能仙也。"

狐涎为媚药，作为动物的分泌物，似与"淫羊"传说有关。《太平御览》卷九百二引张华《博物志》（今本无）称："阴夷山有淫羊，一日百遍。脯不可食，但著床席间，已自惊人。又有作淫羊脯法：取羖、牸各一，别系，令裁相近而不使相接。食之以地黄竹叶，饮以麦汁米沈。百余日后，解放之，欲交未成，便牵两杀之。脯以为脯。男食羖，女食牸，则并如狂，好丑亦无所避。其势数日乃歇。治之方，煮茱萸菖蒲汁饮之。又以水银宫脂涂阴，男子即痿。宫脂，鹿脂也。"

狐涎致幻等作用和提取过程，见于南宋曾敏行《独醒杂志》卷七："祥符中汀人王捷有烧金之术。……时人谓之'王烧金'。捷能使人随所思想，一一有见，人故惑之。大抵皆南法以野狐涎与人食如此。其法以肉置小口罂中，埋之野外，狐见而欲食，喙不得入，馋涎流堕罂内，渍入肉

---

[1] 周密：《癸辛杂识》续集上"锁阳"条，第153—154页。

中。乃取其肉曝为脯末，而置人饮食间。又闻以狐涎和水频面，即照见头目变为异形，今江乡吃菜事魔者多有此术。"此即明教的一种法术①。这对于招揽民间下层徒众，显然，也不是没有效果的。

面对明代中期后已经渊深积厚的狐文化那些狐精媚男子故事，冯梦龙小说《平妖传》则强调了"狐涎"这一狐精特有的内分泌物质的媚药功能："狐涎是个媚人之药，人若吃下去便心迷意惑。不拘男女，一着了他道儿，任你鲁男子，难说坐怀不乱，便露筋祠中的贞女，也钻入帐子里来了。"② 李时珍《本草纲目》同此。《二刻拍案惊奇》第二十九回《赠芝麻识破假形，撷草药巧谐真偶》也讲述狐的特性就依仗这一利器："又性极好淫，其涎染着人，无不迷惑。故又名狐媚……"

王士禛《池北偶谈》描述了清初人们对奇特媚药的好奇：

> 座客偶举唐小说《霍小玉传》中有驴驹媚，不知何物。按僧赞宁《物类相感志》云："凡驴驹初生未堕地，口中有一物如肉，名'媚'，妇人带之能媚。"③

这位座客实际上多半是在明知故问，蒋防《霍小玉传》的原文实有特定的语境："卢氏方鼓琴于床，忽见自门抛一斑犀钿花合子，方圆一寸馀，中有轻绡，作同心结……生开视之，见相思子二，叩头虫一，发杀觜一，驴驹媚少许。"这几种物件分明是媚药，才引得李益的定向猜忌和发火吼叫。对此，明人方以智《物理小识》卷十二引《秘抄》则称，需要将驴驹媚与麝香进行混合加工才能起作用："野狐名紫夜，夜戴髑髅朝斗。取其心，合布谷鸟脑，与狗初生口中媚肉，和沉麝为香，使人为之，则令人见思念。识破者，视冷水则已。"

当然，也有的不用媚药，而只是凭借符咒，来达到媚药所起到的功能，如《唐国史补》称："棣王琰之二孺人争宠也，密求巫者置符琰履中以求媚。"

---

① 参见李剑国《中国狐文化》，人民文学出版社2002年版，第182页。
② 冯梦龙：《平妖传》第十五回《雷太监馋娶乾妻　胡媚儿痴心游内苑》，上海古籍出版社1986年版，第102—103页。
③ 王士禛：《池北偶谈》卷二十三《驴驹媚》，中华书局1982年版，第564页。

二 佛经中的媚药及其最初被认为产于外域

媚药，与古代中原人早期众多的博物传闻紧密相连，很可能即时人将求知、求新奇的眼光注目外域时，进入中原人视野的而且与人们日常生活密切相关的一个奇物。西晋张华《博物志》卷三宣扬："右詹山，帝女化为詹草，其叶郁茂，其萼黄，实如豆，服者媚于人。"类似载录见于《山海经·中山经》："姑瑶之山，帝女死焉，其名曰女尸，化为瑶草，其叶胥成，其华黄，其实如菟丘，服之媚于人。"而干宝《搜神记》（卷二十）也更加明确："姑媱山，帝之女死，化为瑶草，其叶麯成，其华黄色，其实如兔丝。故服瑶草者，恒媚于人焉。"

约六朝时成书的《洞冥记》还保存了汉代的一段信奉，则是把一种西域贡献来的特殊的鸟作为媚药："汉元封五年，勒毕国贡细鸟，以方尺玉笼盛数百头，大如蝇，其状如鹦鹉，声闻数里，如黄鹄之音，国人常以此鸟候时，亦名曰'候虫'。上得之，放于宫内。旬日之间，不知所止，惜甚，求不复得。明年，此鸟复来集于帷幄之上，或入衣袖，因更名曰'蝉鸟'，宫人婕妤等皆悦之，但有此鸟集于衣上者，辄蒙爱幸。武帝末，稍稍自死。人尤爱其皮，服其皮者，多为男子媚也。"[①]

媚药乱性犯戒，早在中古汉译佛经中就有了不少相关文本。说是有个比丘名叫无垢光，他进入毘舍离城乞食，因为不知而走进了淫女家，淫女对他起了"染污心"："我今必当与此比丘共行欲法，若不从我我将殒命。"于是关起门来告知比丘，无垢光拒绝："且止大姊，我今不应犯如此事，所以者何？佛所制戒我应奉行，宁舍身命不毁此戒。"故事颇有兴味地继续描述淫女开始考虑使用媚药：

> 尔时淫女复更思维：我今当以咒术药草令此比丘共为欲事。语比丘言："我今不能令汝退转毁犯禁戒，但当受我所施之食。"而入舍内，便咒其食投比丘钵。咒术力故令此比丘便失正念，起于欲心展转增盛。尔时淫女见此比丘颜色变异，即前牵手共为欲事。是时比丘与彼淫女共相爱乐，行淫欲已，持所乞食还诣精舍，到精舍已，生大忧

[①] 李昉等编：《太平广记》卷四百六十三引，第 3805 页。

悔举体烦热，咄哉何为破大戒身，我今不应受他信施，我今则是破戒之人，当堕地狱。……①

媚药首先由具有特殊身份的女性来使用，这在此前中国文献中很少见，不能低估这段故事的启发力。关于印度医学，一般认为印度人或对曼陀罗属植物药用功能早有认识。曼陀罗为达都拉属（datura）植物，印度人称其为 dhattūra，此为曼陀罗别名，屡见古印度医书。他们将其制成草药麻醉镇静用，其叶可镇痛，花制药酒治癫痫或水肿症。②

唐时从国外传来的春药已不少，如《医心方》所载的印度医方："耆婆方云治阴萎，苟杞、菖蒲、兔丝子各一分，合下筛以方寸匕服，日三，坚强如铁杵。"李石《续博物志》："淫羊藿，一名仙灵脾。淫羊一日百遍合，食此藿所致。"这淫羊，也是多半出产于西域。

医学史家还注意到，东亚新罗法师，曾拥有秘密方云："八月中旬取露蜂房置平物迫一宿，一宿后取内生绢袋，悬竿阴干十旬限，后为妙药。夫望覆合时割取钱六枚许，内清填瓮煎过，黑灰成白灰，即半分内温酒吞，半分内手以唾和涂屦（屦即阴茎），自本迄末，涂了俄干，干了复合，任心，服累四旬渐咬验。终十旬调体了，迄终身无损。有益福德，万倍气力，七倍所求，皆得无病长命，盛夏招冷，隆冬追温，防邪气，不遭殃，所谓增益之。积屦纵广各百八十铢，强如铁锤，长大三寸……若求强者，内温酒常吞；求长者涂末，求大者涂周……"这个"新罗法师秘密方"与孙思邈《千金要方》颇似："阴萎不起方：蜂房灰夜卧傅阴上即热起。

---

① 《佛说净业障经》，失译人名今附秦录，[日] 高楠顺次郎等编：《大正新修大藏经》卷二十四，台北：新文丰出版公司1990年影印本，1095b–c。

② 参见劳费尔《押不芦》，《西域南海史地译丛》，冯承均译，中华书局1956年版，第84—109页。南宋周密《志雅堂杂钞》卷上载："押不芦：回回国之西数千里，地产一物极毒，全似人形，如人参之状，其名押不芦。"《癸辛杂识》续集上亦详述："押不芦：回回国之西数千里地，产一物极毒，全类人形，若人参之状，其酋名之曰'押不芦'。生土中深数丈，人或误触之，着其毒气必死。取之法，先于四旁开大坎，可容人，然后以皮条络之，皮条之系则系于犬之足。既而用杖击逐犬，犬逸而根拔起，犬感毒气随毙。然后就埋土坎中，经岁，然后取出曝干，别用他药制之。每以少许磨酒饮人，则通身麻痹而死，虽加以刀斧亦不知也。至三日后，别以少药投之即活，盖古华陀能刳肠涤胃以治疾者，必用此药也。今闻御药院中亦储之，白廷玉闻之卢松厓。或云：'今之贪官污吏赃过盈溢，被人所讼，则服百日丹者，莫非用此。'"第158页。研究者指出此"押不芦"为波斯语，《德汉医学词汇》解为"曼陀茄属"，参见宋岘《古代波斯医学与中国》，昆仑出版社2003年版，第44—45页。

无妇不得傅之。"①

因此，在古人对于殊方异域的珍奇怪异之物的介绍性叙述中，我们常常可以看到媚药的名字和功能，这类介绍总是不忘记对于其"非中原"的殊方异域产地的着意强调，带有以中心地区强势话语谈论周边"他者"的意味。伴随着文化重心的南移，五代时孙光宪把注意的目光投注到一些水族动物："南人采龟溺，以其性妒而与蛇交。或雌蛇至，有相趁斗噬、力小致毙者。采时，取雄龟置雌碗及小盘中，于龟后，以镜照之，既见镜中龟，即淫发而失溺。又以纸炷火上燃热，点其尻，亦致失溺。然不及镜照也。得于道士陈钊。又海上人云：龙生三卵，一为吉吊也。其吉吊上岸与鹿交，或于水边遗精，流槎遇之。粘裹木枝，如蒲桃焉，色微青黄，复似灰色，号紫稍花，益阳道。别有方说。"②

明代比较流行的说法则谓："药中有紫稍花，非花也，乃鱼龙交合，精液流注，黏枯木上而成。一云龙生三子，一为吉吊，上岸与鹿交，遗精而成，状如蒲槌，能壮阳道，疗阴痿。此与肉苁蓉大略相似。夫人之精气自足供一身之用，乃以斲丧过度，而借此腥秽污浊之物以求助长之效，鲜有不速其毙者。"③

明代朱孟震《西南夷风土记》所载，也透露出这种中原之外的偏远地区乃是媚药的一个产地："昆虫、蚱蜢、蜗蜒之类，夷人皆生啖，云解烦热。有虫曰'队队'者，形如壁虱，生有定偶，斯须不暂离。夷妇有不得于夫者，饲于枕空中，则其情自禽合。土官、目把、富夷之妻，皆不惜金珠易之。"

直到《续子不语》卷八，还言之凿凿地谈论西南边疆的一种特产草药，其药效居然被夸张到可以移动巨石的程度，显然是将其充分地人化了："胡吏目什自滇归，言其地多产灵草。近日有一种草名'安驼驼'，四方购者如云，能炼铜为银，又可治病。彼处夷妇善为媚药，以悦男，其药必试验乃用。试法以二巨石各置房东西两头，相隔数丈，以药涂之，至夜则自能相合。其药亦以各草合成。"接着袁枚还由点及面地感叹："然则遐荒僻壤所产，《本草》所不载者何限？又不仅鸡血藤胶为近日所

---

① 马伯英：《中国医学文化史》，上海人民出版社1994年版，第713页。
② 李昉等编：《太平广记》卷四百七十二引《北梦琐言》，第3890页。
③ 谢肇淛：《五杂组》卷十一，第226页。

珍也。"①

即使是较早载录的"鹿衔草",后来也被解释为产生在外域。吕熊《女仙外史》还描写柳烟被那自称梅花真人的道者抓回到洞内,硬与柳烟交媾,愈败愈健,愈健愈战。原来据道者说:"我精神可御百女,若是乏了,有仙草在此,略吃些儿,精神就复。"柳烟又假哄他道:"我身体虚弱,可也给我吃些?"道者说:"这是鹿含草,是角鹿吃的,不是母鹿吃的。"柳烟已知的是鹿精了,又哄说道:"鹿有分别,我与你俱是人,男吃得,女也吃得,有何妨害呢?"道者说:"我今已吃了,过到你心里去罢。"② 这里,把佛经故事以来的鹿崇拜加以改造,养生术加进了房中术的企盼。

还有那远接天外的大海,也往往被古代中原人作为媚药的一个出产地。作为《金瓶梅》续书之一的《隔帘花影》第三十六回《毛橘塘一服药妄居富贵,胡员外百万户献作人情》写到了前面提到的"海狗肾",实际上就是一种雄性海豹的生殖器官。说是那毛蛮子有一件春方,可金枪不倒夜战十女,即一个"海狗肾",要进与四太子,是无价之宝:

本草名称腽肭脐,一雄能御一群妻。
才来水底同鱼戏,又到沙边似犬栖。
性本发阳能下壮,力堪纵欲使人迷。
只因好色心无厌,借狗为人亦可悲。

小说特意交代了出处:"原来这海狗肾出在东海文登、胶、莱地方。一雄能周百个雌的,因此在群母狗中,打不出个雄的来。况他灵怪多力,只在海岛中石上眠卧,再不肯上岸来的,如何拿得他。因此那捕他的渔人,看那岛中有狗的踪迹,即便撒下密网长绳,套住他的脚手,便钉钩钩住,先尽他走个极力,我这绳上倒须钩越扯越紧,渐渐扯到皮里,疼痛起来,然后用力一收,海狗护疼,慢慢扯陇(拢)来,扯到岸上。那些百十个狗

---

① 袁枚:《子不语》,上海古籍出版社1998年版,第659页。
② 吕熊:《女仙外史》第十二回《柳烟儿舍身赚鹿怪,唐月君为国扫蝗灾》,"古本小说集成"第二辑,上海古籍出版社1991年影印康熙钓璜轩刊本,第267—269页。从小说中提到"孙行者降妖,怎样千难万难"来看,此处与《西游记》第七十八、七十九回那个"有海外秘方"的国丈(鹿精)故事有着明显的互文性。

子，都走下海里去了。所以打的真狗，断断得不着个雄的，只好将女妆男，以假作真，骗他百十两银子。使油浸透，那里认去？又有两件假东西，可以当做真的：一样似海猫，比狗一样，只是嘴略平些；一样是海豹子，比狗一样，只是皮上有些花斑。此二物极易得的，虽是真髣髣，却又不如狗的中用。总是有真髣髣的偏是假狗，有真狗的又是假髣髣。那医者急于取利，只得把那些阳起石、海马、蛤蜊、肉苁蓉一般发阳热药，齐齐做起，奉承那眠阳的老先生。略一举阳，就说是海上仙方，从此再不软了。那知此一服热药，便做南宫吉的胡僧春方，久久力尽精竭，阳枯火虚，无不立死之理。"① 须知，东海，在秦皇汉武求仙的悠久传统中，历来与西方昆仑山相对应的"蓬莱仙境"，是另一个彼岸世界的所在。壮阳药，主要着眼于该生物药品的药用功能，而稍微向前一步，则也属于媚药了。

因此，在中医药学界讨论中药之中的"西方元素"时②，实在不应该漏掉本篇所讨论的媚药及其复杂性，而且，其种类之多，简直令人叹为观止。不过，这里的"西方"，是广义上的，在不同的历史时期，还有偏重之点。

针对媚药本身特殊的用途，古人大力宣扬其出产于外域遐荒，是可以理解的。惟其遥远，更加强了其神秘性质，从而使得这种殊方异物得以最大程度上吸引人们的注意，得到充分的重视而说明其价值。而价值又直接与其功能联系起来，有利于愈传愈神。

三　媚药介绍中的原始思维互渗律

从情物的巫术功能上看，屈原《楚辞·九歌·大司命》便有此歌咏："结桂枝兮延伫，羌愈思兮愁人。"若说情物所凝聚的巫术思维，仅将某种植物及人的动作与特定的相思之情结合起来。这往往是旨在借用接触律的作用，以及由此连带的神物崇拜的影响。从功能上看，按照施加对象媚药至少可以分作三种。

其一，大多是男性对于女性施加的。如敦煌卷子（伯2666背面）中

---

① 丁耀亢：《金瓶梅续书三种》下，齐鲁书社1988年版，第330页。
② 杨雪：《中药里的西方元素》，《光明日报》2013年6月24日。

第五章　媚药源于西域考述　101

也有："男子欲得妇爱，取男子鞋底土，和酒与妇人服，即相爱。"甚至还可以使水中龙女前来："又法，若欲追龙女者，先须吃水及面食，用蜂窠泥作龙女形，用香花供养，取牛乳诵八百遍，一切六道洒面形象，更取一白赤色花，一诵一遍彼形象，即令龙女速疾而来。"

元人伊世珍《琅嬛记》卷下引述《贾子说法》的一段故事，颇有"互渗律"的意味，其把爱情文学中常作为相思引导的"琴意象"进行了神秘的性别阐释："蚕最巧作，茧往往遇物成形。有寡女独宿，倚枕不寐，私傍壁孔中，视邻家蚕离箔，明日茧都类之，虽眉目不甚悉，而望去隐然似愁女。蔡邕见之，原价市归丝缲，制琴弦，弹之，有忧愁哀动之声，问女琰，琰曰：'此寡女丝也。'闻者无不堕泪。"① 联系到魏晋时期众多的《寡妇赋》，这一载录似乎并非无根之谈。也不排除女性在情爱出现危机心理变态时，亦确实采用这一超常的有效手段。伊世珍《琅嬛记》卷中还引《采兰杂志》："逊顿国有淫树，花如牡丹而香，种有雌雄，必二种并种乃生花。去根尺余有男女阴形，以别雌雄，种必相去勿远，二形昼开夜合，故又以'夜合'为名，又谓之'有情树'。若各自种，则无花也。雌实如李而差大，雄实如桃而小，男食雌实，女食雄实，可以愈虚损。"② 这种说法具有将植物生命化、人格化倾向，或将植物给动物化的倾向。人们对于媚药的信奉也往往如此。

从"顺势巫术"的角度看，古人认为缺什么就应该补什么，于是相应部位的人体器官，也往往被作为媚药的原料之一。沈德符《万历野获编》卷二十八载："……顷年又有孙太公者，自云安庆人，以方药寓京师，专用房中术游缙绅间，乃调热剂饮童男，久而其阳痛绝胀闷，求死不得，旋割下和为媚药。凡杀稚儿数十百矣。"③ 显然，这也是要从少年的阳物中提取男性的性兴奋剂，以用于男性壮阳之用。

其二，是女性对男性施加的。敦煌卷子中，即留存有如下的爱妻巫术："夫憎妇，取鼠尾烧作灰，和酒与夫服之，即怜服。"（伯2666背面）在男性为中心的社会中，女性为了得到男子恒久的性爱，尤其是"一夫多妻"婚姻制度下女性的固宠竞争之术，向男子施加媚药更是重要手段

---

① 《笔记小说大观》九编，台北：新兴书局有限公司1957年影印本，第3528—3529页。
② 同上书，第3455—3456页。
③ 沈德符：《万历野获编》卷二十八《食人》，中华书局1959年版，第725页。

之一，明代徐应秋《玉芝堂谈荟》卷二十九"媚男药"称：

> 《投荒杂录》：番禺人逢端午日，采鹊巢中，获两小石，号"鹊枕"，此日得之者佳。妇人遇之有抽簪珥偿其值者。盖取以为媚男药也。又曰：南海郡有水虫名诺龙，似蜥蜴，有得之者必双，雄者既获，雌者即至，雌者获亦然，以雌雄俱置竹中，少顷，竹中节自通，里人货为妇人惑男子术。《酉阳杂俎》：鸜鹆交时，以足勾足，鸣而鼓翼，如斗状，往往堕地，俗取其勾足为媚药。汤若士《武陵春梦诗》："细雨春情惜夜红，妨人眠睡五更风。明朝翡翠洲前立，拾取砂挼置枕中。"陈藏器《本草》：砂挼子，生砂石中，形如大豆，背有刺，能倒行，旋干土为孔，常睡不动，生取之置枕中，令人夫妻相悦。蜀人号曰"俘郁"。《癸辛杂志》：南山中有相怜草，媚药也。或有所瞩，密以草少许掷之，草着其身，必相从不舍。段公路《北户录》曰：鹤子草，蔓生，其花面尘色浅紫，蒂叶如柳而短，当夏开花，南人云是媚草，可比怀草梦芝。又曰：红飞鼠，多出交趾，及广管陇州，背有身毛茸茸然，唯肉翼浅黑，双伏红蕉间，采捕者获其一，其一不去，南中妇人买而带之，以为媚药。……又无风独摇草，男女带之相媚。《物类相感志》：蚯蚓鸣，则阜螽跳跃，五月五日，伺其偶合，收佩之，令人相爱。又蛤蚧，偶虫也，雄曰蛤，雌曰蚧，自呼其名，相随不舍。遇其交合捕之，虽死，牢抱不开。人多采之以为媚药。又《志林》：鹊脑烧之，令人相思。《琅嬛记》乔子旷《寄小黄女子诗》："美人心共石头坚，翘首佳期空黯然。安得千金遗侍者，一烧鹊脑绣房前。"又《搜神记》：舌隆山帝之女似，化为怪草，其叶郁茂，其华黄色，其实如兔丝，故服怪草者，恒媚于人焉。郧县天心山，有薇蘅草，风至不偃，无风自摇，夫妇佩之，则相爱。①

许多早期关于佩戴媚草的载录，在明人这里更多的被理解为是女性主动带的，这其中难道没有性别文化意义吗？有理由认为，在搜集媚药媚草以期唤起或强化配偶相爱热情的种种痴情期盼中，透露了女性担心性魅力不足，色衰遭弃的恐惧。

---

① 《笔记小说大观》第十一册，第334—335页。

清人张泓《滇南新语·氤氲使者》还宣称云南南部有一种草："合和草，生必相对，夷女才为末，暗置饮馔中，食所厚少年，则眷慕如胶漆，效胜'黄昏散'，不更思归矣。反目者宜用之。多生夷地深山中。"此外，据说当地有的药草还会拯救作为弱势群体的女性在男女交往中因相貌带来的婚姻危机："滇中无世家，其俗重财而好养女，女众，年长则以归寄客之流落者。然貌陋而才下，虑赋《谷风》，则密以此药投之，能变荡子之耳目，视奇丑之物美若西施，香如苏合，终身不解矣。又有恋药、媚药，饮之者则守其户而不忍去。虽赀本巨万治装客游，不出二跕即废物而还，号曰'留人洞'。吾乡数十万人捐坟墓，弃父母妻子老死异域者，大抵皆重此物。"①

满族作家和邦额《夜谭随录》中，一位具有性经验的女性，对未婚男子也施加了媚药，只是其功能之大，竟能短期之内改变身体状态，就连当事人也为之吃惊不已。小说写林某喜曰："予亦未有室，得与卿伉俪，亦何乐而不为？"于是考验能力的时候到了：

> 女粲然，饮酒间，备极欢昵。林原不能饮，少饮则醉，乃同就榻，枕席之事，颠之倒之。林虽弱冠，具甚么麽（微小），女嘲之曰："子幸未娶，即娶，亦不足以清帏薄也。"林大惭，女曰："无伤也，亟当为子图之。"因挑灯复起，检荷囊，得末药一撮，和以唾而团之成红丸，使林吞之，仍启衾卧，林觉药入腹中，一霎间，势热如火，倦而睡去。四更复寤，怪累累然有物在股际，探之，则势暴长，迥殊平日，大盈握，长咫尺矣。大惊告女，女扪挱而笑曰："以小易大，子何修而得此？"林亦笑曰："妙则妙矣，无乃太丑观乎？"女曰："惟其丑观，愈形子之美好，夫何尤焉！"于是尽欢而罢，自此无夕不至，好合无间。……②

小说渲染了媚药的"清帏薄"功能。在这类小说叙事中，媚药意象的出现带来的人物性能力提高，是常见的叙事关目。

其三，还有的是施加者的性别不明的。如温庭筠诗咏："玲珑骰子安

---

① 刘昆：《南中杂说》，中华书局1985年版。
② 和邦额：《夜谭随录》卷八《白萍》，中州古籍出版社1993年版，第245页。

红豆,入骨相思知也无!"至于清代笔记也讲述:

> 徐兴公云:岭南国中,有相思木,岁久结子,色红如大豆,故名相思子。每一树结子数斛,非即红豆也。客云,相思豆有雌雄,合置醯中,辄相就。一客言,豆安有雌雄?以磁石养一,以铁屑养一,伪置水中,亦自相就,不必醯也。余笑谓:豆无雌雄则已,脱有之,则必当置醯中,醯中之豆,亦必雌先就雄。[1]

这一说法,当本自元代伊世珍《琅嬛记》卷上所引《采兰杂志》的记述:"韩朋墓木有相思子,有海石若豆瓣,入醋能移动者,亦曰相思子。"而清人余庆远《维西见闻记》也载傈僳人这种男女都可以、都可能采用的巫术:"采山中草木为合和药,男女相悦,暗投其衣,遂奔而从,跬步不离。"

四 关于媚药的故事传闻以及文学化

如此之多有关媚药的民俗传闻,说明古人对于媚药这种有助于性爱生活的特殊药品,是多么感兴趣!因此其不能不进入许多广采博识的野史笔记中,并且堂而皇之地登上文学作品的艺术殿堂。

首先,是情物与巫术咒语的配合运用。唐代李淳风著、袁天纲补《增补秘传万法归宗》卷五"令妇人想思章第十"即有这样的秘诀:"想思(豆)五个,妇人头发五钱,乳汁五钱,和成剂,作四十九丸,瓷器盛之;祭六甲坛下,脚踏'魁罡'二字,左手雷印,右手剑诀,取东方炁一口,念'想思咒'七遍,焚符一道,剪药丸日尽服止为度。如遇交姤(媾)服之,如在自己腹中寄放二相似(思),如前作用,从丹田中运药一粒在舌,令妇人咂舌吞药,从此爱恋浓密,千思万想,时刻不能下也。"[2]

其次,是某种特定的情物意象,同世情小说尤其是才子佳人题材结合

---

[1] 周亮工:《书影》(十卷本)卷五,上海古籍出版社1981年版,第146页。
[2] 袁天纲、李淳风:《增补秘传万法归宗》卷五"令妇人想思章第十",光绪庚子年(1900年)上海书局石印本,第17页。

起来，成为其中的惯常性情节单元，在文学中的分布和传播更加频繁和多样。于是生产和消费、创作与传播构成了一种"正反馈"的机制，从而进一步引起了载录者的特别关注和定向的扩展生发。清人梁绍壬转述："葛秋生姑丈，斋中县一联云：'书似青山常乱叠，灯如红豆最相思。'语极清新。青山句秋生自拟，红豆句则许滇生侍讲所对也。又姚古芬丈赠秋生句云：'名士青衫千日酒，故人红豆两家灯。'上句豪宕，下句情挚。"① 王培荀也说："缙云山相思岩产红豆，树高数丈，实如豆，色正赤，名相思子。又产相思竹，形如桃钗。又有相思鸟，羽毛绮丽，巢竹树间，雌雄相应，笼其一，则一随之。岂山灵孕秀，钟此情物欤？"②

其三，具有代表性的是"缅铃"，也是小说名著《金瓶梅》中着意提到的，在有关其来源的一段史料中，有一个带有仿生学意味的传闻，也应得到重视。明代杨士聪《玉堂荟记》卷中亦称：

> 缅铃者，淫秽之器，相传有细虫生草间，用金裹之，杨翠屏以为非也。彼处出鸨鸟，乃至淫之物。土人为窖，窨于野外，遇此鸟经过，裸妇人于窖外，此鸟必旋飞而下，妇人疾避窖中，鸟因遗精于地，取淬炼金，百层百淬，则成此物也。登州腽肭脐（海狗睾丸），亦以妇人试之，其法取置斛底而实粟于上，裸妇人以坐之，则脐自粟下腾起，其不能腾起者，即伪物也。夫已死之脐，腾起为异，至鸟而飞就妇人，复有遗精，此理之难信者。气类相感，不妨有之也。③

这是一个关于缅铃来源于"边缘地带说"的证据，其中的"土人"昭示了是相对于中原的地区。谢肇淛将区域明确化为临近缅甸的滇，实际上是从缅甸传来的：

> 滇中又有缅铃，大如龙眼核，得热气则自动不休，缅甸男子嵌之于势，以佐房中之术。惟杀缅夷活取之者良，其市之中国者皆伪也。

---

① 梁绍壬：《两般秋雨盦随笔》卷二《红豆》，上海古籍出版社1982年版，第80页。
② 王培荀：《听雨楼随笔》卷六，周昌富、李大营校点，山东大学出版社1992年版，第500页。
③ 《客舍偶闻 玉堂荟记》，北京燕山出版社2013年版，第132页。

彼中名曰"太极丸",官属馈遗,公然见之笺牒矣。①

而明代另一位博学者谈迁在《枣林杂俎》中集则转述了《滇程记》的记载,更着眼于这一奇物的成分、提取制作过程和具体功能:"缅铃,相传鹏精也。鹏性淫毒,一出,诸牝悉避去。遇蛮妇,辄啄而求合,土人束草人,绛衣簪花其上,鹏翾之不置,精溢其上。采之,裹以重金,大仅如豆,嵌之于势,以御妇人,得气愈劲,然夷不外售,夷取之始得。滇人伪者以作蒺藜形,裹而摇之亦跃,但彼不摇自鸣耳。"② 带有中心与强势话语的偏见,如此作伪说明,该物在明代民间市场销路甚好,受到了何等广泛的欢迎。

另一种说法,是缅铃得暖气而生效力,清人赵翼《檐曝杂记》卷三还指出:

……又缅地有淫鸟,其精可助房中术。有得其淋于石者,以铜裹之如铃,谓之"缅铃"。余归田后,有人以一铃来售,大如龙眼,四周无缝,不知其真伪。而握入手,稍得暖气则铃自动,切切如有声,置于几案则止,亦一奇也。余无所用,乃还之。

对于缅铃,王汝梅先生曾有过详细的考证,根据《万历野获编》的"又制缅铃,为媚药中之第一种。其最上者值至数百金,中国珍为异宝",而指出:"此处'媚药'可就广义理解,包含性具在内。"③

其四,媚药主要是男性施用,总体上往往还是被认为是有害身体的,如清代佚名小说《杀子报》第十二回写王世成吃春药产生依赖性,否则"就不能如意",接着发如此议论:"凡男子吃春药,乃是大不宜的事体。虽则服下春药,等到行事之时,阳物定然坚硬,况可久战不痿。那女人面上,却是讨好,而女人是必如意。但是男子之根本,体中之精益,犹如银

---

① 谢肇淛:《五杂组》卷十二,第 247 页。
② 《笔记小说大观》第三十二册,第 138 页。
③ 王汝梅:《缅铃的文化蕴含——〈金瓶梅〉校读札记》,中国《金瓶梅》研究会编《金瓶梅研究》,中国文史出版社 2005 年版,第 356—362 页。据此文引述,相关研究有姚灵犀《金瓶梅小札·勉子铃》;吴晓铃《〈金瓶梅〉"勉铃"释》,《文献》1990 年第 4 期;施蛰存《勉铃》,王元化主编《学术集林》卷二,上海远东出版社 1994 年版;潘建国《勉铃新考》,《文献》1996 年第 1 期;梅节《说缅铃》,香港《明报月刊》1991 年 8 月号。

钱之体，乃是预为支用。预为支用者，倒底总是亏空。即如男子之体，就是欢喜女人身上做工夫，不能过度多贪。就是多贪还可，最忌是服春药，一服春药之后，周身骨节筋络，以及皮毛之中，这些些精益原神，总总调到归于阳经。待其阳气一泄，犹如预支钱财荡费，不久则贫人体，将精神预支荡费，所以不久则死。"如同《金瓶梅》中的西门庆一样，王世成也是因久吃春药，伤身而死。

由此观念，还派生出一些意想不到的奇闻，从而使人们从媚药的药效奇验上，体会出某种儆世劝诫的伦理意义。纪昀就曾转述李庆子的实地目睹，说两只老鼠竟然因为过量服用媚药，而折腾不已：

> 尝宿友人斋中，天欲晓，忽二鼠腾脚相逐，满室如飙轮旋转，弹丸迸跃，瓶彝垒洗，击触皆翻。砰铿碎裂之声，使人心骇。久之，一鼠踊起数尺，复堕于地，再踊再仆，乃僵。视之七窍皆流血，莫知其故。急呼其家僮收敛器物，见槲中所晾媚药数十丸，啮残过半。乃悟鼠误吞此药，狂淫无度，牝不胜嬲而窜避，牡无处发泄，蕴热内燔以毙也。友人出视，且骇且笑。既而悚然曰："乃至是哉！吾知惧矣。"尽覆所蓄药于水。夫燥烈之药，加以锻炼，其力既猛，其毒亦深。吾见败事者多矣。盖退之硫黄，贤者不免，庆子此友，殆数不应尽，故鉴于鼠而悟欤！①

其五，在有的小说中，媚药仍旧被说成是带有异域风光的物品，成为古人华夷之变的一个有意味的话题，微妙地表达中心强势话语对于边缘弱势地区的描述。如罗懋登的长篇小说颇带有博物眼光，他带有调侃性地描写淳淋国的一位番将形象，词曰：

> 脸玄明粉的白，手肉苁蓉的红。倒拖巴戟麦门冬，虎骨威灵三弄。　　怕甚白豆蔻狠，怯甚赤豆蔻凶。杀得他天门不见夜防风，藿乱淫羊何用。②

---

① 纪昀：《阅微草堂笔记》卷十《如是我闻四》"媚药中毒"条，上海古籍出版社1980年版，第215页。
② 罗懋登：《三宝太监西洋记通俗演义》第四十五回《元帅重治爪哇国，元帅厚遇淳淋王》，上海古籍出版社1985年版，第584页。

以异域所出产的媚药胪列来塑造番将形象，寓含某种特定的意识形态形象评价，可谓是一个意蕴丰富的创造。

更有的媚药与香崇拜结合，产生令人难以置信的效验。清初苏庵主人编次的小说《绣屏缘》第十八回描写赵云客以一对五个美人，他具有一夫多妻社会中男性需要的特殊药物："于驸马府中得一种秘药，乃是大内传出来的，叫做缓催花信丹。形大如豆，将百花香露调搽用。搽过后，至完事之时，满身汗出，香气馥郁。其汗沾湿衾衫，香气数日不散。……"

人类学家曾经揭示，美拉尼西亚人"关于恋爱的巫术，有个方法是将某种香草浸酿在蔻蔻油里。唪诵一种咒术，使草得到引梦的强烈能力。倘将这项酿作物的气味使爱人的鼻孔徙进去，他便一定被他梦见。他在梦中有的意象和经验一定要在醒的时候去求实际生活上的实现"。① 可以说，与两性之间求爱密切相关的媚药，其实并不是独立起作用的，相关的神秘信奉是深潜在闻知者内心中，往往直接强化着其使用和传播。

按照民国武侠小说家还珠楼主的理解，在一些偏远的边疆地区，某种媚药，还可以具有特殊的用途，如还珠楼主《青城十九侠》第五十三回《擒怪蛇，奇迹述穷荒；逞凶心，巧言诳野民》，可以使得大蛇驯服的"金银豆"。老山民笑着介绍了"金银豆"对于大蛇的诱饵作用："它最爱吃那豆，一吃就醉得乖乖地，听人指使。豆却一时也少它不得，只稍微一动，便须放几十粒进去，才能照旧驯服；慢一点，多么结实的家伙也穿了出来。不过我这篾篓是蛇眼竹皮所结，里面都用药油浸过好多天，不是把它逗急或是真饿，不敢用它尖头钻咬，要好得多罢了。……"小说还特意描写金银豆的形状和制作工艺，制作难度及其副作用：

> 老山民从腰间解下一个兜囊，摸出几颗。三凶人一看，那金银豆大如雀卵，有的金黄，有的银白，有的半黄半白，闪闪生光，竟是多环寨左近瘴湿地里野生的鬼眨眼。其性热毒，山人偶用少许和入酒内，埋地三五年取出，作为媚药，非常猛烈。内生密密细毛，一个采择不谨，便出人命。加以禁忌甚多，山人心粗，十有八九没弄

---

① ［英］马林诺夫斯基：《两性社会学》，李安宅译，中国民间文艺出版社1986年版，第117页。参见詹鄞鑫《求爱与迷魂药》，《文史知识》2003年第4期。

好，饮后狂欲无度，脱阳而死，或渐渐成了废物，以致无人再敢制用，遍野都是。因为这类东西秉天地间至淫奇毒之气而生，颇有特性，每当日落瘴起，满地彩氛蒸腾，它却在烟笼雾约中一闪一闪，放出金银光华，恰与南疆中所产黑乌恶鬼头的眼睛相似，所以叫做"鬼眨眼"。[1]

在现实社会生活中，的确不乏媚药的功能和使用，然而这实实在在的药用功能，并不完全是与民俗信奉和文学描述生发相对应的，两者互补相生的关系，还值得我们进一步探讨。

在美国华裔女作家谭恩美的长篇小说《拯救溺水鱼》里，传统中国的媚药母题，变得富有新的文化韵味，成为两性关系黏合与反思的一个媒介。小说写莫非与海蒂之间的性关系，在他们到了东方旅行之后，有了新的进展，而突破性的进展就是在兰那王国的原始森林中，发现了如同男性生殖器一样的植物"蛇菰"，仿佛得到了启示：

> 海蒂最早发现了一种明亮的有弹性的红色，像从腐烂树根周边的泥土中长出的红色香蕉。
>
> "快看，那个深红色，几乎像荧光似的。"
>
> 莫非转过头来看她发现了什么。当他们靠近之时，海蒂喘着气，立刻为她找到的东西感到尴尬——这植物像极了男人的蘖根。那种红色使他们显得肿胀，即将破裂。
>
> 她转过脸，假装在寻找别的东西，但是莫非仍然在检查那个植物。
>
> "七英寸长，"他估算道，"多么巧合啊。"
>
> 他朝她眨眼睛，而她勉强地笑了一下。他本想再取笑她，但他没有。他忽然发现，此时他不禁被她吸引，而且也开始喜欢上了她，甚至是她的这种怪癖，特别是新发现的她敢于无视恐惧。
>
> 她是否也心有灵犀呢？

---

[1] 裴效维、李观鼎编校：《还珠楼主小说全集》总第十九卷，山西人民出版社、北岳文艺出版社1998年版，第1494—1495页。

论者认为这里蛇菰的发现具有象征意义:"那就是性对于每一个人来说是不可或缺的,性能力的增强是人类自身的一种需要。根据当地的人说此种植物男女均适合的情况看,它的发现具有相当普遍而深刻的意义。为什么他们在这种像男性生殖器一样的植物的启示下,才有了那么丰富的性生活呢?这就给我们提出了一个值得思考的问题:性的厌倦在他们那里也许已经成为问题……可以看出,小说的确是涉及了一个现代美国人的性生活的困境及其对性和谐的寻求问题。"①

如果我们将民国时期北派武侠小说家赵焕亭作品对读,可以发现很有意味。说是红英从如空和尚那里缴获了两味名叫"散春愁"、"益阴丸"的丸药,其原料来自苗疆:

> 据古老相传,苗疆中特产一种植物,独茎直立,叶叶相对,上面开细碎紫花一串,如藤萝一般,下面根儿却结实如小儿阳具,粗如小指,每生必雌雄两茎,相去不过百步。却有一件作怪:这异物如有知觉一般,闻人言语,顿时缩入土中,便刨到四五尺深,也寻他不着;必须悄悄地寻刨,方才能见,所以此物极为贵重,倒是媚药中上品,极能益人精气,服之得法,轻身不老。②

可见,关于媚药意象的描述及其相关的两性关系母题,在新的时代里还有着生生不息的生命活力。

---

① 邹建军:《"和"的正向与反向——谭恩美长篇小说中的伦理思想》,华中师范大学出版社 2008 年版,第 192—193 页。
② 赵焕亭:《奇侠精忠传》第十六回《剑炊矛浙血溅浮屠宫,雨意云情夜宿章华驿》,新星出版社 2009 年版,第 100 页。

第六章

生命体内生异石母题的源流与意义

石头具有超自然的祈雨功能，这基本是世界多民族的民俗共识，人类学家弗雷泽对此有过详尽的描述。而在中国的传统文献载录中，巫师祈雨所用之"神石"除了自然结晶之石外，还常常更青睐于动物体中异石。虽然自然之石和生命体中之石在巫术仪式中仅是祈雨"媒介"，但其中却蕴含着观念迥异的御灾思想。而自然石头是大自然的产物，具有大自然的生命意识。生命体中异石是生命体的结晶，则会不同程度地附着寄生生命体的精神意识与神秘力量，这在人体中生异石母题中表现尤为突出。这里从《辍耕录》相关载录入手，就生命体中生异石母题叙事做较深入的宗教与民俗探究。

一 动物体中之石的祷雨功能

元代陶宗仪《辍耕录》保存了蒙古人"祷雨"仪式构成及其步骤，与他心目中的汉族道教法师祷雨不同，凭借的是一种石子和咒语：

> 往往见蒙古人之祷雨者，非若方士然，至于印令、旗剑、符图、气诀之类，一无所用。惟取净水一盆，浸石子数枚而已。其大者若鸡卵，小者不等。然后默持密咒，将石子淘漉玩弄，如此良久。辄有雨，岂其静定之功已成，特假此以愚人耳。抑果异物耶？石子名曰"鲊答"，乃走兽腹中所产，独牛马者最妙。恐亦是牛黄、狗宝之属耳。①

---

① 陶宗仪:《南村辍耕录》卷四《祷雨》，中华书局1959年版，第52页。俞樾称："国朝宋犖《筠廊偶笔》云：吴门徐籀《吾邱集》中载甲申七月，偶至崇明，闻北门外季家，马生卵三枚，大者如升，质色如雀卵，红白相间，重三斤；小者斤许。考之书，盖凡兽皆有之，名曰'鲊答'，治奇疾难名者，生牛马腹中者良。"见俞樾《茶香室丛钞》续钞卷二十四，《笔记小说大观》第三十四册，第257页。

其一,这涉及"神物"与"圣物"的崇尚观念。元代的宗教相对较为复杂,但无论怎样巫师往往是"奇里斯玛"式人物。[①] 载录中的蒙古巫师其祈雨仪式包括:密咒、一盆净水和数枚石子。这些"石子"名叫"鲊答",是"走兽腹中所产",而"独牛马者最妙"。巫师要"默持密咒"则可能是"密宗"信徒,而"密宗"又与秘密佛教关系密切。何以蒙古巫师要用"石子和水"做媒介求雨,同时又要加以"默持密咒"?此可从两个层面理解:一者,元代的宗教政策比较宽松,佛教、萨满教、也里可温教、全真道等有几乎均等存在环境,为了更好发展而相互借鉴。二者,在宗教实践层面,特别是涉及社会大众生存问题时,比如求雨问题,求雨者为达到目的,其仪式的所用之物常常互相借鉴,只求降雨不计手段。

即使在元代宗教观念比较成熟时期,祈雨仪式中的宗教观念也是复杂难辨的。牟钟鉴先生指出:"佛教输入以前,傣族人民中普遍流行着以祖先崇拜、农事崇拜、灵魂崇拜和自然崇拜为主要内容的原始宗教,佛教是在与原始宗教的激烈冲突中传入傣族地区的。在傣族群众中,流传着许多佛陀与魔王斗法的神话传说,成为当时宗教斗争的间接记录。……初期由于原始宗教势力强大,佛教徒在村民中无立足之地,多居住在山林之中。傣族的僧侣被称为'帕漠'或'帕厅',意为'山和尚',反映了当年僧侣的境遇与地位。但是,佛教比原始宗教,毕竟是一种更为先进、完善的精神力量。随着傣族社会的进化和统一,佛教终于走出山林,成为该地区占支配地位的意识形态。而原始宗教仍然在民间流行,甚至佛教也吸收了大量有关抓鬼、镇鬼的内容,反映了佛教与当地文化的相互渗透于融合。"[②] 虽谈论的是傣族,亦可部分解释蒙古巫师祈雨模式。

人类学家涂尔干(又译杜尔干、迪尔凯姆)对"圣物"问题则有更为全面的认识:"(佛教徒)赋予了佛一些奇特的、高于一般人拥有的力量;但这是印度的一种非常古老的信仰,此外在大量各种各样的宗教中都非常普遍地认为:一个伟大的圣徒具有特殊的德行;但一个圣徒不是神,

---

① 奇里斯玛(Charisma,又译"卡里斯马"等)是德国社会学家马克斯·韦伯最早使用的术语,指领袖人物天赋的令人敬畏、近乎神奇的非凡力量和能力。这种非凡人物可以是宗教的,或者政治的、世俗的。参见〔德〕马克斯·韦伯《儒教与道教》,王容芬译,商务印书馆1999年版,第82页。

② 牟钟鉴、张践等:《中国宗教通史》,社会科学文献出版社2000年版,第717页。

也不是别的什么，而只是一个教士或巫师，尽管他们常常拥有一些超人的特性。"而这些"教士或巫师"的超人特性往往是通过"圣物"来显示。"圣物不应仅指人们叫做神或神灵的有人格的生物。岩石、树木、泉水、小石头、小木片、房子，总之不论什么东西都可以是神圣的。"他强调这种现象（神性不起任何作用的祭献）并非吠陀教特有，而非常普遍："在任何宗教信仰中都有一些做法是通过它们本身、通过它们固有的效能起作用的，在举行仪式的人和他所追随的目标之间没有任何神干预。如：在叫做结茅节（Tabernacles）的节日时，犹太人按某种节奏摇动柳树枝搅动空气，这是为了招徕风雨；人们相信：只要能正确完成礼仪，所希望的现象会自动地由礼仪产生。另外正是这一点解释了几乎所有的宗教信仰都赋予具体仪式头等的重要性。宗教对形式的这种注重很可能是法律上的形式主义的最初形态，它起因于要念诵的词语与要进行的活动本身含有其效力来源。不是绝对地与产生成功的类型相符合，它们就将失去效力。"[1] 因此，载录中的蒙古巫师所进行的求雨仪式显见是将"特殊石子"和"一盆净水"作为媒介物，这是"顺势巫术"，即"同类相生，或果必同因"[2]，同时对这些媒介物又融合了"圣物"崇拜的宗教精神。

其二，是求雨过程中先将石子浸湿。作为弗雷泽指出的交感巫术中的"相似律"，与许多民族一样，"石头常常被认为具有一种带来雨水的性质，倘若将它们浸入水中或洒上点水，或作其它适当方式的处理就可带来雨水"，南太平洋萨摩亚人就珍藏石头，旱灾出现就浸湿石，意在得雨；这类求雨仪式普遍分布在非洲、欧美和亚洲："在罗马城外，马尔斯庙附近保存着一块特别的石头，人们称之为拉庇斯曼纳利斯。干旱时这块石头就被拉进罗马城内，人们认为这样一来雨水就会立刻降临。"[3]

其三，石子作为祷雨的神物，这与蒙古族石崇拜也分不开。媒介物是选择"自然石头"，还是"动物体中石头"？在蒙古族史诗中，英雄、骏马、蟒古斯都有变化为岩石的母题。[4] 而石若是人或动物的体内所生，则

---

[1] ［法］E. 杜尔干：《宗教生活的初级形式》，林宗锦、彭守义译，中央民族大学出版社1999年版，第30，34—36页。
[2] ［英］J. G. 弗雷泽：《金枝》，徐育新等译，中国民间文艺出版社1987年版，第19页。
[3] 同上书，第114—118页。
[4] 额尔敦高娃：《论蒙古史诗中的岩石崇拜审美观念》，《西北民族大学学报》2011年第5期。

神秘功能更大，并且带有影响未来的功效或预兆的性质。这种产自生命体中的"石头"，因是"血液"与"精气"的结晶，既具有自然石头的外形与硬度，还拥有生命体神奇的灵性。而如何控制和使用生命体中神奇的"结晶体"，这不单纯是技巧问题，更是信仰与理想问题。《元史·太祖纪》载："初，烈祖征塔塔儿部，获其部长铁木真。宣懿太后月伦适生帝，手握凝血如赤石。烈祖异之，因以所获铁木真名之，志武功也。"而陶宗仪还转述了"石可御饥渴"传闻。说某商遇风飘至海岛，在深洞中见无数大蛇盘踞，"但见蛇时时舐石壁间小石，绝不饮啖"，他效法"取小石嚼之，顿忘饥渴"，雷起蛇腾飞才知这是"神龙之窟"。归家后将所嚼数十小石给京城识宝者看，皆鸦鹘等宝石。① 鸦鹘石是元代通用的蓝色宝石。元代无名氏杂剧《抱妆盒》（《金水桥陈琳抱妆盒》）楔子："谢圣恩可怜，赐一套蟒衣海马，系一条玉带纹犀，戴一顶金丝织成帽子，嵌的是鸦鹘石。"明人叶盛（1420—1474）《水东日记》卷三《鸦鹘石》载其不怕火烧："中贵有再遭营火者，珍珠皆灰化，玉器窑器，或裂或变浅黑色，惟诸色鸦鹘石愈精明。"②

其四，动物体内，特别是牛马这类家畜体内之石，最为灵验。而在中原，仿佛牛有牛黄、马有马宝，也有人体中生石而获异能的信奉。洪迈《夷坚志》曾转述擒获贼盗的当事人的叙述：

> 忠翊郎王超者，太原人。壮勇有力，善骑射，面刺双旗，因以得名。尝隶刘武忠军中为步队小将，后解兵籍，得湖南巡检。坐赃削官，编置鼎州，遂入重湖为盗，戕夺人货，至于黔配。然恶习不悛，曾遇道人授以修真黄白之术，乾道庚寅、辛卯间，年八十矣。时岳阳民家遭劫，被害者数人，且奸秽其妇女，累岁捕贼不获。福州连江人黄士宏为平江尉，正邻壤也，悉意踪迹之，得凶盗十辈，而超为之首。既成擒下狱，尉见其春秋已高，而精采腴润，小腹已下如铁而常暖，呼问之曰："知汝有异术，信乎？"对曰："无他技，唯得火炙力耳。每夏秋之交，辄灼艾数千炷。行之益久，全不畏寒暑。能累日不食，或一食兼数日之馔，皆不觉大饥大饱。岂不

---

① 陶宗仪：《南村辍耕录》卷二十四《误堕龙窟》，第 296 页。
② 叶盛：《水东日记》卷三《鸦鹘石》，中华书局 1980 年版，第 35—36 页。

闻土成砖，木成炭，千年不朽，皆火力致然耶？"鞫其过犯，略不讳隐，结正赴郡论斩刑。刽者剖其腹，得一块，非骨非肉，凝然如石，盖其炙火之效。惜其不自检束，至于触大恶，抵极典，翻为养生之累，其无识甚矣。①

江洋大盗年事已高体能超人，诸多异能皆来自腹内之石，可见至迟南宋时期的中原，就有人体内生石可产生多种功能（不畏寒暑，累日不食等）的信奉，王超因研习"修真黄白之术"而获异能，死后"刽者剖其腹，得一块，非骨非肉，凝然如石"，异能分明来自此物。而这显见与道教之丹道修行有密切关系。而至唐宋时期三教归一观念已成共识，修道而无视社会伦理规范则是人神共愤之事。全真道兴于北方后，在元朝传入江南，以武当山为活动中心。宗教学家指出："此前张伯端一系内丹派后学，此时纷纷合流于全真道门下，而成为全真南宗，其中著名学者有李道纯、李月溪、金志物、牧常晁、李珏、赵友钦、陈致虚等，诸人中又以李道纯为最著名。李道纯是杰出的内丹大家，著有《全真集玄秘要》、《中和集》等。他力主三教归一，其《中和集》说：'禅宗、理学与全真，教立三门接后人'，'会得万殊归一致，熙台内外总登春'，其《三天易髓》明言：'引儒释之理证道，使学者知三教本一。'他认为儒家的太极，佛教的圆觉，道教的金丹，是名三而实一，修道皆尚静定。他炼养内丹之要：'以太虚为鼎，太极为炉，清净为丹基，无为为丹田，性命为铅汞，定慧为水火，窒欲惩忿为水火交，性情合一为金木并，洗心涤虑为沐浴，存诚定意为固济，戒定慧为三要'（《中和集》），是知其内丹学确是将儒佛道熔为一炉，充分表现出全真道的旨要。"② 至于动物腹内生石，人们多从其药用功能来理解传播。由于有了牛黄及其大名鼎鼎的药用功能，许多动物的腹内之宝得到了关注与珍爱。

其五，清人注意到，蒙古人祈雨神物与动物体中之石内在功能，祈雨功能与药用功能并举兼得：

马宝，为马腹所生者，如牛黄、猴枣之类。真者难得。相传主治

---

① 洪迈：《夷坚志》支景卷四《王双旗》，中华书局1981年版，第912—913页。
② 牟钟鉴、张践等：《中国宗教通史》，第730页。

一切恶疮及癫痫,医书谓之鲊鳖,质坚,似石而光莹,色杂红黄蓝白,大小不一,如卵如栗。大者一枚,或至三五七枚,或十数枚。蒙古人持咒将鲊鳖入水中,能祈雨立降。咸丰时,有见其大如西瓜者,皮白而黄,青花缠绕,重五十余两。偶坠地碎缝,摇之各各有声。刮破处入药,甚效。山阳常有之,然岁仅一二枚。①

光绪年间海上名士黄协埙(1851—1924)却辨称,这东西与牛黄并不是一种,生长的部位也不一样,的确有招致风雨的奇特功能:"今世医家,第如牛黄狗宝之可贵,而不知又有所谓马黑者。按,马黑,生马肾间,一名赭丹,又名鲊答,凡番兵事急,持之念咒,辄能致风雨,突围而出。说见明沈石田《客座新闻》,然则某君所得马宝者,其即赭丹之类欤?特不能试其验否耳。"②

直到今日,还有如是信奉,说是蒙古族乌梁海人从千万匹马的头颅中,找到祈雨石"砟嗒";有时,乌梁海人还用水晶石祈雨;而喀纳斯的图瓦人,则用旱獭头颅的结石作为祈雨石。"砟嗒",又称"萨满石"。而新疆阿勒泰的哈萨克人在清末,也是将"砟嗒"浸入水中(只能浸入盆碗的一部分,如果完全浸入,会发洪水),以此虔诚祈雨。③ 对此汉学家史华兹认为:

> 不论人们怎样看待相关性宇宙论与中国"自然科学"的进展间的关系,的确存在着与近代世界对于科学地位的普遍感受相对应的内容。科学深刻地强化了这种情感,即从根本上讲,人类是由超出人类控制的力量——自然的和社会的——塑造成形的。然而,与上述情感一同出现的还有如下的信仰:那些足以理解这种力量的人,能够设法把握它们为人类的目的服务。在黄老道家中,道家的圣人也能够运用他那神秘的灵智(gnosis)去控制世界。然而,相关性宇宙论专家的知识却没有神秘可言,能够清楚地理解自然力量和人类力量之间的相互作用。世界是完全可以理解的,因而,如果有人要理解它的内在联

---

① 徐珂:《清稗类钞》第十二册,第5523页。
② 黄协埙:《锄经书舍零墨》卷三《马黑》,《笔记小说大观》第二十五册,第385页。
③ 张智尧:《祈雨的文化:在阿尔泰与台湾之间》,《中国民族》2008年第7期。

系，那么世界对他完全是开放的。宇宙论者因而就能够发现把人事领域和自然领域调配起来的合适"技术"。他并没有"控制"自然，但所拥有的关于如何使得人事和自然"调配"起来的知识，却极大地扩展了他控制人类世界的能力。①

因此，可以这样认为，弗雷泽的载录建立在降雨是自然之事的相对科学的观念上，而陶宗仪等的载录则涉及降雨与否与自然有关但更多的是与人事有关。

二 关于元代的"心中结石"传说

与动物体内生异石的相关载录相比较，人体中所结异石的故事内涵更加丰富多彩，能折射出更深层的精神追求与民俗信仰。虽然我们不能否认，人体中之异石也同样是人的血液与精气的结晶。但相关文献载录者却是更多关注，人体中异石作为精神生命存在物的价值与意义。并进而认为其是人生命体的核心部分，是人生命的另一种存在形式。

明人陶辅《花影集·心坚金石传》载元朝至正年间，李彦直与张丽容相爱，张被参政阿鲁台选为右相伯颜的歌妓，舟行，李彦直随船行，死，丽容自缢，阿鲁台怒将其烧化，只留下了一指大的金色石块，俨然是李彦直形象；焚李彦直，其心也留下仿佛张丽容的金石像。阿鲁台将两件珍宝放入玉匣献给右相，右相大喜，开匣却只见败血一团，大怒说阿鲁台夺人之妻致死，还以秽物献，将其处死。②

人（或动物）与金互化，在中古汉译佛经如《贤愚经》等多有所见，展示的中印故事间的相似性，一是都带有奚落意味，佛经教训哲理强，中国的借此强调复仇；二是都不忌讳美变为丑的巨大反差——佛经写的是金变成死人的头和手，中国文本写相思结情化为金石的心变作臭秽败血；三是上述变化都构成了对倚势欺人者不利的情节陡转；四是佛经故事情节较复杂曲折，而中国的单一、伦理性强。说明借鉴继承中仿制者憎爱鲜明，

---

① ［美］史华兹:《古代中国的思想世界》，程钢译，江苏人民出版社 2003 年版，第 379 页。
② 王汝梅、薛洪勋主编:《花影集 鸳渚志馀雪窗谈异》，吉林大学出版社 1995 年版，第 59—63 页。

把幸运得财题材中的母题用到了伦理实现的复仇主题上。① 此与古代中原的复仇逻辑密切相关。安遇时编集《包龙图判百家公案》第五回"辨心如金石之冤"改编了这个故事。心结石影,又有并不稀见的元代异文:

> 楚州山阳县荒郊有古坟,不详姓氏年代。忽有波斯人来谒坟邻曰:"吾欲买此地。"邻曰:"坟乃吾祖,安敢轻售!"波斯曰:"汝毋妄认,废祀已六百年矣。"其人中夜思之:"既非我坟,若有所偿,何惜不与!"诘旦,波斯人来,从其请,索二千缗,随即偿之。议定即掘,见棺木中一妇人如生,剖腹取心,指示曰:"此妇平生不得志,观玩山水,清气尽入其心。"解开两片,光莹如玉,每片皆有真山真水,一妇人倚栏凝望。以为奇宝,遂带归本国,真无价珍。②

此与胡人识宝母题结合,仍带有异域的胎记。元代杨瑀《山居新话》卷一称:"余家藏石子一块,色青而质粗,大如鹅弹,形差匾。上天然有兜尘观音像在焉,虽画者亦莫能及。或加以磨洗,则精神愈出,诚瑞应也。"③ 在佛教传说中,类似的情感专注,凝结为石上之像的信奉,可能对上述心中之石的生成之说,构成触发与旁证。

表现相思化石信仰,还有天然痴叟《石点头》第四回《瞿凤奴情愆死盖》写其殉情自缢,因寻坟地遇到困难,无奈只得将去火化:"尽已焚过,单剩胸前一块未消,结成三四寸长一个男子。面貌衣摺,浑似孙三形象,认他是石,却又打不碎。认他是金,却又烧不烊。分明是:杨会之捏塑神工,张僧繇画描仙体。……"邵毅平指出:"此情节似取自陶辅《心坚金石传》(《花影集》卷二),其中也有一个类似的情节。该小说后又收入何大抡的《燕居笔记》及冯梦龙的《情史类略》等。""这个描写商人偷情的故事中,尽管男女主人公的结局非常不幸,但是他们的恋情却通过死亡得到了升华,同样反映了作者对他们的不伦之爱的同情和肯定。……情和欲是可以完美地结合在一起的。而一旦情和欲完美地结合在一起,那不伦的偷情也就不再是'不伦'的了,而是转换为一种最为合情合理的

---

① 王立:《宗教民俗文献与小说母题》第二章《掘宝风习与古代小说金银变化母题》,吉林人民出版社2001年版。
② 无名氏:《湖海新闻续夷坚志》前集卷二,中华书局1986年版,第64—65页。
③ 《笔记小说大观》第十一册,第4页。

东西。"① 严从简于万历初年则将人体内生石,与胡人识宝母题结合:

> 波斯人来闻,相古墓,有宝气,乃谒墓焉,以钱数万市之。墓邻讳不与,波斯曰:"汝无庸尔也,此墓已无主五百年矣。"墓邻始受钱。波斯发墓,见棺衾肌肉溃尽,惟心坚如石,锯开观之,有佳山水青碧如画,傍有一女靓妆凭栏凝睇,盖此女有爱山水癖,朝夕玩望,吐吞清气,故能凝结如此。此固志一动气,理或有之,而波斯乃能识之于未形之前,此类甚多,略举以见。②

褚人获的记载,很可能是上述传闻的异文,也属于山川美景镌刻在赏悦者心中之石上,与那种因相思情欲营构的心中之石,大同小异:"隆庆中,武林妇人柳凝翠,爱游西湖,遂穷其胜,归而有孕。后产一球,坚不可破。家人得之,皆西湖景也。《柳下闻谈》:梁溪一女,与某士有私,久之士不至,女思之成疾。死后焚之,心坚不坏,剖之,中有男女交媾状,如春画然。"③ 他还不无深意地转述了郑龙如《偶记》的故事:

> 京师一人寓有小儿,病黄瘦,诸医莫效。一夷使见之,请以重价贾去,其人不允。夷使曰:"儿且死,见餍,尚有生理,否则必难免矣。"其人终不与。逾年,儿果死。后夷使再至,闻儿死,顿足,其人问故。夷使曰:"是儿腹有异宝,取出则生;死,则宝随气散矣。"怅惋而去。④

这类以奇石传说体现凄楚爱情的叙事理路,似乎在明代戏剧中也是一个受到认同的民俗故事。明代朱佐朝撰著《血影石》杂剧,写黄观之子黄荌与齐泰之女京奴的爱情故事,此在正史中也留下了载录:

> 初,(黄)观妻投水时,呕血石上,成小影,阴雨则见,相传为大士像。僧异至庵中,翁氏见梦曰:"我黄状元妻也。"比明,沃以

---

① 邵毅平:《中国文学中的商人世界》,复旦大学出版社2005年版,第402—403页。
② 严从简:《殊域周咨录》九卷引《别志》,中华书局1993年版,第325页。
③ 褚人获:《坚瓠集》九集卷四《孕球心画》,《笔记小说大观》第十五册,第307页。
④ 褚人获:《坚瓠集》广集卷六《腹宝》,《笔记小说大观》第十五册,第427页。

水，影愈明，有愁惨状。后移至观祠，名"翁夫人血影石"。今尚存。①

后来，余翘《池阳三忠传》曾记述黄观、金焦、陈敬宗事。忠臣之妻必为烈女，其冤抑之气、爱情忠贞之情也凝结在这奇石上。

相思化石的信奉，也是与西来的识宝"胡人"母题有关。生命伴随着体中的宝物共生共在，人在宝在，这与"宝失家败"母题及其信奉，也有着密切联系。②说某湖边有一男子生平未近女人，其左肩患一血瘤，求医割掉："至夜，男子苏，急投补剂，病良已。再视割下者，层层黄皮如蒜瓣之包裹，削尽，则中有碗大一块坚硬物，非晶非玉，灿烂晶莹，其赤如火，其圆如球。一面有纹如滴泪痕，如草篆，字不可辨。一面圆圈中有蟾兔形，刻画逼肖，甚不可解。久之，忽悟曰：'渠以童身卧星月下十余载，精华凝结而成，然患去而精力亦去，是人其能久乎？'遂谕其人不必操旧业，即为守书楼司洒扫，以尽余年。"③ 这一故事，则是"凝思成石"母题的一个延续。抽象的、无形的思绪，化为有形的、形象逼真的物体，这一类故事其实由来已久，也有着由佛经到通俗小说叙事的注重"画像成真"神秘信仰的传统。④

总之，上述诸多文本的共同点在于：（1）人体中生石，都是强烈的情感发生之后凝结下来的；（2）他们的尸身都是被"烧化"的，而留下的是烧不掉的体中石块；（3）人体中石，呈现出生前情感意念凝结的图像。

三 "相思结石"的深层来源及传播的时代成因

首先，痴情相思以至于"凝思成石"，这一叙事母题极有可能来自佛教。佛教高僧体内的舍利子，也是火葬之后体中烧不掉，留下的"佛

---

① 张廷玉等：《明史》卷一百四十三《黄观传》，中华书局1974年版，第4052页。
② 参见王立《中国古代文学主题学思想研究》第十二章《明清小说中的宝失家败母题及其渊源》，天津教育出版社2008年版。
③ 宣鼎：《夜雨秋灯录》卷二《血瘤中有大红宝石》，黄山书社1995年版，第81—84页。
④ 王立等：《图画唤起真相——从清代〈说岳全传〉到金庸小说》，《学术交流》2009年第9期。

宝"，呈现为坚硬的结晶体。《法苑珠林·舍利篇》：舍利者，西域梵语，此云骨身。恐滥凡夫死人之骨，故存梵本之名。舍利有其三种：一是骨舍利，其色白也。二是发舍利，其色黑也。三是肉舍利，其色赤也。菩萨罗汉等亦有三种。若是佛舍利，椎打不碎。若是弟子舍利，椎击便破矣。①

按照《法苑珠林·敬塔篇》，严格说，"有舍利者名塔，无舍利者名支提"。而舍利放入塔中，往往就会出现种种灵异，其中就包括降雨、降雪。《法苑珠林·舍利篇》还列举："定州北岳寺立塔之日，有见异老公，来施布负土，毕已失之。旧此无水，忽有水流，前后非一。""相州大慈寺立塔之日，天阴降雪。将下舍利入函，日出，下后复合。天雨奇华，连注极多。""扬州西寺立塔，久旱。舍利入境，夜雨普洽。"② 可见，这呈现为石的体中"舍利子"乃是相关宗教活动的一个关注点。

其次，母题在明清时代广为流播，也与佛教世俗化和火葬流行不断印证"人体结石"有关。洪迈称宋代火葬之风："自释氏火化之说起，于是死而焚尸者，所在皆然。固有炎暑之际，畏其秽泄，敛不终日，肉尚未寒而就爇者矣。"③ 顾炎武《日知录》卷十五称："火葬之俗，盛行于江南，自宋时已有之。"他引《宋史》景定二年，吴县尉黄震乞免再起化人亭："合城愚民悉为所诱，亲死即举而付之烈焰，馀骸不化，则又举而投之深渊。哀哉，斯人何辜，而遭此身后之大戮邪？震久切痛心，以人微位下，欲言未发。……"不赞成火化，并列举华夏古俗以焚尸为泄愤之报："东海王越乱晋，石勒剖其棺，焚其尸，曰：'乱天下者，此人也，吾为天下报之！'夫越之恶，固宜至此，亦石勒之酷而忍为此也。王敦叛逆，有司出其尸于瘗，焚其衣冠斩之，所焚犹衣冠耳。惟苏峻以反诛，焚其骨。杨元感反，隋亦掘其父素冢，焚其骸骨，惨虐之门既开，因以施之极恶之人，然非治世法也。……"④ 宋代作为我国火葬最为盛行的时代，死者"烧化"已较为常见，而明清时代寺院火化僧人，也多给予世俗之人对于人体中结石的深刻印象。

通俗小说对此多有描写，如《喻世明言》第三十卷《明悟禅师赶五

---

① 周叔迦、苏晋仁：《法苑珠林校注》卷三十三，第1260页。
② 同上书，第1277—1278页。
③ 洪迈：《容斋随笔》续笔卷十三《民俗火葬》，上海古籍出版社1978年版，第374—375页。
④ 黄汝成：《日知录集释》卷十五《火葬》，上海古籍出版社2006年版，第898—903页。

戒》写圆泽坐化："荼毗之次，见火中一道青烟，直透云端，烟中显出圆泽全身本相，合掌向空而去。少焉，舍利如雨。众僧收骨入塔……"但多民族聚居融合的时代，多种习俗和价值观的冲突在所难免，民间也存在着土葬与火葬习俗的冲突。因此，《花影集》中的官员阿鲁台，是以他所认为将会行之有效的方式，在李彦直、张丽容死后，焚尸泄愤的。上述"心坚金石"、"心有山水"传说，确有现实生活里人体内存留的焚而不化之石，作为证据。杨瑀《山居新话》卷二载松江府盐丁顾寿五妻王氏，有孕，多日未娩，后经常嘱家人死后焚时："勿待尽，必取腹中物视之，以明此疾何也？"四十年后因胎动腹痛死，火化，家人取物："乃一男胎，其肋骨如铁之坚。"

其三，现实世界"宝物"民间信仰因明清时代心理需要①，强化了神秘"秩序"重构与宗教的关系，促进了"相思结石"叙事之伦理实现目的性的增强，与"惩恶扬善"的社会功能互动。如人类学家认为："但杰文斯（Jevons）争辩说：人类的思想不需要一种特有的科学文化就能注意到现象之间存在着确定的顺序或不变的次序，或者观察到这个次序经常被打乱。太阳有时忽然发生日食，在盼雨的时节缺雨，月亮在周期性消失后迟迟不肯再现等等。由于这些事件都在事物正常发展的范围之外，人们就把它们归于一些奇特的、例外的原因，即总的来说是超自然的原因。从有历史以来，就是在这种形式下产生了超自然的概念。也正是这样，从这时候起宗教思想感到自己有了特定的目标。"② 其实，在恢复与重建人世秩序过程中，巫术与宗教的力量，仅仅是大自然宇宙伦理建构的辅助。

因此，佛教观念对人体中生异石母题的叙事意义确能产生部分影响，同时也增加了故事内涵的丰富复杂性。

---

① 刘卫英：《明清小说宝物崇拜的社会心理学审视》，《上海师范大学学报》2013 年第 4 期。
② [法] E. 杜尔干：《宗教生活的初级形式》，林宗锦、彭守义译，第 26 页。

第 七 章

明清窃印还印母题与印崇拜的文化渊源

明清叙事文学中，关于窃印、失印、还印的系列故事，不仅存在于通俗小说中，还广泛分布于野史笔记，甚至官员带有实录性质的载录中，可以说构成了一个多种地域流传的叙事母题，具有深刻的政治文化意义和民俗价值。

一 明清野史笔记与小说中的窃印、还印母题

空印盒故事，主要显示的是一个智慧、机智的辅佐者母题。盗窃官印，往往带有胁迫、报复的性质，多为当事官员下属或仇家贿赂亲近者所为。这也往往被描述成清官与恶势力、无赖，以及正义同邪恶的一场殊死智斗。

其一，是持有官印的当事人，受到同僚或下级的窃印构陷报复。据说清官海瑞就遇到这样的一起挟嫌陷害案，受害人是某御史：

> 有御史怒某县令。县令密使嬖儿侍御史，御史迩之甚，遂窃其符，逾墙走。明晨起视篆，篆笥已空，心疑县尹，而不敢发，遂称疾不治事。忠肃时为往候御史，御史闻海忠肃有吏才，密告之以故。忠肃令御史夜半于厨中发火。火光烛天，群属悉来救援，御史持篆笥授县尹，令多官各有所护，及火灭，县令上篆笥，则符宛在中央矣。①

海瑞建议用将计就计的方法，利用火灾发生时急迫的特殊情境，将空印盒

---

① 宋懋澄：《九籥集》卷十《海忠肃公》，上海古籍出版社1984年版，第223—224页。

给嫌疑人（县令）持守，县令仓卒之际不便推辞，而只得默默地把窃来的印归还，不露声色地解决了一起恶性报复事件。

贡少芹（1878—？）、周运镛《近五十年见闻录》卷一《窃印还印》，写俞某与同年某孝廉同到广西上任，孝廉新婚妻有殊色，到任所同住俞某署中，俞某与美妇私通。孝廉得知，逼妇窃得俞某印信，否则弄死。妇人趁着与俞某两情欢洽时果然窃得印信归。次日俞某用印时发现，心知某为，秘不宣示。当晚火起，纷乱中俞急以印匣授给某，强委于怀。某持归打开，"惟顽铁一方，始悟己怂妇窃印事，已为俞知，未便明索……"天明俞某登门索印，某不得已只好归还。而据民俗学家考察，现当代浙江、安徽、江苏等地，还流布着《炼印》、《盗县印》、《巧取印》一类故事。①

其二，盗贼被镇压之后，挟仇窃官印报复。如闽浙总督钟公，捕杀海盗甚夥。巡海时他带印随行，夜泊时置印案上，被飞来船上的美女子潜入，取金印纳怀中飞去。后因追捕寻印不得，"上章自劾，例褫职"。几年后才被起用为四川藩司。②

盗用巡抚印，挟仇陷害的冤案，也有的中途事发流产。相传同治中叶，长沙名妓廖玳梅色艺冠一时。省绅某位欲纳为妾，而廖久属意于年少美丰姿的外县某绅。省绅对此衔恨已久。一日，外县知县某告发该县某绅等六人勾结发逆（太平军）余党，拟作乱，将密拿正法。府令得此札大惊，知道此六人皆清白公正的举人之类，家富名甚，何致如此悖逆？幕僚审阅院札，拍案曰："此文伪也，焉有督抚印文而无监印官衔名者乎？"府令拜谒布政，布政又入见巡抚，密问为何要杀得意门生？巡抚大惊，乃出印文同看。巡抚面色如土，承认官印不错，但事情没有，于是严究署中仆婢，有夫人小婢说某日有卖婆来，似曾向夫人乞印文焚疏事。亟逮卖婆至，哭承是省绅某贿我求夫人者。立命逮某绅，一讯而服。原来是省绅欲娶廖，问明属意者如暴卒，才允出嫁，这才出此毒计；另外五人也是因公与省绅龃龉结怨，拟一并除之为快。于是卖婆与省绅皆拟斩，中丞（即前面的巡抚）夫人吞金死，中丞告病离任，布政升巡抚。③案子因知县某精细才未酿大祸，此未遂冤案，因牵涉盗用官印，处罚非常严厉。而比较

---

① 《近代笔记大观》，上海文艺出版社1993年版，参见祁连休《中国古代民间故事类型研究》，河北教育出版社2007年版，第829—831页。
② 丁治棠：《仕隐斋涉笔》卷二《先正异闻》，四川人民出版社1985年版，第46页。
③ 梁溪坐观老人：《清代野记》卷中《盗用巡抚印》，巴蜀书社1988年版，第83—84页。

这起诬陷案，是因盗用官印而起，足见官印实在有着"人命关天"的干系。

其三，有的窃官印陷害者，印又被主人夺回，受到严惩。清代小说写按察使兵备道台赖大鹏，本海贼头目，武艺高强。捐重资谋官来潮郡，欲剥削百姓脂膏以济军饷，借库银十万两，只因清廉的石知县不肯应承，赖道台就衔恨盗印害他，第三晚又将王知府印信亦都偷了，弄得府县二人几乎急死。少林寺至善大师留心打听明白，来衙求见。石知县闻至善大师"特来解厄"，为捉贼取回两颗印信，石岐领他见王太守，根据匪徒的作案特点，设伏布控。于是至善率方世玉、胡惠乾、林胜三徒，捉得贼人十余名，审明藏所搜回二印。将赖道台正法。①

盗贼报复何以从盗官印下手？因失印，乃是杀头重罪，失印官员遂有性命之忧，据昭梿载录：

> 嘉庆庚辰春，睿皇帝恭谒西陵，兵部奏失行在印信。上命留京王大臣等审讯日馀，未得端倪。后由鲍姓胥吏供，系前秋巡幸木兰时行帐中遗失，随从司员隐匿未报等情，将堂官司员降革有差。移交古北口提督等处访拿正凶，终未缉获。然闻何主事炳彝言，是日收印时，适伊值日，亲同满员手封贮库，实未尝失也。或言有人觊觎非分，贿鲍姓者窃去，意存叵测，事未及发而谋败，诸大臣恐兴大狱，故借行帐中遗失消弭其事云。未匝月，有贵人父子相继暴殂，又将幼子私蓄他所，匿报有司，传言或非妄也。②

可见满族贵族争权的内斗，也有拿官印丢失来大做文章的。

其四，姬妾、奴婢因保全主人的官印，使其免于大祸，受到高度评价或封赏，事迹被传扬甚至创作为说唱作品。明代就有爱妾贞烈，为藏好官印而殉身。说正德六年辛未，江西华林大盗围攻瑞州府，当时缺少守臣，只有通判姜荣署印，他是由工部主事谪降来的。仓皇中估计情势守不住，就密以官印交给妾窦氏藏匿。贼破城抓住窦氏，而窦氏事先已藏印在圃池

---

① 佚名：《圣朝鼎盛万年青》（《乾隆游江南》）第八回《下潮州师徒报仇，游金山白蛇讨封》，北京师范大学出版社1993年版，第75页。

② 昭梿：《啸亭杂录》续录卷四《兵部失印事》，中华书局1980年版，第497—498页。

中，假装求人报主人持多金来赎，麻痹盗贼。在告知可靠人藏印之处后，伺机投井。载录者高度评价："此女独从容就义，智勇兼备，即史册亦仅见。若姜荣负心，则犬豕不若矣。余向见妾媵得谥者而偶遗此。且贞烈亦祠额，非谥也，然足以不朽矣。窦氏尚有唐淮西窦桂娘，通谋陈仙奇，事亦奇伟，可与此女并称侠烈。"① 又据说光绪时江某的官署夜半失火，连周岁的孙子都是由乳媪倒抱而出，其匆遽可想而知。此刻某幕府急忙赶到，问官印是否已携出："江惶急，不知所措。盖印若被毁，则处分至重也。"此时，江的儿媳有个奴婢艳而慧，"方觅印时，亭亭自众中出，庄肃奉印而上之，黄袱宛然"，江大喜。由于此次火灾，官印与大堂未毁，仅仅得到轻微处罚。故事的结局说明护印一事并非偶然孤立的事情：

> 未几，擢两淮运使，而昔日护印之功人，始犹肃抱衾裯，继且荣膺珈服。盖都转久虚嫡室，至是，竟敌体中闱矣。后数举丈夫子，皆成立；所生女，亦作媵名门。扬人士作《护印缘》院本张其事，谓夫人以护印得夫人，非寻常护印夫人比。夫人性慷慨，乐施予，御下以宽，而内政殊井井，持满戒溢，绝无骄奢侈靡之习，亦难能也。②

其五，侠盗酬报知遇之恩，也有以所窃官印归还的。清末丁柔克载录道光初年实事。说堂叔豪爽善知人，偶见二人"气概雄伟"，就邀同饮结交，还出具银票代偿所要讨还的债，二人不允，后来才直言是太湖剧盗，"见兄慷慨，萍水识英雄如此"，遂授给特殊标记，说持此可至太湖中寻我等。几年后，丁的好友泰州武官某忽失印，非常忧惧。丁受托到太湖岛中，出标记进了山寨，见到先前二人。二人也猜测是寻印来的，赠金让其先归，约某夜送印，在某寺相会，丁如约相候，夜果然有一人飞落还印，丁恳求留下，免得自己"印自我出"的嫌疑，其人犹豫一阵应允了。同见去。武官非常感谢，就暂且绑缚其人在庭中槐树上，夜里就去如黄鹤了。③

---

① 沈德符：《万历野获编》卷二十三《窦氏全印》，第589—560页。
② 徐珂：《清稗类钞》第十一册《奴婢类》"婢以护印作夫人"条，第5290—5291页。
③ 丁柔克：《柳弧》卷一《太湖盗》，中华书局2002年版，第17页。

失印的严重性质，折映出官印的身份载体、尊严象征的不可缺少性。明代汪天锡辑《官箴集要》之《公规篇·印信》规定："衙门印信，关系甚重。每日封印，须要各官完金，开印则眼同相视，一应文案批帖，令该吏当面使用，不得隔远。印信所在，着令弓兵守宿，侵晨吏胥关印，则牌入印出，至暮送印，则印入牌出。钥匙常须亲带，倘有公故委官权摄，则随印金押发印；关牒既回，衙门权官送至印信，则开匣看视端正，又须时常谨防猾吏盗扣缝印及空解、空帖等项奸弊。"

其六，侠义之士以盗印惩戒贪官，促其改过自新以观后效。印信可盗出也可送还，这是一个功能性母题，颇为类似瓶袋状宝物的可以拘禁囚住对手而不必伤害之[1]，又似将其迷昏、击昏又能醒来的手法，不是简单化地将人一棍子打死。晚清剑侠小说的理念是这类官员："虽然枉法，究竟是朝廷命官，所以今夜下山，想把他的印信盗去，再留个柬儿与他，许他改过自新，这印自有送还之日。否则……"[2] 于是薛飞霞盗印时留下柬帖："取尔印信，儆尔奸顽，前愆挽回，有日送还。"小说横生波澜，又写出了剑侠的预定计划实际上未必就能如愿实行，下一回写那奸臣甄卫竟因失印无法卸任，惊惧自缢了。

二 中国古代印崇拜的文化渊源

明代朱国祯《涌幢小品》曾总结："印者，信也，古公私皆有之。其制金、玉、银、铜，凡四品。天子曰'玺'，二千石以上曰'章'，千石以下曰'印'，朱文入印始于唐，而汉器物铭多作阳识。"[3] 任宗权认为，从秦代至今，印的制作，从材料工艺上经过了三个阶段。其一是铜玉印时代。秦汉用印，均以白文，博袤方寸，以金银铜玉为之。其二是杂品印时代，南北朝始，多用砗磲、玛瑙、象牙、犀角、水晶、瓷料、黄杨、竹根之属。其三是刻石印时代，则是在元代之后。[4]

---

[1] 参见刘卫英《明清小说宝物崇拜研究》第七章《古代小说宝瓶器物崇拜及佛道渊源》，中国社会科学出版社2008年版。
[2] 海上剑痴：《仙侠五花剑》第十七回《盗印信双侠警贪官，寄书函一人传密报》，中国古代珍稀本小说5，春风文艺出版社1996年版，第555页。
[3] 朱国祯：《涌幢小品》卷三《颂印》，中华书局1959年版，第56—57页。
[4] 任宗权：《道教章表符印文化研究》第四章《道教篆印文化》，宗教文化出版社2006年版，第249—250页。

对于印的分类和沿革历史，《宣和集古印史官印序》认为可分为帝王印、缙绅印和百姓私印，所用字体也有时代之别："印有史乎？夫印何为者？同文合契、传信妨奸之物也。在帝王则为国玺，在官师缙绅则为国印，在民间则为私印。率用六书，遵古篆、鸟迹、蝌蚪、虫鱼、龙凤、钟鼎、玉柱、倒薤诸体，是结绳之变，而仓颉之遗也。程邈变为小篆，李斯又变为八分，八分又变为隶，隶者谓其可通于奴隶。"① 这都从横向、纵向上说出了印文化的阶层拥有普遍性与历史发展的动态性。

《道法会元》卷一百二十三第十四《邵阳雷公法印》称《雷霆都司符玺》有："雷霆火师曰：原始上帝付授三洞飞仙、五岳丈人，其符玺皆玉为之。黄帝得之佩印登天，雷公风后二君得之，相继仙去，许都有仙得之，同吴猛、丁义统领邵阳雷公。以此符玺照其毒龙，是时毒龙两目迸血，方始斩之。"②《魁台宝玺式》有："斯印在处，将吏护持，久久行持，鬼神不敢正视，凡所遇山川社祇神庙，城隍社令，悉来迎拜，宜佩受之，以求灵焉。"③《北极大将军印·治病使者印》有："一印曰北极大将军印，佩之能伏强虫战斗。一曰治病使者印，佩之辟诸病，治百疾，祇病，吞之即愈。"④《都天大法主印》则有："夫都天大法主印者，管天下邪精，六洞魔王。凡有精邪作孽，龙魘兴妖，与民为患，所行符箓皆须此印，及人有冤枉咒咀，宿世冤灵，负命欠财，一切疾苦，佩此印，冤灵不能近，恶业不能侵，及除夜梦，和合万事。"⑤ 可见这类印的符咒功能，广泛而多方面。

在早期道教经典中，印的神物崇拜与道教符箓崇拜当是密切结合的。葛洪《抱朴子内篇》这一载录，非常能说明问题：

> 或问："为道者多在山林，山林多虎狼之害也，何以辟之？"抱朴子曰："古之人入山者，皆佩黄神越章之印，其广四寸，其字一百二十，以封泥著所住之四方各百步，则虎狼不敢近其内也。行见新虎迹，以印顺印之，虎即去；以印逆印之，虎即还；带此印以行山林，

---

① 赵志钧编：《黄宾虹金石篆印丛编》，人民美术出版社1998年版，第55页。
② 《道藏》第50册，文物出版社、上海书店、天津古籍出版社1988年年版。
③ 同上书，第20页。
④ 《道藏》第48册，第256页。
⑤ 《道藏》第17册，第537页。

亦不畏虎狼也。不但只辟虎狼，若有山川社庙血食恶神能作福祸者，以印封泥，断其道路，则不复能神矣。昔石头水有大鼋，常在一深潭中，人因名此潭为鼋潭。此物能作鬼魅，行病于人。吴有道士戴昞者，偶视之，以越章封泥作数百封，乘舟以此封泥遍掷潭中，良久，有大鼋径长丈馀，浮出不敢动，乃格煞之，而病者并愈也。又有小鼋出，罗列死于渚上甚多。……"①

《抱朴子》还写道士常用的神印"黄神越章之印"，还有辟除百鬼、蛇蝮和虎狼的神印，"以枣心木方二寸刻之，再拜而带之，甚有神效"。《抱朴子内篇·登涉》亦载："或问曰：辟山川庙堂百鬼之法。抱朴子曰：道士常带天水符、及上皇竹使符、老子左契、及守真一思三部将军者，鬼不敢近人也。"而干宝《搜神记》卷三讲述了《周易》所派生的符的威能：

淳于智，字叔平，济北人。性深沉，有思义。少为书生，善《易》，善厌胜之术。高平刘柔，夜卧，鼠啮其左手中指，意甚恶之。以问智，智为筮之，曰："鼠本欲杀君而不能，当相为，使之反死。"乃以朱书其手腕横文后三寸，为田字，辟方一寸二分，使夜露手以卧。其明，有大鼠伏死手前。②

早期人们的生存困境，主要是抵御来自自然界、兽类害虫的威胁，因此期盼符印不光能辟鬼，还有抵御猛兽等侵袭的现实功能。

神印天降说，可以认为是"天书神授"的发端之一。以此传说为中心，将印的神物崇拜推向巅峰。西晋干宝《搜神记》卷五称东汉时期：

常山张颢，为梁国相。时天新雨后，有鸟如山鹊，飞翔入市。近地，市人摘之，稍下堕地。民争取，即化为一圆石。颢命椎破之，得一金印，文曰："忠孝侯印"。颢以上闻，藏之秘府。颢后官至太尉。后议郎汝南樊行夷，校书东观，上表言："尧舜之时，尝有此官。今

---

① 王明：《抱朴子内篇校释》（增订本）卷十七《登涉》，中华书局1985年版，第313页。
② 李剑国辑校：《新辑搜神记　新辑搜神后记》，第68页。

天降印，宜可复置。"①

假托上天的旨意，毕竟还要有官印为证。

在憧憬飞升成仙的文化背景下，印能帮助人飞翔，成为题中自有之义。所谓"十二印信诀"中的"云信灵印"便成为有此功能的宝物："此印能起云登空，解生五色祥云，驾云升天，游日看月，去住自然。往来得此印，遍巡四天神洲。若有得此印法，将印印之足下，云生遍地。欲要乘驾云，复印云上，起一印起一丈，二印二丈。欲落，将印印上自下。欲上天看月，精诚斋戒，香汤沐浴，将印印地，生云起，至月，先用开天门印。……"②

印崇拜的集体无意识，往往借助于难以验证的个人主观体验，如梦境传闻，渲染、强调其权威性质。据《夔州府志》卷三十一载：

> 宋宣和中，夔人龙澄尝于大瀼水中获玉印，文非世间篆籀，澄梦天神谓之曰："此印为上帝所宝，须投原处。"澄乃奉印投原处，后登上寿。

获取古印者遵循内心中上帝的提示，实际上就是古印崇拜的变形再现，后来他获得长寿，暗示出与此事有着直接的因果关系。

《夷坚志》异文有龙澄普获天神赐给的玉印。说北宋宣和年间，夔人龙澄普游览府东大瀼水："见水中一石合，命渔人探取之，获玉印五，文字如星霞焰，非世间篆籀比。忽见天神侍立曰：'某乃九天使者，所获玉印乃上帝所宝。昔禹治水，拜而授之。水土既平，复藏之名山大川。今守护不谨，可亟投元处。'澄如其言，后亦登科，为桃源令。"③

从印的生成本质看，最初与符箓密切相关。符箓、符是沟通人与神、神圣权威之间的某种诚信载体、凭据。关于符箓，国外汉学家指出过符的

---

① 李剑国辑校：《新辑搜神记　新辑搜神后记》，第90—91页。此异文众多，李剑国先生统计有《艺文类聚》、《后汉书》注、敦煌写本伯3636号、《初学记》、《六帖》、《太平御览》、《事类赋注》、《海录碎事》、《锦绣万花谷》、《古今事文类聚》等，并认为："诸书文字多合，信出一源。"又参见《太平广记》卷四百六十一《禽鸟二》，第3779页。

② 《鬼谷子天髓灵文》，《道藏》第18册，第680页。

③ 《宋本方舆胜览》卷五十七《大瀼水》条。《蜀中广记》卷六十九载其删略本。

产生过程：

> 这个词在意指一种魔力或"符"之前，具有一种司法意义。它本意是指或写在木板、金属板，或写在一折成二的纸页上的文件，有关双方各执一半，符的两片合起来才可信：各种契约与标志就是这样作成的。……在此是行使惯常法律和封建宗法共同实践，因为，臣仆从封建君主那里获得一种作为标志与保护的"符"。反过来，符徽保证朝廷会议定期检验众臣仆的忠诚。这些会议为"合符"服务，考验一人（君）之德与其他人（众臣）之忠。这些"符"无疑如同一切贵族之条约一样，意味着一种誓愿，由此产生了"符"的宗教意义。换言之，"符"的核查所证明的"信"是为神圣的力量所认可的。①

符，就这样以其功能的重要性而成为"宝"、"宝贝"的一种。不过，"宝"更多地具有物质上的含蕴与象征："宝从根本上讲是某种能引来福和富的东西，或更广义上是类似的东西。一件宝物引来它内含神的赐福，而它还能引来其它同性质的东西，宝藏会扩大增长。原来，'宝'就吸引它的'同伴'，因为人从来只拥有神圣双对的一半，在他使自己神化——就像巫师是不完全的人，受偏瘫或通常危机两个器官或肢体之一的其它残疾——的短暂时期以及在诸神'下来'到他身上这段时期除外。……"②

对于符印所体现的佛道关系，高国藩认为是外来佛教取自本土的道教，并有所改造："……佛教徒把道士的符咒作了'旧瓶装新酒'式的改造，采用了道士创作的'符印'之形式，并改作了以佛教内容为主的咒语。中国佛教徒设计的'符印'，十分强调采用我国民间传统使用的优质木料制作：（1）桃木。因桃木驱鬼，已是我国原始宗教之发明，不仅道教符印，佛教符印也采用。（2）檀木。周代已受到民间爱好。……（3）桎木。也是周代已受到民间爱好。……佛教的符箓所附咒语，已失去了道士勒令鬼神完成人指定的使命那种强悍的精神，宣扬了人对于世尊

---

① ［法］康德谟：《关于道教术语"灵宝"的笔记》，杜小真译，《法国汉学》第二辑，清华大学出版社 1997 年版。

② 同上。

绝对奴性的顺服，强调'非我力能'，而是'世尊蒙许'。"①

因此，当符具有某种更为稳定性、专有性的权威之后，就成为印。印，一般是特定意义的符记镌刻在玉石等较为坚固的材料上，可以相对保存持久和代代相传。此外印还有复制文件，发布命令的功能，即罗懋登《三宝太监西洋记通俗演义》第九回说的："凡有奏疏，一印可管万千张纸。"

"失印还印"事件，较早见于"鱼腹中得到失印"传闻，这一故事，作为著名的"鱼腹藏物"母题系统的一个分支，当为来自外域传译的佛经故事母题。② 洪迈《夷坚志》还引述传说称，淳熙年间明州士人到临安赴试，过曹娥江时渔叟持巨鲤来售，剖腹得小玉印，"温润洁白，刻两篆字，不能识"。士人随意收藏于笥，偶向小商夸示，索价五千。不料商酬三千，士喜付与。此商挂于担上被提举张去细看，五千购得，佩于腰间。他日，光尧太上（赵构）见而问何处得此，具以奏。圣情怃然曰："此我故物，京师玉册官镌德基字甚工。建炎己酉，避狄于海上，误坠水中，今四五十年矣，不谓复落吾目。"诏赐去为钱二千贯。而别以千贯，令访授士人云。③

古墓葬中出土之印，往往带有某种预示作用，可能具有冥中信息通报的意味：

> 吕辩老为德州平原县酒官。因筑务墙，役工取土，得一印，刻文曰"太山府君之印"。非铁非铜，似玉石之类。制作极精，篆法尤古。郡守王仲孺闻之，遣候兵借视。见之，捧玩不释手。折简报云："欲借留数日。"吕以属吏之故，不敢取。后旬余，州宅中堂地忽陷，见一石，广如席，其上大书八字曰："太山府君王公之墓。"王视之大笑。家人莫测，而子弟绝恶之。俄顷疾作，数日而卒。王政事精明，下不能欺，至是以为必主张岱岳矣。玉印亦竟失所在。④

---

① 高国藩：《敦煌古俗与民俗流变》，河海大学出版社1990年版，第147页。
② 参见王立《人大鱼大蛇腹生还故事的佛经文化渊源》，《南亚研究》2007年第1期；王立等《〈聊斋志异〉中印文学溯源研究》第九章，昆仑出版社2011年版。
③ 洪迈：《夷坚志》支癸卷九《鲤鱼玉印》，第1290页。
④ 洪迈：《夷坚志》支癸卷三《太山府君印》，第1241页。

得印运昌，有时似乎能给得主带来了好运。王明清《挥麈后录》写寿春人孙立，少为盗败露："窜伏沘河中，觉有物隐然，抱持而出，乃木匣一。启视之，铜印一颗，云：'寿州兵马钤辖之印。'印背云：'太平兴国八年铸。'后三十年，以从军之劳，差充安丰军钤辖。安丰即昔日寿州也，遂用此。明清为判官日，亲见之。"① 作为载录者亲眼看到的实事，说明当时人们信奉印的拥有伴随好运。吴曾《能改斋漫录》载：

> 孔经父《杂说》记天子八宝，其一曰受命宝，所以修封禅、礼神祇也。徐令《玉玺记》：玉玺者，传国宝也，秦始皇取蓝田玉刻而为之。面文曰："受命于天，既受永昌。"玺上隐起蟠龙文曰："受天之命，皇帝寿昌。"方四寸，纽五龙盘。秦灭传汉，历王莽，为元后投之于地，遂一角阙。后传至石季龙，季龙磨其隐然之文，又刻其傍为文曰："天命石氏。"开皇二年，改为受命玺。至唐末帝从珂，携以自焚。石晋再作受命宝曰："受天明命，惟德允昌。"契丹入，盗而取之。至周郭威，更以玉作二玺。其一曰："皇帝承天命之宝。"二曰："皇帝神宝。"其文冯道书。今所用乃郭威所作宝也。以上皆杂说所载，余以为失。窃尝究其本末，盖秦玺自汉以来，世世传受，号称国玺。自秦传汉，汉末为王莽所篡，莽传更始刘盆子，盆子传后汉。董卓之乱，孙坚得之井中。坚败，袁术拘坚妻得之。术败，徐璆得之，传与汉，汉传魏，魏传晋，晋传刘聪、刘曜。曜败，为石季龙所得，遣赵封送于石勒。考于传记，各有付授之文，及传至石氏，而季龙僭号，自襄国迁邺，反据雍洛。石遵、石鉴相继篡夺，而祇在襄国。《慕容㑺传》：有诘石闵使常炜云："玺在襄国，信否？"炜曰："实在寡君。"谓在闵也。及考石闵送晋玺，乃皇帝寿昌玺，则闵玺非秦玺也。以此考之，石季龙之乱，石遵、石鉴相篡夺，遂失所在。今《孔氏杂说》乃以为传至五代，唐末帝从珂携以自焚，盖亦不善考者也。②

印毁贼败，与宝失家败母题有着密切联系。南宋吴曾还记传闻，宋仁

---

① 王明清：《挥麈录》后录卷十一，中华书局1961年版，第221页。
② 吴曾：《能改斋漫录》卷四《国玺》，上海古籍出版社1979年版，第80—81页。

宗时林绩为吉州安福令：

> 时有张嗣宗者，挟妖术作符箓，自称汉师君三十三代孙。率其徒自龙虎山至，谓能却祸邀福，百姓歙然以从。绩视其印文，曰："嘻，乃贼物耳。昔张道陵再传至鲁，鲁以鬼道教民，自号'师君'，遂据汉川，垂三十年，方败于曹操，而归阳平关。此印所以有阳平治都公之文。今有道之世，讵容妖贼苗裔，公肆诬罔，以害吾治耶！"于是收治之。闻于朝，毁印。而江左妖学遂息。①

拥有印可以号令民众，印失、印毁则号召力丧失，于是民间教门的凝聚力就大为削减。于是，印与拥有者的命运就紧密联系起来。这与那些天书持有者情形类似，一旦失去天书，则很快就会陷于厄运。因此，难免在情急之下，就出现类似于"矫诏"这样严重的"矫刻"官印以应急之事。朱国祯载：

> 慈溪张公楷以佥都御史监刘聚军征邓茂七，先用招降檄，檄无佥印信，不听。遂矫刻"征南将军印"用之，贼稍有降者。事平，劾奏夺职。贼之存亡，不止招降一节。且贼首负固，降者偏裨，亦济甚事？而大将军印，岂可矫用乎？自古权宜行事多矣，此不可训。②

足见官印服众功能的不可替代性，而皇帝、朝廷的权威性对于印章使用有时造成了应用变通的困难。为了避免冒用，还有将出土古印销毁的事情。《涌幢小品》卷三载弘治十六年河南府大雨，墙坏而出现元代铜印三百颗："事下礼部，令铸印局官办验……盖元政不纲，群雄角逐。或掠得元时有司之印，或僭窃之徒假元年号而私造之。伪相署以号令其党，事败而遁，潜瘗于此者。命悉毁之，以备别用。"

《明史·婆罗传》载此地（今文莱）之王本来自中国，其凭据就是印玺："万历时，为王者闽人也。或言郑和使婆罗，有闽人从之，因留居其地，其后人竟据其国而王之。邸旁有中国碑，王有金印一，篆文，上作兽

---

① 吴曾：《能改斋漫录》卷十三《记事》，第381页。
② 朱国祯：《涌幢小品》卷三《矫刻将印》，中华书局1959年版，第57页。

形，言永乐朝所赐。民间嫁娶，必请此印印背上，以为荣。……"① 这一传闻，并非空穴来风。本来华夏中原就是一个古来重印的民族，而明代似乎更达到了一个巅峰阶段。甚至明代后期就连在一些官属中服务的门客，都拥有自己的私印。《坚瓠二集》的故事可以为证："天顺间，锦衣门达甚得上宠。有桂廷珪者，为达门客。乃私镌印章曰：'锦衣西席'。后有甘棠为洗马江朝宗婿，棠亦有翰苑东床印章，一时传赏，可为的对。"②

明清之际民间还流传着得奇兵而思造反称王的传说："蓝五名廷瑞，与鄢本恕、廖惠家保宁。尝拾古弃印山中，怪之。未几，又得一剑，以为瑞，因名瑞。而与本恕谋作乱，号召得十万众，自称顺天王，称本恕括地王，惠扫地王。流劫郧、夔、保、新、宁、通、巴诸处。……"③ 这个经常为当事人把玩的古印，煽惑起了他的欲望，这是古代因获宝（及得知吉运）而生贪心母题的一个重要分支。赵翼也有此书写：

> 嘉庆十四年冬，有蠹吏蔡泳受、王书常、吴玉等私雕假印，凭空捏造事由，向三库及内务府广储司库共十四次，并诈传谕旨，称钦派办工大臣姓名，用伪印文书咨行部院衙门，以致各堂司官被其欺蒙，给发银两。有商人王国栋亦以工程在广储司库领银，看出假印，事遂败露。皇上念此案于涉大小官员甚多，惟恐稍有枉滥，默祷于天。正当节届近年，天气开朗，瑞雪应期，因即照军机大臣所拟，蔡泳受、王书常、吴玉均即处斩，仍先刑夹一次，再行正法。并传集各部院书吏环视，俾知警惧。其为从之谢典邦、商曾祺，秋后处决，余犯陶士煜等七人发黑龙江为奴。其失察之堂司官，分别黜降有差。④

印还可能在人们拥有它时，神秘地失去，后来又神秘地被发现。可见印的得失洵非小事，明末谈迁《枣林杂俎》载："永乐十六年，慈溪县失印，请更铸。朝议恐旧印复出易为奸，改印文从谷，曰'慈豁'。"还记

---

① 《明史》卷三百二十三《外国四·婆罗传》，中华书局1974年版，第8378页。
② 褚人获：《坚瓠二集》卷一《印章》，《笔记小说大观》第十五册，第40页。
③ 毛奇龄：《后鉴录》卷二，《西河文集》，商务印书馆1937年"万有文库"本，第1712页。
④ 赵翼：《檐曝杂记》卷五《假印大案》，《竹叶亭杂记　檐曝杂记》，中华书局1982年版，第98页。

载:"天启丁卯四月,浙江学使南昌樊良枢自□□还杭州,登江岸失印,三日或得之司前石狮口中。寻出试衢州,投劾去。"① 至若《履园丛话》的神秘故事称:

> 诸城刘文正公为东阁大学士时,阁中有银印一颗,忽失去,遍索无踪,已三日矣。公谓中书舍人某曰:"纶扉重地,岂有穿窬耶?宜仔细再寻,三日后如不见,奏请交部议处。"至第三日暮,舍人某如厕,于路上似有物碍足,审视之,乃银印柄也。取之,竟如铁铸,不可拔。急禀刘公,用畚锸掘地始出。不知何缘入地也。此乾隆辛卯年事。②

作为宝物的印,可作为异地经商的"符节",是"圈子内"人们认可的诚信之物;而从"失印"到"印还",持有者获得重金酬报。

清代满族作家和邦额写,贵家子邱贡生求学时住荒园,邂逅二女引入闺房,与美貌女郎卫素娟(狐女)成其秦晋之好。欢好多日后又结识了女鬼莘娘,酬"枕席之爱",后又告知他的危险并助其逃离,临别赠一白玉小印:"方寸许,上作螭纽,其文曰:'异地同符',赠生曰:'物虽微,即宝之,可以致福也。他日遇购者,究印之所自至,但云'得诸广渠门外城隍间'可矣。"以此厚赠,嘱托邱将自己母女迁葬高原。生寻到黄道士获赠三符,告诫终生佩之。回到当初所寓寺中,寺僧以五色绢笺乞生作书,云为檀那(施主)作寿轴,书成苦无图章,于是即取玉章印之,僧回后愉快地询问所用图章何来,说城中王翁见图章,把玩良久,似喜似惊,再三诘问,嘱必请先生携玉章入城。造访后王翁审观玉章愕然,原来此印乃是其故物,失之十余年,说如肯见还,当以千金奉酬。于是奉生千金,更谢僧五十金。生归寺遂出资则净地迁葬,安顿了莘娘母女。于是,这一白玉小印,成为沟通人鬼、践诺酬德的一种信物。③

---

① 谈迁:《枣林杂俎》和集《樊良枢》,智集《补印》,罗仲辉、胡明点校,第33页,第599页。
② 钱泳:《履园丛话》十四《祥异·失印》,中华书局1979年版,第368页。
③ 和邦额:《夜谭随录》卷七《邱生》,第215页。

三　印的辟邪作用与象征功能的文学展演

官印的辟邪、辟妖功能，除了具有神秘的道教符箓崇拜能量，还不断受到现实社会中正统文化观念的实用性强化。官印的象征功能，正统尊严与权威性的不容失去，不容亵渎。这方面，政治文化必然要借重神道，而军旅中的符信、衙门内的官印，更直接地与大众日常生活至为相关。论者称："印的主要功能，是神界权力的象征。中国历代朝廷帝（王）用玺，官府有印，摘印与丢官同义，挂印与封侯齐称。印在封建的权力系统中地位独特。道士用印，主要即模仿军政体制中以印行权的方式。"① 其引用了纪昀的说法，道出了官印与道士（巫师等）之印的内在功能之间联系，说狐怪扰攘戏侮，争夺叶御史住宅，叶求告张真人，真人以委巫师（法官）来驱狐，书符无验，升格为"拜章"，乃建道场七日，狐精就擒，以罂贮之埋广渠门外。作者询问真人驱役鬼神之法为何：

> 曰："我亦不知所以然，但依法施行耳。大抵鬼神皆受役于印，而符箓则掌于法官。真人如官长，法官如胥吏；真人非法官不能为符箓，法官非真人之印，其符箓亦不灵。中间有验有不验，则如各官司文移章奏，或准或驳，不能一一必行耳。"此言颇近理。又问设空宅深山，猝遇精魅，君尚能制伏否，曰："譬大吏经行，劫盗自然避匿。倘或无知猖獗，突犯旌旄，虽手握兵符，征调不及，一时亦无如之何。"此言亦颇笃实。然则一切神奇之说，皆附会也。②

这里的道教"法官"，如同现实中朝廷律法的执行者胥吏衙役，他们手持地方官员那掌管着决定断案理冤、黎民百姓身家性命的印信，到精怪危害的现场去执法。纪昀认为这是"神道"对官场执法理冤过程的附会，而其中一个权威性神物依凭，就是印章。

带有某种类似信仰的载体，历代统治者必须不顾一切地捍卫，而民众

---

① 刘仲宇：《道教法术》，上海文化出版社2002年版，第218页。
② 纪昀：《阅微草堂笔记》卷一《滦阳消夏录一》，上海古籍出版社1980年版，第8—9页。

只有服从和效法。如宗教学家指出："我们爱慕、畏惧、崇敬的是记号，我们觉得感激和快慰的是记号，我们为之献身的也是记号。士兵为他的旗帜而死，为他的国家而死；但事实上，在他的意识中，旗帜却是第一位的。有时候甚至是旗帜直接决定了行动。单单一面旗子是不是在敌人手中，并不会决定国家的命运，而士兵为了夺回它却不惜牺牲生命。他不顾旗子只是一个记号，本身没有价值，只是想到它所代表的实体，于是，记号被当做实体本身那样对待了。"①

咒语具有类似印的功能，可互为参证。洪迈写出了梦境中获得佛咒，带来个体家族甚至整个地区命运的重要预兆：

> 姑苏卢彦仁，龙图阁直学士秉之孙也。宣和中居乡，梦与外兄张元英游行后圃，方冬摇落，而花卉秀茂，风景不类常日。道左一台极峻，有男子在傍，持幅纸，大书佛咒语九字为三行，曰"唵阿游阿哒利野婆诃"，以授彦仁，曰："能持此咒，可免兵难。"是时天下大宁，殊不以介意，男子作色曰："此事甚迫，独不惧邪！"彦仁异之，即跪受，连诵十数遍。既觉，笔踪历历在目，自尔日诵百二十遍。后数岁，中原大乱，胡马饮江，姑苏祸最酷。卢氏亲党邻里，死亡略尽，独彦仁一家，周旋逾年，虽僮仆婢媪，无一伤者。绍兴二十九年，吕丞相孙大年来临安，与之同邸，日闻其诵咒，问之，具言其事。②

这实际上是一起"灾难叙事"，与此相联系的，洪迈还转述了一个"路遇神使"的故事，说是蜀士赴任途中，主仆夜行迷路，因为曾习得佛经咒语，而幸运脱身：

> 忽望野次灯烛甚盛，罗列几案，五六客据案，酒肉狼籍。士往前揖，皆相顾有喜色，曰："我曹相会，正恨冷落，得官人贶临，可谓大幸！"遂邀驻鞍同饮。仍请居东向，士辞不敢，往复良久，竟处主

---

① [法]爱弥尔·涂尔干：《宗教生活的基本形式》，梁东、汲喆译，上海人民出版社1999年版，第290—291页。
② 洪迈：《夷坚志补》卷十四《辟兵咒》，第1681—1682页。

席，且使着公服拜神，酌数杯后，一髯者起曰："敢问尊官所能？"士曰："本书生，幸科第，只解作诗赋，他无所长。"固问之，曰："实然，与诸公昧平生，遽蒙延款，苟有薄伎，尚敢靳之？"髯者发怒，语诋突，意若不善状。士阳为便溺，跨上马，疾驰而去。彼亦不追，行三四十里，渐五更，见孤寺，叩门，僧出问故，即推之出，曰："切勿相累，事既至此，无可奈何！"士垂泪乞救，僧云："君于释道二典中有所习否？"曰："粗记《白伞盖真言》。"僧曰："足矣！但坚坐金刚背后，仆马莫相远，若见异境，但诵此文。"士如其戒。俄顷，刀剑铿然，飞集无数，士闭目默诵真言。又闻兵器戛击，甲骑纵横，而皆不能相近。迨天明愈剧，逼暮方止。士饥渴忧畏，忽见僧来招入寺，谓曰："此辈皆习南法，害人极多，每岁必择日具礼祭神，而馂其胙，然后较艺，或得新法，即彼此传授。渠见君至，以为同业，故相待如此。既不如所欲，致谋加害。昨夕吾所以不敢留君者，畏其迁怒也。今不得有所施，彼诸人行且自促蚍谷，他日当知之。"留至次日登途，沿路兵甲矛剑，以千万计，悉剪纸所为者。《白伞盖咒》三千一百三十字，在诸咒中最为难读，颇与《孔雀明王经》相似。僧徒亦罕诵习，故妖魔外道敬畏之，《白伞盖真言》，云即《楞严咒》。①

所谓白伞盖，即佛顶尊，真言，是梵文 Mantra 的意译，也以为咒、神咒等，由真如心中流出，故曰真言，刘黎明指出此与密宗有关，密宗谓真言是菩萨密授，虔诚持诵便可获慈悲法力的加持，具有灭罪、消障、护身之效。② 论者还举出马纯《陶朱新录》故事："郭尧咨（献可）妻高氏，日诵《白伞盖咒》。郭氏兵火后避地山阳。一日，献可谓之曰：'汝诵此咒何益？'因戏指所畜猫曰：'能令此猫托生为人否？'高氏遂于猫前诵其咒，是夜，猫果死。献可以为偶然，又数日捕得野猫，又谓高氏曰：'能更使此猫为人乎？'高为诵咒，其猫夜亦死。"

而咒语诉诸可闻听的声音，是将符号转化为声音；而符印则是将特定的意义功能诉诸线条，具有可视性；而印，则更是具有实体的可携带性、

---

① 洪迈：《夷坚志补》卷十四《蜀士白伞盖》，第1682—1683页。
② 刘黎明：《宋代民间巫术研究》，巴蜀书社2004年版，第102—103页。

便捷性。

在明清宝贝兵器的行列中，也离不开神印的身影。上述张道陵的神印，即化入明代神魔小说中。如张天师夸示"传国宝"的来源，春秋时卞和玉璧，秦始皇得后选良工解为三段，中段为传国玺，左右两段分别为横纽印和直纽印；二十八年过洞庭湖，风浪大作，接连把三印投于水，才风平浪静；三十六年到华阴，有人手持传国玺来还，但不见那两印。陆续传子婴、汉高祖、光武帝、孙策、曹操、唐高祖、宋太祖、元顺帝，顺帝骑白象入海，传国玺失陷。其第三颗印就在张天师自己府中："臣祖名唤张道陵……拿住一个鬼王乞命不得，遂出一物自赎……臣祖自从得了这颗印，虽不曾篆刻文字，他的术法益神。汉朝孝章皇帝封为天师。遂将玉印开洗，在上面有'汉天师张真人之印'八个字。后于龙虎山升仙而去。如今飞升台遗址尚存。所遗经箓、符章、印剑传与子孙。"①小说还将此印列入那些宝贝兵器之列，如写金毛道长将宝贝向金碧峰砸下来，幸亏和合二圣在空中接住，这宝贝"却是玄天上帝镇天的金印。印到如同亲临，故此诸神都要回避"②。金毛道长属于道教的系列神祇，与印的符箓一个主要来源相符。

许仲琳《封神演义》第六十五回写广成子因番天印控制在弟子殷郊手里，无奈，姜子牙请教燃灯道人，燃灯称除非借取玄都离地焰光旗、青莲宝色旗。于是广成子主动请缨，面见玄都大法师求借焰光旗；又到了西方面见接引道人求借青莲宝色旗，接引本来不借，多亏准提道人讲情才获准。可是仍旧缺少素色云界旗即聚仙旗，还是土行孙自告奋勇，他讲出了该旗的来历，龙吉公主也补充了此旗近期下落在西王母处，非南极仙翁才能借来，最后南极仙翁充任了借旗的使命，他前往瑶池见西王母，在"毋得延缓，有亵仙宝"的限定条件下，终于不辱使命。这样，在青莲宝色旗下，殷郊的番天印不能下落；他往南方来，离地焰光旗下，番天印也落不下；来中央，燃灯展开杏黄旗……殷郊虽然发出了"犁锄"毒誓，还是不免受申公豹的挑唆进攻姜子牙，他以宝贝打败哪吒、黄天化父子，懊悔不已的广成子责问，广成子无法说服殷郊，师徒言语不合动起手来，

---

① 罗懋登：《三宝太监西洋记通俗演义》第九回《张天师金阶面主，茅真君玉玺进朝》，第110—114页。

② 罗懋登：《三宝太监西洋记通俗演义》第五十六回《护法神奶儿扬威，和合二仙童发圣》，第725页。

情急之下殷郊祭起番天印来打师父，广成子却只能在持有宝贝的徒弟面前遁逃。小说强调："番天印传殷殿下，岂知今日打师尊。"姜子牙也看出广成子"面色不似平日"。在广成子这里，弟子被称为"孽障"，愤慨与失望的心情可见。弟子难以收服，广成子不得不借来了老子的离地焰光旗，又不顺利地借得接引道人的青莲宝色旗。在这些宝旗面前，殷郊的番天印一次次在空中乱滚，下不来，终于身子被挤在山内。

清代磊砢山人小说《蟫史》卷十写罴与银魔斗法，彼此相持不下：

> 罴又龁口作啸声，水随足涌，地中见四方物出，黄色映射，逼近罴身，竟不能转侧，移时始见大斛悬半天。犷儿呼曰："天王而为天印所斩耶？"罴答曰："斯印也，勋名中人为所笼罩，于我何有焉。"急以头撞其印，印裂为四，砌罴于其中。罴拔颈毛变四木击之，忽驾黄虬一天官，停于中央，谓罴曰："汝以为于印无缘乎？能火四天王之封号，非此印不能下矣。"罴曰："印以颁赏，非示罚也，吾受赏不受罚者，而困我若此，岂天心哉！"驾火轮逐黄虬，天官拂袖径去。①

清末蔡召华《笏山记》（又称《笏山王》），对于印可辟邪的信奉有着出色的表达。小说写黄道姑欺压百姓，逼选童男童女供给妖神，小端率众捉住了道姑，毁其所携木人、小玉印，但却怎么也杀不死，还是段安兄弟禀曰："邪不胜正，娘娘以印压之，术必破矣。"于是小端拿出了神刀将军印压其顶，用以点星刀截其手足，才总算诛杀了妖道。在下一步诛杀妖神过程中，也多亏黎安恩请王拿出"开明御玺"来，加盖到段安、黎安兄弟的背上，使其"自有拿妖之术"，于是王依言出御玺"亲解其衣俱印之"，使他们借助于背上晕出的红光罩住身体，"黑砂尽化青烟触红光而灭"，二安还仗着红光照明进入洞穴深处，并得到了开明御玺的护法金甲神协助，终于诛杀了妖神（巨大的白狗）及其帮凶。②

民国时代的旧小说，仍保留着关于印可辟邪的民俗记忆："俗传'官印辟邪'。任拙庵言：印之功用，有出于意表者。曩佐桂抚幕，闻昔有赵

---

① 磊砢山人：《蟫史》卷十《葛琵琶壁间行刺》末介根氏诠曰，人民文学出版社1992年版，第175页。

② 蔡召华：《笏山记》第五十五回《窦将军夷庚寨怒诛妖道，乐童子樊仙岩力斩邪神》，吉林文史出版社1988年版，第309—311页。

某为戈什（戈什哈，护卫）……"故事说他持奏入都途中，入一古寺，忽闻侧屋有重物坠地声，穴窗窥见一僵尸张皇跳跃而去，后来他与尾随的僵尸格斗良久，左腕为其所持，次日晨获救，然而左腕被一毛手紧紧握持，斧斫去后还有掌皮与腕肉相连，其冷如冰。抚部说："闻印可却邪，盍试之。"于是取印盖之，"皮随印起，若揭纸然"。①

然而，印可辟邪在武侠小说中，可能对于加强作品的民俗意趣有着特殊的功用。如赵焕亭《奇侠精忠传》描写正面女主人公巡值中见到经略正危坐观书，印剑在旁，而有一碧莹莹的火团从门缝钻入，到了经略脚下，火团骤然爆裂，烈焰将经略围困，就在这"被害（杀）之前获救"的瞬间，下一回昭示出印的辟邪作用，邪法得破，忠臣遇险得安：

> （经略）说着开取印匣，印件公胰。说也奇怪，大印方出，那怪火顿时都来，嗤然一响，仍是一个小火团。原来经略大印非同寻常，不要说天子的威命百神呵护，便是经略生杀威福，都凭这颗印信那股阳刚震慑之气，早将阴邪吓退咧。……（暴风中黑塔似的一件东西压来）倩霞急中生智，不待经略吩咐，抢起印飞步出帐，只玉臂高擎的当见，但听"呼喇喇"一声响亮，怪风顿息。那东西竟流云似平铺下来，挨着人身，却是腥秽轻气。大帐前扁生生落下一物，却是一张纸雕的山峰，上面符篆灿然，还有许多鲜血痕迹。②

于是"女神似的高举大印"的女侠，作为正可驱邪、邪不胜正的秩序维护者，有了"官印"正气笼罩才得以行侠仗义，甚至这官印远大于宝剑的辟邪能量，或取而代之。

此外，类似印的某种符记，也可以作为特定阶层的秘密符信，具有不可小看的权威功能。相传李某经商时力排众议，同意一少年搭乘船，怀有感恩之心的少年临别时赠给他一种符信：

> ……李至，少年已先在，出数纸为赠，视之，自玉山起至李之乡

---

① 郭则沄：《洞灵小志》续志卷四《斗僵尸》，栾保群点校，东方出版社 2010 年版，第 258—259 页。
② 赵焕亭：《奇侠精忠传》第一百三十一回《勘赤霞经略班师，逞邪法半生被获》，新星出版社 2009 年版，第 919 页。

里止，一路舟车，悉为代雇，此则各牙郎之票据也。李怪问之，少年曰："不敢相欺，某乃江湖所谓铁算盘者也。不必探囊胠箧而能以术取人财，舟中诸客所赍，已各分其半矣。以君长者，故丝毫未取，且为君代雇舟车，以报厚意。"李大惊，又甚感之，再三致谢。少年曰："舟车之费，皆取之诸客，何谢焉！"李曰："相距且数百里，何能咄嗟而办？"少年曰："我辈于千里外物，不难立致，况数百里内？直咫尺耳。"又谓李曰："江湖间如我辈者不少，君此后囊中，宜置五谷少许，或官府印花，方不为术士所算也。"遂别李而去。李持票据示牙行，无不合契，沿途舟车，悉应付如数。"盗亦有道"，斯之谓与！①

作为一种民俗记忆，民国武侠小说也写盗官印是民间力量惩官泄愤的一种替代方式。说真定府的钱知府官印被盗，吓得不轻。原来是霸王庄的庄主人称"镇泰山"的武大鹏所为，"要那狗官的脑袋上祭"。回末古董侠魂评曰："清例，失印之罪极重，故藏印内室，典印者为内眷，所谓'管印太太'也一旦失之，责无旁贷。正印衙署未有三日不用印者。印失而有来往文书须收发，将奈之何？此际清代已及二百年，官印久未易新，班（斑）驳漫漶，即欲暂摹，亦不可得，况不得摹耶！毋怪郭、刘，虽老年好汉亦为之惶急也。……"②

显然，这类在随后的民国武侠小说中经常出现的绿林符信，也具有印的权威性，同时还带有令牌的功能。

印不论是私人的印章、江湖符信还是官印，不论用于证明身份、行使权力还是表示诚信、威重，其本质上都是人类制作的一种工具，然而却在长期的文化积淀中，被赋予了神秘的色彩，成为不在场的权威的载体，具有强大的象征功能。

---

① 俞樾：《右台仙馆笔记》卷七，齐鲁书社1986年版，第164—165页。
② 姜容樵：《武侠奇人传》第二十回《查失印独自探匪窟 访盗踪单身陷贼巢》，中国书店1988年据1930年振民书局版影印，第19页。

第三编

传奇人物编

第八章

博物者的认知阈限：古代文献与
传说中博物母题的连锁悖论

民俗故事研究专家指出："中国自古就有知识广博、善识异物的人，如汉代的东方朔、晋代的张华……"① 这一论述，代表了民俗故事学界的看法。而古典文学学者在谈及萧绎《金楼子·志怪》时也注意到，关于古代小说文献之中，也有一个与博物式的主题人物东方朔等人相关的清理工作：

> 类似的例子还可以举出很多。可惜这方面的资料还没有引起我们充分的注意。由此我想到有关古小说研究的一个有待进一步开发的领域，即将所有的故事、人物梳理出较为清晰的线索，某故事最早见于何书，后来的传抄者又增加或减少了多少情节。是有意还是无意？某传奇人物最早见于何书、历史上是否有其人，其真实情况如何，等等。……又如："晋宁县境内出大鼠，状如牛。土人谓之鼹鼠。天时将灾则从山出游，畋亩散落其毛，悉成小鼠，尽耗五稼。"尽管出自传闻，但是它对于小说史的研究却有较高的文献价值。孙悟空拔一撮毫毛一吹竟可以化身千万的故事，在《西游记》中是一个重要的情节，或许从这里可以找到某些渊源关系。

下注："许多小说人物如西王母、汉武帝、东方朔等还未见有专门的文献

---

① 祁连休、程蔷主编：《中华民间文学史·导言》，河北教育出版社1999年版，第244页。

清理著作。"① 可见，这样的梳理工作无疑是很有价值的，既有利于厘清古人探索与认知外在世界的思维习惯与书写套路，也有利于探究古人将物质世界的知识观念化、系统化，直至神秘化与伦理化的深在动因。

事实上从主题学的角度，将历时性的认知积累，与共时性的互文性书写模式结合，除了有助于认识物质世界起源，博物者的特殊认知方式及其探索并解释自然物的功能，还可以通过历时性的文献载录辨析社会认知—传播模式神化与固化的伦理功能。博物者在提供了认知世界方法的同时，也局限了人们认识世界的思维，即认知力的提高导致认知域的缩小。其中涉及摆脱神秘依附解放主体性思维与作茧自缚的连锁性悖论，然而，故事互文性知识泛化的炒冷饭模式局限了思维的创造性。同时毋庸讳言，惰性化思维甚至偶像与祖师崇拜，弱化了大众的发现力与发明力。

一 祖师型博物者：孔子、鬼谷子、张良等的神化

所谓博物者，就是知识广博，可为众师。最早的博物者，可追溯到孔子。周清原《西湖二集》卷三十二称："在我孔夫子极其博物，无所不知，次则郑国子产称为博物君子。"《国语·鲁语》载："吴伐越，堕会稽，获骨焉，节专车。吴子使来好聘，且问之仲尼……仲尼曰：'丘闻之：昔禹致群神于会稽之山，防风氏后至，禹杀而戮之，其骨节专车。……'"并说"防风氏"乃"汪芒氏之君也，守封、嵎之山者也，为漆姓。在虞、夏、商为汪芒氏，于周为长狄，今为大人。"模式可概括为：

> 神奇（稀奇）事物（人）→平常人不知→询问博物者→经回答后得知

---

① 刘跃进：《结网漫录》，学苑出版社 1997 年版，第 174—175 页。按，这里提到的"大鼠，状如牛"和"一撮毫毛一吹竟可以化身千万"这两个专题，参见王立《明清怪牛形象的异国情调及佛经翻译文学渊源》，《山西大学学报》2011 年第 5 期；及王立《中国古代文学主题学思想研究》第十七章《明清小说"一以化多"母题的佛经文献来源》，第 247—258 页。而关于汉武帝、东方朔已出现了一些博士、硕士学位论文，如龙文玲《汉武帝与西汉文学》，社会科学文献出版社 2007 年版；李江峰《东方朔简论》，西北师范大学硕士学位论文，2004 年；林春香《东方朔及其文学形象研究》，福建师范大学博士学位论文，2012 年。

后世则增加了"博物者解答后有人不信→最后经证实解答正确→博物者堪敬佩"这些环节。而从孔子自身主张"多识夫草木之名"来看，他也是应当得到这一始作俑者之誉的。《史记·孔子世家》载鲁哀公十四年春，鲁国叔孙氏部下鉏商猎得一兽，人们都不知其名，以为不祥，孔子看后说"麟也"。这便是有名的"西狩获麟"故事。周游列国的他一向主张"多识夫草木之名"，博物广识又成为与"君子"人格建构结合之质素。《论语》中的《述而》称"多闻，择其善者而从之；多见而识之，知之次也"；《为政》讲"多闻阙疑，慎言其余，则寡尤"，等等。

先秦，尤其是春秋时期的"博物"，重点在社会秩序与规范，而并非自然界与外域的珍奇异物。过常宝教授指出，史官载录活动直接促成了贵族士大夫"不朽"观念，史录的新的价值标准和人生目标，导致贵族士大夫立言的风气的高涨，《墨子·尚贤》称"厚乎德行，辨乎言谈，博乎道术"者，称为"国家之珍"、"社稷之佐"，"博"为博识，"道术"当指礼仪、历史等知识："在春秋时期，也只有巫史传统和巫史知识，才是可靠的知识来源，是话语权力的最终依据。即使是突破和超越巫史文化的变革，也必须借助巫史文献本身的依据来完成。……'君子'思想的出发点是礼仪，而真正关心的却是现实社会的秩序和规范，无论在天道自然，还是政治、道德等方面都有很大的创新。"[1] 这一论述是系统全面而深刻的。

汉大赋，铺陈状物，穷形尽相，对于博物性的类比博依铺叙，成为文学表现上炫博斗奇渲染气势的时代需要。文体的表现需要构成了问题确定化的类型特征，这是认知学问同具体审美营构操作的结合。而与此交汇呼应，博物价值观念在悄然生成。则有东汉高诱《淮南子序》："唯博物君子览而详之，以勤后学者云耳。"刘劭《人物志序》："惟博物君子，裁览其义焉。"而对于空间地理方面的了解瞩盼，也有刘歆《上山海经表》的"博物之君子，其可不惑焉"，直至晋代郭璞《注山海经叙》的"达观博物之客，其鉴之哉"；张华《博物志序》的"博物之士，览不卸焉"，郭宪《洞冥记序》的"庶明博君子，该而异焉"。如此，体现出传播知识的

---

[1] 过常宝：《原史文化及文献研究》，北京大学出版社2008年版，第212—213页。

社会功能这样重要的著述动机。

明代胡应麟认为："学问在赋中，最为本色。故屈、宋、司马、班、张，皆冠古今，以其繁硕也。而入诗最易误人，古今惟老杜能耳。宋人不以学为赋而为诗，六朝不以学为赋而为文，故皆失之。然赋中又自有本色学问，不可不知。"① 汉魏六朝这里，博物，不仅成了"学问"代名词，这一汉赋开拓的传统还启发了后世的"以才学入诗"。清点一下具有代表性的博物者，当是一项很有意义的工作。

1. 鬼谷子　《十洲记》载鬼谷子解释了东海神草："祖洲近在东海之中，地方五百里，去西岸七万里，上有不死之草。草形如菰，苗长三四尺，人已死三日者，以草覆之，皆当时活也。服之令人长生。昔秦始皇大苑中多枉死者横道，有鸟如乌状，衔此草覆死人面，当时起坐而自活也。有司闻奏，始皇遣使赍草以问北郭鬼谷先生。鬼谷先生云：'此草是东海祖洲上有不死之草，生琼田中，或名为养神芝。其叶似菰，苗丛生，一株可活一人。'始皇于是慨然言曰：'可采得否？'乃使使者徐福，发童男女五百人，率摄楼船等，入海寻祖洲，遂不返。福，道士也，字君房，后亦得道云。"他能将不死草的产地、异名、功能、性状、引起的轰动性效应，介绍得详细清楚。

2. 张良　在有关仙人、仙界知识方面，带有仙隐意趣的留侯张良是博物代表。陶弘景整理的《真诰》卷五《甄命授》："昔汉初有四五小儿，路上画地戏。一儿歌曰：'著青裙，入天门，揖金母，拜木公。'到复是隐言也。时人莫知之，唯张子房知之，乃往拜之，此乃东王公之玉童也。所谓金母者，西王母也；木公者，东王公也。仙人拜王公，揖王母。"②《太平广记》卷一引杜光庭《仙传拾遗》："昔汉初，小儿于道歌曰：著青裙，入天门，揖金母，拜木公。时人皆不识，唯张子房知之，乃再拜之曰：此乃东王公之玉童也。盖言世人登仙，皆揖金母而拜木公焉。"以其年代较早，还有着师从黄石公的经历，张良在这方面受到推崇有着足够说服力。

3. 严君平　他也带有仙气，只是偏重于天文方面的仙境知识。张华

---

① 胡应麟：《少室山房笔丛》卷三十八，上海书店出版社2001年版，第390页。
② ［日］吉川忠夫、麦谷邦夫编：《真诰校注》，朱越利译，中国社会科学出版社2006年版，第174页。

第八章　博物者的认知阈限:古代文献与传说中博物母题的连锁悖论　151

《博物志》卷十描写"八月浮槎"故事天河牵牛人也说"君还至蜀都,访严君平则知之"。君平回答说"某年月日有客星犯牵牛宿"。《荆楚岁时记》:"张华《博物志》云:汉武帝令张骞穷河源,乘槎经月而去,至一处,见城郭如官府,室内有一女机织,又见一丈夫牵牛饮河。骞问云:'此是何处?'答曰:'可问严君平。'后至蜀问君平,君平曰:'某年月日客星犯牛斗。'所得楂(柱子的根脚——引者注)机石,为东方朔所识,并其证焉。"为东方朔证实还是最有说服力的。对此,李剑国先生辑释并考其流传过程。①

4. 董仲舒　其理由是,作为儒家思想的传人,他自然秉承着"子不语怪力乱神"的精神传统,于是成了一个有着对于精怪"辟邪"功能的博物者。《搜神记》卷十八:"董仲舒尝下帷独咏,忽有客来,语遂移日。风姿音气,殊为不凡,与论五经,究其微奥。仲舒素不闻有此人,而疑其非常。客又云:'欲雨。'仲舒因此戏之曰:'巢居知风,穴居知雨。卿非狐狸,即是鼷鼠。'客闻此言,色动形坏,化成老狸,蹶然而走。"《雕玉集》卷一二引《前汉书》:"董仲,姓董字仲舒,前汉广川人也。居室读书,忽有一客来仲舒。客曰:'天将欲雨。'舒答曰:'巢居知风,穴居知雨。卿非狐狸,则是其甥舅耳。'客闻此语,色动形战,即化为老狸而走也。"博物者识破对方真实身份,因此被认为是:"又传董仲舒察狸怪事。与此(指张华——引者注)相似。"②

5. 刘向　其以编书之多著称,此方面的"能力迁移"自然染及博物能力。刘宋裴子野《类林》:刘向,字子政,汉高祖从父兄,楚元王刘交之后也。汉宣帝时,开输属山,山岩石善下得二人,身被桎梏。将至长安,变为石人。宣帝见之大惊,广集群臣,多召方士,问其所由,皆无知者。唯刘向对曰:"此人是黄帝时诰窳国臣,犯于大逆,黄帝不忍诛之,乃枷械其身,置输属山,幽在微谷之下。若值明王圣主,当得出外。"宣帝不信,以向言妖,执向下狱。向子歆,字子俊,自出应募,云:"须七岁女子以乳乳之,石人当变。"帝如其言,令女子乳之,即变为人,便能言语。帝问其状,皆如向父子言。宣帝大悦,拜向为太中大夫,歆为宗

---

① 李剑国:《唐前志怪小说史》(修订本),天津教育出版社 2005 年版,第 262—264 页。
② 李剑国:《唐前志怪小说辑释》,上海古籍出版社 1986 年版,第 306 页。

正。……①

6. 诸葛恪　据传世的佛教类书《法苑珠林·渔猎篇》载，吴国诸葛恪为丹阳太守时，曾出猎于两山之间，有物如小儿，伸手欲牵引人。而恪令其伸，离开原地则死，既参佐问其缘故，恪曰："此事在《白泽图》，曰：'两山之间，其精如小儿，见人则伸手欲引人，名曰傒囊，引去则死。'毋谓神明而异之。诸君偶未之见耳。"②读书之多，博物之用自然会引经据典。然而他有着许多博物者、占卜者的通病，就是拙于预见自己的命运。《艺文类聚》、《三国志》裴注等引《搜神记》称诸葛恪征淮南归，将朝会，犬衔引其衣。恪曰："犬不欲我行乎？"还坐不久，犬又衔衣："乃令逐犬，遂升车，入而被害。……"③

7. 田章　句道兴本《搜神记·田昆仑》写官员慕名来问："天下有小人不？"田章答曰："有。"问："有者是谁也？"答："昔有李子敖身长三寸二分，带甲头牟，在于田野之中，被鸣鹤吞之，犹在鹤嗉中游戏，非有一人猎得者，验之即知。"官家道好。原来，此前天子闻之田章是天女之子，召为宰相，犯事，流配西荒之地，后来官家射猎得一鹤，嗉中得一小儿，恰如此形，辱骂不休，群臣都不知何物。

8. 贾耽　他是一个有着方士、异人、官员等多重身份的博物者。段成式《酉阳杂俎》卷十四《诺皋记上》载他在滑州时，境内大旱，就招二大将率军，追随两个"衣惨绯"的骑马者，在他们失踪处，果然掘出了"陈粟数十万斛"，解救了灾荒饥馑问题。《太平广记》卷四十五《逸史》称他令造鹿皮衣一副，让人穿着到深山中，见二道士模样的人下棋，送上书信。又派人入枯井中取数轴"道书"，赶紧派遣十余人抄写，刚抄毕，就被来点名责骂"偷书"的道士索走。《太平广记》卷七十八引《芝

---

① 唐代佚名《雕玉集》十二《鉴识篇第三》引，古逸丛书本，第16页。刘向的博物之能，得之于神的传说为："刘向于成帝之末，校书天禄阁，专精覃思。夜有老人，着黄衣，植青藜杖，登阁而进，见向暗中独坐诵书。老父乃吹杖端，烟然，因以见向，说开辟已前。向因受《洪范五行》之文，恐辞说繁广忘之，乃裂裳及绅，以记其言。至曙而去，向请问姓名。云：'我是太一之精，天帝闻金卯之子有博学者，下而观焉。'乃出怀中竹牒，有天文地图之书，'余略授子焉'。至向子歆，从向受其术，向亦不悟此人焉。"载王嘉《拾遗记》卷六，齐治平校注，中华书局1981年版，第153页。《太平广记》卷一百六十一引。但齐注似未注意到，异文又见于《太平广记》卷二百九十一。

② 周叔迦、苏晋仁：《法苑珠林校注》卷六十四，第1913页。
③ 《新辑搜神记》卷十五，《新辑搜神记　新辑搜神后记》，第249—250页。

田录》也称贾耽:"直道事君,有未萌之祸,必能制除。至于阴阳象纬,无不洞晓。"就连有村人失牛,他都能算出在何处。《太平广记》卷八十三引《会昌解颐》写他"博学多能,盖异人也",对当地百医不效的富人,指示其到城某有山水处,果逢黄犬来池中沐浴,这患病者饮池水不久即痊愈。原来贾耽是在对症下奇药,而时人"咸服公之博识"。胡应麟曾收集他几件博物事迹,感叹其被忽视的成因:

> 唐三百年惟(贾)耽博识,可方东方朔、张茂先,而世绝无知者。《传》但称耽入相,与王叔文、韦执谊不合,罢,略不言其博物,因丛辑其说于此。又一小说载耽好地理学,每外夷入朝,辄延致访其山川土俗,历三十年所得备尽,因撰次为《华夷图》。夫小说诚不足尽信,而说者辐辏如斯,岂皆幻妄哉!①

我们在揣摩胡应麟对贾耽价值失落、不为人知的惋惜中,可以约略感受出更多的弦外之音:"可方东方朔、张茂先,而世绝无知者……"暗示实际上这是一类"博物"之人,具有博物的共性特征,而强调了实际上这三人乃是博物之人最为代表者。

9. 李章武 据考证李章武实有其人,也是个博物者,时人比之张华。《酉阳杂俎》载他还收藏有僬侥国人(小人)的标本:"亦系博识好古之事。"② 我们说,对于古代小人国的关心,即对于殊方异域不同人种、奇异事物与传说的关心,这都是博物视野的题中自有之义,即使有着一定的偏见,也不失为了解世界的一种求知的追求。③

10. "博士"或"博物者" 此指未能被载录下来的不知名的博古之士,他们都用自己的知识解答了时人的困惑。如王嘉《拾遗记》所说的:"凡珍宝久则生精灵,必神物凭之也。"晋武帝时宫中就见到了一个白虎子,原来是宝库中的玉虎枕作怪,经武帝询问"博古之士",说是商纣王的遗物,曾与妲己同枕,是殷时的遗宝。《拾遗记》还称,晋惠帝永熙二年,改为永平元年(291):"常山郡献伤魂鸟,状如鸡,毛色似凤。帝恶

---

① 胡应麟:《少室山房笔丛》卷三十八《华阳博议上》,第392—393页。
② 参见李剑国《唐五代志怪传奇叙录》,南开大学出版社1993年版,第325页。
③ 王立:《中国古代文献中的小人国母题——谈博物视野中的文化偏见和优越感》,《陕西师范大学学报》2004年第3期。

其名，弃而不纳；复爱其毛羽。当时博物者云：'黄帝杀蚩尤，有貙虎误噬一妇人，七日气不绝，黄帝哀之，葬以重棺石椁。有鸟翔其冢上，其声自呼为伤魂，则此妇人之灵也。'后人不得其令终者，此鸟来集其国园林之中。……"① 博物者提供的信息，决定了朝廷是否接受这贡物及态度，这一决策参考非常重要。也可见有的博物者，实际上就是较为了解历史传说，所谓民俗记忆较为熟悉而已。此外，还有一些零星的晚出的博物者。

汉武帝的传说中，多有他赞叹博物之士的叙事，而六朝史书、僧传中，对于传主的评价，也多博识、博物、博古、博学等正面评价之语，并称他们以此名于世。汉代有博士，唐代进士有"博学宏词科"，传说中也早出现了博学精怪。六朝以降，"学问狐"就不乏叙述，后来甚至出现了"博学虎"。说元遗山金末遭乱，避兵行至一古庙，夜晚有人的声音：

> 问元先生曰："先生博学强记，吾尝闻之矣。试与学士一一问答之，何如？"先生曰："某也学浅才疎，然世之经史，亦尝涉猎，愿子问之。"于是，先问《易》，次及《诗》、《春秋》、《书》、《四书》及汉、唐史之异同，皆前辈所未著者。先生以己意所见详辨之。其声称善曰："先生真大才也，惜乎不遇时也！"如此问答称间，复曰："先生得毋饥乎？"先生曰："虽饥亦无奈何。"其声曰："学生当与先生备之，并裀褥进，先生慎无疑而勿受也。"……食既而寝。明日将行，其声又曰："先生未可行，学生自先往觇之。"须臾，至曰："兵事方炽，不若就此为善也。"居数日，先生欲去，其声又曰："先生可行矣，然向某方则善。"先生曰："某与子既若是情好，犹故人也。今日告别，或可使某知子之为何人？姓氏为谁？他日必思以报。"其声曰："学生非人也，因见先生遭难，故来相护耳。既欲相见，而必待送数程，择一半壁窗处，月明后夜相见就别。"自此行数日，无日不见报前途虚实者，先生深以为幸。

> 一日，告前途可无虑矣，学生当与先生别。夜半月明，其声渐近，先生倚窗立，但见一虎特大，斑文可观，拜舞而去。②

---

① 王嘉：《拾遗记》卷七、卷九，齐治平校注，中华书局1981年版，第169、212页。
② 孔齐：《至正直记》卷二，庄敏、顾辛点校，上海古籍出版社1987年版，第77页。

第八章　博物者的认知阈限:古代文献与传说中博物母题的连锁悖论　155

博物,作为前小说时代中小说构成的文化选择,其存在于一个讲求知识的积累,以博知、博闻、博学为空气的人文环境中。先秦时代,出于百家争鸣的需要,学人当然就需要比别人拥有更多的见闻和常识。这种情况愈演愈烈,寻求知识的目光便愈伸愈远,对万物的穷尽便走向极端。这便是孟子所说的"万物皆备于我"。只有永远如此,方能立于不败之地。因此,当时的文化环境要求学人博学,提倡学得愈多愈好。

博物,需要博学。先秦至汉魏晋六朝,诸子著作中多有"劝学"的话题,每每加以强调。《荀子·劝学》以降,《吕氏春秋·劝学》亦称:"不疾学而能为魁士名人者,未之尝有也。"成身立事的先决条件是博学。扬雄《法言·学行》也有"学者,所以修性也","学,行之上也"。认为学习是自我心性、行为臻善的途径。王符《潜夫论·赞学》还注意到:"明智之所求者,学问也。虽有圣德,不生而知,虽有至才,不生而能。"强调后天学习的重要性。而学习目的,司马迁《报任安书》认为在"究天人之际,通古今之变";颜之推《颜氏家训·勉学》说"夫学者,贵能博闻也"。说明人们渴求知识,对于吸收前人知识的迫切性与必要性的认识。周建江教授指出,秦汉间设置"博士"之官号,意为博学,博知之士也。《汉书·百官公卿表上》曰:"博士,秦官,掌通古今。"博学、博知者也就往往得到世人的敬重。而魏晋南北朝时期,博学博物指向变化为不是迷恋于经典书本,而对于宇宙人生的许多问题都抱有兴趣。视野的扩大是人们普遍追求的。我们读古代人物传记,往往从中可以看到当事人于学问的博学、博通、博知成就。而自先秦以来对宇宙本体论的认识,也推动了前小说时代的小说构成选择了"博物"的走向。[①]这些看法都是非常合乎实际的。

在博学观念的理解上,颜之推的主张非常值得重视。《颜氏家训·勉学》虽然很大部分强调古代文献的了解,但已经扩大了博学关注的范围,他根据农民、商贾、武夫、文士等不同社会角色的需要,主张不仅文士"修学",各行各业皆需要博学:"爰及农商工贾,厮役奴隶,

---

[①] 周建江:《博物——前小说时代小说构成的文化选择》,《烟台大学学报》1996年第3期。

钓鱼屠肉，饭牛牧羊，皆有先达，可为师表，博学求之，无不利于事也。"而学者的博学更需要不拘泥经典的畛域："夫学者贵能博闻也。郡国山川，官位姓族，衣服饮食，器皿制度，皆欲根寻，得其原本……"①同时，这也反映出在地理博物意识、外来佛教思潮、印度西域文化等推动下，人们对于传统的知识结构，已经不再满足，而考虑到需要有所调整和补充。如颜之推本人就受到佛教伦理的影响，《颜氏家训·归心》叙述了很多善恶果报传闻，例如："杨思达为西阳郡守，值侯景乱，时复旱俭，饥民盗田中麦。思达遣一部曲守视，所得盗者，辄截手腕，凡戮十余人。部曲后生一男，自然无手。"社会道德规范与果报等外来博物博闻常识的了解、宣扬结合起来，直接与个体、家族的切身利益联系，说明博物、博学、博闻的某种内在一致性，已经得到了充分到位的认识。

二 精灵博物者：白泽传说及精怪神兽的人化取向

王充《论衡·订鬼篇》："鬼者，老物精也。夫物之老者，其精为人；亦有未老，性能变化，象人之形。"白泽，是古代传说中的一种瑞兽，《渊鉴类函》卷四百三十二引古本《山海经》："东望山有神兽，名曰白泽，能言语。王者有德，明照幽远则至。"说明此神兽具有人类的语言能力，以下还引了《黄帝内传》的传闻，即《云笈七签》卷一百《轩辕本纪》载其"能言"，"达于万物之情"："帝巡狩东至海，登恒山，于海滨得白泽神兽。能言，达于万物之情。因问天下鬼神之事，自古及今，精气为物、游魂为变者，凡万一千五百二十种。白泽言之，帝令以图写之，以示天下。帝乃作辟邪之文以记之。"

而《开元占经》卷一百一十六引《瑞应图》称黄帝巡游东海，"白泽出，达知万物之精，以戒于民，为除灾害。"葛洪《抱朴子内篇·极言》讲，黄帝"穷神奸则记白泽之辞"。这一传说的现代表述为："黄帝巡游全国之时，在东海地方捕到一个奇妙的怪兽。怪兽能说人话，通晓万物，名叫白泽。黄帝从白泽口中得以详细了解天下妖怪鬼神之事。白泽声称，鬼物由远古的精气和徘徊在宇宙中的灵魂演变而来，共计一

---

① 王利器：《颜氏家训集解》卷三《勉学》，上海古籍出版社1980年版，第157、209页。

第八章　博物者的认知阈限：古代文献与传说中博物母题的连锁悖论　157

万一千五百二十种。黄帝即命令臣下把白泽所言之鬼怪逐一描画成图，并以此昭告天下之人。"《隋书·经籍志》载《白泽图》一卷，又有在此基础上的《新增白泽图》五卷，见于《南史·梁简文帝纪》，此外宋代张君房《云笈七签·轩辕本纪》卷一百引《轩辕本纪》，也为此异文。"博物神兽"，特别为国外学者所注意，这就是鬼神精怪世界中的博物者——白泽。伊藤清司又说道："唐代释道世在其所撰的《法苑珠林·审察》中引用了残存的《白泽图》文：火之精怪毕方，听到有人叫它的名字，即立刻逃走。《太平御览》卷八八六中也保留了《白泽图》的文字：藏在军队行李中的精怪叫宾满，象人形，没有躯干，红眼睛，一见人便旋转，一叫它的名，便立刻逃走。怪物在人前出现时肯定有各种异样的形态，有时变化成小童以接近人类，也喜欢模仿人声、喜欢象幼儿一样哭泣，以此引诱人到近处。如果对此不了解，轻率地靠近声音，便立刻被吞食掉。所以，抵御妖怪的手段，开始是呼其名，以后又发展为使用符咒。名称关系着实体和本质，是实体和本质的反映。妖怪的名字被点破，也就意味着它被了解、掌握，这是妖怪最害怕的。古代日本也曾有此种俗信。"[①]

对此，国内民俗学家也颇为瞩目，高国藩先生据《宋书·符瑞志》，也指出"白泽神兽"就是一个博物者："神通广大，它能说话，并且聪明睿智，能知道从古至今天下鬼神之事……白泽神兽为古代统治者和民间所笃信，以致从多方面影响到各种风俗的形成。"他引述了《事物异名录》引《说文》之语："狮子，一名白泽。"李时珍《本草·狮》："说文云，狮子，一名白泽，今考《瑞应图》曰：白泽能言语，非狮也。"而认为，白泽："不是狮子，而是一头酷像狮子而能言语的神兽。"认为这是黄帝神话系统的一个分支。[②] 这里略加补充和延展。

伊藤清司认为是上古祭祀的需要，引发古人对于了解祭祀对象属性特征的需求，进而激发出博物的追求："为避免鬼神惩罚，于是举行祭祀，以求宽宥。但不论是禳除也好，祭祀也好，在举行具体仪式之前，都必须对眼前出现的妖怪鬼神有所认识，要了解是哪路怪神，居所在哪里，怎样

---

① ［日］伊藤清司：《〈山海经〉中的鬼神世界》，刘晔原译，中国民间文艺出版社1989年版，第66页。
② 高国藩：《敦煌本〈白泽精怪图〉与古代神话》，刘魁立、马昌仪、程蔷编《神话新论》，上海文艺出版社1988年版，第313—330页。

称呼,具有哪些属性。因为眼前的神不是作为一般意义的神,也不是抽象意义上的妖怪。所以,咒语和祭祀也必须具体、有针对性。《左传》昭公元年所说的祭祀山川鬼神妖怪,属于一般意义的泛论,这只是为了论述祭祀的要旨而已。一旦进行具体的祭祀,则必须具体了解该怪神的名称和所在地,才能获得预期的效果。也就是说,在对首次出现的神进行祭祀时,要称呼它为'某山的某神',加上具体的名字,然后献上与其地位相应的供品,根据实际情况献上牺牲,再举行一定的祭祀仪式,说出自己的祈求,请神来享祭。换言之,祭祀必须根据具体对象决定具体祭祀方法。《左传》昭公十六年载,郑国国君在旱魃袭来之时,命令屠击、祝款去祭祀桑山。这是基于如下认识而采取的相应措施:旱灾不是别的,是桑山鬼神为祟的结果。"[1]

敦煌经卷斯 6261、伯 2682 有唐人手抄《白泽精怪图》。[2] 1935 年,王重民在法国见到伯希和定名《白泽精浔图》的残卷,重新定名为《白泽精话图》,撰写跋语云:"此残卷尚有图二十幅,著以彩色,颇为醒目,可藉窥吾国中世纪时对于万物精魂之想像画,弥足珍矣。"[3]

仿佛《周易》、《论语》可辟鬼,《白泽图》亦可有此辟邪之重要功能。《抱朴子内篇·登涉》:

> 或问曰:辟山川庙堂百鬼之法。抱朴子曰:"道士常带天水符、及上皇竹使符、老子左契、及守真一思三部将军者,鬼不敢近人也。其次则论百鬼录,知天下鬼之名字,及《白泽图》、《九鼎记》,则众鬼自却。其次服鹈子赤石丸、及曾青夜光散、及葱实乌眼丸、及吞白石英祇母散,皆令人见鬼,即鬼畏之矣。"[4]

属于三种辟邪方法之一种。带有图解性、实用性的辟邪书籍,可以具体指导现实生活中人们解决遭遇鬼灵精怪的困惑。

---

[1] [日]伊藤清司:《〈山海经〉中的鬼神世界》,刘晔原译,第 67—68 页。
[2] 此见黄永武《敦煌宝藏》第 45 册,第 123 册,台北:新文丰出版公司 1986 年版。
[3] 王重民:《敦煌古籍叙录》卷三《子部上》,中华书局 1979 年版,第 174—175 页。参见游自勇《敦煌本〈白泽精怪图〉校录——〈白泽精怪图〉研究之一》,浙江省敦煌学研究会《百年敦煌文献整理研究国际学术讨论会论文集》(上册),杭州,2010 年。
[4] 王明:《抱朴子内篇校释》(增订本)卷十七《登涉》,第 308 页。

第八章 博物者的认知阈限:古代文献与传说中博物母题的连锁悖论

《白泽图》今存文本,可参见马国翰《玉函山房辑佚书》。书中记有各种神怪的名字、相貌和驱除的方法,并配有神怪的图画,人们一旦遇到怪物,就会按图索骥加以查找。在禅宗语录中,也常见有"家有白泽图,妖怪自消除","不悬肘后符,何贴白泽图","家无白泽图,有如此妖怪"一类的语录。人们将画有白泽的图画挂在墙上,或是贴在大门上用来辟邪驱鬼。

《天地瑞祥志》卷十七引《白泽图》:"夜行见火光,下有数十小儿戴之,一物二名,上为游光,下为野僮,此二物见者,天下多疾死之民。一曰僮兄弟八人也。"而敦煌写本残卷所配图,就有八个小儿模样,这也正是瘟疫之神的写照。唐代瞿昙悉达《开元占经》卷一百一十六引《瑞应图》云:"黄帝巡于东海,白泽出,达知万物之精,以戒子民,为除灾害。"不过白泽并非都有行使趋吉避凶之能,《旧唐书·五行志》白泽枕被作为"服妖"的表现之一,并未给佩戴者免于凶厄:"韦庶人妹七姨,嫁将军冯太和,权倾人主,尝为豹头枕以辟邪,白泽枕以辟魅,伏熊枕以宜男。太和死。再嫁嗣虢王。及玄宗诛韦后,虢王斩七姨首以献。"[①] 不过仍有人将白泽形貌用在物品上,《通典》记帝王之旗绘有白泽形貌,被称为"白泽旗"。《鉴戒录》等昭示唐代的白泽崇拜,称罗隐与顾云一同谒见淮南相国高骈,后者很被看重:"是时盛暑,有青蝇入座,渤海公(高骈)命扇驱之,顾谐隐曰:'青蝇被扇扇离座。'隐立酬之曰:'白泽遭钉钉在门。'议者以才调相讥,两俱全美。……"[②]

明代人理解的白泽,大致可谓为两种。一种说法,把白泽理解为狮子。例如朱国祯称明宪宗成化十九年(1483):

> 西域诸国,若速檀阿黑麻王偕遣使以方物来贡。有狮子,牝牡各一,雄姿诡状,世罕曾睹。《西汉书》谓狮子似虎,正黄有髯耏,尾端茸毛大如斗,与今所贡正同。而《梵书》谓有青绿色,及五色备者,盖不常有,或夸言也。《轩辕纪》:帝登黄山,于海得白泽神兽,能言语,达于万物之情。《穆天子传》:狻猊日行五百里。《尔雅》:

---

① 《旧唐书》卷三十七《五行志》,中华书局1975年版,第1377页。
② 周勋初主编:《唐人轶事汇编》卷二十八,第1546页。

狻猊类虦猫，食虎豹。世谓"白泽狻猊"，皆即狮子耳。①

另一种说法中，则将白泽与狮子并列分述，如张岱《夜航船》卷十七《四灵部》"走兽"一类："白泽：东望山有兽曰白泽，能言语。王者有德，明照幽远，则白泽自至。"② 该类还另列有狮子。《西游记》第八十九回写："当时老妖点猱狮、雪狮、狻猊、白泽、伏狸、抟象诸孙，各执锋利器械，黄狮引领，各纵狂风，径至豹头山界。"白泽成为黄狮精的一员手下；而从第九十回写悟空、八戒、沙僧："见那伙妖精都是些杂毛狮子：黄狮精在前引领，狻猊狮、抟象狮在左，白泽狮、伏狸狮在右，猱狮、雪狮在后……"明确了白泽为"杂毛狮子"之一种，而且"白泽使铜锤"，道出了所使用的兵器。神魔小说《西洋记》也写那独角兽，身材高大，形象怪异，原为须弥山上的一只獬："专一要吃虎、豹、狮、象、白泽、麒麟，若只是獐、麂、兔、鹿，都只当得他一飨点心。"③ 这里则是将白泽与狮子分列为两种动物，《本草纲目》卷五十一也称："白泽能言语，非狮也。"

明代焦竑《玉堂丛语·文学》所称"白泽"，表明其依然出现在明代文人歌咏来贡的篇章之中，与其他珍奇异兽并列："王洪，在永乐间，上方以文学招延天下之士，而四方贡献日寻不绝，如麒麟、白泽、玄兔、驺虞、芝草、醴泉，颂歌赋辞之作，率多先生之笔。文学之臣，苦于考索，求者阗门，而先生应答如注。……"④

沈德符指斥明代万历时期服饰"僭拟无等者"的三种中，其一种即为穿着带有白泽等彩绣衣裳的妇人："在外士人妻女，相沿袭用袍带，固天下通弊，若京师则异极矣，至贱如长班，至秽如教坊，其妇外出，莫不首戴珠箍，身被文绣，一切白泽、麒麟、飞鱼、坐蟒，靡不有之。……真天地间大灾孽。"⑤

而到了清代，纪昀《阅微草堂笔记》的《姑妄听之四》感叹新疆风

---

① 朱国祯：《涌幢小品》卷三十一，第732—733页。
② 张岱：《夜航船》卷十七《四灵部》，中华书局2012年版，第309页。
③ 罗懋登：《三宝太监西洋记通俗演义》第四十三回《火母求骊山老母，老母求太华陈抟》，第554页。
④ 焦竑：《玉堂丛语·文学》，中华书局1981年版，第19页。
⑤ 沈德符：《万历野获编》卷五《服色之僭》，第148页。

物之奇，也曾提道："深山大泽，何所不育。《白泽图》所载，虽多附会，殆亦有之。"仍有以"白泽"来称呼文殊菩萨坐骑的，如龚炜的唱和诗："……予亦效颦一首云：'曾在寒山证法音，偶骑白泽下珠林。花拈如意都成玉，云护袈裟岂铸金？点破凡身浑泡影，消除世相释冰心。慧光一照寻归去，流水茫茫何处寻？'一时谬称绝唱。"①

研究者指出"《白泽图》传说的盛行，对于民俗、宗教、文学乃至后世之服饰、旗帜等均曾产生影响"，这一估价是有许多实证材料的。②

三 整合型博物者：东方朔博物的互文性书写

在众多博物传说中，较早出场的东方朔博物故事具有连接史传、志怪及仙道传闻的枢纽性功能，这与魏晋之时旁征博引的风气有关。

六朝许多志怪小说都具有旁征博引的创作特征，说明当时通行的创作方法，六朝就是尽可能地利用既有的材料。如王国良先生所考察的，《搜神记》引书，可考者有《孝经右契》、《孝经援神契》、《竹书纪年》、《史记》、《汉书》、《续汉书》、谢承《后汉书》、《三国志》、《华阳国志》、《三辅决录》、《东观汉记》、《孝子传》、《列仙传》、《吴录》、《陈留耆旧传》、《魏氏春秋》、《吕氏春秋》、《淮南子》、《说苑》、《论衡》、《风俗通义》、《傅子》、《古文琐语》、《列异传》、《博物志》等二十余种。③而此前的《博物志》和此后的《还冤志》也引书多种。时人的著述是不避与前人重复的。而从所引述前代故事的选择情形来看，往往也都颇为瞩目那些带有新异色彩的。既然新异，就不免伴随某些新知，需要进一步理解和解答的。如今所说的知识性与趣味性结合，倒是有些接近。例如《博物志》所引《山海经》、《搜神记》所引《列仙传》的若干则故事，就明显地具有如是特色。而推重先代载籍与亲身的耳闻目睹又是并重的。最有说服力的就是干宝《搜神记序》中的表白了："虽考先志于载籍，收遗逸于当时，盖非一耳一目之所亲闻睹也，亦安敢谓无失实者哉！……夫书赴告之定辞，据国史之方策，犹尚若兹；况仰述千载之前，记殊俗之表，缀

---

① 龚炜：《巢林笔谈》卷六《和咏文殊雪像》，中华书局1981年版，第164页。
② 周西波：《〈白泽图〉研究》，项楚主编《中国俗文化研究》第一辑，巴蜀书社2003年版，第166—175页。
③ 王国良：《魏晋南北朝志怪小说研究》，台北：文史哲出版社1984年版，第54页。

片言于残阙，访行事于故老，将使事不二迹，言无异途，然后为信者，固亦前史之所病。然国家不废注记之官，学士不绝诵览之业，岂不以其所失者小，所存者大乎？今之所集，设有承于前载者，则非余之罪也。若使采访近世之事，苟有虚错，愿与先贤前儒分其讥谤。及其著述，亦足以明神道之不诬也。群言百家，不可胜览；耳目所受，不可胜载。今粗取足以演八略之旨，成其微说而已。幸将来好事之士录其根体，有以游心寓目而无尤焉。"在《进搜神记表》中他又宣示："臣前聊欲撰记古今怪异非常之事，会聚散逸，使同一贯，博访知古者，片纸残行，事事各异。"其炫博逐异动机压倒了对于载录不实的担心。当时改编佛经故事也就被视为合理的，而且又恰恰是博通外域异闻、可资夸耀的。

东方朔博物最重要的，是解释事物起源母题。王国良上书第七章第二节列举了六条：帝喾与颛顼立五行之官，禹作城郭，蒙恬造笔，蔡伦造纸，秦置旄头骑及挽歌之始。何以当时文学之士："以博闻洽识相尚，耻一物之不知，一事之不解，故喜汇聚载籍，穷究事物之始。大而天地山川，小而草木鸟兽，以至于阴阳造化之妙，礼乐制度之兴，并皆分门辑录，以备推寻检索之用。"[①] 因为先秦、秦汉时代的遗存的载籍知识不足以应付现实的各种需要，而当时人们所持的是"大文科"的观念，举凡于人的生存发展有用的，都在人们涉猎汲取之列。于是，越是未知的，越是难以理解的，仿佛就越是激发人们想要了解、弄懂的热情。观其叙事模式，似都近似于后世所谓的"本事"载录，力求原原本本，以让人易懂易解为鹄的。

流露出对于外域（包括对于仙界"异空间"）博物者的了解与憧憬，也早见于东方朔的思考。《史记》本传载建章宫后阁出来个状似麋的异兽，群臣不识，东方朔确认之，并揭示其预示着外域对中原态度的变化："所谓驺牙者也。远方来归义，而驺牙先见。其齿前后若一，齐等无牙，故谓之驺牙。"一年后，果然匈奴浑邪王率十万众来降。而外域也不乏博物者，如《神异经》："西南大荒中，有人长一丈，腹围九尺，践龟蛇，戴朱鸟，左手凭白虎，知河海水斗斛，识山石多少，知天下鸟兽言语，土地上人民所道；知百谷可食，识草木咸苦。名曰圣，一名哲，一名贤，一

[①] 王国良：《魏晋南北朝志怪小说研究》，台北：文史哲出版社1984年版，第86页。

名无不达。凡人见而拜之，令人神智，此人为天下圣人也，一名先通。"①

　　似乎，东方朔博物的观念，还受到西来佛经传译的影响。刘宋时刘义庆《幽明录》称："汉武凿昆明，极深，悉是灰墨，无复土。举朝不解，以问东方朔，朔曰：'臣愚不足以知之，可试问西域胡僧。'帝以朔不知，难以核问。后汉帝时，外国道士来，入洛阳，时有忆方朔言者，乃试问之，胡人云：'经云：天地大劫将尽，则劫烧。此烧之余。'乃知朔言有旨。"（苏易简《文房四谱》五引《曹毗志怪》又云出《幽明录》）② 又见《初学记》卷七引《曹毗志怪》、《搜神记》等。在与博物大师东方朔的对比中，突现"胡人"的博物，但对于东方朔又是一种烘衬。从主题史的角度看，这里的胡人则可落实为中天竺人竺法兰，称其："自言诵经论数万章，为天竺学者之师。"其随着中土学者蔡愔来到洛阳很快就学会了汉语，释慧皎《高僧传》称："又昔汉武穿昆明池底得黑灰，以问东方朔，朔云：'不委（知），可问西域人。'后法兰既至，众人追以问之，兰云：世界终尽，劫火洞烧。此灰是也。'朔言有征，信者甚众。"③

　　对古远人事的熟悉也是东方朔一大特长。褚少孙所补《史记·滑稽列传》还载，武帝时齐人东方朔，以好古传书，爱经术，多所博观外家之语。初入长安，公车上书凡用三千奏牍："人主从上方读之，止，辄乙其处，读之二月乃尽。诏拜以为郎，常在侧侍中。数召至前谈语，人主未尝不说也。……人主左右诸郎半呼之'狂人'。人主闻之，曰：'令朔在事无为是行者，若等安能及之哉！'朔任其子为郎，又为侍谒者，常持节出使。朔行殿中，郎谓之曰：'人皆以先生为狂。'朔曰："如朔等，所谓避世于朝廷间者也。古之人，乃避世于深山中。'时坐席中，酒酣，据地歌曰：'陆沉于俗，避世金马门。宫殿中可以避世全身，何必深山之中，蒿庐之下。'金马门者，宦者［署］门也，门傍有铜马，故谓之曰'金马门'。"其当为"朝隐"生存方式与价值取向无可争议的首创者。④ 而《幽明录》又称：

---

① 江畲经：《历代小说笔记选》（汉魏六朝），商务印书馆1934年版，第4页。
② 鲁迅：《古小说钩沉》，齐鲁书社1997年版，第206页。
③ 汤用彤校注：《高僧传》卷一《译经上》，中华书局1992年版，第3页。
④ 参见王立《朝隐的缘起及核心之旨——再论中国古代文学出处主题》，韩国《中国语文学》第37辑，2001年6月；及拙著《文人审美形态与中国文学十大主题》第三章第五节《朝隐之念的缘起与核心之旨》。拙作较早注意到这一问题。

汉武帝宴于未央，方啖黍臛，忽闻人语云："老臣冒死上诉。"不见其形。寻觅良久，梁上见一老翁，长八九寸，面目赪皱，须发皓白，拄杖偻步，笃老之极。帝问曰："叟姓何氏？居在何处？何所病苦而来诉朕？"翁缘柱而下，拄杖稽首，默而不言，因仰视屋，俯指帝脚，忽然不见。帝驻愕不知何等，乃曰："东方朔必识之。"于是召方朔以告，朔曰："其名为'藻'，水木之精，夏巢幽林，冬潜深河。陛下顷日频兴造官室，斩伐其居，故来诉耳。仰头看屋而复俯指陛下脚者，足也，愿陛下官室足于此。"帝感之，既而息役。幸瓠子河，闻水底有弦歌声。前梁上翁及年少数人，绛衣素带，缨佩甚鲜，皆长八九寸，有一人长尺余，凌波而出，衣不沾濡，或有挟乐器者。帝方食，为之辍膳，命列坐于食案前。帝问曰："闻水底奏乐，为是君邪？"老翁对曰："老臣前昧死归诉，幸蒙陛下天地之施，即息斧斤，得全其居，不胜欢喜，故私相庆乐耳。"帝曰："可得奏乐否？"曰："故赍乐来，安敢不奏。"其最长人便弦而歌，歌曰："天地德兮垂至仁。愍幽魂兮停斧斤。保窟宅兮庇微身，愿天子兮寿万春。"歌声小大，无异于人，清彻绕梁越栋。又二人鸣管抚节，调契声谐。帝欢悦，举觞并劝曰："不德不足以当雅贶。"老翁等并起拜受爵，各饮数升不醉。献帝一紫螺壳，中有物，状如牛脂。帝问曰："朕暗，无以识此物。"曰："东方生知之耳。"帝曰："可更以珍异见贻。"老翁顾命取洞穴之宝。一人受命下没渊底，倏忽还到。得一大珠，径数寸。明曜绝世，帝甚爱玩。翁等忽然而隐。帝问朔："紫螺壳中何物？"朔曰："是蛟龙髓，以傅面，令人好颜色；又女子在孕，产之必易。"会后宫难产者，试之。殊有神效。帝以脂涂面，便悦泽。又曰："何以此珠称洞穴珠？"朔曰："河底有一穴，深数百丈，中有赤蚌，蚌生珠，故以名焉。"帝既深叹此事，又服朔之奇识。①

《殷芸小说》卷二载辨识"善哉"树："汉武帝游上林，见一好树，问东方朔，朔曰：'名善哉。'帝阴使人落其树。后数岁，复问朔，朔曰：'名为瞿所。'帝曰：'朔欺人久矣，名与前不同，何也？'朔曰：'夫大为马，小为驹；长为鸡，小为雏；大为牛，小为犊；人生为儿，长为老；且

---

① 李昉等编：《太平广记》卷一百一十八，第822—823页。异文见东晋祖台之《志怪》。

昔为善哉,今为瞿所。长少死生,万物败成,岂有定哉?'帝乃大笑。"①而后来又给汉武帝介绍了"怪哉"虫是秦冤狱之愤所生,惟酒可解。这与干宝《搜神记》卷十一的载录相似:"汉武帝东游,未出函谷关,有物当道,身长数丈,其状像牛,青眼而曜睛,四足入土,动而不徙,百官惊骇。东方朔乃请以酒灌之,灌之数十斛而物消。帝问其故,答曰:'此名为患,忧气之所生也。此必是秦之狱地,不然,则罪人徒作之所聚。夫酒忘忧,故能消之也。'帝曰:'吁!博物之士,至于此乎!'"故事异文很多,很可能受到佛经相关叙事启发、融合,可以说开启了唐至明清广为传播的"酒虫"母题。②

《殷芸小说》卷二辨识上古隐士:"汉武帝见画伯夷、叔齐形象,问东方朔:'是何人?'朔曰:'古之愚夫。'帝曰:'夫伯夷、叔齐,天下廉士,何谓愚耶?朔对曰:'臣闻贤者居世,与时推移,不凝滞于物。彼何不升其堂,饮其浆,泛泛如水中之凫,与彼俱游?天子毂下,可以隐居,何自苦于首阳乎?'上喟然而叹。"

《岳阳风土记》引宋庚穆之《湖州记》等传闻,岳阳君山上有饮之成仙的美酒,汉武帝遣栾巴率童男女数十人来求之,进御,却被东方朔窃饮之。帝怒将杀之。朔曰:"使酒有验,杀臣亦不死,无验,安用酒为?'帝笑而释之云云。清代刘声木《苌楚斋随笔》四笔卷六《袭韩非子语》条指出:

> 《韩非子》云:有献不死之药于荆王者,谒者操之以入。中射之士问曰:"可食乎?"曰可。因夺而食之。王大怒,使人杀中射之士。中射之士使人说王曰:"客献不死之药,臣食之而王杀臣,是死药也,是客欺王也。夫杀无罪之臣,而明人之欺王也,不如释臣。"王乃不杀。云云。《湘州记》一段,全袭《韩非子》一段,似此生吞活剥,直属下乘,宜其书之不传也。③

晋无名氏《杂鬼神志怪》,记汉武帝问东方朔灰墨事,又见于《曹毗

---

① 《殷芸小说》卷二,上海古籍出版社1984年版,第63页。
② 异文与分析可参见林春香《东方朔及其文学形象研究》,福建师范大学博士学位论文,2012年;王立:《佛经文学与古代小说母题比较研究》第十六章,昆仑出版社2006年版。
③ 刘声木:《苌楚斋随笔》四笔卷六《袭韩非子语》,中华书局1998年版。

志怪》。郭宪《洞冥记序》称："况汉武帝明隽特异之主，东方朔因滑稽浮诞以匡谏，洞心于道教，使冥迹之奥，昭然显著。……武帝以欲穷神仙之事，故绝域遐方贡其珍异奇物及道术之人，故于汉世盛于群主也。"①该书记载了方外异国的各类珍奇之事。宁稼雨教授指出："如所记东方朔出身及遇仙传说，也较之于他书完整系统，为此类传说集大成者。此类有关武帝和东方朔奇闻多为他书所不载，丰富了武帝传说系统。"②《汉武内传》："至四月戊辰，帝闲居承华殿，东方朔、董仲君在侧。忽见一女子着青衣，美丽非常。帝愕然，问之，女对曰：'我墉宫玉女王子登也。乃为王母所使，从昆仑山来。'语帝曰：'闻子轻四海之禄，寻道求生；降帝王之位，而屡祷山岳，勤哉！有似可教者也。从今日清斋，不娴人事。至七月七日，王母暂来也。'帝下席跪诺。言讫，玉女忽然不知所在。帝问东方朔此何人，朔曰：'是西王母紫兰宫玉女，常传使命。往来扶桑，出入灵州，交关常阳，传言玄都阿母。昔出配北烛仙人，近又召还，使领命禄，真灵官也。'"③

《洞冥记》比《汉武内传》的神异成分浓郁。书中频繁地谈到武帝"耽于灵怪"、"弥好仙术"，各种怪异物品、事件，便是以武帝问求于东方朔为中心模式来记载的。而武帝的好奇往往离不开东方朔的解疑，他成了近乎"智慧老人"的形象。如东方朔与武帝的一段对话：

> 武帝末年弥好神仙，与东方朔狎昵。帝曰："朕所好甚者不老，其可得乎？"朔曰："臣能使少者不老。"帝曰："服何药耶？"朔曰："东北有地日之草，西南有春生之草。"帝曰："何以知之？"朔曰："三足乌数下地食此草。羲和欲驭，以手掩乌目，不听下也。食草能不老，他鸟兽食此草则美闷不能动矣。"帝曰："子何以知乎？"朔曰："臣小时掘井，陷落地下，数十年无所记寄。有人引臣欲往此草，中隔红泉不得渡；其人以一只屐与臣，臣泛红泉，得至此草之处。臣采而食之。其国人皆织珠玉为业，邀臣入云端之幕，设玄珉雕

---

① 丁锡根编著：《中国历代小说序跋集》上，人民文学出版社1996年版，第33—34页。
② 宁稼雨：《中国文言小说总目提要》，齐鲁书社1996年版，第5页。熊明《〈东方朔传〉考论》认为该书成书当在西汉末东汉初："其人物形象与叙事建构的虚构性说明该书具有了一定的小说品格。"（《鞍山师范学院学报》2003年第1期）
③ 吴曾祺编：《旧小说》甲集一，上海书店1985年据商务印书馆1933年版影印，第1页。

第八章 博物者的认知阈限:古代文献与传说中博物母题的连锁悖论　167

枕,刻黑玉、铜镂为日月云霄之状,亦曰镂云枕。又荐蛟毫之白褥,以蛟毫织为白褥也。此毫柔而冷,常以夏日舒之,因名柔毫褥。又有水藻之屏,臣举手试之,恐水流湿其席,乃其光也。"①

关于东方朔的博物书写虽都与汉武帝有关,但其重点却在通方远国的种种奇珍异物,恰如有的书名中"别国"、"列国"所明示的那样。当然,这些记载大都以各国来贡或武帝求仙为线索展开。所以,它实是当时周遭各国情景的传说化,反映出汉代,尤其是张骞通西域以后,中原人们眼界大为开阔,与各国的交往大大增加的历史事实。

孙光宪《北梦琐言》卷十二也托古讽今:"东方朔以诙谐自容,娄君卿以唇舌取适,非徒然也,皆有意焉。今世希酒食之徒,托公侯之势,取容苟媚,过于优俳,自非厚德严正之人,未有不为此辈调笑也。"东汉以降,史家私人撰述形成了一个传统。据《隋书·经籍志》史部杂传类,且多已注意到分门别类,而东方朔仍时常被提及。

东方朔不仅博物,相传他还能身体力行地前往异域取宝,从而具有人格神格并具的超人质素。《洞冥记》卷二:"太初二年,东方朔从西那汗国归,得生风木十枝献帝。长九尺,大如指,此木临因桓之水,则《禹贡》所谓因桓是也。其源出甜波,树上有紫燕黄鹄集其间,实如油麻,风吹枝如玉声,因以为名。帝以枝遍赐尊臣。臣有凶者,枝则汗;臣有死者,枝则折。"该书卷三又称:"天汉二年,帝升苍龙阁,思仙术。召诸方士,言怨国遐方之事。惟东方朔下席,操笔跪而进。帝曰:'大夫为朕言乎?'朔曰:'臣游北极,至钟火之山,日月所不照,有青龙衔烛火,以照山之四极。亦有园圃池苑,皆植异木异草。有明茎草,夜如金灯,折枝为炬,照见鬼物之形,仙人宁封常服此草,于夜暝时,辄见腹光通外,亦名照魅草。采而藉足,履水不沉。'"这一超人能力,符合《洞冥记》赋予他的"感生神话",其母"梦太白星临其上而有娠",其父"黄眉翁"使他具有了"太白星精"的身份。上星谪降,《晋书·天文志》为这一谪降身份的产生,提供了时代根据:"凡五星盈缩失位,其精降于地为

---

① 郭宪《洞冥记》,又题《汉武帝别国洞冥记》,周光培《历代笔记小说集成·汉魏笔记小说》,河北教育出版社1994年版。此外《资治通鉴》卷二十载,元封元年东方朔以博物口吻劝谏汉武帝:"夫仙者,得之自然,不必躁求。若其有道,不忧不得;若其无道,虽至蓬莱见仙人,亦无益也。臣愿陛下第还宫静处以须之,仙人将自至。"

人。岁星降为贵臣；荧惑降为童儿，歌谣嬉戏；填星降为老人妇女，太白降为壮夫，处于林麓，辰星降为妇人。……"①《搜神记》即有荧惑为小儿的传说。而据林春香博士考，这一"星宿"说始于《列仙传》，而在《风俗通义·正失》中得到确认。

甚至对遥远宇宙时空的了解，东方朔也略得一二。《太平御览》卷五十一引《荆楚岁时记》："张骞寻河源，得一石，示东方朔，朔曰：'此石是天上织女支机石，何至于此？'"李剑国先生认为所引是注文，而不是正文。东方朔诞生及生平，据考还见于《独异志》卷上等。②郭宪《洞冥记》卷一："东方朔字曼倩，父张夷，字少平，妻田氏女。夷年二百岁，颜如童子。朔母田氏寡居，梦太白星临其上，因有娠。田氏叹曰：'无夫而娠，人将弃我。'乃移向代郡东方里为居。五月旦生朔，因以所居里为氏，朔为名。朔生三日而田氏死，时景帝三年也。邻母拾而养之，年三岁，天下秘谶，一览闇诵于口。常指挥天下，空中独语。邻母忽失朔，累月方归，母笞之。后复去，经年乃归。母忽见，大惊曰：'汝行经年一归，何以慰我耶？'朔曰：'儿至紫泥海，有紫水污衣，乃过虞渊湔浣，朝发中返，何云经年乎？'母问之：'汝悉是何处行？'朔曰：'儿湔衣竟，暂息都崇堂，王公饴儿以丹粟霞浆，儿食之太饱，闷几死。乃饮玄天黄露半合，即醒。既而还，路遇一苍虎，息于路傍。儿骑虎还，打捶过痛，虎啮儿脚伤。'母悲嗟，乃裂青布裳裹之。朔复去家万里，见一枯树，脱向来布裳挂于树，布化为龙，因名其地布龙泽。朔以元封中游濛鸿之泽，忽见王母采桑于白海之滨。俄有黄眉翁，指阿母以告朔曰：'昔为吾妻，托形为太白之精。今汝此星精也。吾却食吞气，已九千余岁。目中瞳子，色皆青光，能见幽隐之物。三千岁一反骨洗髓，二千岁一刻骨伐毛，自吾生已三洗髓五伐毛矣。'"

神格与人格的交会，还见于东方朔岁星身份的托神自重描绘。有关传说亦见于《西京杂记》佚文。吴曾《能改斋漫录》卷七引班固《汉武故事》并《西京杂记》云："东方朔死，上疑问西王母使者。使者曰：'朔是木帝星，为岁星。下游人中，以观天下，非陛下臣也。'"又《类说》卷四《西京杂记》云："异国献短人，东方朔问：'巨灵，如何叛？阿母

---

① 《晋书》卷十二《天文志中》，第320页。
② 李剑国：《唐前志怪小说辑释》，第100页。

第八章　博物者的认知阈限：古代文献与传说中博物母题的连锁悖论　　169

今健否？'"又云："东方朔临终曰：'天下无知我者，惟历官大任公知之。'帝召问之，曰：'岁星不见十八年，今夕方出。'"《太平广记》卷六引《朔别传》："朔未死时，谓同舍郎曰：'天下人无能知朔，知朔者唯太王公耳。'朔卒后，武帝得此语，即召太王公问之曰：'尔知东方朔乎？'公对曰：'不知。''公何所能？'曰：'颇善星历。'帝问曰：'诸星皆具在否？'曰：'诸星具，独不见岁星十八年，今复见耳。'帝仰天叹曰：'东方朔生在朕傍十八年，而不知是岁星哉！'惨然不乐。"《初学记》卷一引《汉武帝内传》佚文："西王母使者至，东方朔死，上以问使者，对曰：'朔是木帝精，为岁星，下游人中，以观天下，非陛下之臣。'"此处与"胡人博物"母题交织。唐人李冗《独异志》卷上还载："汉东方朔，岁星精也。自入仕汉武帝，天上岁星不见。至其死后，星乃出。"冯梦龙《古今谭概·荒唐部》采入巨灵事。①

《东方朔别传》为魏晋传记小说，阙名撰，未见著录，《世说新语》刘孝标注及唐宋类书均有征引，与《东方朔传》分别立目，似为二书。内容虽无重复，亦大体一致，不外东方朔诙谐诡谲和博闻强记之类。那么，综上所述，东方朔叙事中他的身份及其角色意蕴究有哪些？

其一，作为史传所载宫中俳优。《汉书》本传所载较详。《文心雕龙·谐讔》称："……至东方曼倩，尤巧辞述，但谬辞抵戏，无益规补"，亦如《清稗类钞·优伶类》："丑角以优孟、曼倩为先锋，开幕最早，伶界以此为最贵。"而伴随君侧随时应对，必须具备广博的知识储备和迅捷应对能力。

其二，作为仙话人物。在汉武帝求仙的时代氛围中，博物者不能不染及仙气。《汉武故事》中东方朔认识七寸短人为"巨灵"，却被短人揭发："王母种桃，三千年一作子，此儿不良，已三过偷之矣。遂失王母意，故被谪来此。"武帝大惊。应劭《风俗通义·正失》："俗言：东方朔太白星精，黄帝时为风后，尧时为务成子，周时为老聃，在越为范蠡，在齐为鸱夷子皮，言其神圣能兴王霸之业，变化无常。谨按《汉书》，东方朔，平原人也。孝武皇帝时，招延贤良、文学之士，待以不次之位，故四方多上书言得失自炫鬻者。于是朔诣阙自陈：'十二失父，长养兄嫂。年十三学书，十四击剑，十六诵《诗》，十九习孙吴兵法。又常服子路之言。臣朔

---

① 李剑国：《唐前志怪小说辑释》，第61—67页。

年二十三，长九尺三寸，目若悬珠，齿若编贝，勇若孟贲，捷若庆忌，廉若鲍叔，信若尾生。若此，可以为天子大臣矣。'朔文辞不逊，高自称誉。由是见伟，稍益亲幸，官至太中大夫，倡优畜之，不豫国政。刘向少时，数问长老贤通于事及朔时人，皆云朔口谐倡辩，不能持论，喜为凡庸诵说，故令后世多传闻者。而扬雄亦以为朔言不纯师，行不纯德，其流风遗书蔑如也。然朔所以名过其实，以其恢诞多端，不名一行，应谐似优，不穷似智，正谏似直，秽德似隐，非夷齐，是柳惠，其滑稽之雄乎！朔之逢占射覆，其事浮浅，行于众童儿牧竖，莫不眩耀。而后之好事者，因取奇言怪语附著之耳，安在能神圣历世为辅佐哉！"① 偷桃事迹异文，见于张华《博物志》卷八《史补》：西王母请汉武帝吃桃，"……时东方朔窃从殿南厢朱鸟牖中窥母，母顾之，谓帝曰：'此窥牖小儿，尝三来盗吾此桃。'帝乃大怪之。由此世人谓方朔神仙也。"

其三，由物及人，特别是透过物与人的关系，揭示出更为深层的意义。此在《答骠骑难》即有："干将莫邪，天下之利剑也，水断鹄雁，陆断马牛。将以补履，曾不如一钱之锥。麒麟、绿耳、蜚鸿、骅骝，天下之良马也，将以捕鼠于深宫之中，曾不如跛猫。"② 怀抱不遇之叹。

其四，可以作为沟通人鬼的一个人物，曲折表达不满。汉代王延寿《梦赋》称，梦见东方朔给了一部"骂鬼之书"，做噩梦者读之，即可辟除邪鬼。③《文心雕龙·祝盟》："至如黄帝有祝邪之文，东方朔有骂鬼之书，于是后之谴咒，务于善骂。"

其五，后来不断附益的故事中，有些当受到佛经母题的启发。如《东方朔传》的答武帝所问鸟之雌雄："雄左翼加右，声高，雌右翼加左，声小。"这与《百喻经》中的一些故事极其相似。

陈洪先生《一编书是帝王师——论"诸葛亮范型"及其文化意蕴》较早关注小说人物的"帝王师"现象："孟子的'帝王师'主张表达了一种人生理想：既入世辅佐君主以建功立业，同时又维护自己的人格与道术的尊严"；"《史记》对后世文人的深远影响，使'帝王师'的思想得到了传承不已的活力"；"如何使郁结之情得以抒发，使愤懑之意得

---

① 吴树平：《风俗通义校释》，天津人民出版社1980年版，第83页。
② 傅春明：《东方朔作品辑注》，齐鲁书社1987年版，第14页。
③ 参见李江峰《东方朔〈骂鬼文〉浅探》，《西北成人教育学院学报》2003年第4期。

以平和，李卓吾的《杂说》恰似在回答这一问题"，认为《水浒传》中吴用与宋江的关系颇似《三国演义》孔明与刘备的关系，都是在小说中来圆帝王师之梦，直至《女仙外史》《野叟曝言》等。① 可以说，东方朔就如同那些史传传说中的先行者晏婴等一样，也是这一范型下的类型化人物。

需要明确的是存在两个东方朔：史传的东方朔与仙话传闻中的东方朔。民间文学的进一步研究注意到东方朔形象的矛盾性，认为历史的东方朔与作为传说人物的东方朔是错位与对立的，民间传说将这位并未支持汉武帝求仙的儒士给神仙化了，于是多重身份的东方朔"构成了仙人谏阻求仙、不死者否定不死药的矛盾情节"，原本犯有过失的"谪仙"因具备"道德优势"而成为帝王师，神格地位不断提升而成为道教神仙。② 这一"层累"过程，应当说并非偶然个别，而是伴随瞩目西方的博物想象生发的诸多愿景之一。博物成为"帝王师"身份的必备条件，许多历史人物都因博物而被强化了帝王师的角色功能。如春秋名臣管仲也被重铸为"曾经有"作为"帝王师"的一些具体表现。说齐桓公在泽中看到"紫衣朱冠"的大蛇，管仲预料见到这怪物的人会称霸。又说齐桓公北征孤竹时，见到身高一尺的短人来到马前。管仲的回答，与东方朔答汉武帝模式类似："臣闻登山之神有俞儿者，长尺而人物具焉。霸王之君兴，而登山之神见。走，前导也；祛衣，前有水也；右祛，示从右涉也。"③ 而齐桓公的时代中原还没有骑马之俗，后起传闻旨在突出管仲的博物，也带有博物为"帝王师"服务的特征。

后世的接受，也是考察东方朔博物故事的一个视角。韩愈诗咏："严严王母宫，下维万仙家。噫欠为飘风，濯手大雨沱。方朔乃竖子，骄不加禁诃。偷入雷电室，輷鞈掉狂车。王母闻以笑，卫官助呀呀。不知万万人，生身埋泥沙，簸顿五山踣，流漂八维蹉。曰吾儿可憎，奈此狡狯何？方朔闻不喜，褫身络蛟蛇，瞻相北斗柄，两手自相挼。群仙急乃言，百犯庸不科？向官睥睨处，事在不可赦，欲不布露言，外口实喧哗。王母不得已，言嚵口赍嗟。锁（颔）头可其奏，送以紫玉珂。方朔不惩创，挟恩

---

① 陈洪：《沧海蠡得——陈洪自选集》，南开大学出版社2012年版，第8—15页。
② 黄景春、程蔷：《中国古代小说与民间信仰》，上海文艺出版社2013年版，第370—371页。
③ 李昉等编：《太平广记》卷二百九十一，第2313页。

更矜夸。诋欺刘天子，正昼溺殿衙。一旦不辞诀，摄身凌苍霞。"①

明代何景明《方朔图》一诗所咏，几乎都在仙隐文化上说事，明代人还以此作为绘画题材：

> 调笑东方朔，沉酣金马门。窃桃王母见，怀肉汉王恩。月下双鸾返，云间八骏奔。玉盘春不献，丹核代长存。事往丹青错，图开锦绣屯。素湍摇弱水，玄圃折昆仑。种树非潘县，迷花似楚村。千年一结实，万古自蟠根。海日红犹烂，天风袭更繁。神仙皆羽翼，州岛异乾坤。无路乘黄鹤，何由踏赤鲲。市朝栖大隐，那识岁星魂。②

明代钱希言《戏瑕》较为稀见，卷一《东方朔》从感生神话为主，来叙述其传说对东方朔角色定位的传奇性质：

> 《别国洞冥记》载东方朔，字曼倩，父张夷，字少平，妻田氏，女夷，二百岁，颜如童子，朔生三日而田氏死，时景帝三年也。邻母拾而养之，忽失朔累月，方归，母笞之，后复去，经年乃归。母忽见大惊曰："汝行经年一归，何以慰我耶？"朔曰："儿至紫泥海，有紫水污衣，仍过虞渊湔浣，朝发中返，何云经年乎？"后有黄翁告朔曰："汝太白星精也。"《独异志》则载，张少平妻田氏，少平卒后，累年寡居，忽梦一人自天而下，压其腹，因而怀孕，乃曰无夫而孕，人闻弃我也。徙于代，依东方，五月朔旦生一子，以其居代东方，名之东方朔。或言岁星精多能，无不该博矣。《列仙传》则载东方朔，平原厌次人也，久在吴中，为书师数十年。武帝时，上书说便宜，拜为郎，至宣帝时犹在，智者疑其岁星精也。三说如此。后余阅《道藏经》中一段，记东方曼倩，本姓张氏，一曰金氏，生三日而母亡，邻母拾得之，时东方始明，故姓名曰东方朔。此其说更奇，尝谓日之朝亦可名朔，不独月之旦为朔矣？但太史公与朔同事武帝，不应略其始生之事，而第云齐人有东方生名朔，以好古传书，爱经术，多博观

---

① 钱仲联：《韩昌黎诗系年集释》卷八《读东方朔杂事》，上海古籍出版社1984年版，第904页。

② 《何大复集》卷二十三，中州古籍出版社1989年版，第416页。

外家之语，是直以先生为滑稽者流耶。及观先生自上书武帝云：臣幼失父母，养于兄嫂。盖初未尝言育他姓也。且《神仙传》称东方朔生，天无岁星。武帝亦云：岁星在朕座傍十八年而不知。洞冥又谓太白所降，岂不诬之诬者乎？又曾见一书云：母梦太白临其上，因有娠生朔。此又传讹《独异志》者。按《天文书》：五星盈缩失位，其精降于地而为人。岁星降为贵臣，太白降为壮夫，处于山林。然则朔之为岁星所降，断无疑矣。乃朝野佥载，唐崇仁坊，阿来婆弹琵琶，观者见一将军，紫袍玉带，甚伟，下一匹细绫，请一局卜，来婆鸣弦柱，烧香合眼而唱。东告东方朔，西告西方朔，南告南方朔，北告北方朔，上告上方朔，下告下方朔。将军顶礼，既告请甚多，遂即随意支配。据此，则东方朔本一人也。今变姓为上下四方，而其名独不易，何也？是时逆韦全盛，好厌祷之事，而此邪俗师婆，专行厌魅，其后事发伏诛，往往于殿上掘得巫蛊。左道之惑世如此，不大可绝倒哉。元人《西湖竹枝词》有柳洲亭下问来婆，即指其事，附录于后，以资轩渠。①

李剑国先生还注意到，东方朔故事在戏曲小说中得到了广泛的"重写"："东方朔偷桃事及汉武会王母事，明清曲家颇喜饰演。如：明吴德修有传奇《偷桃记》（《古本戏曲丛刊》），杨维中有杂剧《偷桃献寿》（佚，明祁彪佳《远山堂剧品》），又有佚名《东方朔》杂剧（佚，《远山堂剧品》）；清杨潮观《吟风阁杂剧》中有《偷桃捉住东方朔》，薛旦有传奇《齐天乐》（存，《曲海总目提要》卷三三），又有佚名《方朔偷桃》杂剧（存，傅惜华《清代杂剧全目》），如此等等。"② 何以东方朔博物经常被复述重温？也当为博物母题的生命力所在。如清代周亮工《字触》卷五复述了《史记》本传的故事："汉武帝尝以隐语召东方朔。时上林献枣，帝以杖击未央前殿槛曰：'叱叱先生东东。'朔至曰：'上林献枣，四十九枚乎？'朔见上以杖击槛，为两木，两木林也；东东枣也。叱叱四十九也。"③

---

① 钱希言：《戏瑕》卷一，《四库全书存目丛书》子部第97册，齐鲁书社1996年版。
② 李剑国：《唐前志怪小说辑释》，第67—68页。林春香博士补充了一些相关的戏曲，认为杨潮观《偷桃捉住东方朔》文本为"质量最佳"，"文采飞扬"。又参见李江峰《从滑稽之雄到偷桃大仙：古代小说戏曲中的东方朔》，《兰州交通大学学报》2009年第2期。
③ 《笔记小说大观》第十六册，第258页。

清初小说写唐人卢储中了状元后，与李翱之女李小姐成婚。几年后卢离家担任主试，一年后回家小姐已死去三天。卢梦中得到仙人东方朔所赐续鸾胶，"可使断弦重续，绝命再生"，李小姐得以复生。卢六十余岁辞官云游，夫妇同至昆仑圃，双双被东方朔收为弟子。[1]

有的明人笔记谈论东方朔为一种处世态度的代表："范蠡载西施以去越，东方朔在长安，以千金买少妇，岁中则易去。司马相如使文君当垆，身着犊鼻涤器于市中，二人皆慢事也。有人赏井丹高洁，王子敬云：不如长卿慢世。子敬但知长卿慢世，而不知范蠡、东方朔其慢世之雄者乎？"不过，接下来却是这样一个"箭垛人物"的强调，非常具有主题史眼光：

> 《风俗通》曰："东方朔乃太白星精，黄帝时为风后，尧时为务成子，周时为老子，在越为范蠡，在齐为鸱夷子皮。"言其变化无常也。余又闻东方朔是岁星之精，东方木星也。朔托生于东方，或者岁星为是。[2]

"无常"与"有常"、变与不变事实上是辩证统一的，这已经察觉到了东方朔人物角色的某种共性因素，即"博物"与预见，或曰"智慧老人"形象，此与后世的相术预见等母题交融。

作为《红楼梦》的续书之一，嘉庆四年（1799）初刊的《绮楼重梦》，写了东方朔知道房中采补术功夫，死后尸解成仙。[3] 民国郭则沄《红楼真梦》第四十一回写东方曼倩（东方朔）与苏子瞻（苏轼）同时出场，与宝玉对话，东方朔讲起佉卢所养小黑猴淘气的故事，还说妲己本是玉面狐狸转世，在周武王灭纣被杀后，阎王罚她做章台歌妓，因此记的唱本倒不少，可惜都是些俚俗的。后又到冥间自夸阴功，说专门救人之急，将身布施。阎王一时懵住，说给他一个好去处罢，判官便注定他来生做礼部尚书，兼管乐部："礼部却管着科举学校，他只懂得唱本上的字、唱本上的句子，要迫着士子当金科玉律，那可误尽苍生了。"东方朔在此

---

[1] 心远主人：《二刻醒世恒言》下函第十回《昆仑圃弦续鸾胶》，北京大学出版社1990年版，第176—182页。

[2] 何良俊：《四友斋丛说》卷三十《求志》，中华书局1959年版，第272—273页。

[3] 王兰沚：《绮楼重梦》第三十四回《香雪秘传妙术　传灯别倡宗风》，时代文艺出版社2001年版，第250页。

仍被理解为运用博识来诙谐幽默地讥讽的一个代表人物。

四 自然博物者：张华与魏晋六朝志怪的本体性认知

张华（232—300），字茂先，撰有作为博物母题的标志性著作《博物志》。该书《晋书》本传作十篇，自《隋书·经籍志》起均无异词。至于王嘉在其《拾遗记》卷九称张华"造《博物志》四百卷，奏于（晋）武帝"。武帝因其"记事采言，亦多浮妄，宜更删剪，无以冗长成文"，"可更芟截浮疑，分为十卷"。此说不足信，前人、今人均辨之甚明，兹不赘述。不过，后来流传的十卷本也非原本，更非完核。目前较完备的是1980年中华书局范宁校证本，除正文十卷分三十九目，收录三百二十三条外，附录收佚文二百十二条，为正文三分之二，说明散佚相当严重。清代惠栋（1697—1758）《九曜斋笔记》卷一称：

> 《古夫于亭杂录》云："东汉末有议郎张华，与蔡邕同以博物著，在茂先前。今人止知茂先著《博物志》耳。右见从伯文玉（与玟）《笼鹅馆集》，惜不记出处。"案：汉议郎张华与蔡邕同修《汉记》，又同对灾异。见《邕传》注及《邕集》。《蔡中郎集·答诏问灾异八事》云：光和元年七月十日，诏书尺一，召议郎张华诣金商门。[1]

《博物志》当时名气很大，影响深远，是一部包括山川地理、历史人物、方志博物、神仙怪异各种内容的杂家著作。一般认为，该书作为汉晋时期地理博物类著作大盛时期的产物，也是该时期小说代表作。自汉初发现了《山海经》，相继出现了一批地理博物之作，像《河图括地象》、《河图玉版》、《洛书》、《遁甲开山图》。魏晋时期踵事增华，文人的介入使之又涌现出《括地图》、《神异经》、《玄黄经》、《洞冥记》、《十洲记》一类地理博物怪异之书。

张华博物，突出的优势在于能识别人与精怪的区别，即确认身份问题。干宝《搜神记》载，张华曾对来访书生学问渊博产生了怀疑，因其显得过于博物："论及文章，辨校声实，华未尝闻此。复商略三史，探颐

---

[1] 惠栋：《九曜斋笔记》卷一《汉张华博物》，刘世珩辑"聚学轩丛书"本。

百家，谈老、庄之奥区，被风、雅之绝旨，包十圣，贯三才，箴八儒，擿五礼，华无不应声屈滞。……"而这一"学问狐"也太自负："时有丰城令雷焕，字孔章，博物士也，华谓孔章曰：'今有男子，少美高论。'孔章谓华曰：'当是老精。闻魑魅忌狗，可试之。'华曰'狗所别者，数百年物耳，千年老精不能复别。惟有千年枯木，照之则形见。闻燕昭王墓前有华表柱，向千年，可取照之，当见。'乃遣人伐之。使人既至，闻华表叹曰：'老狐自不自知，果误我事。'于华表穴中得青衣小儿，长二尺余。将还，未至洛阳，而变成枯木。遂燃以以照之，书生乃是一斑狐。茂先叹曰：'此二物不值我，千年不复可得。'"① 故事的异文非常之多，《雕玉集》卷十二引《晋抄》、《续齐谐记》、《太平广记》卷四百四十二引《集异记》，直到明代《天中记》，说明流传广远。故事中两个博物之士互相切磋，也是"对话体"的一个内容形式兼美的开创。

北宋刘斧《青琐高议》则明言狐精声称欲诣张华，"华表柱忽发声云：张华相公博物，汝慎勿去！"这短话被一个过路的听去，告知张华，华曰："惟怪知怪，惟精知精。"其后有作者的议论："议曰：妖魅之变化，其详论足以感人。自非博物君子，孰能知之？"②

《雕玉集》卷十二引《前汉书》则载仲舒："答曰：'巢居知风，穴居知雨。卿非狐狸，则是其甥舅耳。'客闻此语，色动形战，即化为老狸而走也。"——可见，博物知妖的母题框架可以不变，而博物者角色的具体人选却可以更换，并不非要固定在某个人。如此，若发生了固定在某个人身上的情况，似乎就必有缘故了。事实恰恰如此。东方朔就是相对稳态化了的博物型箭垛人物。而张华，相比之下显得更加科学化、理性化。

因此，明人胡应麟认为值得更认真地辨析："茂先燔枯木，斑狸现形；元逊伐老桑，巨龟溃体。二事绝类，四妖语同。或有一讹，非必皆实。余谓狸既博识，龟亦灵明。张、葛爱才，何至相苦？遂令二木并丧天年，惜哉！漫书发读者一笑。（《括地志》载陈仓人猎得兽似彘，遇二童子名之曰媦，亦名二童曰陈宝，与此颇同。）"③

清人周心如《重刻博物志·序》则注意到张华博物的特征，是其洞

---

① 李剑国辑校：《新辑搜神记　新辑搜神后记》，第315—316页。
② 刘斧：《青琐高议》别集卷五《张华相公》，上海古籍出版社1983年版，第235页。
③ 胡应麟：《少室山房笔丛》卷三十八，第391页。

察本质的深刻性:"形过镜而照穷,智遍物而识定。镜亦物也,故虽能物物,而不能穷物。人则物之灵者也,故不惟不物于物,而且足以就见闻所及之物,并穷见闻所不及之物,是所谓格致之学也。……盖茂先之博物有所博乎物者在耳。"张华的识见,已超越了具体个别闻见的表层,而切入一般的和深层的意旨。

对于某些物质的本质如物理属性,张华也很在行,可以说是一个文理兼通的人物。刘敬叔《异苑》载:"魏时,殿前大钟无故大鸣,人皆异之。以问张华,华曰:'此蜀郡铜山崩,故钟鸣应之耳。'寻蜀郡上其事,果如华言。""晋中朝有人畜铜澡盘,晨夕恒鸣如人扣;乃问张华。华曰:'此盘与洛钟宫商相应;宫中朝暮撞钟,故声相应耳。可错令轻,则韵乖,鸣自止也。'如其言,后不复鸣。"①吴郡临平岸崩,出一石鼓,打之无声。以问华,华曰:"可回蜀中桐材,刻作鱼形,扣之,则鸣矣。"即从华言,声闻数十里。异文见《太平广记》一百九十七等。《异苑》卷四还称张华能见微知著:"晋惠帝时,人有得一鸟,毛长三丈,以示张华,华惨然叹曰:'所谓海凫毛也,此毛出,则天下土崩矣。'果如其言。"

王嘉《拾遗记》也称:"张华字茂先,挺生聪慧之德,好观秘异图纬之部,捃采天下遗逸,自书契之始,考验神怪,及世间闾里所说,造《博物志》四百卷,奏于武帝。帝诏诘问:'卿才综万代,博识无伦,远冠羲皇,近次夫子,然记事采言,亦多浮妄,宜更删剪,无以冗长成文!昔仲尼删《诗》《书》,不及鬼神幽昧之事,以言怪力乱神;今卿《博物志》,惊所未闻,异所未见,将恐惑乱于后生,繁芜于耳目,可更芟截浮疑,分为十卷。'……帝常以《博物志》十卷置于函中,暇日览焉。"②

而有时,博物,就是物理、地理知识的运用。对张华擅长地理学的说法,有此为证。说某个被妇推下深穴的人,在洞中远行百余里,以洞中泥土充饥,见到宫馆壮丽,"人皆长三丈,被羽衣,奏奇乐,非世间所闻";最后得到宝珠,并被告知"还问张华,当悉此间"。出来后问张华,拿出洞中所得物,华认出:"如尘者是黄河下龙涎,泥是昆山下泥,九处地仙名九馆大夫,羊为痴龙,其初一珠,食之与天地等寿,次者延年,后者充饥而已。"故事广布于《法苑珠林》、《初学记》、《白氏

---

① 刘敬叔:《异苑》卷二,中华书局1996年版,第7页。
② 王嘉:《拾遗记》卷九,齐治平校注,第210—211页。

六帖》、《艺文类聚》、《太平御览》、《太平广记》、《太平寰宇记》、《事类赋注》等。类似故事的简本，还有《太平广记》卷一百九十七所载故事，堕嵩高山北大穴的晋时人，归后被张华告知此处为何，所饮为何的事情，当出为同源。

宋代周密在描述南方野女掠男故事时，也引用了张华的著作："……此事前所未闻，是知穷荒绝徼，天奇地怪，亦何所不有？未可见闻所未及，遂以为诞也，《后汉·郡国志》引《博物记》曰：'日南出野女，群行不见夫，其状皛且白，裸袒无衣襦。'得非此乎？《博物记》当是秦汉间古书，张茂先盖取其名而为志也。"①

明代小说在入话中作为当下猢狲（张真人服白猴妖）故事的导语："尝读《晋书》张茂先事，冀北有狐已千岁，知茂先博物，要去难他，道他耳闻千载之事，不若他目击千年之事。……"复述了张华辨识化为书生的老狐，及诸葛恪知老桑树可煮烂大龟的故事。②

明末周清原《西湖二集》卷三十二《熏莸不同器》敷衍东方朔、张华、诸葛恪等人的博物故事，特意标举张华作为博物者，有时还作为艺术体验的重要的佐证，张燧指出：

> 世无图谱，人亦不识图谱之学。张华，晋人也，问以汉之官室，千门万户，其应如响，时人服其博物。张华固博物矣，此非博物之效也，见汉官室图焉。武平一，唐人也，问以鲁三桓、郑七穆，春秋族系，无有遗者，时人服其明《春秋》，平一固熟于《春秋》矣，此非明春秋之功也，见《春秋》世族谱焉。使华不见图，虽读尽汉人之书，亦莫知前代官室之出处；使平一不见谱，虽诵《春秋》如建瓴水，亦莫知古人氏族之始终。当时作者，后世史臣，皆不知其学之所自。逮郑夹漈见杨佺期《洛京图》，方省张华之由，见杜预《公子谱》，方觉平一之故。由是而知图谱之学，其裨益宏矣。今之学者，此类都成废阁，何怪其博洽不逮古人也。歆、向之罪可胜讨乎！③

---

① 周密：《齐东野语》卷七《野婆》，张茂鹏点校，中华书局1983年版，第129—130页。
② 梦觉道人、西湖浪子辑：《三刻拍案惊奇》第二十三回《猴冠欺御史，皮相显真人》入话，张荣起整理，北京大学出版社1987年版，第244页。
③ 张燧：《千百年眼》卷五《图谱之益》，河北人民出版社1987年版，第89页。

"东方朔"、"张华"两个主题人物传闻的兴起,当是博物式箭垛人物的初步形成。智慧老人的人格企盼为之全面确立。精怪传闻最盛时的六朝,博物者的能力就体现在熟知精怪根底,敢说穿其底细和洞察精怪们的活动规律等方面。

五 博物观念的延续与异变:明代博物书写的现代性特征

博物是人类生存的需要,而对文化史上的博物现象,人们也非常关注博物能力的来源。《古今小说·叙》有"大抵唐人选言,入于文心,宋人通俗,谐于里耳。"博物来源之说也体现出多重价值取向。

其一,如博物神授说。王嘉《拾遗记》称:"刘向于成帝之末,校书于天禄阁,专精覃思。夜有老人,着黄衣,植青藜杖,登阁而进,见向暗中独坐诵书。老父乃吹杖端,烟然,因以见向,说开辟以前,向因受《洪范五行》之文,恐辞说繁广忘之,乃裂裳及绅,以记其言。至曙而去,向请问姓名,云:'我是太一之精,天帝闻金卯之子有博学者,下而观焉。'乃出怀中竹牒,有以天文地图之书,'余略授子焉'。至向子歆,从向受其术,向亦不悟此人焉。"①

其二,博物来源于读书饱学,如明代谢榛即非常推重司马相如:"汉人作赋,必读万卷书,以养胸次。《离骚》为主,《山海经》、《舆地志》、《尔雅》诸书为辅。又必精于六书,识所从来,自能作用。若扬袘、戌削、飞襳、垂髾之类,命意宏博,措辞富丽,千汇万状,出有入无,气贯一篇,意归数语,此长卿所以大过人者。"② 胡应麟在专论博物、学问的"华阳博议"也分类称颂博物者的代表:"古今称博识者,公孙大夫、东方待诏、刘中垒、张司空之流尚矣。彼皆书穷八索,业擅三冬,而世率诧其异闻,标其僻事。夫异匪常经,僻非习见。俾实沈弗崇于周,毕方弗集于汉。贰负之形弗征上郡,干将之气弗烛斗牛。诸君子生平,遂几泯泯乎?……仲尼,万代博识之宗,乃怪力乱神咸斥弗语。……"③ 下分经史

---

① 王嘉:《拾遗记》卷六,第153页。
② 李庆立等:《诗家直说笺注》卷四,齐鲁书社1987年版,第309—310页。
③ 胡应麟:《少室山房笔丛·华阳博议引》,第381页。

子集缕述各门学问的博识者，可称之为博物人物事迹论的总纲。

其三，博物来源于宫廷讽谏的政治需要。不仅汉武帝喜欢追问新鲜事物，魏晋六朝君主多有才学，唐代也有博学的皇帝，如："唐文宗皇帝听政暇，博览群书。一日，延英顾问宰臣：《毛诗》云：'呦呦鹿鸣，食野之苹。'苹是何草？时宰相李珏、杨嗣复、陈夷行相顾未对。珏曰：'臣按《尔雅》，苹是藾萧。'上曰：'朕看《毛诗》疏，苹叶圆而花白，丛生野中，似非藾萧。'又一日问宰臣：'古诗云："轻衫衬跳脱。"跳脱是何物？'宰臣未对。上曰：'即今之腕钏也。《真诰》言安姑有斫粟金跳脱，是臂饰。'"①诙谐讽谏，始自西周君臣之间民主气氛下的一种交流方式。往往是委婉地赋诗言志，以达到使君主采纳，实现自我价值的目的。可贵的是，在汉武帝的时代，失落不久的传统由东方朔艺术地拣回了。诙谐讽谏必须有博物的知识背景为基础与保障，方能广采博识，以随机应变，适当发挥。②因此，宫中俳优因其角色需要而博物。如《太平御览》卷三百四十六《兵部·刀下》引王肃《圣证论》曰："昔国家有优，曰史利，汉氏旧优也。云梁冀有火浣布、切玉刀。一朝以为诞而不信也。正始初，得火浣布，乃信。"此后张华《博物志》卷二也称："《周书》曰：西域献火浣布，昆吾氏献切玉刀。火浣布污则烧之则洁，刀切玉如腊。布，汉世有献者，刀则未闻。"可见时人是多么渴望有更多的见闻呵！优人简直比张华知道的还多！谢肇淛《五杂组》卷六在列举大量博识现象之后，归纳出了博识可分两种："捷悟者可以思而及，博识者不可以强而致也。"而宫中优人必须两者兼得，殊为不易。

其四，博物来自于生活阅历、经验积累。这一观念可能来自佛经。如元魏吉迦夜共昙曜译的《杂宝藏经》，卷一《弃老国缘》即讲述"弃老国"故事，所有老人都要被驱赶抛弃。但某大臣孝心不忍，把老父藏密室中。某天神给国王出难题：把两条蛇分出雌雄，否则国家就不得安宁，

---

① 李昉等编《太平广记》卷一百九十七引《卢氏杂说》，又《类说》卷四十九引，《唐诗记事》卷二等。参见周勋初主编《唐人轶事汇编》，第140页。

② 对一些忝列其位的角色能力缺失的批评，也为题中自有之义，如《抱朴子外篇·吴失》："或有不开律令之篇卷，而窃大理之位；不识几案之所置，而处机要之职；不知《五经》之名目，而飨儒官之禄；不闲尺纸之寒暑，而坐著作之地；笔不狂简，而受驳议之荣；低眉垂翼，而充奏劾之选；不辨人物之精粗，而委以品藻之政；不知三才之军势，而轩昂节盖之下；屡为奔北之辱将，而不失前锋之显号；不别菽麦之同异，而忝叨顾问之近任。"杨明照：《抱朴子外篇校笺》卷三十四，中华书局1997年版，第149—150页。

大臣归问老父,老父告知办法。后来又出了几个难题,也被如此一一开释。① "老"——年龄阅历带来了经验,即属于一种博物,即所谓"智慧老人"是也。

其五,是博物与文学特别是小说创作的关系。后世的博物内容有所变化,偏重于文本而非实际情况载录。罗烨《醉翁谈录》认为,对于小说创作来说,博物非常重要,可以说是根基与前提:

> 夫小说者,虽为末学,尤务多闻。非庸常浅识之流,有博览该通之理。幼习《太平广记》,长攻历代史书。烟粉奇传,素蕴胸次之间;风月须知,只在唇吻之上。《夷坚志》无有不览,《琇莹集》所载皆通。动哨、中哨,莫非《东山笑林》;引倬、底倬,须还《绿窗新话》。论才词有欧、苏、黄、陈佳句,说古诗是李、杜、韩、柳篇章,举断模按,师表规模,靠敷演令看官清耳。只凭三寸舌,褒贬是非;略咽万馀言,讲论古今……诗曰:"小说纷纷皆有之,须凭实学是根基。开天辟地通经史,博古明今历传奇。藏蕴满怀风与月,吐谈万卷曲和诗。辨论妖怪精灵话,分别神仙达士机。涉案枪刀并铁骑,闺情云雨共偷期。世间多少无穷事,历历从头说细微。"②

在较为接近纯文学意义的汉赋创作者那里,"博物"的创作特色,构成了类书大发展的契机。《三国志·魏书》卷十一《国渊传》称:"《二京赋》,博物之书也。世人忽略,少有其师,可求能读者从受之。"而魏晋六朝至隋唐则是类书长足发展丰富的时期,显示了人们博物求知的迫切、广泛的需求。

而宋代后日渐发展的叙事文学则表明,当时说书艺人的创作过程大致上分两步,一是阅读《太平广记》等文言小说或历代史书;二是以这类著作中的某些情节为基础,在口头讲述时加以改编、铺张、渲染、引申和补充甚至虚构。正如郑樵《通志·乐略》所说:"又如稗官之流,其理只在唇舌间。而其事亦有记载。虞舜之父,杞梁之妻,于经传所言者数十言

---

① 《大正藏》卷四,449a—c。参见刘守华《佛经故事与中国民间故事流变》,上海古籍出版社2012年版,第306—321页。

② 丁锡根编著:《中国历代小说序跋集》中,第586—588页。

耳，彼则演成万千言。东方朔三山之求，诸葛亮九曲之势，于史籍无其事，彼则肆为出入。《琴操》之所纪者，又此类也。顾彼亦岂欲为此诬罔之事乎？正为彼之意向如此，不得不如此，不说无以畅其胸中也。……"①也道出了文学主题的某种内在规定性及其导向的推力，将文人抒情的"不平则鸣"与叙事铺张的"块垒"动力连接起来。

而明代施显卿《古今奇闻类记》，内分天文、地理、五行、神佑、前知、凌波、奇遇、骁勇、降龙、伏虎、禁书、际妖、箴毒、物精、仙佛、神鬼十六门。这体现了时人对于博物广闻的理解。博物，不是偶然孤立的存在，明人认为其是"众说"的一种。胡应麟认为："子之浮夸而难究者，莫大于众说。众说之中，又有博于怪者、妖者、神者、鬼者、物者、名者、言者、事者。《齐谐》、《夷坚》博于怪，《虞初》、《琐语》博于妖，令升、元亮博于神，之推、成式博于鬼，曼倩、茂先博于物，湘东、鲁望博于名，义庆、孝标博于言，梦得、务观博于事。李昉、曾慥、禹锡、宗仪之属，又皆博于众说者也。总之，脞谈隐迹，巨细兼该，广见洽闻，惊心夺目，而淫俳间出，诡诞错陈。张刘诸子，世推博极，此仅一斑。至郭宪、王嘉，全构虚词，亡征实学。斯班氏所以致讥，子玄因之绝倒者也。"②

其六，陈述奇闻异事等正文之后，为了标举所述的新颖价值，文尾提示所述的难以佐证，暗示补阙的知识积累意义。如郎瑛《七修类稿》卷十七《义理类》在叙述故事之后，有"赘此以俟博物君子"，卷十九《辩证类》有"录俟博物君子"，卷二十三《辩证类》有"以献博古君子"、"存疑以俟博古"，等等，都表明了一种博物的观念及其价值评价标准。③明代李诩《戒庵老人漫笔》卷三在列举诸家之说后，则称："所述各不同，俟正之博物君子"；卷四在叙述之后也有："聊叙颠末，以识岁月，俟谂诸博物君子，或能深达其理也。"④ 我们知道，陈寅恪先生也是常用这类话，往往在文末标出提示"博雅君子"注意的。钱锺书先生指出：

王羲之《杂帖》："石脾入水即干，出水便湿；独活有风不劲，

---

① 郑樵：《通志二十略》，王树民点校，中华书局1995年版，第911页。
② 胡应麟：《少室山房笔丛》卷三十八《华阳博议上》，第384页。
③ 郎瑛：《七修类稿》，中华书局1958年版。
④ 李诩：《戒庵老人漫笔》卷三，魏连科点校，中华书局1982年版，第115、138页。

无风自摇。天下物理,岂可以意求,惟上圣乃能穷理。"按周煇《清波杂志》卷四论此帖云:"出水则湿,可见;入水则干,何自知之,近年《夷坚戊志·序》,其略云:'叶晦叔闻于刘季高,有估客航海入巨鱼腹中,未能死,遇其开口吸水,木工取斧斫鱼,鱼痛,跃身入大洋,举船人及鱼皆死。或难之曰:一舟皆死,何人谈此事于世乎?'颇类前说。"谈言微中,而羲之当斥之为"以意求"矣。古人博物"穷理"之学,多此类奇谈,匪特神怪或滑稽也。①

将在古人的"博物穷理之学"列为论述的前提,认为其内涵并非仅仅是"神怪或滑稽",这实际上在暗示其中往往蕴含着非常深刻的文化信息。

六 域外博物者:中国古人对"异域异能"的期待与认知局限性

博物叙事,其本身也在表示对外域新异事物的憧憬。在博物憧憬的文化视野下,设想出外域人也博物。

一是某国之人拥有新奇之物。王嘉《拾遗记》卷四称:"秦始皇好神仙之事,有宛渠之民,乘螺舟而至。舟形似螺,沉行海底,而水不进入,一名沦波舟。其国人长十丈,编鸟兽之毛以蔽形。秦皇与之语及天地初开之时,了如亲睹。……"当时所说的外域人,因为胡人所占比例较大,也染及海上来的外邦人物的角色定位,且因频繁发生的海市蜃楼自然景观的召唤,及其不断受此强化的海上游仙文化影响,海中来人也带仙气,如海上仙人大人,清代笔记多有所载。②当然,这也与长期而来的外国朝贡多为殊方异域珍奇异物有关。

二是胡人博物。这里的胡人以西北民族、西域为主,也包括远在波斯的甚至阿拉伯人。《搜神记》载汉武帝凿昆明池深处"悉是灰墨",询问东方朔,朔称"可试问西域人",直到明帝时西域胡僧来,才引佛经称此

---

① 钱锺书:《管锥编》第三册,第1111页。
② 王文濡辑:《说库》卷三,浙江古籍出版社1986年版。参见王立《中国文学主题学——意象的主题史研究》第七章。

为"劫烧"。对此，程蔷先生指出东方朔何以推荐西域人的原因："可见关于西域人精于鉴识的传说在当时是得到人们承认的。……这则故事毕竟是较早地透露了西域胡人博物而善识的信息……"① 又如《太平广记》卷三百五十七引《宣验记》称："渤海张融，字眉嵎。晋咸宁中，子妇产男，初不觉有异。至七岁，聪慧过人。融曾将看射，令人拾箭还，恒苦迟。融孙云：'自为公取也。'后射才发，便赶，遂与箭俱至棚，候已捉矢而归。举坐怪愕。还经再宿，孙忽暴病而卒。将殡，呼诸沙门烧香，有一胡道人谓云：'君速敛此孙，是罗刹鬼也，当啖害人家。'既见取箭之事，即狼狈阖棺。须臾，闻棺中有扑摆声；咸辍悲骇愕，遽送葬理。后数形见。融作八关斋，于是便去。"后世多胡人识宝描写，识宝先决条件为博物，所谓"胡人"主要指往来于丝绸之路等中西通道的中亚波斯胡商，见多识广，这类跨国珠宝商人特点是博物且诚信，演化成为绵延久远的胡人识宝母题。

三是比丘博物，当与胡人博物紧相联系。《法苑珠林》卷五十二引《冥祥记》称比丘辨识人前生："晋杜愿，字永平，梓潼涪人也。家巨富。有一男，名天保，愿爱念。年十岁，泰元三年，暴病而死。经数月日，家所养猪生五子，一子最肥。后官长新到，愿将以作礼，捉就杀之。有一比丘，忽至愿前，谓曰：'此独是君儿也。如前百余日中，而相忘乎？'言竟，忽然不见。四顾寻视，见西天腾空而去。香气充布，弥日乃歇。"鲁迅已注意其小说意味。②

四是博物能力的判断，其中一个重要尺度就是拥有者对于外域情况的了解。约唐高宗时张说《梁四公记》中的一个片断叙述："……间岁，南海商人赍火浣布三端。帝以杂布积之，令杰公以他事召，至于市所。杰公遥识曰：'此火浣布也。二是缉木皮所作，一是绩鼠毛所作。'以诘商人，具如杰公所说。因问木鼠之异，公曰：'木坚毛柔，是何别也？以阳燧火山阴柘木爇之，木皮改常。'试之果验。"③ 火浣布这一博物传闻，后世也出现在欧洲人的视野中。《马可波罗游记》第一卷四十二章曾记载：当地出产一种具有防火作用的石棉，因为一旦将它织成布匹，投入火里也不会

---

① 程蔷：《骊龙之珠的诱惑——民间叙事宝物主题探索》，学苑出版社2003年版，第105—106页。

② 鲁迅：《古小说钩沉》，第296页。

③ 李昉等编：《太平广记》卷八十一，第517—522页。

焚烧:"我的一个游伴,名叫柯斐卡(curficar),是一个聪明的土库曼族人,他曾经担任过本地区开采矿山的技师,长达三年之久。我从他那里了解到制造石棉布的方法:从山中开采一种矿石原料,形态很像纤维,但又不像羊毛。这种石棉晒干以后,放在桐臼中捣碎,然后放在水里洗去泥沙,洗干净后的纤维结合在一起,把它纺成纱,再织成布。如果要使这种纺织品变得更加白净,只须放在火里特别烧炼一个钟头,再拿出来,它不但丝毫不受火的灼伤,反而像雪那样洁白光亮。这种布如果起了污垢,再放到火里去漂炼,立刻恢复原来的白净。至于过去听说生活中有一种火蛇的故事,我游遍了东方各地,从来没有发现这种火蛇的痕迹。据说,大汗曾送给教皇一块桌巾,作为耶稣基督的圣巾。它就是用这种材料织成的。这件礼品现在仍保存在罗马。"①

《梁四公记》还载录了宝镜、取宝奇闻等:"明年冬,扶南大舶从西天竺国来,卖碧玻黎镜。面广一尺五寸,重四十斤,内外皎洁。置五色物于其上,向明视之,不见其质。问其价,约钱百万贯文。帝令有司算之,倾府库偿之不足。其商人言:'此色界天王有福乐事,天澍大雨,众宝如山,纳之山藏,取之难得。以大兽肉投之藏中,肉烂黏宝,一鸟衔出而,即此宝焉。'举国不识,无敢酬其价者。以示杰公,公曰:'上界之宝,信矣!昔波罗尼斯国王有大福,得获二宝镜,镜光所照,大者三十里,小者十里。至玄孙福尽,天火烧宫。大镜光明,能御灾火,不至焚爇。小镜光微,为火所害,虽光彩昧暗,尚能辟诸毒物方圆百步,盖此镜也。时王卖得金二千馀斤,遂入商人之手。后王福薄,失其大宝,收夺此镜,却入王官。此王十世孙失道,国人将谋害之,此镜又出,当是大臣所得。其应入于商贾,其价千金,倾竭府库不足也。'因命杰公与之论镜,由是信服。更问:'此是瑞宝,王今货卖,即应大秦波罗奈国、失罗国诸大国王大臣所取,汝辈胡客,何由得之?必是盗窃至此耳。'胡客逡巡未对。俄而其国遣使追访至梁,云其镜为盗所窃,果如其言。后有魏使频至,亦言黑貂、白兔、鸭马女国,往往入京。梁朝卿士始信杰公周游六台,出入百代,言不虚说,皆为美谈。故其多闻强识,博物辩惑,虽仲尼之详大骨、

---

① 《马可波罗游记》,陈开俊、戴树英等据美国作家曼纽尔·刻姆罗夫英译本转译,福建科学技术出版社 1981 年版,第 53 页。冯承钧考火浣布即石棉,史籍多载,参见《马可波罗行纪》,冯承钧译,东方出版社 2007 年版,第 133—136 页。

子产之说台骀，亦不是过矣。"① 结尾的卒章显旨，说明整个叙述的重心与出发点，就是对于外域的博物追求。其中的大鸟衔肉黏宝，似来自《一千零一夜》辛巴达航海故事之前的传说，对于后世相关域外载录可能不无影响；此外，传闻载录者不仅需要博物——知识性积累，更要有明辨力，细密的逻辑推理。并且，博物者先前既有的博物传播，也被作为载录者（新的、后来的博物者）对见闻剪裁缩略的一个参照说明。如《梁四公记》在叙述了南海东南的女国等之后，还强调："若犬夫猿夫鬼夫水之国，博知者已知之矣，故略而不论。"这种略而不论方式，当来自司马迁撰写《史记》的"互见法"，从而强调了当下叙述的原创价值与层次性。

其五，魏晋博物风潮的时代成因。王国良先生指出：东汉经学的全面整合，构成了方士儒生化。据《后汉书》卷八十二《方术传》，当时方术之士有不少深通经学，李郃"通五经"；廖扶"习《韩诗》、欧阳《尚书》，教授常数百人"；樊英"习《京氏易》，兼明五经"；唐檀"习《京氏易》、《韩诗》、《颜氏春秋》，尤好灾异星占，教授常百数人"；公沙穆"习《韩诗》、《公羊春秋》，尤锐思河洛推步之术"；韩说"博通五经，尤善图纬之学"，等等。②

魏晋后博学的风气仍炽，但博学的内容却起了变化，其中最大的变化莫过于视野的扩大带来的思维方式的多元化，探求新异的兴味大增。喜好奇闻异事，不能不将眼界投向外域，同时不能不伴随着探求新知的渴求，于是出现了许多地理书籍，来记录当时人们博物视野下对于殊方异域的闻见，三国吴时，朱应、康泰被遣通海南诸国，经过和得悉传闻的达百余国，见《梁书》卷五十四《诸夷列传》。后朱应撰著《扶南异国志》，康泰撰著《吴时外国传》等，西域和海上贸易也大为发展。晋统一中原后，与西域的通商仍持续不断。参见《晋书》卷九十七《四夷传》。因此后来梁僧人法显撰著《佛国记》殊非偶然。对此前辈学者曾予详考。③ 否则，何以六朝志怪大多将异方奇物作为关注和描写的重要题材？其叙事往往又呈现出"不知—询问—博物者解释—验证果如所言"的模式？

其六，外域游历、巡行带来的博物视野开拓，可能延续相当长一个时

---

① 李时人编校：《全唐五代小说》卷七，陕西人民出版社1998年版，第164—165页。
② 王国良：《魏晋南北朝志怪小说研究》，台北：文史哲出版社1984年版，第17页。
③ 向达：《汉唐间西域南海诸国古地理书叙录》，《北平图书馆馆刊》四卷六期，1930年。

期，文学文本的"民俗记忆"可能要滞后很长时间，或曰持续较长的生命力、文化惯性。后世小说多有博物追求的，其中每每被说成有博物、"炫才"动机。如《镜花缘》则以才女百人来体现，更以海外是假的空间视野展演古远的怪物奇闻；《野叟曝言》却是以其题材情节全面反映社会生活的各个分支的丰富性，来展示作者的博物。

  作为海洋文学的一个代表作《镜花缘》，离不开明代郑和下西洋的海外游历实践。如随行的马欢记载锡兰国裸形国："……人死则以火化埋骨，其丧家聚亲邻之妇，都将两手其拍胸乳而叫号哭泣为礼。"写古里国西北的忽鲁谟厮国如有人死者："即用白番布为大殓小殓之衣，用瓶盛净水，将尸从头至足浇洗二三次，既净，以麝香片脑填尸口鼻，才服殓衣，贮棺内，当即便埋，其坟以石砌，穴下铺净沙五六寸，抬棺至，则去其棺，止将尸放石穴内，上以石板盖定，加以净土，厚筑坟堆，甚坚整也。"① 又费信撰《星槎胜览》，巩珍撰《西洋番国志》等，都是随同郑和出使人员的实录产物。相关见闻录影响到了清代的博物才学小说。鲁迅《中国小说史略》认为《镜花缘》是"博物多识之作"，"盖以为学术之汇流，文艺之列肆，然亦与《万宝全书》为邻比矣"。而李汝珍本人"乃能居学者之列，博识多通而仍敢于为小说者"。胡适《镜花缘的引论》称李汝珍"那个时代是一个博学的时代，故那个时代的小说，也不知不觉的挂上了博学的牌子，这是时代的影响，谁也逃不过的"②。

  博物，在清代考察小说中，牵涉事物确切与否的阅读眼光。自宋代罗烨《醉翁谈录》即主张："夫小说者，虽为末学，尤务多闻。非庸常浅识之流，有博览该通之理。……"而对于才学博识的重视，清代尤甚。如炫学的《女仙外史》、《野叟曝言》、《蟫史》、《燕山外史》直到《镜花缘》等；又如洪亮吉《北江诗话》卷一指出："小说家所言，亦皆有本。如《西游记》之雷音寺、火焰山，皆在吐鲁番道中，余遣戍伊犁日曾过之。"③ 王士禛《香祖笔记》卷十也曾谓："小说演义，亦各有所据，如《水浒传》、《平妖传》之类，予尝详之《居易录》中。又如《警世通言》有《拗相公》一篇，述王安石罢相归金陵事，极快人意，乃因卢多逊谪

---

① 冯承钧：《瀛涯胜览校注》，中华书局1955年版，第37、64页。
② 胡适：《中国章回小说考证》，实业印书馆1942年版，第530页。
③ 洪亮吉：《北江诗话》卷一，人民文学出版社1998年版，第16页。

岭南事而稍附益之耳。故野史传奇，往往存三代之直，反胜秽史曲笔者倍蓰（五倍）。前辈谓村中儿童听说三国事，闻昭烈败，则颦蹙，曹操败，则欢喜踊跃，正此谓也。礼失而求之野，惟史亦然。"[1] 博物，不仅沟通了叙事文学与抒情文学的联系，也沟通了文学与史学、地理学、民俗学等多学科的联系。

陈文新教授指出，文言小说流派之中存在一个"博物体"[2]，从博物主题系统看来，实在是据实而论。

---

[1] 王士禛：《香祖笔记》卷十，上海古籍出版社1982年版，第189—190页。
[2] 陈文新：《中国文言小说流派研究》，武汉大学出版社1993年版，第46页。

第九章

奇女子刘三秀命运题材的渊源、演变及时代成因

明末清初墅西逸叟撰《过墟志》（又名《过墟志感》），是一篇很有特色的笔记小说，作者自序"过墟"一语出韩愈《圬者王承福传》："吾操镘以入富贵之家有年矣。有一至者焉，又往过则为墟矣；有再至三至者焉，又往过则为墟矣。问之邻，或曰：噫，刑戮也。或曰：身既死其子孙不能有也。或曰：死而归之官也。""过墟"一语，表达了作者对江南一带贵族、地主阶级没落为墟的感慨，也表明了其认为功名利禄和荣华富贵皆不能久存久恃，往往是人生无常、人世富贵都是过眼云烟的态度。一般认为，《过墟志》写于康熙十五年（1676），分为上、下两卷，上卷通过明清之际江南地主黄家的家族兴衰史，书写了当时汉族地主阶级的升沉荣辱，描绘了社会不同阶层的各色人物。下卷主要描写清军入关南下后，汉族从平民百姓到乡绅的生活，都发生了翻天覆地的变化。作品由满汉通婚的奇特案例，以江南地区乡绅阶级的种种态度勾勒出了满汉合流的历史过程，这种带有史诗性特征的个体遭际叙述，在同时代其他作品中很少见。

《过墟志》自嘉庆年间以来广为流传，后毛祥麟、胡朴庵等都有改写本，流传甚广，但迄今罕见对《过墟志》题材渊源、时代成因的梳理。惟有山东师范大学王恒展教授曾对毛祥麟《媚姝殊遇》进行了精心鉴赏[1]，以其独到眼光挖掘出《媚姝殊遇》的审美价值，不过篇幅有限，《媚姝殊遇》探讨还有空间。在中国期刊全文数据库中输入"过墟志"、"媚姝"、"刘三秀"等关键词查找，1979年到2012年均无相关论文，可

---

[1] 黄霖等编：《古代小说鉴赏辞典》下册，上海辞书出版社2004年版，第2592—2594页。

见该课题的专项研究，可以说基本上属于空白，当然也不能否认偶或有论著涉及的情况，后面将尽量引出。本章梳理《过墟志》及之后相关改编本，探究其题材渊源和时代成因，并试图对《过墟志》中体现的乱世中的女性命运和明末清初的寡妇再嫁等母题，略作探讨。

一 《过墟志》文本渊源及其演变

在故事主题、母题的历时性演变过程中，文本（text）不等于作品，一个作品或一个故事母题、类型可能陆续产生系列性的不同文本。文本，在古代文献中有时也称"版本"："在雕版印书出现之前，书籍都是手写的，称之曰'本'。唐、宋之际，伴随雕版印刷术的发明和应用，产生附加式合成词'版本'（板本），此乃'版本'一词之本义。两宋以后，随着印刷术的发展，'版本'词义不断延伸，覆盖面愈来愈大。一书经多次传写或印刷、制作而形成的种种不同的本子，统名之曰：版本。"[1] 文本演变研究，在文学主题学理论中的意义，颇为接近民间故事研究领域中的"异文研究"（variant search），即不同故事不同文本的差异及演变过程的寻究，主要可以看出在不同地域、不同时间段之中文本改写者对于故事核心、主题理解与文本重建侧重点的变更。

《过墟志》的历史感非常强，其反映的明清易代的社会生活内蕴非常丰富，这一系列文本自觉不自觉地塑造出明末清初社会的多种阶层人物形象，尤其是女主人公刘三秀的人物形象，可谓刻画得生动饱满，在流传过程中出现了多个文本，墅西逸叟所撰《过墟志》以手抄本流传之后，引起了广泛的兴趣关注，相继被收入《虞阳说苑》、《纪载汇编》等丛书，毛祥麟、胡朴庵等人都有改写本，毛本见《墨馀录》，更名为《孀姝殊遇》；胡本今见蒋瑞藻《小说考证》续编卷五及《清朝野史大观》，更名为《豫王妃孀姝刘三秀传》。光绪年间王寅编辑的短篇小说集《古今奇闻》，除白话小说外，还收入两篇文言小说，其一即《孀姝殊遇》，取名《刘孀姝得良遇奇缘》。此外坊间流传的还有台湾作家高阳（1920—1992）的《绝色寡妇刘三秀》（中国友谊出版公司2001年版）、高阳《大清福晋刘三秀》（黄山书社2008年版）等改写重构之作。限于

---

[1] 崔富章：《版本释名》，《浙江大学学报》2002年第2期。

第九章　奇女子刘三秀命运题材的渊源、演变及时代成因　　191

篇幅和题目，本章选取墅西逸叟所撰《过墟志》，毛祥麟改编的《孀姝殊遇》，徐珂所编《清稗类钞·豫王娶嫠妇刘氏》，《古今奇闻·刘孀姝得良遇奇缘》和《清朝野史大观·豫王妃孀姝刘三秀传》五个异文，略作比较。

《过墟志》的不同文本可见表9–1：

表 9–1

文本	《过墟志》	《孀姝殊遇》	《刘孀姝得良遇奇缘》	《豫王妃孀姝刘三秀传》	《豫王娶嫠妇刘氏》
作者	墅西逸叟	毛祥麟	不详	不详	徐珂
选自	程毅中《古体小说钞》	《墨馀录》卷五	《古今奇闻》卷十四	小横香室主人《清朝野史大观》卷二	《清稗类钞·婚姻类》
出处	中华书局2001年版	上海古籍出版社1985年版	齐鲁书社2004年版	上海文艺出版社1990年影印本	中华书局1986年版
字数	12579	8022	7805	4727	1385

可见，作为最早文本的《过墟志》，字数最多，而后改编之作基本都是在原作的故事原型上进行删减、压缩和改编。《过墟志》分为上、下两卷，题墅西逸叟撰，作者生平不详，有作者自序："康熙岁次丙辰仲秋望，墅西逸叟书于坐忘轩。"丙辰为康熙十五年（1676）。而毛祥麟《墨馀录》改编的《孀姝殊遇》结尾写：

> 康熙癸丑，张媪以年老南归，为述其颠末如此。曩余客金阊，尝于残书铺中得是事稿本，前后百纸，草率多讹，标面曰《过墟志》，首篇即载任阳事，后半类日纪，而无撰人名。近阅《纪载汇篇》，知曾采辑，则直目为《过墟志》，并有墅西逸叟序。然系琉璃厂排版，刷以牟利者，仅赏新奇，一过即已。故其篇虽较稿本为约，而亦未遑剪裁。余以其非见闻所习也，因特芟繁就简，且别其目为《孀姝殊遇》。其间虽尽有点窜，而无失本真，将广其传，遂复镌入是录云。①

---

① 毛祥麟：《墨馀录》卷五，毕万忱点校，上海古籍出版社1985年版，第80—81页。

《孀姝殊遇》是在《过墟志》的基础上进行改编的，但遵从了原故事文本发展的脉络并保持了故事的完整性；晚清徐珂编《清稗类钞·婚姻类》中的《豫王娶嫠妇刘氏》字数最少，将一万多字的原文简缩为一千多字，几乎没有什么细节描写，只是概述故事情节，不适于和其他版本作细节比较，因此之后的比较暂不探究此文本；《古今奇闻》的《刘孀姝得良遇奇缘》与《孀姝殊遇》基本相同；《清朝野史大观》的《豫王妃孀姝刘三秀传》就字数看，只占原作的三分之一，改动较大，删去了《过墟志》上卷大量情节，基本保留了下卷的故事情节。就措辞和文笔看，《豫王妃孀姝刘三秀传》应是《孀姝殊遇》基础上压缩改编的。此外《豫王妃孀姝刘三秀传》的结尾也写："《过墟志》一书，志其事最详。"说明《过墟志》应是最早文本，而之后的版本皆为陆续为之的改编之作。

《过墟志》不同文本体现了清代复杂纷繁的时代变迁。说明社会状态必然会导致作家们的思想脉络和价值取向发生各种变化，作者对作品加以改编、压缩或重写都是及其自然并且顺应潮流的事情。严格说来，要想全面把握和研究一篇文学作品，就不能局限于这篇作品本身，还应结合其相应改写本，从不同时代或同一时代的不同阶段的版本，进行文本演变的探究，才能发现时代思潮在作品中留下的烙印。如刘世德先生所说："古代小说版本研究的主要目标不在于追究哪一个字、哪一个词、哪一个句子的不同，也不在于寻找和恢复作品的'原貌'。它应该追求更高的境界。也就是说，有两个重要的方面是不可忽略的。通过古代小说版本研究，或者探索作者创作过程中的细节和构思的变化，或者阐释作品传播过程中的重大问题。这样的研究，在我看来，才是更有意义的，更有价值的。"[1] 这也是我们分析刘三秀故事在不同文本表现中，应当注意的。

表9–2　　　　　　　　　　《过墟志》不同文本的比较

文本	《过墟志》	《孀姝殊遇》	《刘孀姝得良遇奇缘》	《豫王妃孀姝刘三秀传》
篇幅分布	较均匀（对黄氏有细节描写）	较均匀	较均匀	重点叙述刘氏被掳之后之事

---

[1] 刘世德：《关于小说版本和古今贯通研究的随感》，《文学遗产》2006年第2期。

第九章　奇女子刘三秀命运题材的渊源、演变及时代成因　193

续表

文本	《过墟志》	《孀姝殊遇》	《刘孀姝得良遇奇缘》	《豫王妃孀姝刘三秀传》
人物出场顺序	黄氏先出场，大篇幅介绍其发家史，后刘氏出场	刘氏先出场，后介绍黄氏，借刘赓虞之口叙述黄发家史	刘氏先出场，后介绍黄氏，借刘赓虞之口叙述黄发家史	刘氏先出场，后介绍黄氏，叙述简略，几笔带过
故事情节	详尽完整	详细	较详细	较简略
对清朝态度	排斥	接受	接受	接受
对再嫁态度	挑战传统道德观念，各方态度表现不一	挑战传统道德观念，各方态度表现不一	挑战传统道德观念，各方态度表现不一	挑战传统道德观念，各方态度表现不一

可以看出，从清初到晚清，改写者与创作者的思想感情已发生了细微的变化，体现了时代的变迁。随着清朝统治的稳固，晚明的遗民心态已逐渐消失，而从原创文学作品发展到后来，也已没有了最初强烈的体现朝代变迁的色彩，而只是一篇关于一位传奇女子的奇闻趣事。

首先，从四种文本篇幅分布看，《过墟志》分为上下两卷，各有侧重。上卷主要写黄氏的发家史，即新兴地主兼商人富户的崛起，传统大户如刘家、陈家日益没落；以及刘三秀嫁入黄家后，持家有道，"时亮一切家政，皆听命于刘"。经过引子，嫁女叙述之后，以黄亮功之死引出下卷。下卷主要写清兵入关南下，在国破家亡的局势下，刘三秀被掳后至豫亲王多铎府上，而三秀凭借自己的美貌和心机，以守为攻，步步为营，最终登上了王妃宝座，借助王爷的地位和权势为女儿置宅，为婿谋取功名，可谓既维护了尊严，又获荣华富贵。而此后的改写本均将上下卷合为一卷，侧重点转移到刘三秀身上，即以"孀姝"为侧重点，从人物出场的先后顺序也可以看出黄氏已成为配角，被简略叙述甚至几笔带过。《孀姝殊遇》和《刘孀姝得良遇奇缘》保存了基本的故事情节，而《豫王妃孀姝刘三秀传》则有较大删减，重点叙述刘氏被掳之后之事。究其原因，应与题目界定有很大关系：《过墟志》有作者自序，称书名本之唐韩愈《圬者王承福传》："吾操镘以入富贵之家有年矣。有一至者焉，又往过之，则为墟矣。有再至三至者焉，而往过之，则为墟矣。"这既是"过墟"一语来历，又表达了作者对时代变迁中富贵之家没落为墟的感叹，因以黄亮功的家族兴衰史为主线贯穿全文；而此后三篇改编之作，均有"孀姝"一词，可见是以"孀姝"为主线贯穿文脉，因而情节的安排各有侧重。

其次，从四种文本对朝代更替及传统观念的态度看，《过墟志》中以朝代的更替写刘三秀命运的变化，虽未对战争给江南地区百姓带来的苦难作过多描写，可是下卷写："李总戎成栋者，于弘光时降新朝，所过城邑，辄为残破，掠妇女十余艘过嘉定。乡民焚其艘，妇女死者过半。及罗店镇，誓必掠取吴中美姝以偿。继破松江，择大宅，多畜姬妾于其中居之。"寥寥几笔，真实地再现了这场翻天覆地的社会变动给百姓特别是女性带来的灾难。《过墟志》中刘三秀被掳之初，寄女信写："我生不辰，叠罹险难。……"与王爷拜堂后寄女信写："汝母命衰，失身吒利，孽非自作，叫天何辜！"用了唐代章台柳被"蕃将"沙吒利所掠的典故①，隐然寓有深意，汉族正统情结仍在。而到了《孀姝殊遇》中则为："汝母受王恩礼，此身已不及自持矣。"这细微的变化可以看出由"命衰"、"失身"和"作孽"等词语变成了"恩礼"和"不及自持"，这样的词语感情色彩的变化，也分明看出改编者对清朝统治者态度变化，即由排斥变为接受，并且后来《刘孀姝得良遇奇缘》和《豫王妃孀姝刘三秀传》均沿袭了《孀姝殊遇》中的关键用词。

二 《过墟志》不同文本的意义及影响

明末清初到晚清，清代社会不论是整体上还是具体到江南地区，巨大的变化无一不影响着刘三秀故事作为叙事文学作品的书写，不同作者对作品加以改编、压缩或重写，也都必然在一定程度上受到时代心理的影响，并影响着人们对旧有文本的认知理解。从积极方面看，改写本顺应了清代社会的时代变迁，更有可接受性、可读性。最初文本由于成书仓促等原因，难免在语言和用词上有诸多疏漏，而改写本则有较多时间进行细改和润色，使其更符合当时民众的口味和价值取向，这无疑是有进步意义和审美价值的。《孀姝殊遇》也在结尾处交代："曩余客金阊，

---

① 许尧佐：《柳氏传》，汪辟疆：《唐人小说》，上海古籍出版社1978年版，第52—53页。

第九章　奇女子刘三秀命运题材的渊源、演变及时代成因　195

尝于残书铺中得是事稿本，前后百纸，草率多讹，标面曰《过墟志》……然系琉璃厂排版，刷以牟利者，仅赏新奇，一过即已。故其篇虽较稿本为约，而亦未遑剪裁。"可见《过墟志》作为初写本，并不是那么尽善尽美的。所以《孀姝殊遇》又说："余以其非见闻所习也，因特芟繁就简，且别其目为《孀姝殊遇》。其间虽尽有点窜，而无失本真，将广其传。"后有雨苍氏点评："随事安插，经律井然，无拉难纰漏等病，以故头绪虽繁，叙次恰一丝不乱。一二点染处，复得事外元神，倏然改观，于旧本迥殊霄壤。试于香清茶热时，静读一过，如观《聊斋》副墨也。"如此看来，《孀姝殊遇》的可读性似乎更高，更迎合了晚清民众的心理，更具有时代回味的意义。

　　从消极方面看，改写本削弱了丰满的人物形象。首先是刘三秀这个江南汉族年轻女性，在《过墟志》中是一个个性突出、智慧聪颖的少妇形象，原创性很强，具有特殊性与创造性，王恒展教授指出："她不同于崔莺莺、李娃、霍小玉、杜十娘、杜丽娘等中国小说史上著名的爱情主角，不同于璩秀秀、周胜仙、李翠莲等市民女性，不同于以《金瓶梅》为代表的艳情小说中的荡妇淫妇，不同于以《红楼梦》为代表的世情小说中丽姝佳人，也不同于杨玉环、王昭君等帝后王妃。"[1] 不过薛洪勣先生体察到，这位江南美人："未必是个结局美满的人物"，"和《红楼梦》中的王熙凤是同类人物"。[2]

　　虽出身旧家大族且父母早亡，但她聪慧而美艳，更能凭借自己的聪明和美丽掌握自己的命运，善于适应和改造环境，最终达到有钱有势的目的。她初嫁黄亮功是因为哥哥刘肇周见利忘义，背离了伦理美德，"贪富厚，而以妹为贾人妻"，但嫁到黄家之后，刘三秀并没有进行任何的反抗，而是很快成长为一个"女强人"，她细心而有才干，悉心为夫君出谋划策，使其夫"奉若神明"，并且成为一个"性高抗，居家喜南面坐，诸婢仆屏息听指挥惟谨"的主妇。这都从侧面表现出了金钱势力在价值观念上的提升，是明末江南社会资本主义萌芽兴盛阶段新兴乡绅阶级的本质特色。但是后来的《孀姝殊遇》及其他改编作品中，纷纷不约而同地对刘三秀初嫁黄亮功的情节，作了较大删减改动，一定程度上削弱了丰满、

---

[1]　黄霖等编：《古代小说鉴赏辞典》下册，第2592—2594页。
[2]　薛洪勣、王汝梅主编：《明清传奇小说集》，吉林文史出版社2007年版，第306页。

完整的人物形象。因刘三秀显然不是被满兵掳掠后突然之间就变得成熟老到的，不能忽视她这段持家主政的历练。

其次是黄亮功这个新兴地主阶级的形象。《过墟志》中，作者也塑造了一个较完整的黄亮功形象，他作为贯穿故事全文筋脉之一，也是主角之一，即黄家发家后没落为墟的牺牲。上卷全为与黄亮功的相关故事情节，下卷由黄亮功之死引出，最后又以访黄氏本宗结尾，可见全篇是以黄氏家族的兴衰为主线。可《孀姝殊遇》与其他后来的改编作品中，黄亮功其人在作品整体中的地位明显降低，只是几笔带过，成了一个可有可无的角色，这样，也就消减了整篇作品的时代特征和阶级色彩，即明清朝代更替应有的亡国亡家之痛，以及蓬勃发展的商品经济对正在没落的汉族地主经济的冲击，以及后者衰败乃至消亡的过程。总之，通过对《过墟志》及其相关改编作品的比较分析，可以探索出不同的创作主体在创作或者是改编过程中的时代和构思的变化，这对于更深入的研究和全面把握文本具有积极的意义。

三 《过墟志》体现的明末清初的多重时代成因

1644年清军入关，这翻天覆地的朝代更替给关内汉族社会和汉族文化都带来了巨大的冲击，满族征服者的入主中原，也为满汉民族的融合提供了巨大的机遇。偏居于中国东北一隅的女真族作为一个人数较少且文化落后的民族，进驻中原大地，但他们要想统治人数众多并且文化先进的以汉族人为主体的社会，必然会产生纷繁复杂的矛盾和斗争。满人常以征服者自居，且入关后为了维护满洲贵族的特权，大搞充投、圈地、易服、剃发等民族高压政策，鄙薄汉人；而汉人则自恃文化优越或忧思故国，不屑接受满人统治，因此民族矛盾尖锐，偏见和隔阂严重，直到康雍乾时期这种情况才逐渐改善。随着清朝统治的稳固，汉人地位得到提升，满人的汉化程度也不断加深，满汉的融合进入政治、经济和文化等各个层面，满汉的关系也日趋多样化，这在《过墟志》文本中也得到具体而微的体现。

时代政治背景和满蒙通婚先例，带来了满汉通婚的可能性。如恩格斯论十三世纪德国叙事诗《古德龙》时所说："对于王公本身，结婚是一种政治的行为，是一种借新的联姻来扩大自己势力的机会；起决定作用的是

第九章　奇女子刘三秀命运题材的渊源、演变及时代成因　197

家世的利益，而决不是个人的意愿。"① 满族王爷看中江南美妇刘三秀初始，也许并未深谋远虑，但这故事在汉族地区流传却不期然而然地有了满汉融合的政治意义。作为参照，满蒙的长期的、大规模的、多层次的联姻作为一种颇有特色的婚姻制度，为满蒙的长期友好发展和民族融合作出了巨大的贡献。满洲皇室与蒙古王公世代实行的"满蒙联姻"所形成的血脉纽带，也将满蒙两族紧紧地联系在一起，为清代祖国北方边疆的安定奠定了基础。论者曾对"满蒙联姻"作如下评价："在清代历史上，满蒙联姻，即清朝的满族统治者集团与蒙古王公之间长期持续的通婚活动，是一个非常引人注目的现象。作为有清一代奉行不替的基本国策，这种联姻活动已经远远超出单纯的家族间通婚的含义，而成为清代民族统治政策中不可缺少的组成部分。虽然在我国古代历史上，历代统治者为着某种目的采取政治性通婚的例子并不乏见，但清代的满蒙联姻活动无论其政治用意，实行方法以及效果，都超过了前代。"② 这一可以称之为清代基本国策的怀柔策略，已成为清代民族政策中不可或缺的组成部分。

　　清军入关后，满族人大量南迁至汉族聚居地，满汉民间通婚也是既成的事实，为此满族统治者也不断在立法上进行调整。入关以前，"满洲、蒙古之男女类皆自相配偶，间或娶汉族之女为妇，若以女嫁汉族者，则绝无仅有"，入关后，对汉族的婚姻政策才逐渐放松："顺治谕礼部曰：方今天下一家，满汉官民皆朕赤子，欲其各相亲睦，莫如缔结婚姻。自后满、汉官民有欲联姻者，听之。其满洲官民娶汉之女实系为妻者，方准其娶。"③ 但是在清朝初年，民族矛盾和社会矛盾都比较尖锐的社会背景下，这个推进满汉通婚的政策并没有大范围地实行，甚至引来了一些汉人的激烈反对。为了回避民族矛盾，也为了能够保证八旗血脉的纯正和长期存在，清朝便转向了禁止满汉通婚，严格地说是禁止八旗内外的通婚。

　　当然，在满族占少数，汉族占大多数的中原地区，要完全禁止满汉通婚实属困难，因此更多禁止的是旗女外嫁汉士，而满族娶汉女为妻妾则不在少数，且政策比较宽松。这其中，若汉族人编入旗制，则通婚也相对容易。《过墟志》文本中，我们可以看到，刘三秀不仅嫁给了豫亲王多铎，

---

①《家庭、私有制和国家的起源》，《马克思恩格斯选集》第四卷，人民出版社1972年版，第74页。
② 华立：《清代的满蒙联姻》，《民族研究》1983年第2期。
③ 徐珂：《清稗类钞》第五册《婚姻类》，第1988页。

并且受到了封赏,晋升为妃子,实际上这在清初是律法所禁止的,并且在满族统治阶级中更是有层层限制,这其中的成功原委就是因为刘三秀已编入旗制。当旗兵千人将刘三秀掳走后写道:"至松则成栋(指降清将领李成栋——引者注)亲属被收,凡所掠妇女,皆归旗安置会城(南京)。"墅西逸叟还写多铎王亲携刘三秀进京面见陛下:

> 陛见皇帝,问:"年四十何尚无子?"王对:"臣在江南,得本旗妇刘,已有身。"上喜曰:"男也,则亟告宗人府以闻。"未几刘果生男。上闻之,赐人参百斤,皇太后复赐洗儿钱百万,乃遵例上请,册立刘氏为妃。①

由此可见,刘三秀是以旗人的身份被册封为妃子。后又写道:"噫,奇矣!皇太后万寿节,刘以王例得率福晋等(镇国、辅国将军妻,俱称福晋)入宫庆贺。"这一评点性质的语句,也让读者了解到这在当时属于传奇性的故事,故而可以吸引更多读者信以为真,倾心赏阅。

四 《过墟志》的题材渊源:乱世中的女性命运关怀

在时代变迁、朝代更替的明末清初,江南孀妇刘三秀个人的命运,已不再仅仅是个人的、孤立的,也连带亲人家族的命运。《过墟志感》这一题名,具有兴废沧桑之感,颇与《诗经》以降"黍离"之痛的文学主题密切相关、② 不过故事最为感人的,还是在乱世中汉族女性"自保"、"护亲"的卓异智慧。王恒展教授指出:

> 刘三秀的形象写得比较饱满。这是因为作者善于围绕这一形象的主要性格特征组织材料。她出身于旧族大家,且父母双亡,所以这就从出身上决定了她生活环境的被动。然而她慧而艳,善于凭借自己的聪明和美丽支配自己的生活,善于适应与改造环境,善于变被动为主

---

① 程毅中等编:《古体小说钞:清代卷》,中华书局2001年版,第24页。
② 参见王立《文人审美心态与中国文学十大主题》第九章黍离主题。

动，达到有财有势的最终目的。①

何以清代不同时期的人们总是不约而同地关注、同情一个蒙难女性的命运？这不能仅从一个朝代的兴亡寻求现实原因，同时也要注意到，故事具有超越时代的祈求共同和平、理想生活的普世性民俗心理。

在类似的区域民俗风习下，类似的"孀妇"命运的叙事，当然不会一下子那么成熟，其文学叙事，或者说是叙事的文学性也未必会猝然而生，可能有其多重文本来源。在明代也是刘三秀故事发生地的常熟人杨仪撰有《高坡异纂》，其卷中载：

> 南京王指挥敏，初无子，以运粮把总至京，过济宁，买一妾，色美而贤，内外宗姻，咸敬爱之。生一子，未几，夫与徽室相继死，妾治家教子，极有法度。既而子袭官，复为把总，部运北上，恳请其外家所在，但言嫁时年幼，已忘之矣。妾之归王氏者三十余年，早起必梳沐于榻上帷幕中。至老，愈严肃，子妇晨省立于户外，伺其自出，然后敢前谒拜，近侍有二婢，亦未尝见其梳沐也。一日晨兴颇迟，二婢立榻前，忽风动帐开，乃见一无头人坐帐中，持髑髅置膝上，妆饰犹未竟，见二婢，仓皇举髑髅加颈，不及，身首俱仆，婢惊呼，子妇入，则固一枯骨也，人因呼其子为"鬼头王"。②

传奇性的个体经历，在这一具有地方性的传说故事中加以神秘化的引申，更让人过目难忘。其大半部分具备了"刘三秀"故事的母题要素：（1）武人娶美妾；（2）美妾具有女性美貌贤惠的突出特点："色美而贤，内外宗姻，咸敬爱之。"博得上下敬重；（3）美妾所得尊重保持持久，有威严。尽管最后有着神秘崇拜的尾巴，然而其中的女主人公形象，给人以深刻的印象，基本具备了许多与女性命运、评价最为有关的核心要素。

女性智慧，乱离之中婚恋权宜，渡过难关之后分离，这类故事当初萌于晚唐。据刘山甫《闲谈》讲述唐广明中，黄巢犯阙，寇盗纵横时："有西班李将军女，奔波随人，迤逦达兴元，骨肉分散，无所依托。适值凤翔

---

① 黄霖等编：《古代小说鉴赏辞典》下册，上海辞书出版社2004年版，第2593页。
② 王文濡辑：《说库》下册，浙江古籍出版社1986年版。

奏将军董司马者，乃晦其门阀，以身托之。而性甚明敏，善于承奉，得至于蜀。寻访亲眷，知在行朝，始谓董生曰：'丧乱之中，女弱不能自济，幸蒙提挈，以至于此。失身之事，非不幸也。人各有偶，难为偕老，请自此辞。'董生惊愕，遂下其山矣。识者谓女子之智，亦足称也。"① 在战乱流离之际，这位将军的女儿与自己的亲人分离，她隐藏了自己的身份家世，暂且与董司马结合，暗中找寻亲人下落，而一旦找到，就毅然决然地离开自己暂时依附之人，值得注意的是对于她在特殊境地之中"性甚明敏，善于承奉"的概括性描述，乃是乱世人生之中年轻漂亮女性自保的明智之举。

更早些的类似"乱世女性嫁贵人发迹变泰"主题，即该文本类型的先声，首先出现在宋代。说是张相，名讳从恩，有继室："河东人，有容色，慧黠多伎艺。"她十四五时即失身于军校为其侧室，后因重病形如骸骨，被抛弃，衣服全被抢走，乞讨时被一老妇怜悯："为洗沐，衣以故旧衣，日尽粥饮蔬饭而已，不数月，平复如故，艳状艳丽，殆神仙中人也。里民有子未结婚者，争欲娶之。张氏拒之。"最后嫁给了一个过路士子。但赶上乱兵，士子被杀，与刘三秀一样，过于美貌的张氏被乱兵掳获，献给了张从恩。也是木秀于林，在众妇中独得宠爱，后来她的幸运遭际也令载录者感慨：

张相讳从恩，国号（《说郛》无"国号"，有"有继室"三字）。访其姓氏未获，河东人，有容色，慧黠多伎艺。十四五时，失身于军校，为侧室。洎军校替归洛下，与之偕。来至上党。得病，因舁之而进。至北小纪，厥病且甚，汤饮不能下。自辰至酉，痢百余度。形骸骨立，臭秽狼藉，不可向迩，军校厌之，遂弃之道周而去。不食者数日，行路为之伤嗟。道旁有一土窀，可容数人。盖樵童牧竖避风雨之处所也。过客悯之。众为舁至于土窟中。又数日，病渐愈。衣服悉为暴客所褫，但以败叶乱草蔽形而已。渐行至店，日求匄（丐）余食。夜即宿于逆旅檐下。

一日有老妪谓曰："观尔非求乞者也，我住处非远，可三百许步。"即携之而往。姥为洗沐，衣以故旧衣，日进粥饮蔬饭而已。不

---

① 孙光宪：《北梦琐言》卷九，上海古籍出版社1981年版，第72页。

第九章 奇女子刘三秀命运题材的渊源、演变及时代成因　201

数月，平复如常，颜状艳丽，殆神仙中人也。里民有子未结婚者，争欲娶之，张氏拒之。忽有士子过小纪，知之，坚求见之。既见，谓姥曰："可能聘，某当赠姥彩绢五十匹。"姥许之。易以鲜衣首饰等。以车载之而去。士人遂偕往襄阳，僦宅居之。

会襄阳帅安大王从进叛，左右利其财，杀其士子，纳其妻。从进败，为乱兵所得，人有知其殊色，遂送至都监张相寨内。张相即从恩也。张相共获妇女十余人，独宠待士子之妻深厚。数岁，张之正室亡，遂以士子之妻为继室。后封郡夫人，及为中馈也。善治家，尤严整，动有礼法。及张加使相，进封大国夫人，寿终于洛阳第中。

吁！妇人女子，何先困而后遇，"险阻艰难，备尝之矣。"前有失身求丐之厄，终享富贵大国之封。则古之贤人君子，当未遇也，则困风尘，蒙菜色，有呼天求死而不能，一旦建功业，会云龙，爵位通显，恩宠裯叠，功业书之史策，令名播之不朽者，何可胜数哉！因书之者，有以知妇人微贱者，岂可轻易之乎？况有文武才干，困布衣及下位者欤？①

上述故事的整个叙事和主题特别是后半部分和刘三秀故事情节非常类似，这岂能是偶然！其一，特别引人注意的，是人物形象及身份类似：（1）女主人公：美貌贤惠的再婚少妇，早期经历坎坷磨难；（2）男主人公：高官，幸为少妇所托终身，其对此少妇一往情深；（3）老妪作为一个价值发现者：把遭乱潦倒、濒于死亡的少妇，从毁灭边缘中解救出来，使之走向命运的转折之路；（4）少妇前夫缺席：死去。其中的"老妪"形象非常关键，相当于刘三秀故事中多智幽默的"满媪"。在《过墟志》中刘三秀是经过"满媪"从众多"难妇"之中精心选择的，同时刘三秀也具有女性个人的成熟处事能力和性别魅力。

更有甚者，宋代也早有了一个普通妇女被卜卦，算出日后必贵，而后果然改嫁得富贵的故事，竟然也是一个"跨族群"婚嫁（且为少妇改嫁）故事，契丹族妇女改嫁成了女真族王妃：

---

① 张齐贤：《洛阳搢绅旧闻记》卷三《张相夫人始否终泰》，《笔记小说大观》第二册，第9—10页。

> 契丹季年，常胜军校庞太保妻耶律氏，诣燕山乐先生卜肆问命。卦成，乐惊曰："平生所阅人，无如夫人之贵，非后妃不足以当之。今服饰若此，何也？"耶律笑曰："吾夫一营卒耳，近以微功，方迁队首，犹未免饥寒，安望王侯！"乐曰："夫人不大贵，吾当焚五行之书。"既而金人灭契丹，首领兀朮至燕，见耶律氏美，纳之而杀其夫，后封越国王妃。妃方颐修领，明眸华发，权略过男子，兀朮敬畏之。先公在燕时，熟识其状。予奉使日，接伴使曰工部侍郎庞显忠，盖耶律在庞氏时所生也。[1]

此处叙事模式为："相面言妇当贵→妇不信→卜者坚持此妇必定贵，并赌誓→此妇之夫死（被杀），改嫁后夫为王侯→被封为王妃→前夫之子沾光得显贵"。特别值得注意的是，一者，与贫穷的前夫生下一子；二者，改嫁后容光焕发，智谋过人；三者，得到后嫁之夫的敬畏。

其二，宋代、明末两个故事情节主干具有匪夷所思的酷似之处，乱世中的女性"由危至显"、"蒙难获后福"命运转折的表达及其儆世意旨非常鲜明。故事类型中叙事结构为"少妇遇贵人"，这与刘三秀故事极其类似：

> （女主人公）微时受难，遇人不淑——适逢变故，前夫死，落于乱军手，被选奉给高官（贵人），初为继室——后谨慎矜持，得为正妻，富贵封诰（或幸运地蒙有势力者庇护，得以免遭不测）。

其中的"少妇（孀妇）再嫁"之后才能发挥、价值显露，也是叙事的重点，令多种社会阶层的人，尤其是江南汉族女性钦羡的核心。

其三，主要人物人生经历、人物关系中的性格变化。（1）刘三秀初涉社会，是一个逆来顺受，随遇而安的女性；（2）坎坷不幸的遭际，也是其审视人生、磨炼能力、深化对生活认识的过程；（3）女主人公在众妇中脱颖而出，得到异族占领者中"贵人"的青睐，并且能保持宠爱，不断显露才能，终于从侧室升格为正室，得封"大国夫人"。

随着刘三秀故事的出现，我们在两百年后的传闻中也可以找到其他类

---

[1] 洪迈：《夷坚志补》卷十八《乐先生》，第 1720—1721 页。

第九章 奇女子刘三秀命运题材的渊源、演变及时代成因　203

似叙事，如晚清佚名《梼杌近志》第九卷《孀妇异材》，即属一种对前代传说的"民俗记忆"，也写出了孀妇形象的动人魅力和卓绝的治家能力，只不过在开始时，这位男性主人公是通过"梦示"，自己发现的：

> 明末，兴邑有某太太者，孀妇也。时有部郎某，衔恤家居。一日晨起，假寐于其厅事，忽梦一白蟒蜿蜒过。惊起，至门外瞻之，则见此妇满身缟素，自其夫之墓祭扫归，过犹未久。部郎适丧偶，既异其梦，复艳其姿。遣人媒合之，娶归其家，尊为太太。
>
> 太太既入门，持家井井。又善伺部郎意，甚嬖宠之。无何，部郎服阕赴都，选知蜀中某府，挈之赴任。署中事皆委之经理，明察如神，内外咸惮之，不敢欺，不数年积镪累千万。
>
> 已而部郎死，太太扶榇归里，厚资居僻壤，所为多不法事。少年佼好者，留与之乱。里中人稍忤其意，缚以归，闭之一室，绝其饮食，死即投之水火，前后杀无算。先是，部郎前妻有二子，遇之虐，次第死。太太亦有二子，长子稍壮，心非其母所为。太太怒，鸩杀之。次子惧，逃匿外家不敢回。由是益肆行无忌。久之，为大吏所访，擒置太原狱，将治其罪。
>
> 适是时，闯贼既破宁武，由宣大直薄都门。太原虽不被兵，而鹤唳风声，警报叠至。太太乃以重金贿狱吏，自绘其貌，寓书于闯。大约谓："己之财可以佐军资，己之貌可以充下陈，乞还兵出之狱中，俾得侍巾栉。"闯得书大悦，自率轻骑疾驰至太原，筑长围攻之。太太知闯已至，先布置腹心数人于狱外，城破前一夕，自狱中破械出，遁归兴邑。比城破，闯求之狱中，不得，将移师兴邑。而太原至兴邑四百里，崇山叠嶂，道窄仅一线，兵不能至，乃已。太太自狱中归，益横于里中。适清定鼎燕京，中原犹未大定，亦无过问者，竟得以寿终于家。
>
> 此事距今几三百年，兴邑人犹无不知有某太太者。①

故事的前半部分，写少妇从丧夫的命运低谷，跃迁为高官太太，也颇似刘三秀的幸运经历：少妇先遇到不幸和坎坷，而后改嫁，能力才干被逐渐发

---

① 裘毓麐：《清代轶闻》卷七，中华书局1989年版，第52—54页。

现，逐渐成长。只不过后来这种为了生存而逐渐强化的理家能力，恶性发展，她也逐渐成了恶魔般的女强人。

"白蟒"，在故事中究竟有何象征意义？白蟒，实际上就是白蛇，蟒是蛇的一种，又称"蟒蛇"，通常较大的蛇称为"蟒"。[①] 不过古代常常蛇、蟒不作细分。论者指出："蛇的意象，因为柔软绵长的外貌和伏地而行的姿态，成为男性话语描绘女性形象的一个重要的想象符号，又源于蛇的神秘质地和毒性攻击性被赋予和生成了女性性格的阴险、狡猾、毒辣等负面定义。白蛇的女性传说，在历史叙述中不断变异和变化，然而，总是难以摆脱被男性描述的依附型命运。符合男性欲望和想象的女性意象，被描绘为温顺可爱的天使；而违逆男性规训的女性形象，则被无限制地妖魔化。"[②]"白蛇"与许宣跨文体系列故事所体现的人妖之恋，其中最不能忽视的一个主要内在意蕴，就是"女妖诱惑"，女妖的身份具体化为少妇——女强人，更加具有女性的性别魅力。文本似乎在暗示：白蟒或为某太太的真身，她的超凡魅力，过人能力，都似乎有非人间的、神秘势力的、难于抵挡的"妖法"背景。如此女强人的民俗传说，既然在民间如此传播良久，必有其根据和理由。这是否为"白蛇"故事的又一个翻版？但却没有那么执著于爱情的美好的东西，而更多的则是善于媚惑男人、缺少母爱，善于商业经营之道的黑社会"女老大"形象了。

进入民国，泖东一蟹（钱静方）发表在《小说月报》第5卷第5号（1914年5月）至第6卷第4号（1915年4月）《鹣鲽姻缘》，则为刘三秀故事在新旧交替时代的又一次"文本重建"。被研究者认为是："针对晚明的文本戏谑的集大成者。举凡钱柳姻缘、太后秘史、洪承畴降清、吴三桂借兵……种种明末清初香艳好奇的轶闻遗事，统统被作者纳入了这个所谓'满汉联姻'的美满故事里面。"[③]

可以说该文本名称具有一种象征性，体现了南北、满汉民族融合时代"汉满联姻的一桩故事"，《鹣鲽姻缘》第七十四回称："三生石上注定姻缘，天然自有凑巧的时候。可巧那时神州陆沉，中原鼎革，两方面就不期而然的被那一线红丝牵往一处。俗语说得好：'有缘千里来相会。'这不

[①] 一种说法是：蟒蛇无毒体积大，通过卷曲目标猎物窒息而死是它的习性，而蛇主要是通过注入生物毒素麻痹猎物来猎食。

[②] 黄宝富、左继华：《白蛇传说的女性主义研究》，《时代文学》2010年第5期。

[③] 秦燕春：《清末民初的晚明想象》，北京大学出版社2008年版，第320页。

是北方之鱼南方之鸟不相谋适相合,从此可以比翼比目天长地久的去过那一世么?"秦燕春认为小说从《孀姝奇遇》、《过墟志感》到此,内在寓意有了较大变化:"《孀姝奇遇》强调女主人公刘三秀的个人命运的一波三折、不可预测;《过墟志感》凸现刘三秀前夫黄亮功家事的盛衰无常、报应不爽;而《鹣鲽姻缘》的重心,已经转移到了发生在满汉之间的一段离奇婚媾,如何天缘凑合了。"①

而到了熟悉明末史实的研究者这里,还考证出小说与现实生活实际发生的情况不符,《小说月报》第6卷第9号"杂俎"刊有心史(孟森)的《董小宛考》,提出:"凡作小说,劈空结撰可也,倒乱本事,殊伤道德","不应将无作有,以流言掩实事",应"以其事本离奇而用文笔加,甚之不得节外生枝,纯用指鹿为马方法"。批评《鹣鲽姻缘》称:"即言孀妇刘三秀事,传者明谓其人入宫,亦绝非豫王所掠致。豫王以二年十月还京,即不再南下,六年遽卒。三秀事据《过墟志》亦至李成栋叛后,随李家属送南京。乡曲流言,固多不足信也。"②

此外剖析《过墟志》主要人物刘三秀等形象,还可对明末清初寡妇再嫁观念灵活放松的时代新变化,有进一步认识。

---

① 秦燕春:《清末民初的晚明想象》,北京大学出版社2008年版,第320—323页。
② 孟森:《心史丛刊》(1935年),中华书局2006年版。又收入《近代中国史料丛刊续编》第94辑。

第 十 章

明清通俗文学之医者形象的文化阐释

古今通俗文学的题材范围十分广泛，其中"医者"形象无疑是类型化的一个系列，这与医学史、医患关系史等相交叉。Edwin Clarke 曾强调医学史应该从传记、叙述奴役下解脱出来，开展医学社会史、制度史和观念史的研究；法国年鉴学派的编史学纲领也主张医学史应把健康、疾病、医学与当时的社会与文化联系起来。然而在我国，从通俗文学题材表现特征及其延续的角度，审视明清医者叙事所表现出的文化内蕴，及其通俗文学特征，却罕有人关注，这里，借助对《聊斋志异·医术》为代表的文言小说医术叙事特别是庸医形象文化意蕴的梳理，考察该母题与明清社会、通俗文学的关系。

一 关于通俗文学、通俗性的界定

民国语境下的"通俗"包括形式与内容："'通俗'云者，应当是形式则'妇孺能解'，内容则为大众的情绪与思想。"[①] 其中的"妇孺能解"来自焦循《花部农谭》。郑振铎先生解释"俗文学"（通俗文学、民间文学、大众文学）："换一句话，所谓俗文学就是不登大雅之堂，不为学士大夫所重视，而流行于民间，成为大众所嗜好，所喜悦的东西。"通俗文学应来自民间，且为民众而作，为民众而生："其内容，不歌颂皇室，不抒写文人学士们的谈穷诉苦的心绪，不讲论国制朝章，她所讲的是民间的英雄，是民间少男少女的恋情，是民众所喜听的故事，是民间的大多数人

[①] 茅盾：《质的提高与通俗》，《茅盾文艺杂论集》下集，上海文艺出版社 1981 年版，第 729 页。

的心情所寄托的。"他认为"俗文学"里的小说专指"话本"而言，诸如谈因果的《幽冥录》、记琐事的《因话录》等，所谓"传奇"、"笔记小说"等，均不包括在内。①

袁良骏先生强调："'通俗文学'一语来自'俗文学'，而'俗文学'本来泛指民间文学，是相对文人创作而言的。"他认为"通俗小说"是俗文学到通俗文学的桥梁。②范伯群先生指出："我认为俗文学与通俗文学是属同一范畴的大小并不等同的两个概念。……我认为俗文学这个大家族中有两个分支：一支是当前称之为'通俗文学'的分支，是指不属于纯文学范畴的叙事作品，主要是长、中、短篇通俗小说。而当前研究者通常提及的近现代'通俗文学'流派，就是指继承中国古代白话小说模式的通俗作家群体。……一支是当前称之为民间文学的分支，指民众集体口头创作，经口头流传，并不断地集体修改、加工的文学分支。"③后者情况与本文的论题较为接近，明清许多笔记小说如《聊斋志异》众多篇章，即属于"集体口头创作，经口头流传，并不断地集体修改、加工的"，不过由蒲松龄斟酌定稿。按一般观点，通俗文学的形式首先要易懂，如柳词般凡有井水处，皆能歌之。且其内容一定是关乎大众生活情感的，也就是其世俗性、社会性。简言之，一要与世俗沟通；二要浅显易懂；三要有娱乐消遣功能。④据此，文人创作的文言性质的传奇、笔记小说等，往往不被认为是通俗文学。通俗性既有形式上限制，又有内容上的要求，可是后者因范围广泛却往往被忽视。

论者指出，清初面世时，《聊斋志异》也大半属通俗文学："文言小说自然是由文人搜集、记录、整理的，或者是文人利用民间传说素材进行再创作的。无论是魏晋时的志人、志怪，还是唐传奇，抑或是文言小说的典范《聊斋志异》，其作品虽难免学一学太史公笔法，卖弄一下才情，用一些典故，却终究是供文人雅士茶余饭后消遣解闷的'闲书'，书中又大量运用俗语俚词，算不得'雅文学'之列。"⑤文言小说其实不能一概而论，不能被排除在通俗小说之外，而《聊斋志异·医术》二则故事讲述

---

① 郑振铎：《中国俗文学史》，人民文学出版社1959年版，第7页。
② 袁良骏：《走出"严肃文学"、"通俗文学"的误区》，《人民政协报》2004年4月5日。
③ 范伯群：《通俗文学研究的回顾与展望》，《中国现代文学研究丛刊》1995年第1期。
④ 刘安海：《通俗文学的美学特征》，《华中师范大学学报》1995年第4期。
⑤ 罗立群：《中国小说雅俗论》，《社会科学战线》1993年第4期。

的正是蒲松龄不愿割舍的一个通俗文学、大众文化关心的重要题材。

可见,究竟应该如何界定"通俗文学",其实可看成是相对而言的。通俗文学中的通俗之相对性未必非要体现在语言上。明代袁宏道说:"文不能通,而俗可通,则又通俗演义之所由名也。"① 意为表面文字不一定都通,而作品体现的世俗倾向可让普通读者理解明白。陈继儒《唐书演义序》也称:"演义,以通俗为义者。故今流俗节目不挂司马、班、陈一字,然皆能道赤帝,诧铜马,悲伏龙,凭曹瞒者,则演义为耳。演义固喻俗书哉!意义远矣。"② 界定通俗文学,应以总体文学格局参照。如相对于《三国志》、《三国志平话》,《三国志通俗演义》就是通俗的。又像清代中期的《红楼梦》,时因以文人诗文为正统主流,小说戏曲上不了大雅之堂,其就是通俗文学,正所谓"开口不谈《红楼梦》,纵读诗书也枉然"。而伴随着文学创作中戏曲小说比重的增大,《红楼梦》有个经典化的过程,变得愈来愈雅,在当代无疑成为高雅文学的一个代表,一定程度上又可以说是雅俗共赏。张赣生先生认为:"中国的小说,自'小说'这一概念确立时起,它就与'通俗'牢牢拴在一起。""中国小说之通俗,最初是指'通晓风俗'意义上的通俗,这种观念一直传到唐代……由'通晓风俗'意义上之通俗小说,转化为'与世俗沟通'意义上之通俗小说,这中间有个过程。"该过程主要指唐代变文兴起。"通俗小说"一词在汉语中的出现"是由于一次误会",由"通俗演义"一词的仿词性误用而来:"中国小说自其确立时起就与通俗拴在一起,但直至明代中叶,却从来不用'通俗小说'一词,其原因当然是明显的,按自古相沿的看法,小说必然与通俗相连,正如吃饭必然用嘴,只须说吃饭就够了,无须再说什么用嘴吃饭,画蛇添足,多此一举。"③

因而,小说(文学)的通俗与否,古代是与诗文(别集)相对而言的。研究时既要考虑到时代背景的因素,又要对文学文本深入挖掘,似不能只看到其语言形式,还更应看到其内容题材上的通俗性,医者形象及涉医题材即如此。

医者形象遍布许多明清小说中,无论文言还是白话,雅文学文本或俗

---

① 丁锡根编著:《中国历代小说序跋集》中,第882—883页。
② 熊大木:《唐书志传通俗演义》,中国文史出版社2003年版,第1页。
③ 张赣生:《民国通俗小说论稿》,重庆出版社1991年版,第7—9页。

文学作品。生病是无分贤愚贵贱的，与各种角色人们的生活息息相关，深入其生活的方方面面。生老病死是人们最为关心的事情之一，有病求医成为世人必不可少的要务的一部分，因而，医者形象常常构成了小说叙事母题，其形象本身就带有通俗性。患者具有择医权，增大了医者书写的传播力。这些医者或是作为单独的形象被抽象出来，或作为小说情节的重要一环而不容忽视。似不能因医者题材出现在文言小说中而将其排除在通俗文学的范围之外，医者题材的通俗性亦不受到叙事文体及语言形式的限制。

二 明清良医、福医形象及其题材表现的通俗性

良医、福医的共同点是疗病行医的成功，区别在于良医是真才实学，凭借高超医术和医德而治病救人；"福医"则指多半没什么像样的医术，但却具有歪打正着的幸运，也能误打误撞地治好病人。

医者、行医叙事的通俗化特征，还离不开对行医行业之"专业性"基本的了解和尊重。也有的属于具有真才实学，他们的行医成功，实在就是实至名归。如一位行使太医职责的民间医生，因其具有"读尽医书"的专业知识，还积累了大量实践经验，就真的为皇上妙手回春。明末的水浒续书《后水浒传》写绰号"赛卢医"的郭凡揭榜被引入宫，为高宗细细诊视，所分析的诸医误诊状况让昏沉中的高宗听了，非常认同，果然药到病除："一团邪火暑毒，清扫得乾乾尽尽，便能起居。"[1] 在与若干庸医凡俗之辈的对比之中，专业储备丰厚的郭凡取得了行医生涯中的标志性成果，也达到了民俗心理对良医的佼佼者——"名医"期盼的极致。

名医的自尊心和对于懂得医疗知识的百姓的尊重，往往是相辅相成的。似乎，他们有自己的判断力和责任心，但又根据不同地域的需求差异，选择到较为需要医者的地方。稀见小说如谢肇淛《麈馀》卷一描绘：

> 有名医将入蜀，见负薪者猛汗，于河中浴，医曰："此人必死。"随而救之。其人入店中，取大蒜细切，热面浇之食之，汗出如雨。医

---

[1] 青莲室主人辑：《后水浒传》第四十一回《杨幺入宫谏天子，高宗因义释杨幺》，春风文艺出版社1981年版，第412页。

曰："贫下人且知药，况富贵者乎？"遂不入蜀。①

虽然是从医者角度写出，但强调了医者应当具备判断社会需求的能力，于是高明的医术才会切实得到有效发挥。

早在唐代，就流传着卖药行医者不图利，而以济世救人为己任的美谈，如李肇《唐国史补》卷中称宋清在长安西市卖药："贫士请药，常多折券，人有急难，倾财救之。岁计所入，利亦百倍。长安言：'人有义声，卖药宋清。'"

"福医"故事的民俗期盼意趣很浓，他们好像笨拙的"福将"上阵意外获胜一样，总是幸运疗病、碰巧使用非药之药、胡乱医治，却无意之中产生药效而病愈。明代小说《轮回醒世》写某富家幼子，就曾遇到这样的"福医"。说巨富彭氏的幼子七岁，吃了含有蜈蚣卵的鸡蛋，腹痛如割，多医莫效，姜祐假冒草头医者，就以泥丸充"海上方"来应诊，诸医都议论他不谙病源也不把脉，都不看好他。不料，孩子抱来吃下药丸就不哭了，众医惊异："我等温寒凉热之味，俱已用过，毫不见效。偏此丸药，一入腹中，遂觉少可，非仙丹不至此也。"又吃下一些，疼痛停止了，大解之后："举火视之，乃小蜈蚣数千，盘结一团。蜈蚣遇土丸结成一块，一解尽下，其子立愈，稳睡一晚，次早饮食如常。"为了强调故事的由来有自，得到三百担米之后，姜祐告诉了妻子当初番僧的话："千万蜈蚣来运米。"② 故事作为"胡人识宝"母题的一个变形，同时还与命相术的信奉相交叉。

随机性、偶然性，是福医们幸运降临的惯常叙事，这体现出患者在具有择医权的前提下，民间有一种撞到富贵的应然性侥幸心理：

> 宋宣和间有贵妃病嗽，侍医李姓者诊治，百计不效，而痰喘愈甚，面目浮肿如盘。上临幸见之，深以为忧，责李："三日不效，取进止。"李技穷，夫妇相泣，中夜闻有卖药者呼曰："专治痰嗽，一文一贴，永不再发。"李以十钱易十贴，尚疑草药性厉，先以二贴自

---

① 日本内阁文库本，参见［美］白亚仁《谢肇淛〈虞初志序〉及其小说集》，《文献》1995 年第 3 期；王枝忠《谢肇淛文言小说〈麈馀〉考论》，《福州大学学报》2003 年第 4 期。
② 无名氏：《轮回醒世》卷八《四遇起家》，中华书局 2008 年版，第 254—255 页。

服之，无恙，旦携以入，一服而瘥，比旰如常。上大喜，两宫赐赉逾千缗。李恐内中索方，无以对，亟令物色卖药者，以百金请其方。曰："我军人也，贫穷一身，岂用多金哉？"李固予之。曰："此不过天花粉、青黛二种耳。此药易办，故持以度日，非有它也。"李拜谢之。

世宗末年，一日患喉闭，甚危急，诸医束手。江右一粮长运米入京，自言能治，上亲问之，对曰："若要玉喉开，须用金锁匙。"上首肯之，命处方以进，一服而安，即日授太医院判，冠带而归。后有人以此方治徐华亭者，亦效，徐予千金，令上坐，诸子列拜之曰："生汝父者，此君也，恩德讵可忘哉？"金锁匙，即山豆根也。以一草之微而能为君相造命。而二人者或以贵，或以富，始信张宝藏以荜拨一方得三品官，不虚也。①

至于《聊斋志异·医术》两则故事，论者纷纭，其实不过是这一母题链条上的一个环节而已。其一称贫民张氏遇道士相之，言当以医术致富，街市时行医他碰巧根据自身经历，治愈了青州太守的咳嗽；又因醉误诊，误把疟疾药给了患者，歪打正着治愈了伤寒患者，益以声价自重。另则写益都名医韩翁微时本是卖药的，碰巧投宿一家，其子伤寒，他慌乱无奈之中就搓下身上污垢捻之如丸状，冒充药丸，不料病者服下汗出而病愈，得到厚礼的他后来成了名医。② 治病求医，通常百姓首先要找到有名气的医者，还希望他医术高明，用药入神。这两位医者，一个非科班出身，只因偶遇一道信其言，自以为医；一个胡乱下药，均误打误撞，侥幸成功。侥幸成功疗治病患叙事的背后，实在难以压抑对不负责任的庸医的调侃与讥讽，可谓"不以成败论英雄"。百姓将这类事件传播开来，自然进入文人笔下。

同样的类化题材叙述，也多发性地出现在其他文言笔记中，明代朱国祯也有如是两则书写，因幸运者属于疗救自身而更有意味，其一：

---

① 谢肇淛：《五杂组》卷十一《物部三》，第 228 页。
② 任笃行辑校：《全校会注集评聊斋志异》卷五《医术》，齐鲁书社 2000 年版，第 1547—1548 页。

> 辛酉，予有不寐之病，彻夜宛转，心火焦灼，诸医束手。不得已，检古方试之，无一验，愈困。自分必死。命孙子信手抽架帙，指八字，定吉凶。初得"龙为祥之来"五字，甚恶之。又得"用时文"三字，不可解。馆客邵生持《王宇泰证治》一书至，悟曰："得非医家之时文耶？"检"不寐"一款，其方自丹溪递至末，有戴元礼二方，平平无奇。恍然曰："时文在此矣！"服之，就枕即卧，次日稍平，渐渐调服。而先一月，膈病，上下如分两截，中痛甚，不能支。余友缪仲醇至，用苏子五钱即止。盖余危病，自丁巳后此为最甚，去死几希。仅存之年，可不自爱乎！①

懂得医术者自己患上了失眠等症，"自病难医"，这是许多人都有亲身体验的极为普遍化的烦恼，也是一个再通俗不过的话题。以明清时代的语言环境，恐怕鲜有看不懂、听不懂的。"福医"的运气好像就是躲也躲不开似的，小昆虫都来凑趣，上书接着又来上《书蝇》一篇：

> 诸生俞某久病，家赤贫，不能具医药。几上有《医便》一册，以意检而服之，皆不效。有一苍蝇飞入，鸣声甚厉，止于册上。生泣而祷曰："蝇者，应也，灵也。如其有灵，我展书帙，择方而投足焉，庶应病且有瘳乎？"徐展十数叶，其蝇瞥然投下，乃"犀角地黄汤"也。如方制之，而苦无犀角。俄出门，失足踏坎中，甚痛，以为石尖，视之，犀也。服数剂得愈。

因此，这类文本就不仅是《聊斋志异》的先导，也有力地触发、印证了相关传闻。钮琇《觚剩·白蕈散》也写，明万历年间，林茂废学溺赌，家产荡尽，无奈投靠在广州经商的表兄李某，李恰巧外出香山，不得遇。林茂急欲觅香山渡，却误上肇庆渡。钱不足，解衫为质才被怜而免之。登岸见督院榜示："府中公子患病，有能治者与百金。"他抱着侥幸心理，"姑妄应之，以博一饱"，揭榜被延入府中，见到这个重患者，后来事态的发展颇有戏剧性：

---

① 朱国祯：《涌幢小品》卷二十五《用时文》，第587—588页。

第十章　明清通俗文学之医者形象的文化阐释　213

茂略作按脉状，漫曰："不难治也。"左右皆掩口笑。吴问："应用何药？"林复漫曰："此症非君臣佐使之剂所能愈，进一草方，当获神效。"吴赐以酒食，遣中军官与同骑而出，茂栩然已久，忽餍珍味，腹作痛，几欲堕马，行至城外旷地，请停骑于此间觅草，实遗矢也。而于粪土中见鲜荤一枝，色白肥大，采取入袖，告中军曰："仙草已得。"联辔还府，而日向夕矣。

茂固不知白荤之能疗疾也，聊藉以塞责，兼可晚餐耳。亟命煮汤进公子。是夜宿府中，展转不能成寐。明日天尚未晓，内传林先生甚急。茂惊惧不知所为，曳履而入。见公子坐床啜粥，魂魄始定。公子曰："昨饮汤更余，大吐浓痰一器，中有三红筋。析而细视，则血裹人发，纠缠成团。今自吐后，胸膈空洞思食，与无疾同。非先生其孰奏此再生之功！"未几，总制公亦至，再三称谢。茂意甚惝恍，惟唯唯逊让而已。留阅数日，设宴召茂，赠以冬夏之服一箧，黄金十笏，白金三百两，楼船甲士，送归龙溪。方茂之出制府也，潜往遗矢处，发白荤之根，乃从败梳而生。盖梳能治发，梳发为荤，以驱发瘕，宜得速效。茂因悟药理，还家后，遂习岐黄之术，而家日以饶。

嗟乎！天下之人，中鲜实学，而盗虚声。享厚利者，独一林茂乎哉！①

这种根本称不上医者的滥竽充数之辈，居然也是误打误撞地疗治了"两粤名医"都百治不效的痼疾，其实，就连载录者都不厌其烦细地补叙事件发生的偶然性、奇特性，而按捺不住内心里对于这种不学无术、欺世盗名之徒的蔑视。

诸如此类，至于袁枚《子不语·摸龙阿太》的少宰之祖、慵讷居士《咫闻录·菜叶治病》的杨五、同书《医者》的徐某故事，等等，医者角色均偶然经历中获治病良方，抱着姑且一试的态度居然幸运奏效。然而作者在叙述这类事件时却是带着某种褒贬意识的，这本身就是一种通俗文学要素。如龚鹏程教授体会到的，其中带有某种"挖苦"、戏谑的意趣：

从《聊斋》来看，蒲松龄并无"儒医"的观念，对医生也未必

---

① 钮琇：《觚剩》续编卷三《白荤散》，上海古籍出版社1986年版，第218—219页。

有好感。因此，卷十四《岳神》说"或言阎罗与东岳天子日遣使者男女十万八千众，分布天下，作巫医，名勾魂使者"。把医生形容成勾魂使者，谓医生经常"出为方剂，暮服之，中夜而卒"，显然谑而且虐。卷十五《医术》更举两位名医故事，说一人根本不识字，道士善相者却说他能成为名医，他怀疑这怎么可能，道士笑曰："迂哉！名医何必多识字？"后终于糊里糊涂，误打误撞而成了名医。另一人不会治病，把自己身上的汗垢搓下来给病人吃，也莫名其妙好了，遂为名医。这也都是挖苦的话。可见在他那一辈文人社群中，医生评价并不高，文人也很少从事于此。①

这一意趣，岂不也是对于良医太少、良医难求的一种无奈，仍旧诉说着普遍化的大众心理，说出了患者家属们往往想说不敢说的话。书写者将此类故事诉诸书卷，将百姓关注的治病求医事展现在小说中，并有意为小说，把自己的感情融入之中，或褒或贬地表达对于医者行医的看法。而这对于"名医"的华而不实、欺世盗名的叙述，特别具有社会批判的力度、深广度。虽为文言表述，但其所述故事却通俗易懂。

共同的民俗文化心理，更减轻了此类喜闻乐见故事的接受难度。对医德的重视，每多冲破了当事人文化层次的差别，生活难题变成了文言白话共同的故事母题。医术好坏直接干系着患者生死，不识字的百姓也明白。清代名医叶天士云："良医处世，不矜名，不计利，此其立德也；挽回造化，立起沉疴，此其立功也；阐发蕴奥，事著方书，此其立言也。一艺而三善兼备，医道之有关于世，岂不重且大耶！"② 医德越高，求医者亦越多；反之，则会使医者被世人遗忘和恶名久播。

三　恶医、庸医书写中的通俗文学要素

恶医、庸医都属于坏医者之列，区别在于恶医是具备一定医术的医者，但其医德恶劣，即缺少从医的基本道德品质；而庸医，则是医术极

---

① 龚鹏程：《中国小说史论》，北京大学出版社2008年版，第275—276页。又参见龚鹏程《中国文人阶层史论》，兰州大学出版社2004年版，第338页。
② 叶天士：《临证指南医案·序》，华夏出版社1995年版，第4页。

差,甚至根本称不上是医者。台湾淡江大学邱仲麟教授曾介绍明代士大夫对当时医者分类分品,有儒医、世医、时医、俗医、庸医、宕医、懦医、虐医、贼医等①,可见缺少医德的表现之具体、多方面及其严重程度。近代小说《电术奇谈》中的医学士回答王氏所问,何以称时下市医都是骗子:

> 譬如一个人有病,去请教十个医生,这十个医生个人开一个药方出来,一定是十个样子。你想一个病症,是有一定应服的药的呢,他们十个人就开了十个样子的药方,这不是看不出人家的病源,胡乱开的方子吗?病源还看不出来,就去充做医生,不是骗子是什么呢?还有一种丧尽良心的,不望人家的病速愈,只望人家的病长久些呢。……有一种故意摆架子的,明明坐在家里没事,偶然有人请他来诊,他总说忙得很呢,故意耽搁到半夜三更方才肯去。也不顾有病的人睡在床上等得心焦,到了人家,坐也不曾坐定,开口便是大话。不说今日诊了三十家,便说诊了二十几家。及至诊脉时,又故意装成匆忙的样子,胡乱开了方子,取了医金,算了轿钱,头也不回就走了,你道是骗子不是呢?还有一种,终年没有人请教他,他却用了两名轿班,终日抬着他在街上混跑,恐怕人家不晓得他是医生。……还有那些聋的、瞎的,连望、闻、问、切四个字都懂不清楚,又有那些字也不识,开起脉案来,写满一纸心肝肾肺脾胃的更不用说了。②

"恶医"的生成原因,除了世风日下,恶医本来就是丑陋社会现象的一个表现方面,还有着医者行业的自身原因。

名声、舆论的重要性,造成了有一定名气的医者出诊慎重,甚至玩弄一些心机来避免"回天乏术"的后果。如台湾学者所指出的医患关系问题:"十九世纪之前,病人对己身病情与治疗方式,有相当大的自主空间。为了使尊贵的病家满意,医生必须使用日常生活的语言来解释病情与

---

① 丘仲麟:《儒医、世医与庸医:明代典籍中对于医者的评论》,《明代文集与明代研究》,台北:汉学中心,2000年4月。
② 菊池幽芳氏:《电术奇谈》第二回《论方技痛骂时医,试奇术误伤良友》,东莞方庆周译述,百花洲文艺出版社1996年版,第16—17页。

愈后，而病人自感的症状更是诊治的焦点。"① 如何讨好患者尤其是"老病人"之家，就引得一些医者动了心思。有的医者医术可能的确不差，在当地名气也较大，但事情可能比较复杂，其来由也并非全靠过硬医术本身，于是他们应对患者的约请，也颇动了一些心机，在较为有把握的判断下才出手，或为自己在事后能找些托词、留下后路。《萤窗异草》写某"名医"故意端起架子，在患者（某富人）"病且死"的情况下，他实际上还在忙着治疗另一位"贵人"。拖延了数日后，他才在"大醉"的情况下，来到仍旧等待着的下一位患者家，故意营造一种轰动性的效果：

> 王秋泉者，吾邑名医也。有某富人，延秋泉，秋泉适治某贵人疾，不果往。富人念不已，中夜绵惙，谓其子曰："吾宁得一晤王先生，虽死不恨。"子乃复走仆秋泉所，顿首敦促。会所治贵人疾良已，又数日，贵人起，治具饯秋泉，奉金币为寿。秋泉饮大醉，归至舟中，语家人曰："今可赴富人约矣！"而富人子所遣仆早踊跃解维，代摇橹。至其家，传呼曰："王先生至矣！"举家惊喜出迎。秋泉方酣睡，家人起诸梦中，主人已盛衣冠，鞠躬入舟肃客。秋泉谢暮夜，请得诘朝栉沐登堂。主人固请曰："老父忍死待先生，先生幸辱临，何栉沐为？"强之入，诊脉已，与药竟出。
>
> 主人盛馔揖秋泉，秋泉但摇手谢，还舟解衣卧。鸡鸣酒醒，呼其家人骂曰："惰奴旷乃公事。某富人迟我久，当夜赴之，何尚泊此？"家人曰："公顷已诊脉与药，忘之耶？"秋泉大惊曰："审与药乎？吾直大醉，必杀之矣！"顿足促解维归，谓不去必受辱。家人匆遽解维，主人已遣仆伺秋泉，闻去，即入报。须臾门启，望岸上烛笼数十，传语止王先生。秋泉不知所为，俄而主人踉跄至，入舟顿颡，泪下承睫，谢曰："老父得先生刀圭，乃者熟寝，病若脱矣。先生存，父存；先生去，父且大去；惟先生终哀怜之。"秋泉自疑曰："世岂有是事哉？必绐我。"然已无可奈何，强随之，登堂，门且掩，心犹怦怦然。坐定，主人申谢再三："先生用药何神验乃尔？"秋泉乃漫应曰："昨已得其概，请更得审视。"遂入视，索药渣观之，私自慰

---

① 雷祥麟：《负责任的医生与有信仰的病人——中西医论争与医病关系在民国时期的转变》，李建民主编《生命与医疗》，中国大百科全书出版社2005年版，第487页。

曰："幸不误。"更与数剂，起其疾，厚获而归，呼为"醉先生"云。①

实际上，是在没有把握的情形下，所谓"醉中出诊"就成了一种策略，以免于疗救不成功的舆论责罚；而又能在成功治疗后神化自己。其实，就连传闻的载录者对此都半信半疑，认为不能相信这幸运靠得全是医术："醉梦之中，而用药之神效如此？岂其中有鬼神耶？然亦可见医术之不尽足凭，而生死之自有命也。一笑。"而如此情节曲折、坏了心术的描写，生动地描绘出恶医之恶，具有丰富的通俗文学要素。

医者至明清两代，更多的从业人员其医德更是屡遭非议，诸如唯利是图、不恤病苦等字眼，都被高频率地加之于医者头上。无论寻常百姓还是大户人家，在遭遇病痛折磨时都希冀得到良医救治，而良医之所以为良医，多自有家传良方。然而，能治愈疾病者却未必都是良医。清初《娱目醒心编》就描写了一个行骗的恶医，竟然把帐中的"少年男子"说成有了身孕，被泼了一身臭粪而被赶出后遭遇满街人耻笑。于是作者引申出对更多变着法害人的庸医的指斥：

> 更有一种医家，传得秘方，实能手到病除，起死回生，而所用药物，奇奇怪怪，暗里不知害了多少人的性命说出来，可广见闻所未及。……②

《娱目醒心编》卷十五还写苏州的外科医家麻希陀，因有秘方，其道大行："凡疑难险症，人所不能医的，用了他药，却能立愈。从不写方，不过对症付药。常对人说：'药本甚贵，价值千金。'凡有力之家，生了危疾，请他去看，先要讲定药价，谢仪多少，然后用药。整千整百的银子到手，不以为奇。合药总在秘室内亲自动手，一年不过归家几次。声名远播，其门如市。只道他是救世的名医，那知是虺蝎为心，豺狼成性的术士。"他为了取用方便，家里密室中养着活人做"药料"，有没了鼻的，有没了耳的，有没手没脚的……都在那里呻吟叫苦。据知情人透露，这屋

---

① 长白浩歌子：《萤窗异草》初编卷四《王秋泉》，辽宁古籍出版社1994年版，第97页。
② 草亭老人：《娱目醒心编》卷十五，上海古籍出版社1988年版，第223页。

内受苦的人,都是"药料",原来这恶医居然在培育着可用器官移植的活体:"只因我父亲当初曾得一本秘方,凡人身上的病,都要人身上的物件医治。如耳目四体之症,割取活人的耳目四体合药;五脏六腑中生了痈疽,割取活人的五脏六腑医治,无不立效。故收罗这些人来作为药料,死的丢开,活的留着备用。所以他们在那里叫苦。"

蒲松龄《为雪灰和尚募药资疏》深沉地感慨人心(医德)不古,这离不开人们在亲友或自身患病时,对于历史上良医的期盼,而美好的记忆加深了现实中失望的感受:

> 然昔越人之于兄弟,俱以行仁;今药肆之全权子母,实将为暴。鸡头梧子,便似量珠;木皮草根,遂同炊玉。病人殆死,问医者翘跂而待其归;药价取盈,所值者留难而不使去。因令床头孝子,空怨家贫;榻上患人,坐待目瞑。……①

从明代《金瓶梅》中为官哥治病的任太医到乾嘉时的《阅微草堂笔记》等,众多医者常常被描述为医德沦丧的化身。清代长篇世情小说《姑妄言》第二回写乐户的美貌女儿钱贵,就是被庸医所误,双目失明,小说讽刺"那时医生的伎俩,原是有限",有些较有钱的故意招摇过市宣传自己:"到晚来,或买烧鹅、板鸭,或火腿、熏鸡,着背药箱人拿了,跟在轿后。故意使人看见,好说此人一日到晚这等兴头,且如此大吃大用,定是时医无疑。好与他四处驰名,哄人延请。"真正看起病来,则是"拿别人的命来试手,胸中千般算计,口内一片胡诌",这种无序的现象较为普遍,作者痛切地指出:

> 《大明律》中,虽有"庸医杀人"的罪款一条,从来可曾见用过一次?所以这些人任意胡行,哪里有穷究医书,精研脉理的?就是那驰名的国手,也不过是他的造化颇高,遇着都是不该死的症候。多看好了几个,就传说是"名医无双","一匕回生",到底何尝有丝毫实学?所以说那富的还糊得去,只可怜那穷的真是寸步难移。近时岐黄

---

① 此与路大荒编《聊斋文集》文字小有差异,路编题为《为冰炭和尚募药资引》,参见盛伟编《蒲松龄全集》第贰册,学林出版社1998年版,第1095—1096页。

中大都不过如此。……

其实，恐怕就连作者自己都明白，仅仅靠医者自身的"慈心"，是无济于事的。

《阅微草堂笔记》也写某医见病人之母有姿色，非要此妇荐枕才答应救治其子。起初"妇与姑皆怒悴，既而病将殆，妇姑皆牵于溺爱，私议者彻夜，竟饮泣曲从"，却不曾想因延迟治疗爱子已死，妇因悔恨亦投缳而殒。而贪色的某医也遭到家破人亡的恶报。①

满族作家和邦额，面对这一时弊，针对从医者的深层动机上进行了发掘，故事写男医者霍筠本来出身疗治疮伤的世家，被患者家长仔细盘问身世，确认"少年未娶"应允聘娶，才获准为"患处幽隐"的少女治病，疗治过程中却借口敷药不能由"阴人"（女人）经手，必须自己亲自敷药，借此大胆调戏女患者宜春，而后又胡乱以假药糊弄，谋得色又谋得财：

> 筠就枕，冥索宜春艳质，独得亲其下体，何修得此？即蕊儿之姝丽，亦复非凡。辗转反侧，欲心火炽，五更始睡去。翌日鸡鸣，筠尚酣梦，即有二婢剥啄而入，直至榻前，褰帐而启曰："姑娘敷药，一夜安眠，已消肿矣。第须膏药，以封固疮口，故太太命白郎君。"筠惊喜，披衣起曰："即刻奉上矣。"二婢去，筠沉思无得膏药处，殊徬徨。既而思得一策，急蹑履下床，嘱僮速去，密解车上毂辚来，僮曰："何所用之？"筠曰："非尔所知，第速取来，切勿泄于人！"僮哂而去，须臾提辚至，筠取其陈油积垢，和以棂尘，并所剩紫金锭末，剪书包布，摊为膏药，亲往贴之。数日疮大愈，可以行立，太太乃举酒属筠曰："郎君之于小女，再生之恩也，请择吉合卺，可乎？"筠终不通权，谢曰："筠非能生死人也，此自当生者，筠能使之起耳。且姑娘之疮虽愈，亦须调摄百日，筠亦功名未就，不敢渝誓。"太太首肯曰："若然，姑留聘以俟后图。"筠出白玉带钩一枚奉之，太太遂设祖席，以百金为赆，筠三让而后受。②

---

① 纪昀：《阅微草堂笔记》卷八，第162页。
② 和邦额：《夜谭随录》卷九《霍筠》，第267页。

尽管故事是在一个书生遇精怪的故事框架中，但如果不是生活中如此医者之辈甚多，此类传闻成为家喻户晓的传闻，如此叙事也就难于生成。

恶医、庸医书写的通俗性在于，一者，具有社会批判精神，把"庸医"作为一种丑陋社会现象加以暴露、针砭。二者，相当多的文本，把庸医现象"曝光"的过程，也是在提醒人们，特别是普通百姓不要上当受骗，因此具有大众喜闻乐见的实用性。三者，轻喜剧的效果，揭露、讥讽，给人留下深刻的印象，也使得故事的趣味性增强，有利于传播。

四　医者形象中的神秘性、传奇性叙事

关于医者、行医神秘性的书写，可以远溯扁鹊、华佗等名医。《神仙传》的"壶公"所著医书，巫医不分："今世所有召军符、召鬼神治病玉府符，凡二十余卷，皆出自公，故总名'壶公符'。时汝南有费长房者，为市掾，忽见公从远方来，入市卖药。人莫识之，卖药口不二价，治病皆愈。语买人曰：'服此药必吐某物，某日当愈。'事无不效。其钱日收数万，便施与市中贫乏饥冻者，唯留三五十。常悬一空壶于屋上，日入之后，公跳入壶中。……"① 后世称呼行医术为"悬壶"即来自此。对于如此与千家万户生命攸关的重要民生问题，在传统神秘文化盛行的明清社会中，医者叙事不能不渗透浓郁的神秘色彩，大量的传奇性情节也由此发生，从而增大了相关叙事的通俗性。

其一，与大众感受贴近，世上医者贪色贪利者比比皆是，而由于缺少医德，坑害患者而遭到报应的，也所在多有，大致可分为狐仙报复、鬼灵索命等。

《萤窗异草》写刘医醉酒后见隔江楼上一女色美，"不禁喜而长啸"，上楼为女诊治②；该书三编卷一《沈阳女子》主人公赵三公因沈阳女子貌美而为其诊治，剪除狐祟，又因此女貌美而想让其子娶之，终遭狐祟报复家破人亡。诸如此类的叙事带有实录性和新闻性，流露出憎医、惧怕恶医的民俗心理。《夜谭随录》还写某太医贪财傲慢，可他的行医事业却出奇

---

① 李昉编：《太平广记》卷十二引《神仙传》，第80页。
② 长白浩歌子：《萤窗异草》三编卷一《隔江楼》，辽宁古籍出版社1995年版，第233页。

地好:"延者日积于门,非日晡不到病家,不顾病者之望眼穿也。每视一病,写一方,不论效不效,例奉千钱,否则不至也。日暮归,从人马后,囊橐尽满,人或怪其来迟,则色然曰:'甫从某王、某公主、某大老爷府宅中来。'盖非一时势位炫赫者,不肯流诸齿颊也。人无如之何,任之而已。"太医较之平常医者,请之亦难。到底是"庸医杀人,当获此报",结果被新鬼旧怨索命。① 《续子不语》卷十写名医汤劳光,也是根本不考虑患者死活,"凡求医者,非先送十金不治"②。

利用"冥法"来发泄对害人医者的痛恨,成为果报叙事的一个构成部分。《阅微草堂笔记》卷九写某医谨守理学不计后果,拒不出售堕胎药,梦被冥司拘仍无悔意:"药医活人,岂敢杀人以渔利! 汝自以奸败,于我何有?"连冥司都不禁感叹:"宋以来固执一理,而不揆事势之利害,独此人也哉!"梁恭辰《北东园笔录》四编卷六《马疡科》写出了医者昧心祸害患者,后家人都因此遭报,使整个城里的同行都脸上无光:

  高州马疡科,术甚精,遇有患者,先用药溃成大孔,再与议价,有不满其欲者,遂置之不治,以此殒命者不一其人矣。马家积资几及万金,忽患人面疮,自不能疗,辗转以死。其妻无子,仅一女,妻丑而淫,以多金博诸恶少欢,门庭如市,淫疮遍体矣。其女年十七,丑如其母,亦同倚门焉。夫母女俱丑,何以其门庭如市? 若非多金之故,亦何至如此宣淫哉? 自是而城中之业疡科者,咸为短气云。③

清代小说中出现的医者的种种恶劣行径,均发生在百姓身边,对医者之庸良的关注实际上是普通百姓最为关心的普适性社会问题。而作者关注的这类生活事件及文学题材母题本身就极具普遍性、通俗性,他们将目光深入到寻常人的日常生活中去,洞悉他们何所悲,何所求,将他们的生活和情感渗入创作中。所以,就医者题材而言,它是最为通俗的题材之一,它叙写的是百姓身边事,言说的是百姓身边人,表达的是百姓(也包括载录者、传播者、创作者自身)最为通俗熟悉的情感。因而,我们应该

---

① 和邦额:《夜谭随录》卷八《某太医》,第257—258页。
② 袁枚:《子不语》,第700—701页。
③ 《笔记小说大观》第二十九册,第357页。

抛开作品形式的限制，把眼光转入到题材上来，更加全面地关注医者形象的通俗因素。

其二，在巫医不分的思维方式下，相关故事更把冥间、神鬼之力介入疗病的过程和结局归因中，如明代李诩转述顾汝玉《记王孝廉疗奇疾事略》，说长洲县贡生王敬臣具有曾子、闵子骞一般的孝行，晚年"兼岐、黄之术"，抚按推荐其做官，很快要下文书了。此时，同邑张半刺万历己卯秋九月遭到儿子劫财之祸，其第三子聘徐秀才的第四女为妇，后者出嫁不久遂发疯，好像有东西附体，说的都是公公张半刺的话。张家大惊，找来徐秀才，女就索笔写遗嘱，写一"夫"字就停下说："高升掣吾肘。"这高升就是被诛杀的劫贼，问逆贼何处，说在地狱；又问女何病？说："为逆牵告，今在蒋土地祠鞫审。"并在徐秀才恳求下，吐露说只有祈求王孝子（王贡生），也许可免。徐托人求救于孝廉：

> 孝廉笑曰："我素无请谒，冥间亦有人情耶？是不可以刺往，可依古方祷而疗之。"又教以夹两大指，灼艾其间，亦古灸方也。甫加艾，鬼物窘甚，曰："某等候三日，竟以一丸愈乎？去，去。"女遂苏，今渐差。

给患者用刑灼烤，即祛除附体的鬼物，类似疗法"所活人夥矣"，载录者认为从医者仁孝道德非常重要，能够与冥间贼逆的冤魂沟通，因其具备邪不胜正的主观条件："孝行通于神明，理不诬矣。况言孝于逆家，谓非有天意不可。"① 这类"奇事"虽奇，却是千家万户都可能发生的，都关注的事情。因此激发了书写者"稍为叙述，以备好奇者采焉"，想要将其形诸文字以传播的欲望。台湾学者指出："疾病之所以会与信仰发生关系，不外乎因为人们对于疾病的起因和治疗没有完全的知识与把握。"② 这自然不错，但从以下的几方面也可以看出，疾病对于古代中国人的折磨，也滋生出众生平等、生态主体互相尊重的共识，其中也隐含着对于众生苦难、迷茫的探寻。

---

① 李诩：《戒庵老人漫笔》卷七《疗奇疾事》，中华书局1982年版，第303—305页。
② 蒲慕洲：《追寻一己之幸福——中国古代的信仰世界》，上海古籍出版社2007年版，第137页。

其三，良医能够疗治"异类"之病。这类医者，得到的社会评价较高，也属"福医"之列。汉代《列仙传》即载有黄帝时马医（兽医）名叫马师皇："知马形生死之诊，治之辄愈。后有龙下，向之垂耳张口，皇曰：'此龙有病，知我能治。'乃其下口中，以甘草汤饮之而愈。后数数有龙出其波，告而求治之。一旦，龙负皇而去。"跨越了所一向疗治的主要对象门类，被认为医道高超，而最终能够乘龙飞升，得到"精感群龙，术兼殊类。灵虬报德，弥鳞衔辔。振跃天汉，粲有遗蔚"的较高评价。

对此疗救兽类、异类的医者，体现出更加广泛的爱心、医德，今日看来，属对于其他的"生态主体"施加爱心，民族融合的元代也有着如此深刻的认识：

> 世以疗马者曰"兽医"，疗牛者曰"牛医"。《周礼·天官·冢宰篇》："痟医，下士八人。"注："兽，牛马之属。"按此，则疗牛者亦当曰兽医矣。①

可见，在古代医德的价值系统中，不必因疗治对象的不同，而有严格的区分。

在清初人们有关医者神奇医术的民俗记忆中，有一通过诊脉就能判断出患者不是人类的元代传闻，被王士禛考证出本是小说相关情节的来源：

> 元至正间，有范益者，京师名医也。一日，有妪携二女求诊，曰："此非人脉，必异类也，当实告我。"妪泣拜曰："我西山老狐也。"与之药而去。今小说《平妖传》实借用其事，而所谓严三点，则南昌神医也，予已别记于《居易录》。又传中杜七圣与蛋子和尚斗法斩葫芦事，见《五杂俎》，乃明嘉、隆间事，皆非杜撰也。②

果然不愧京城名医，故事更透露出崇高的医德，就是也能对"异类"患者履行医者的职责。实际上，此前明代李日华（1565—1635）的《六砚斋二笔》，则记载了更为古远的类似故事，即唐代名医的事迹，俞樾《茶

---

① 陶宗仪：《南村辍耕录》卷九《兽医》，第113页。
② 王士禛：《古夫于亭杂录》卷三《平妖传》，中华书局1997年版，第73页。

香室丛钞》二钞卷二十一的转述体现出很重视，不过增添了一个"动物报恩"的结局：

> 张仲景入桐柏山采药，遇一病者求治，仲景诊之云："子腕有兽脉，何也？"其人曰："我峄山穴中老猿也。"仲景出囊中药畀之，辄愈。明日，其人肩一巨木至，曰："此万年古桐也，聊以为报。"仲景断为二琴，一曰古猿，一曰万年。①

晚清小说《益智录》以中药"杜仲"名之主人公，描写出身行医世家的儒医杜仲，不仅精其术，而具有"贫不索赀，富不苛求，实以济世为志"的医德。一次应少年沈实执重贽请，给其父上门医治，见到病榻前有一"娟丽绝伦"的女郎，后来每次前往，总是见到这女郎。杜仲还顺便以针灸治好了其表兄江某的胃病。而江某看到杜仲经常心情沉重状，问知有佳配难求之隐忧，流露出对其表妹芳卿的好感，便从中斡旋，沈家允婚。但沈父之病有了好转，芳卿却忽来告知："妾父忽生异心，将害君，可速归！"杜仲只好忍痛逃离，芳卿有"非君不嫁"之许，也为此与其父闹翻。一年多之后，杜仲清明祭扫，归途中见二犬啮一犬："心甚怜之，遂拾石将二犬逐去。视之，非犬，乃小狐也。见其遍体尘土，将弃之而行。狐大号，若有求救之意。"抱归后化为丽人，竟是芳卿，于是晨兴见母，"操作家务如村妇"。两月后，沈实忽又来求医，杜仲说起当初"绝婚谋害"，不想去，沈实提起小妹芳卿情意，泣曰妹已死，仲拒绝，而经芳卿劝，夫妇同归，杜仲入行翁婿礼，为诊脉下药，"惭愧交集"的沈父一月后强健如初。芳卿生二子皆贵，与仲偕老。这葆有医德，不因人与精怪之分而救死扶伤的杜仲，因其持守医德，如同儒家"有教无类"一般广施博爱，而获善报，如虚白道人在参照唯利是图医者"不见二百钱，辄托故力辞"的情况，对"志在济人"利他行为的褒许：

> ……而仲独贫不索赀，富不苛求，其得狐妇、生贵子，知亦造物报应之所致也。

---

① 《笔记小说大观》第三十四册，第364页。

而马竹吾所评,则带有不论人兽、家畜与精怪之别的生态伦理意蕴:"杜仲能医狐疾,如得其方,可补《牛经》、《马经》、《驼经》之缺。"① 从敬畏生命的角度,对于良医的从业道德,给予充分肯定,实在是民俗心理的曲折而集中的体现。

其四,医者叙事在广泛、迫切并不断增殖的民俗心理刺激下,继续在通俗故事审美消费的思路上,增加其传奇性与故事要素。任昉《述异记》已有日林国的"透视镜",照知病因可对症下药,唐代《古镜记》中的"镜精"紫珍,能使传染上疠疫的患者们被照之后"如冰着体,冷彻腑脏……至晚并愈"。在久远的"药兽"传说基础上,明清生发出了伴随良医出诊的"医兽"。张岱《陶庵梦忆》卷五写"麋公"的民俗记忆:

> 万历甲辰,有老医驯一大角鹿,以铁钳其趾,设鞍鞯其上,用笼头衔勒,骑而走,角上挂葫芦药瓮,随所病出药,服之辄愈。家大人见之喜,欲售其鹿,老人欣然肯,解以赠,大人以三十金售之。五月朔日为大父寿,大父伟硕,跨之走数百步,辄立而喘,常命小傒笼之,从游山泽。次年,至云间,解赠陈眉公。眉公羸瘦,行可连二三里,大喜。后携至西湖六桥、三竺间,竹冠羽衣,往来于长堤深柳之下,见者啧啧称为"谪仙"。后眉公复号"麋公"者,以此。②

远接"仙人骑白鹿"的仙话传统,染有仙气的鹿,以其持久作为良医的骑乘,也焕发出本来藏蕴的仙风道骨。甚至,还有人类之外的其他生物能够充当医者,竟然也能治疗一些常见病,如"鸡医"的传奇故事,即描述了鸡能疗病,而且是人们难于插手的病症:

> 邑人陈德培,诸生也。尝有一老人,携雌雄两鸡,诣陈求售。陈初不顾,老人曰:"此非凡鸡,能已人病,胜于岐黄家。愿廉其直。"陈给数百文,购之。虽不以老人之言为信,姑蓄养之,积久亦忘其说。陈一子疾,已易数医,治不稍验。家之人偶忆是鸡原有"已病"

---

① 解鉴:《益智录》卷三,人民文学出版社1999年版,第96—100页。
② 《陶庵梦忆 西湖梦寻》,上海古籍出版社1982年版,第47页。明代《芸窗私志》载久已有之的传闻:"神农时,白民进药兽。人有疾病则拊其兽,授之语,语如白民所传,不知何语。语已,兽辄如野外,衔一草归,捣汁服之即愈。后黄帝命风后纪其何草起何疾,久之方悉验。"

之说，请姑试其术。时病者痰涎泛涌，舌本僵硬，愦不知人，恹恹卧于榻，仅余弱息。鸡见病者，辄腾身以上，当胸而立，探喙于病者之口，吸其顽涎，半晌始下。则病者已呻吟有声，睁目张视，立见起色。问之，则言胸中垒块，顿然宣豁。索茶一饮，精神甚爽，咸讶鸡术之神。延数刻，携鸡再治，觉卢、扁刀针不过如是捷也。远近耳其名，俱为骇异，凡有疑难症，针砭所不能瘳者，请于鸡，恒有奇验。于是"鸡医"之名，盛噪一时。有迎请者，必篮笋以往。每至一家，须赠有舆夫脚价。日诣数家，养鸡者得时获囊润。及病瘥，不索谢仪，唯有盛饰花红，无日不锦标归去。币帛重累，或缎或绢，陈氏一家，薪水俱取给于鸡医。储积赢余，数年以计，家为小康。

但这作为吸痰专家的雄"鸡医"，终因"秽恶浸淫"而死。陈又用雌鸡如法行医，获利数十万钱，雌鸡也积劳成疾而死。虽然陈某"不忘鸡德"，将二鸡殓而合葬，立碑题碣曰"鸡医之墓"①。但这类故事，对于良医只顾使用，用作"摇钱树"而不顾其安危，以及那些不体察隐患的使用者（雇佣者），只知患病时投医，而并不考虑医者之职业履危涉险的患者之家，也具有一定的针砭隐喻，具有持久的儆世意义。

其五，某些灵兽精怪能运用神秘之力，用代为治愈某人之病来促成恩主的美满婚姻，从而达到报恩目的。南宋《夷坚志》就有媚秀的女鬼能对官人"望诊"："阴气侵君已深，势当暴泻，唯宜服平胃散以补安精血。"并进一步解释和叮嘱："其中用苍术去邪气，上品也，第如吾言。"②而明人拟话本"入话"复述之，将其定位于多情女鬼。并将"京师老郎传留"的《灵狐三束草》，衍化为多情狐精故事："留着些草药，不但医好了病，又弄出许多姻缘事体，成就他一生夫妇……"③浙江客商蒋生在朋友帮助下，寻出了冒充马家女子的大别山狐行踪，后者拿出稀奇的药草三束，一可使蒋生壮健如初；二可使那真的马家女子得上癫病，三可医治那病痊愈。依言，蒋生果然在马云容小姐百医莫效时，医好了这个"九死一生"的特殊患者，如愿成婚。值得注意的，是这神秘故事中也包含

---

① 潘纶恩：《道听途说》卷七《鸡医》，黄山书社1996年版，第171—172页。
② 洪迈：《夷坚志》支甲卷六《西湖女子》，第754—755页。
③ 凌濛初：《二刻拍案惊奇》卷二十九《赠芝麻识破假形，撷草药巧谐真偶》，上海古籍出版社1992年版，第352页。故事还见于《艳异编》卷三十八，《情史》卷十等。

了对于庸医的暴露与讽刺：

> 马家小姐忽患癞疮……求死不得。请个外科先生来医，说得甚不值事，敷上药去就好。依言敷治，过了一会，浑身针刺，却像剥他皮下来一般疼痛，顷刻也熬不得，只得仍旧洗掉了。又有内科医家，前来处方，说是："内里服药，调得血脉停当，风气开散，自然痊可。只是外用敷药，这叫得治标，决不能除根的。"听了他，把煎药日服两三剂，落得把脾胃荡坏了，全无功效。外科又争说是他专门，必竟要用擦洗之药。内科又说是肺经受风，必竟要吃消风散毒之剂。落得做病人不着，挨着疼痛，熬着苦水，今日换方，明日改药。医生相骂了几番，你说我无功，我说你没用，总归没帐。

作为同一故事的"文本重建"，《三刻拍案惊奇》卷二十写湖广商人蒋德林，也是遇到了诸多庸医争执不休、束手无策的机会：

> 先寻一个草头郎中，道："这不过流脓疮，我这里有绝妙沁药，沁上去，一个个脓干血止，三日就褪下疮魇，依然如故。"与了他几分银子去。不验，又换一个，道："这血风疮，该用敷药去敷。"遍身都是敷药，并无一些见效。这番又寻一个郎中，他道是大方家，道："凡疮毒皆因血脉不和。先里边活了血，外面自然好。若只攻外，而反把毒气逼入里边，虽一时好得，还要后发。还该里外夹攻，一边吃官料药和血养血，一边用草药洗，洗后去敷，这才得好。"却又无干。一连换了几个郎中，用了许多钱钞，哪里得好？①

嘉庆时叶腾骧《证谛山人杂志》卷七写杨贵家有精怪，有人说是狐，有人说是鼠，但从"胡姓"看还是狐精可能性大。杨家贫，只有寡母，独子教书谋生。一次杨贵经过小庙时见一衣冠古朴的老翁，求租杨家后院居住。翁有学问，艳丽的女儿让杨生动情，翁说异类难以聚合，前村谢家女美，我为你想办法，你应招给她治好病，则婚姻可图。不久谢女果得怪

---

① 梦觉道人、西湖浪子辑：《三刻拍案惊奇》卷二十《良缘狐作合，佧俪草能偕》，北京大学出版社1987年版，第216页。

病,白昼呼喊,不认识人,遍求医、求巫无效。父母焦虑中宣称能治者妻之。杨生前往,谢家引入女房间,女见即笑,而杨生也认定女为绝品佳丽,于是在翁的暗中帮助下,女病果然好转,饮食如常。小说结尾写,翁称"昔受尊大人厚恩,前者内人有难,尊大人力救之,余是以报",事成则翁家即搬离了。作品最终也并未说具体何恩,也不知究竟何怪,恍惚迷离中更增加了神秘色彩。① 应该说,这是对人所熟知的"大别狐"故事的文言版,还因带有传闻的似有似无、似真似幻特点,不无新意。

清代的"狗知医术"故事体现出实用性的平民心理,也非常突出。说吴郡新郭里药材铺主人姜某素知医理,里中有人患病,辄请其调治,常有效验。姜家畜一狗甚驯顺,姜出诊狗必随之,却不仅仅是摇尾侍坐:

> 一日主人偶他出,有乡人患湿气,一腿甚红肿,不知其所由,来以示姜。此狗忽向其腿上咬一口,血流满地,作紫黑色。主人归,痛打其狗,而以末药敷之,一宿而愈。有患膈症者,姜误以为虚弱,开补中之剂,狗又号其旁,乃改焉,饮数服即痊。有孕妇腹便便,饮食渐减,姜认其水瘤,狗侍其侧作小儿声,乃悟其旨,而以安胎药治之,越月而孪生,产母无恙也。姜以此狗知医,每出诊必呼其同行,一时哄传,有"狗医"之目。后狗忽亡去,不知所之,姜叹曰:"吾道其衰乎!"未几亦病死。②

灵犬也久随医而通医道,而且竟能矫正医之误,其中包含着特定物种动物的特长,而良医与灵犬互相依存,狗医失而人医也不再独留世上,符合时人的伦理期盼。载录者借此评议医道日下,虽依然遵循"人不如兽"针砭世风模式,其实民俗理想的强烈诉求:"江南之人最信医药,而吴门尤甚,是狗既知内外科而又兼妇人科,以匡主人之不逮,历数诸医中岂可多得哉!以视今之舟舆出入,勒索请封,若有定价,而卒无效验,或致杀人者,真狗彘之不若也。"

其六,猛兽不伤害医者。因良医行善,猛兽不加害。光绪《龙山县志》载刘之余,业儒,精医术"母没,常露宿墓侧,一夜有虎至,之余

---

① 程毅中等编:《古体小说钞·清代卷》,第357—358页。
② 钱泳:《履园丛话》卷二十一《狗医》,中华书局1979年版,第567页。

觉，固不为惊，而虎亦旋去"。光绪《桃源县志》也称："杜郁林，善医施药，往蜀中，道遇虎，嗅其襟，不害，年九十余，颜如童子。"论者认为良医不遭虎害："因为医生经常与各种药物接触，身上带有药味，而虎的嗅觉很敏感，可能出于对药味的抗拒而不去伤害医生。"① 这一推测，不如将故事放到医者的神秘崇拜中审视，更为恰切。

对于如此与千家万户生命攸关的重要民生问题，在传统神秘文化盛行的明清社会中，医者叙事不能不渗透浓郁的神秘色彩，大量的传奇性情节也由此发生，从而增大了相关叙事的通俗性。而作为为大众喜闻乐见的一种特殊化的题材主题，医者形象、行医叙事的通俗性也因其内涵"通俗要素"而增加其活力、渗透力。

五 由杂剧入小说：元明清医者形象的通俗化进程

医者形象的丛集，可以追溯到南宋洪迈《夷坚志》，其中医术、医德、医者之戒的描写，非常丰富。②

而由此以降，医者形象在文学作品中的影响力，很大程度上又有赖于曲艺、戏剧、白话小说（续书）等艺术形式的互动、互为阐释延伸。医者题材不仅早出现在宋代文言小说中，更屡见诸元明杂剧、传奇中，通过通俗的艺术形式将医者形象生动地刻画出来，反映着当时大众对医者的看法和见解。据臧晋叔《元曲选》、隋树森《元曲选外编》统计，元杂剧中医生形象出现在十一部剧作中，姚大怀《再探元杂剧中的医生形象》将医者分成四类："庸医"七位——《降桑葚》宋太医和胡突虫、《西厢记》"双斗医"、《张天师》的太医、《东墙记》的李郎中及《碧桃花》的赛卢医；"恶医"三位——《窦娥冤》、《救孝子》和《魔合罗》中的赛卢医；"良医"两位——关汉卿的《拜月亭》中的大夫和《燕青博鱼》

---

① 曹志红：《老虎与人：中国虎地理分布和历史变迁的人文影响因素研究》，博士学位论文，陕西师范大学，2010年，第206页。
② 参见沈庆法《博览广搜藏灼见——略谈〈夷坚志〉中医闻》，《医古文知识》1996年第6期。同门秦川教授《试论洪迈〈夷坚志〉的文献价值》统计《夷坚志》辑录医药学故事62处，有些超越了医学文献范围："一些医德高尚、医术高明的名医故事，赖此书得以保存和传播……成为中华文化优良传统的重要组成部分。"载《第九届中国古代小说文献与数字化研讨会论文集》，[韩国] 成均馆大学，2010年8月。

中的燕二;"义医"一位即《赵氏孤儿》中的程婴。① 这十三个医者形象中,十个庸医、恶医。《窦娥冤》中的"赛卢医",其实就是个既开药店又行医的江湖骗子,内心歹毒又胆小怕事:"行医有斟酌,下药依本草;死的医不活,活的医死了。"王仲文《救孝子》的"赛卢医",自我定位实为类化式的恶医群体:"我是赛卢医,行止十分低,常拐人家妇,冷铺里做夫妻。"② 孟汉卿《魔合罗》中"赛卢医"李文道,为了女色杀兄霸嫂,竟至灭伦。而良医形象元杂剧却仅有三位,如此三比十,大于"三七开",足见元代民众对医者阶层的评价之低。元杂剧题材广泛、作品众多,均与其具有的通俗性有关:"与当时广泛的观众市场分不开。元杂剧扎根于群众之中,坚持其平民立场是得以繁荣的关键。……功能上也以娱乐为主的通俗戏剧转变为以批判为主的严肃作品了。"③

而《金瓶梅》第六十一回赵太医上场自道:"我做太医姓赵,门前常有人叫。只会卖仗摇铃,那有真材实料。行医不看良方,看脉全凭嘴调……"就是元杂剧庸医上场诗的延续。高小康教授延伸了夏志清先生的观点,认为对其"讽刺庸医……对社会风气的一种批判"从具体语境看却不能太当真,不过是取悦听众的老套路:

> 很难说是在严肃地批判什么东西。……叙事意图的矛盾性固然表明作品在艺术风格上的不成熟,但更重要的是表明一种新的叙事意图正在从民间叙事艺术传统中蜕变出来。④

那么,针对以文言小说为主的清代小说来说,这类批判的"严肃"与否,是否能作为其判定通俗性的标准?明清文言小说医者形象与元杂剧医者形象比较,有母题共通之处,题材内部叙事构成了母题史前后的互补。

其一,通俗文学代表的大众审美积习稳定而顽强,共有题材母题是其具有跨文体传播的文化能量源。医者、庸医成为上述元杂剧到明清文言小

---

① 姚大怀:《再探元杂剧中的医生形象》,《语文学刊》2009年第19期。
② 臧懋循:《元曲选》,中华书局1979年版,第155—200页。
③ 范伯群、孔庆东:《通俗文学十五讲》,北京大学出版社2003年版,第280页。
④ 高小康:《市民、士人与故事:中国近古社会文化中的叙事》,人民出版社2001年版,第120—121页。

说描写的共同人物,以模式化、类型化手法引起受众兴趣则一。特别是庸医形形色色都逃不脱如是模式化特征:粗通文字,略识药性;弄虚作假,草菅人命;坑蒙拐骗,麻木不仁。元杂剧中十位庸医医德败坏,而文言小说中医者则更变本加厉,更带实录性与概括性,时时有着载录者的"叙事干预"来强化。《阅微草堂笔记》卷八写业医的蒋紫垣有解砒毒良方:"然必邀取重赀,不满所欲,则坐视其死。"偏偏置患者的性命于不顾。梁恭辰《北东园笔录》初编卷六《庸医》写其先外祖卧病时,众医互相标榜,商立医案,迁延月余导致病重,陈某遍视旧日药方,则叹"皆此等庸医所误"。患者过世不逾年此数庸医亦相继死。而某名医之子,术本不精,每诊妇女脉,"必揭帐熟观",后为一少妇治病,"竟以目成私合",被其丈夫引妖鬼捉魂发疯而死。载录者感慨:

> 家大人曰:"昔人有言,士君子无以刀杀人之事,惟庸医杀人,其惨即无殊手刃,若复包孕邪心,乱人闺阃,则其孽愈重,某之暴卒,非妖鬼之能作祟,实其人之自犯冥诛。"纪文达公尝戏为集句以赠医者,有"医来寇至"之对,其言不为苛矣。①

状写庸医之行事如此。可见无论杂剧还是明清小说,涉医叙事一个重要方面是在言说庸医种种恶行,反映一种让人关切的社会状况,即医者素质普遍低下,大众对庸医的痛恨和无奈,带有揭露的力度和控诉的情感色彩,虽较少戏谑诙谐的娱乐之笔,岂不带有通俗性?

但问题在于,人们在求医疗病过程中,了解医者也是要有一个过程的,哪能那么快就识别出是"庸医"?在没有医疗检验设备的旧时代,有些情形是否就是"以果推因",将尽力了而没有治好的情况都归结为"庸医误诊"?对于冒险治疗未能成功的医者,是否可以认定至少强于"择病而医"的不出诊者②、回避"死症"的医者呢?那么,医者形象的通俗书

---

① 《笔记小说大观》第二十九册,第251—252页。
② 如在华行医25年的印度裔医生胡美(Edward H. Hume, 1876—1957)在回忆录《医同道一》写,中国友人他在出门诊时"只能动一些你们认为绝对没有危险的手术",小心翼翼地"以合乎文化规范的方式来表达善意,以建立病家对他非专业的信任与友谊"。参见雷祥麟《负责任的医生与有信仰的病人——中西医论争与医病关系在民国时期的转变》,李建民主编《生命与医疗》,第469页。

写，实际上起到了巩固、强化"患者评医"、"家属控制医疗"的普遍风气。

其二，比起杂剧，文言小说写医者形象，虽追求娱众性的程度、风格情调有所不同，用情节新奇或插科打诨手法的比重有差别，但创作动机、采取叙事干预的意图颇为类似。据研究，明清统治者对行医者的政策大不如前，医者地位下降："清代康乾时期名医徐大椿，出身名门望族，家道殷实，又是一方名流，与社会上层人士有着广泛交往，其社会地位与一般医生不同，他本人并无轻视医学的念头，但他仍不愿视医为职业，而总强调自己的儒者身份。"[①] 科举制度的推行，官本位的加强，满社会趋之若鹜的科举功名，而医者这样搞"技术工作"的，许多从业者虽然属于子袭父业、祖上所传，但就连自己也对行医职业根本就看不起，何况医者本身还属于识文断字者。因而医者尤其是庸医，当他们被书写时，其滑稽可笑之态、愚昧懵懂情状便每多跃然纸上，成为也多为野史笔记之首选的转述传播话题。酉阳野史云："夫小说者，乃坊间通俗之说，固非国史正纲，无过消遣于长夜永昼，或解闷于烦剧忧愁，以豁一时之情怀耳。"[②] 而相比"娱人"为主的白话通俗小说，文言笔记更为文人（往往兼官员）自娱情怀和博物炫学之笔，若非大众认同的，恐怕也难以进入笔端和流传，故而文言笔记也无刻不追求叙事之新颖奇特。《聊斋志异·酒虫》就将一位僧医治嗜酒怪疾过程言说得新奇有加。说番僧看出体肥嗜饮的刘氏不醉，因有"酒虫"，运用燥渴法诱出其腹中游鱼状的"酒之精"，可加水制成佳酿，而刘居然自此体渐瘦，家日贫。故事本身的新奇性契合了大众审美趣味，而实际上这是一个自中古佛经以降持久不衰的惯常母题，如同其他众多类似母题一样，有着深刻的讽喻性和持久的母题延展力[③]，并不违背通俗性的审美取向，只是语言简约典雅而已。

对此，还有一个旁证，根据日本学者对《聊斋志异》医术描写的研究，认为作者都用了讽刺笔调"进行漫画般的描绘"，却真实地表现了当时农民的生活状况的一方面；并且《聊斋志异》作者对于那些卖药骗钱的游方铃医"基本上是抱着冷静而坚定的启蒙态度"。与此相联系的起死

---

① 刘理想：《我国古代医生社会地位变化及对医学发展的影响》，《中华医史杂志》2003年第2期。

② 酉阳野史：《续三国演义》，凤凰出版社2008年版，第1页。

③ 王立等：《〈聊斋志异〉中印文学溯源研究》第十二章，第283—300页。

回生故事，也可以看出作者如何"把医术与药物渗透，组织进了作品的主题和基调中去"；"而也正是在这些地方，深藏着作者对医术的沉痛认识"。这些描写与蒲松龄自己的病史和亲骨肉们离世对他的打击有关，等等。① 这些，无疑有助于对《聊斋志异》乃至目前文言小说之于医术、医者描写之通俗性的认识。

其三，通俗文学母题的模式化、复制重组性质，在医者故事、庸医叙事中表现得较为突出。明清文言小说总试图在旧有题材中引人入胜，《聊斋志异·医术》即为代表，蒲松龄对于前代戏曲小说医者、医术题材的沿袭重构，倒是颇为类似于欧洲通俗文学大师莎士比亚的天才，其事实上并不表现在严格意义上的独创，美国学者不无夸张地强调：

> 实际上，莎士比亚从未创造过自己的故事情节。故事的讲述是一个长期采集的过程，相较于艺术审美性来说，故事原始材料的传承方式更具探讨价值。学者们追溯莎士比亚的材料来源时，发现其素材都可在此前的记录中得以还原。……莎士比亚能够得心应手、收放自如地驾驭作品的素材，娴熟地将其编织于更新颖、更具独创性的结构之中。②

只是中国的文言小说描述医者及其行医过程，更为简洁，思想容量更大，叙事干预体现得也往往较为隐蔽，且偏好强调得之于见闻的实录。

其四，明清医者形象的通俗性不仅体现在文言小说题材上，也体现在其他艺术形式对其传播上，因而是一种重要的世俗文化现象。可以说，许多文类都少不了。如汤显祖《牡丹亭》第四出《腐叹》陈最良出场时的自我介绍，在读者的潜意识里陈最良是迂腐老儒生的代表，殊不知他还是儒者出身，因仕途不畅改行医，继承祖父的药店维持生计，可谓"儒变医，菜变齑"，在作品中他是亦儒亦医的形象。冯惟敏《归田小令·朝天子》将医、卜、相、巫四种人的手段概括得十分贴切，说医者：

---

① 王枝忠：《论冈本不二明教授的〈聊斋志异〉研究——"近五十年日本聊斋学研究"之一》，《蒲松龄研究》2005 年第 1 期。

② ［美］哈利·列文：《莎士比亚作品主题的多样性》，王立、铁志怡译，《辽东学院学报》2013 年第 5 期。

把腕儿绰筋，掏杖儿下针。无倒段差分寸，处心医富不医贫。惯用巴霜信，利膈宽胸，单方吊引，几文钱堪做本。泻杀了好人，治活了歹人，趁我十年运。①

将医者的从医心态和行医心理生动形象地展现在读者面前。清代满族说唱文学《子弟书·刘高手治病》开篇就讽刺了"名医"徒有虚名："论时医自我观来如狼虎，病者遭之似夺命星。他哪知名医如名相有关生死，他只晓趁我十年运且博虚名。……"说蒋世隆患病，请来了名医刘弘景，后者一进屋便要给蒋妻王瑞兰看病，就连病者是谁都分辨不清，别人提醒后又急忙称自己年高眼花。这种"猜病法"浪费不少时间后，可也就在这过程中有机会从他人的口中，了解了患者一些病情，可又急着开药方，亲自试药，但药入口就呕吐了，原来忙中有错："这原来是我家婆擦脚的矾。"② 无法对症下药就以多开、苛求煎药之水和相关配料取胜。这些，都会引起有着类似求医疗病生活经验的大众文化受众深切的共鸣。

直到民国，武侠小说家仍注意揭示医者无良的可怕，如还珠楼主《某要人之一页》写作为民国四公子之一的某要人，本胸怀大志，但在戒除不良嗜好时，医生马某心存叵测，除了多开药价外："惧某要人戒净后，无以弋利，一面为之医治，一面于针中杂以伪药，使其嗜好之瘾，变为针瘾，将以此求大财。……"最后因身体原因精神颓废，乃至误国误家。③

总之，"通俗性"是一个超文体的文化概念，许多大众关心的、持久传播的故事母题，如医者形象及其行医叙述之类，无论白话小说还是文言笔记，抑或戏剧，都带有十分浓重的通俗文学特质。虽然也有一些不同角度的多半是伦理叙事方面的探讨，却罕有注意到医者题材史的通俗性动因，以及对于社会不平现象关注的责任感。④ 应当说，就其题材选择而

---

① 路工：《明代歌曲选》，古典文学出版社1956年版，第43页。
② 张寿崇主编：《满族说唱文学：子弟书珍本百种》，民族出版社2000年版，第329—332页。
③ 周清霖、顾臻编：《还珠楼主散文集》，香港：天地图书有限公司2014年版，第286—287页。
④ 王立、秦鑫：《明清小说中的医者形象研究综述》，《大连大学学报》2013年第4期。

言，通俗文学，言说的是大众生活最为关心之事，不断重复着唠叨着的，基本上都是真实的社会问题、需要疗救的世俗顽症，其本身就具有通俗文学的性质与特征，足证"通俗"的判定应与社会流通的频率范围相关，具有相对性。谈文学作品的通俗性需要将其置于时代、社会、人类多民族文化共通性的大背景中来，关注母题的丛集性和持续性，从而有利于更全面、深刻地认识通俗文学的通俗性。

第四编

艺术生产与消费编

第十一章

古代诗学中的"诗境印证实感"现象

在中国传统诗学的研究中,我们往往较多注意名篇名著和诗论家个案研究,《诗品》、《诗式》、《诗薮》、《原诗》之类,论文专书篇帙纷陈;而由一卷本到多卷本的众多中国文学史、批评史,也大都以诗论、文论的个案集锦作为基本体例结构。由此展开的研究思路固然可使我们便于按朝代、作家或论著的角度了解古人的诗学理论,体察其不同时代不同论者以及不同论著中展示的诗学观念,然而,如果我们注意到传统诗学思维毕竟是以印象式为主,是感兴式体悟式的,大多呈零散的形态,从而捕捉众多论者每加注意的一类类诗学现象,便会从中发现一些前人研究时较少注意者,于是更有可能避免研究的重复。

一 诗境印证实感的种种审美体验方式

所谓"诗境印证实感"法,简略说来,就是在诗人观照特定的自然界或人文景观时,产生了某种深切的审美体验和强烈的创作冲动,已经(或正准备)形诸吟咏,但却在一定时间内回忆起了前人的既有成句,于是顿时将前人佳构中已经表现过的诗境,同自己当下的内心实感体验、创作进行印证,慨叹该特定实感早为前人道出,从而益发对前人的审美创造产生景慕叹服之情。可以说,古人大多只是深感于这一诗学现象,并未就此深入发掘其内涵,但这种诗学现象的存在是那样普遍,又确系个中之常理,并折映出民族艺术创作与欣赏中的某种无可回避的特点规律。关于"诗境印证实感",出于印象式的思维方式,笔记琐语的表述习惯,前人体会较零散。目下所及,大致可分如下几种。

其一,见实景有感,继而回想类似诗境。较早见于宋人周紫芝诗话:

余顷年游蒋山,夜上宝公塔,时天已昏黑,而月犹未出,前临大江,下视佛屋峥嵘,时闻风铃,铿然有声。忽记杜少陵诗:"夜深殿突兀,风动金琅珰。"恍然如己语也。又尝独行山谷间,古木夹道交阴,惟闻子规相应木间,乃知"两边山木合,终日子规啼"之为佳句也。又暑中濑溪,与客纳凉,时夕阳在山,蝉声满树,观二人洗马溪中。曰:此少陵"晚凉看洗马,森木乱鸣蝉"者也。此诗平日诵之,不见其工,惟当所见处,乃始知其为妙。作诗正要写所见耳,不必过为奇险也。①

眼前的景物已使诗人感而生诗思,但伴随着特定审美体验的发生,诗人内在的记忆储存也顿时被调动起来,前人妙句中的诗境与眼前实境惊人地一致,简直叠化为一处,一时间实感印证了诗境的精妙,实境使前人诗句中的意境美充分显露。于是主体相关的美感库存被无形中激活了。

上引有的诗句,苏轼《书子美云安诗》也深有体会:"'两边山木合,终日子规啼',此老杜云安县诗也。非亲到其处,不知此诗之工。"而上述例中没有的,苏轼《书子美骢马行》也体会到:"余在岐下,见秦州进一马,鬣如牛,颔下垂胡侧立,颠倒毛生肉端。蕃人云:'此肉鬣马也。'乃知《邓公骢马行》云:'肉骢碨礧连钱动'。当作'鬣'。"② 类似体会,清人吐露切身感受时,也每加提及:

余过永州,时值冬月,远望秃树上立数鹭鸶,疑是木兰花开,方忆戴雪村先生"高湍散作低田雨,白鸟栖为远树花"二句之妙。③

……游天台,夜闻雨,自觉败兴;不料早起,而路已干可游。查他山有句云:"梦里似曾听雨过,晓来仍不碍山行。"方知物理人情,无有不被古人说过者。④

---

① 周紫芝:《竹坡诗话》,何文焕辑《历代诗话》上册,中华书局1981年版,第343页。
② 孔凡礼点校:《苏轼文集》卷六十七《题跋》,中华书局1986年版,第2102—2103页。
③ 袁枚:《随园诗话》卷六,人民文学出版社1982年版,第193页。
④ 袁枚:《随园诗话》补遗卷十,第828页。

第十一章 古代诗学中的"诗境印证实感"现象　241

可见，这并非一种偶然孤立的现象，而是熟谙他人成句的诗人们在灵感降临时惯常体验到的欢悦与烦恼。如果不是回想起了前人成句，恐怕自己多半会将当下实景结合感受，写下几句妙语的；但记忆与当下的叠化印证，又给人以情感上不尽的愉悦。

其二，在特定情境中，听到某种声音，而后再诉诸视觉，也会触动自我内心的感怀。如清人蒋坦《秋灯琐忆》由此联想起元稹诗的感受："晓过妇家，窗棂犹闭，微闻'仓琅'一声，似鸾篦堕地，重帘之中，有人晓妆初就也。时初月在梁，影照窗户，盘盘腻云，光足鉴物，因忆微之诗云：'水晶帘底看梳头。'古人当日，已先我消受眼福。"①

其三，读他人诗句，追忆自己类似实感。这类体验，也往往道出了创作中的苦恼，与上面的记载颇为类似，同样在创作主体自己的妙言佳构尚未孕育成形之际。清人笔记曾特意标出"诗与景合"的创作心理规律：

> 余尝暮游湖上，水色山光，深浅一碧，红霞如火，岸桃俱作白色，欲写之，苦无好句。偶读孙子潇太史诗云："水含山色难为翠，花近霞光不敢红。"适与景合，真诗中画也。又尝夜登吴山，风月清皎，烟雾空濛，颇惬游骋。今读屠修伯大使（秉）《吴山夜眺》句云："江湖两面共明月，楼阁半空横断烟。"亦恍如置身其间。②

以往相关实感体验，总是那样地深切温馨，给诗人留下了深刻的印象，且一直为没有能恰切地表现出彼时彼地的特定景观而抱憾于中，但当初由景观激起的强烈的审美感知毕竟已存留在记忆中，一旦在阅读中偶然发现他人描写类似景观的诗句，这种由实感体验愉悦感贯注饱满的"情绪记忆"就顿时勃发，心中之境与他人诗中之境互为印证。有理由认为，尽管当初未能如愿地及时即景赋诗，但特定的景观与浓郁的审美愉悦感却早已交织融会，在主体内心形成了朦胧的表象，因而类似的诗句一经寓目，才会当即展示为心中之境，与往日表象若合符契。往日表象亦随之而变得更加清晰，产生深会我心的审美震撼力。并且，产生了灵感却未能及时创作的惜

---

① 《闲书四种》，湖北辞书出版社1995年版，第409页。
② 梁绍壬：《两般秋雨庵随笔》卷五《诗与景合》，上海古籍出版社1982年版，第249—250页。

憾，又常与他人早已道出的怅惘相伴生，大有当年李白游黄鹤楼时，"眼前有景道不得，崔颢题诗在上头"① 的由衷感叹：

> 眼前欲说之语，往往被人先说。余冬月山行，见柏子离离，误认梅蕊，将欲赋诗，偶读江岷山太守诗云："偶看柏子梢头白，疑是江梅小著花。"杭堇浦诗云："千林乌柏都离壳，便作梅花一路看。"是此景被人说矣。晚年好游，所到黄山、白岳、罗浮、天台、雁宕、南岳、桂林、武夷、丹霞，觉山水各自争奇，无重复者。读门生邵玘诗云："探奥搜奇兴不穷，山连霄汉水连空。较量山水如评画，画稿曾无一幅同。"知此意又被人说过矣。②

"眼前欲说之语"，可理解为是构思的胚胎，尽管尚未成形，却已在心中初具轮廓；虽则暂时诗未写就，并不妨碍诗人认同别人业已写成的好诗，也许正是由于人家的诗道出了自己心中欲说未说之语，才分外觉得敏感而亲切。前人诗话、词话等类似谈论的启发、类似的审美体验和共同的诗学机制等，使近人在晚年也有类似体会：

> 雨中听钟，多沉黯不甚分明；晴天欲晓，则寺钟分外嘹亮。余于四十五年前，奔余亡弟丧于台湾，岁暮雨集，而先母太孺人望余甚切，然雨声仍琳琅不止。一夕与林恂臣夜作近天明，忽闻钟声，恂臣贺余曰："大兄，明日得归矣。果更雨者，决无此钟声。"已而果然。后读陆放翁《孤店诗》云："孤店门前千万峰，酒浓不抵别愁浓。明朝晴雨吾能卜，但听兰亭古寺钟。"始觉古人已先我而言矣。③

叙述平实恳切，实阅世深沉的回忆之笔，没有理由怀疑这种体验及其记载的真实可靠性。

其四，有感作诗之后，又读了前人诗，始知类似体验不仅前人早有，且先于自己营构出诗的特定意境来，原来，自己笔下得意的创作竟与古人

---

① 胡仔：《苕溪渔隐丛话》前集卷五引《该闻录》，人民文学出版社1962年版，第30页。
② 袁枚：《随园诗话》卷七，第241页。
③ 林纾：《畏庐琐记》，商务印书馆1921年版，第137页。

跨越时空地构成"冥契"。像明人就毫不隐讳地有这样的自白：

> 予一日江干被雨，暮归适值潮至，塘路险崎，轿上得四句云："暮色连江色，潮声杂雨声。行人归思急，辛苦问前程。"昨读《唐诗纪事》，比丘尼海印有《舟夜》云："水色连天色，风声杂浪声。旅人归思苦，渔叟梦魂惊。……"岂知前三句皆同文，可谓预先偷也。①

这种现象并不少见。以至于清初人也有勇气承认自己与古人冥契，还指出了即使大家亦不免于此，当然这并非是在为自己辩解，倒是有英雄所见略同的得意之情：

> 老杜诗"白鸟去边明"；坡公诗"贪看白鸟横秋浦，不觉青林没晚潮"。余少时登京口北固山多景楼，亦有句云："高飞白鸟过江明"，一时即目，不觉暗合。②

从艺术创造角度看，古人的严谨态度实在是令人感佩的。应该说，古代文人抒情作品的艺术体验，许多情形来自观赏品味师友的作品，而与书本上早有的相关佳句比照，乃题中自有之义。若沿此自我解剖、品评时作，以既有为参照的尺度来严格检验诗作的新创与否，就出现了对他人诗作暗合前人的指责，尽管还算宽容：

> 予友虞子匡元良，质美年少，志学有过人处，虽补弟子员，不屑于时义也。予契且敬，每有作，辄过商议。或为易数字，则首肯焉，多则挥去曰："非己作也，可盗名乎？"一日，次韵题人之扇，有联云："瓦樽频泛绿，银烛短烧红。"予叹赏久之，既而观《因话录》，有"三红秀才"《应子和诗》曰："两岸夕阳红，风过落花红，蜡炬短烧红。"遂惊且笑，始知所谓"好句人先得"，达者所见略同也。③

---

① 郎瑛：《七修类稿》卷三十《古今诗同》，中华书局1959年版，第455页。
② 王士禛：《分甘馀话》卷一，中华书局1989年版，第19页。
③ 郎瑛：《七修类稿》卷三十一《佳句人先道》，第469页。

论者这位严谨的朋友虞君，自然不是有意掠美因袭，至少作为朋友的论者也是这么认为的，相信是与别人"所见略同"——因不自觉的"冥契"而成。

其实，以事实来印证诗，这样的极为主观化的艺术构思心理体验，不会晚到明清时代才被人们书写下来，五代王仁裕《玉堂闲话》就有了：

> 有不调子，恒以滑稽为事。……尝与一秀士同舟泛江湖中，将欲登路，同船客有驴瘦劣，尾仍偏，不调子坚劝秀士市之。秀士鄙其瘦劣，勉之曰："此驴有异相，不同常等。"不得已，高价市之。既舍楫登途，果尪弱，不堪乘跨，而苦尤之。不调曰："勿悔，此不同他等。"其夕，忽值雪，不调曰："得之矣。请贯酒三五杯，然后奉为话其故事。"秀士又俛俛贯而饮之。及举爵，言之曰："君不闻杜荀鹤诗云：'就船买得鱼偏美，踏雪沽来酒倍香'乎？请君买驴沽酒者，盖为杜诗有之，非无证据。"秀士被卖而玩之，殊不知觉，自是方悟焉。①

那么，此类记述如此之多，这之中有哪些必然性动因？对于传统诗学来说又意味着什么？需要我们加以深入探讨。

二　古人对"诗境印证实感"现象审美生成的探讨

由上面的列举可以看出，有关"诗境印证实感"的体会大多发生在明清诗人的创作实践中，其突出地说明传统诗歌文化蕴积的丰厚，以及面对如此丰厚的文学遗产，古人对如何避开因袭冥契、期求新创的困惑。

显然，对这一具有普遍意义的诗学命题，并不仅只是晚至明清才为诗人们觉察。最初，宋人范晞文《对床夜语》卷四取较宽容的态度：

> 诗人发兴造语，往往不约而合。如"雨中山果落，灯下草虫鸣"，王维也。"树初黄叶日，人欲白头时"，乐天也。司空曙有云：

---

① 李昉等编：《太平广记》卷二百五十二，第 1961—1962 页。

"雨中黄叶树，灯下白头人。"句法王而意参白，然诗家不以为袭也。①

可是腹笥甚丰的这些诗人，又怎么能证明的确是自己的领悟吗？能完全相信诗人作为创作主体的自我表白吗？其实，恐怕一句"不谋而合"没有什么说服力，其实可谓是一种"无罪判定"式的开脱，因为在一个几乎"无不作诗"的人文环境中，谁都不能说自己的吟哦都没有蹈袭前人之处。"不谋而合"的辩解，只能说是还没有反应过来是仿拟，也说不清是具体仿拟了何作何句，归因为"不谋而合"并不是一种解决问题的态度。真正的事实似应当是，上述不谋而合的"往往"之外的，是尚未被别人找出了仿拟的样本。佚名《诗事》就找出过："郭祥正有句云：'明月随人渡流水。'王介甫爱之曰：'此言如有神助。'余记范文正公诗云：'多情是明月，相逐过江来。'乃知郭本此。"②

对此，前辈学者也曾特为瞩目，其引《湘山野录》卷中僧文兆嘲惠崇诗："不是师兄偷古句，古人诗句犯师兄"；《类说·文清酒话》所载魏周辅诗"文章大抵多相犯，刚被人言爱窃诗"，以及陈亚和答诗："叵耐古人多意智，预先偷了一联诗"，说明陆机《文赋》："必所拟之不殊，乃暗合乎曩篇；虽杼柚于予怀，怵他人之我先；苟伤廉而愆义，亦虽爱而必捐"，这类现象与感受是早已普遍存在于文学史上的。而李善注陆机上述之论曰："言所拟不异，暗合昔之曩篇。……言他人言我虽爱之，必须去之也"，此语"亦大愦愦"，因前一个"必"字当作"如果"、"假设"解；亦无"他人言"插入，而是作者自道删削之情，进而认为：

> 若傅色揣称，自出心裁，而成章之后，忽睹其冥契"他人"亦即曩篇之作者，似有蹈袭之迹，将招盗窃之嫌，则语虽得意，亦必刊落。③

从理论上说，如此诠释陆机《文赋》，固然不错；但继唐诗创作高峰过

---

① 丁福保辑：《历代诗话续编》上，中华书局1983年版，第433页。
② 郭绍虞辑：《宋诗话辑佚》下册，中华书局1980年版，第528页。
③ 钱锺书：《管锥编》第3册，第1198—1199页。

后，宋代以降诗歌创作因前已积累丰厚，如此"冥契"叠篇的现象日益增多，诗话、笔记这类相关记载时有所见，恐怕未必，也确无必要将这类涉嫌掠美之句全部"刊落"。而问题似又在于，毕竟这不是故意去掠美抄袭，而是属于"先偷"，那么，其中的心理动因何在？又该如何揭示其中隐藏的奥秘？不妨再看看古人的认识。

首先，古人已朦胧意识到，尽管不同时代的诗人与读者（往往同时又是写诗者）可能有千年之差，但其审美视野中的现实景观可能相似，情感接近，很可能产生共同的意象营构。阮葵生《茶馀客话》所谓：

> 古人名句，如"蝴蝶飞南园"、"池塘生春草"、"大江流日夜"、"明月照积雪"、"月映清淮流"、"高台多悲风"、"芙蓉露下落"、"日暮天无云"、"春风扇微和"，皆心中之情，目中之景，作者当时之意象，与千古读者之精神，交相融洽，一出语而珠圆玉润，雅俗共赏，不可以形迹理法讲求也。①

应当承认，古代诗人的实际生活视野毕竟还是有限的，例如，上面引述诗句中描绘的日常生活中常见的景观，如果用这种寓目直陈的写法，那么，可资表达的意象、可能展示出的意境，也的确不免相当有限；而有限的创造空间，有限的意象话语，促使诗人不能不向前人诗作学习，这种学习与对某些诗句的偏爱结合起来，也就很容易形成诗人们产生某种情不自禁的"心理定势"，从而构成自觉不自觉地"祖述前人"：

> 子美诗有："夜足沾沙雨，春多逆水风。"乐天云："巫山暮足沾花雨，陇水春多逆浪风。"陶渊明诗云："采菊东篱下，悠然见南山。"韦应物亦有："采菊露未晞，举头见南山。"又东坡《续丽人行》首四句："深宫无人春昼长，沉香亭北百花香。美人睡起薄梳妆，燕舞莺啼空断肠。"萨天锡《题杨妃病齿诗》则云："沉香亭北春昼长，海棠睡起扶残妆。清歌妙舞一时静，燕语莺啼空断肠。"但略少变其文。如此等诗，不可尽述，每见录于诗话。美则以为点铁化金，刺则以为蹈袭古诗，附会讥诮，殊为可厌。予略录数首于右，以

---

① 阮葵生：《茶馀客话》卷十一《古人名句》，中华书局1959年版，第310页。

见陶、杜岂待白、韦？而应物、天锡固窃诗者哉！故老杜尝戏为诗曰："咏及前贤更勿疑，递相祖述复先谁。"大抵咏人诗多，往往为己得也。……①

先前的阅读材料已不知不觉内化到主体的记忆深处，一俟眼前出现了与前贤描写过的意境相类似的景观，即刻脱口而出；抑或营构出与前人佳构面目微差而匠心相似的句子来。这并不是故意要超越前人，也不是故意掠美效颦，有限的艺术境界，又因有限的语言艺术形式和材料，在艺术新创中夹带着一些重复复制的部分，当被视为正常，体谅是难以避免的。

这类现象不独发生在类似意境营构、意象经营中，还突出地表现在同题之咏上。如《管锥编》还注意到，宋人王楙《野客丛书》曾指出过韩愈《毛颖传》本蔡邕《笔赋》、成公绥《故笔赋》及郭璞《〈尔雅〉图赞·笔》，尽管"求形固似，得心未许"，然而："其义乃题中应有，作者思路遂同辙迹；意本寻常，韩海虽不遗细流，何必沾丐此三首屠庸文字哉？"② 其实韩愈恐怕也未尝不想出新，但题目已然划定了，就咏笔这一题材讲，又有多少典故可用，有多少新的话题可说？前代有限的同题之作没必要非绕开不谈，于是不免重复前人的题中应有之义了。应当说，表现上的雷同复制，归根结底离不开题材、主题的长期稳定与缺少新变。

其次，从重视主体独到的审美体验、崇尚即景直寻的角度，古人也每每将复制因袭归结为阅读经验的消极作用。在这种讲究新创的严格尺度下，甚至有的公认的名篇佳什也受到了严厉的非议。如谢榛《四溟诗话》卷一就对《秋风辞》不无苛责：

汉武帝"秋风起兮白云飞"，出自"大风起兮云飞扬"；"兰有秀兮菊有芳，怀佳人兮不能忘"，出自"沅有芷兮澧有兰，思公子兮未敢言"。汉武读书，故有沿袭；汉高不读书，多出己意。③

事实上这一伪托汉武帝之作，并不因有所本而影响其审美价值，作品的文

---

① 郎瑛：《七修类稿》卷二十《诗非蹈袭》，第304—305页。
② 钱锺书：《管锥编》第3册，第1018—1019页。
③ 丁福保辑：《历代诗话续编》下册，第1145页。

学史新创意义并不一定与其审美价值呈对等关系。类似上述的意思前举有此体验的宋人周紫之也早注意到了,并未只从消极方面理解:"自古诗人文士,大抵皆祖述前人作语。梅圣俞诗云:'南坨鸟过北坨叫,高田水入低田流',欧阳文忠公诵之不去口。鲁直诗有'野水自添田水满,晴鸠却唤雨鸠来'之句,恐其用此格律,而其语意高妙如此,可谓善学前人者矣。"① 这里,似乎已在强调:艺术创造不一定完全白手起家的,任何新创都是在一定程度、某种方式承继前人的基础上进行的。衡量作品审美价值似不应以完全新创为唯一尺度。

因而,多读书、熟谙前人诗作也未见得会阻滞诗思。关键还在于如何在继承中发挥自己的独创性。而对于一篇具有独立性整体性的作品,在局部自觉不自觉地涵括、吸收了前人语句,大可不必由部分来否定整体。清人张谦宜也曾在这种有意无意与前人契合的现象面前,感到不应该简单化地一概否定:

  古人为诗,有著意用事及成语者,亦有无心用事暗与古合者,必如注家所云某字出某文,某句出某集,不知是先查就而后布置耶,抑先布置而后填故事乎?必若此,老杜、韩昌黎一抄袭博士耳,岂足传哉!此余之私怨也,不知有同心者谁。②

这里也提到作诗时"有心用事暗与古合"的现象,其实质,同感物兴会时的"冥契"以至"暗合"古人,是同一个道理,均属创作主体无意之中蹈入古人的思维辙迹之中。这种不知不觉暗合古人,落入前人模式里的创作惯性,实际上与阅读中个人偏爱所形成的情绪记忆与心理定势,有着不可分割的关系,即便是大家名家,也不能避免。钱锺书《谈艺录》就曾拈出宋代诗人陈与义写雨,"有一窠臼",总是从天工造化神奇角度来写,每言天工"谁能料"、"信难料"、"天工终老手"之类;而陆游则一再仿效,也每称"造物信老手"、"天公老公亦岂难"、"变化只在须臾间"云云,构思与句式一如陈与义,甚至还有一字未改照搬来的,如

---

  ① 周紫芝:《竹坡诗话》,何文焕辑《历代诗话》上册,第346—347页。
  ② 张谦宜:《絸斋诗谈》卷八,郭绍虞编选《清诗话续编》上,上海古籍出版社1983年版,第904页。

"天工终老手"。① 在陈与义这里，诚然因对此模式的热衷而总是一再重复自己，有了先在的定势而难以突破自己；在陆游，则因对陈与义的认同而竟至"仿作稠叠"，以至像钱先生指出的那样忽略了该意蕴在陈与义之前的韩稚圭诗中，即已屡屡道出此意了。可见无论如何，对陈与义诗的熟读及偏爱，是构成陆游写雨诗自觉不自觉地与其暗合冥契的一个原由。

再次，古人也从力避因袭雷同的愿望出发，强调完全由当下之所感去把握对象的独特特征，写自己与别人不同的情感体验来。叶燮《原诗》卷四外篇所谓："游览诗切不可作应酬山水语。如一幅图画，名手各各自有笔法，不可错杂。又名山五岳，亦各各自有性情气象，不可移换。作诗者以此二种心法，默契神会；又须步步不可忘我是游山人，然后山水之性情气象，种种状貌变态影响，皆从我目所见耳所听足所履而出，是之谓游览。且天地之生是山水也，其幽远奇险，天地亦不能一一自剖其妙，自有此人之耳目手足一历之，而山水之妙始泄。如此方无愧于游览，方无愧乎游览之诗。"② 不可谓不用意良苦了，然而，这段话中的主观牵强倾向是显而易见的。步步不忘自己是游山人，未必就不在观照自然时受内心审美经验"先结构"的左右。亲履其境固然是写出好诗的重要条件，但好诗未必都是亲临之后才作出的，亲临也未必作得出好诗。"纸上得来"虽说是"总觉浅"，但作诗有谁能敢说完全不受纸上得来的阅读经验影响呢？这种理想化的期许又不仅仅用来要求游览诗，由此还泛化到对某些诗人总是偏爱特定的题材不满，如黄子云《野鸿诗的》指出："……诗，不外乎情事景物，情事景物要不离乎真实无伪。一日有一日之情，有一日之景，作诗者若能随境兴怀，因题著句，则固景无不真，情无不诚矣；不真不诚，下笔安能变易而不穷？是故康乐无聊，惯裁理语；青莲窘步，便说神仙；近代牧斋莫年萧瑟，行文未半，辄谈三乘矣。"③ 在这种过分强调随机性独创性的标准下，连谢灵运、李白、钱谦益都因各自有所偏爱而被否定了，岂不荒唐。试想，以上述之论，又如何能解释瞿佑的真切体验：

予为童子时，十月朝从诸长上拜南山先垄，行石磴间，红叶交

---
① 参见周振甫等《钱锺书〈谈艺录〉读本》，上海教育出版社1992年版，第548—549页。
② 《清诗话》下册，上海古籍出版社1978年版，第606—607页。
③ 同上书，第857—858页。

坠，先伯元范诵杜牧之"停车坐爱枫林晚，霜叶红于二月花"之句。又在荐桥旧居，春日新燕飞绕檐间，先姑诵刘梦得"旧时王谢堂前燕，飞入寻常百姓家"之句。至今每见红叶与飞燕，辄思之。不但二诗写景咏物之妙，亦先入之言为主也。①

这里，道出了一个强调新创、标举凡写诗必自辟新境论者最不爱听的真理——某些先入为主的审美体验是一次性的，带有铸模定调的效应，其将伴随主体终生，构成其对于特定景观意境的"以回味重温代替新创"。显然，如果让瞿佑来咏夕阳红叶、旧屋飞燕，他是难以跳出唐诗"现成思路"的。也正是他，在晚年有感于陆游年迈时所作《沈园》二绝句，以及"世味扫除和蜡尽，生涯零落并锥空"，"老病已全惟欠死，贪嗔虽去尚余痴"等诗句，在认同之中深挚地慨叹："予垂老流落，途穷岁晚，每诵此数联，辄为之凄然，似为予设也。"②那么，真的作诗来叹老嗟卑，又怎能摆脱这种"求同思维"呢？清人也体会到：

> 余每客游寄息野店中，得句云："酒香人欲歇，野店日初斜。"因思，"店"字可入诗料，韦应物"楚山明月满，淮店夜钟微"；岑参"野店临官路，重城压御堤"；温庭筠"鸡声茅店月，人迹板桥霜"；陈羽"都门雨歇愁分处，山店灯残梦到时"；韦庄'明日五更孤店里，醉醒何处各沾巾'，皆佳句也。③

许多好诗都是创作主体得之于旅途野店，而羁旅之中有所感触的诗人，得到新句，想到的这"店"的意象早已出现在前代佳构之中。

此外，从汉代以来就形成并不断固化的袭蹈古人旧辙的创作倾向，也不可避免地从深层对于诗人当下的创作思维产生影响。如宋代严羽《沧浪诗话·诗法》所强调的："诗之是非不必争，试以己诗置之古人诗中，与知者观之而不能辨，则真古人矣。"其似乎若没有一个古已有之的参

---

① 瞿佑：《归田诗话》卷上，丁福保辑《历代诗话续编》下册，第1247页。
② 瞿佑：《归田诗话》卷中，丁福保辑《历代诗话续编》下册，第1262页。陆游《沈园》二绝句为："落日城头画角哀，沈园非复旧池台。伤心桥下春波绿，曾见惊鸿照影来。""梦断香消四十年，沈园柳老不吹绵。此身行作稽山土，犹吊遗踪一泫然。"
③ 惠康野叟：《识馀》卷二，《笔记小说大观》第十二册，第311页。

照，就不能对于当下的审美判断作出合理而有自信心的评价似的。

当然，有时，在同一个原型召唤下，很可能产生类似意境的诗句，很难说就是后来之作有意识的仿拟借鉴。宋人如是体会到：

> 一日雨后过太湖，泊舟洞庭山下，乃得句云："木落洞庭秋"，或云此蹈袭"枫落吴江冷"语，第变"冷"为"秋"，则气象自不同。彼记时耳，是安知秋色之高尽在洞庭里许乎？此渊源自《楚骚》中来。《九歌》云："洞庭波兮木叶下。"其陶写物象，宏放如此，诗可以易言哉！①

的确，诗歌这种主观性极强的作品，不易指明其文本渊源何处，然而，难道这位雨后泊舟在太湖洞庭山下的诗人，真的就连屈原《九歌》都没有读过吗？只不过此时他未必意识到在"先在"的诗句早已经暗潜在自己的深层心理中，是无意识的顿时涌现，灵感遂附着在既有的诗学话语之中。故而，清人的体会可能更接近实际，即薛雪《一瓢诗话》：

> 口熟手溜，用惯不觉，亦诗人之病，而前人往往有之。若李长吉之"死"，郑守愚之"僧"，温飞卿之"平桥"，韦端己之"夕阳"，不一而足。②

如是情况的确很多，不胜枚举。这也是说某些诗人的偏爱，是对于某些意象、词语潜在的依赖，其实是不自觉的，那么，他们又哪能都觉察出口中、笔下的诗句，是从哪个前人成句中仿拟、化出呢？

三 "诗境印证实感"现象对于文学创作的影响

古代诗学思维中的"诗境"与"实感"互为印证，是一种个体深会我心的审美体验。这一体验是带有普遍性的，其给予创作主体（同时又是欣赏他人成句的接受主体）的是一种微妙、复杂又矛盾的心灵感受。

---

① 佚名：《休斋诗话》，见郭绍虞辑《宋诗话辑佚》下册，第485页。
② 《清诗话》下册，第698页。

于艺术创作说来,是他的一次不成功的经历;然而于欣赏来说,又是极为成功的——他在审美回味重温中,以别人的创造否定了自身,而这种否定又是借助自身对别人佳作的认同来实现的。我们可以由此得出某种启示。

其一,诗境印证审美主体的实感,严肃地提出了某种特定题材主题的抒情性创作,如何超越立美范式的问题。南宋罗大经《鹤林玉露》指出,必须要有一个参照系,才能对当下为人称道的诗句,进行客观定位:

> 近时赵紫芝诗云:"一瓶茶外无只待,同上西楼看晚山。"世以为佳。然杜少陵云:"莫嫌野外无供给,乘兴还来看药栏。"即此意也。杜子野诗云:"寻常一样窗前月,才有梅花便不同。"世亦以为佳。然唐人诗云:"世间何处无风月,才到僧房分外清。"亦此意也。欲道古人所不道,信矣其难矣!紫芝又有诗云:"野水多于地,春山半是云。"世尤以为佳。然余读《文苑英华》所载唐诗,两句皆有之,但不作一处耳。唐僧诗云:"河分冈势断,春入烧痕青。"有僧嘲其蹈袭云:"河分冈势司空曙,春入烧痕刘长卿。不是师兄偷古句,古人诗句犯师兄。"此虽戏言,理实如此。作诗者岂故欲窃古人之语,以为己语哉!景意所触,自有偶然而同者。盖自开辟以至于今,只是如此风花雪月,只是如此人情物态。①

虽然此处"河分冈势断,春入烧痕青",误作唐人诗,实为宋初惠崇的诗,但毕竟已注意到了阅读前作构成的心理定势而又不自知的问题。同时,罗大经还注意到,不同时代诗人所处的自然景貌、人情物态如此类似,笔下的诗句也就难免相同。

长时期地有意仿拟前人佳作,也未必就没有副作用。清代阮葵生也强调:"东坡见人日临《兰亭》,曰:'此人书必不得佳。'作诗者须识得此意,学盛唐、学杜者,尤易犯此。"② 可是,实际上也未必"不佳",多少诗人的早期成长不就从这艰苦的模仿做起?

如果我们将个体创造置于传统的文学流脉整体上来看,可以赞同阿瑞提这样的说法:"诗决不仅仅是诗人自己感情的流露。它是一种使用特殊

---

① 罗大经:《鹤林玉露》卷三乙编《诗犯古人》,上海古籍出版社 1983 年版,第 174 页。
② 阮葵生:《茶馀客话》卷十一《摹临之弊》,第 311 页。

的材料、媒介和形式的表现性描绘，旨在把题材（包括情感）展现为适合于领悟性眼光或审美经验的内容。"① 前人佳构将真切的审美经验展现给后来的创作者，赢得了强烈的共鸣与由衷的认同；但对于后者来说，由于他也要用类似的材料、媒介和艺术形式来表达类似情感，表现同一题材、主题和意境，成功接受带来的定势竟摧毁了自身的自信心或创新勇气。那么，究竟该不该完全肯定地看待评价前人佳作，该不该无保留地认同、倾倒于既有的楷模高标？这就不能不牵扯到具体题材主题下的意象经营、意境营构问题。循此思路，似当对仅仅片面地弘扬佳作、迷信佳作进行反思。

其二，现世中的物象与艺术中的意象、物境与意境之间既有不等同的一面，又有非单纯线性对应的一面，若想在传统中力避因循，创作主体该如何把握其中介环节呢？阿瑞提还指出了审美意象发生最初阶段的某种性质：

> 意象不仅仅是再现或代替现实的第一个或最初的过程。……意象由于并不是忠实地再现现实，因而是一种创新，是新的形成，是一种超越的力量，我们要给予极大的关注。②

中国传统诗歌中的意象因其文字的象象性质、古人诗学思维稽古式、经验式等，它在诗人们内心刚一产生时，就免不了在其记忆库存中与相关语词意象结合起来。尽管"意象不是忠实的再现，而是不完全的复现。这种复现只满足到这样一种程度，就是使这个人体验到一种他与所再现的原事物之间所存在的一种情感"③，但我们由前揭诸多诗人的创作实践中可以看出，中国传统诗学思维中，文本的意象符号，多是与主体内心意象相伴随的，但由于其与语象符号的联系对应太密切了，因语言的长期稳态化，意象、意象群却未必有那么多的创新质素，且尊崇使事用典等积习，使意象语词往往缺少超越传统、超越自身的原创力量，以致许多人停留在借助、赏悦既有的意象情韵上就驻足不前了。毋庸讳言，正是在这意象由

---

① ［美］阿瑞提：《创造的秘密》，钱岗南译，辽宁人民出版社1987年版，第61—62页。
② 同上书，第61页。
③ 同上。

心中发生到进入艺术构思创作这一阶段上，传统诗学思维的某些消极方面起了作用。一些诗人以欣赏认同代替了新创。也许，这正是导致意象老化、题材陈旧的一个重要诗学机制，也是诗词代兴、流派叠起的一个文学内因。

其三，传统诗学思维重视记诵涵泳，幼年重师承背诵的学习方式，建构了抒情文学创作主体喜欢品评鉴赏妙句佳篇的艺术活动惯习。有时在诗歌鉴赏中，所谓"实感印证诗境"也受到了注意，且特定情境中阅读特定意蕴的诗作，其审美效应受到了特殊推重：

> 实境诗于实境读之，哀乐便自百倍。东阳既废，夷然而已，送甥至江口，诵曹颜远"富贵他人合，贫贱亲戚离"，泣数行下。余每览刘司空"岂意百炼刚，化为绕指柔"，未尝不掩卷酸鼻也。呜呼！越石已矣！千载而下，犹有生气。彼石勒、段䃅，今竟何在？①

诗歌中的惯常主题、题材往往也正是后世代复一代诗人们的人生课题和多发性、恒久性情愫所在，在耳熟能详的前人诗句中，找到自身深刻的人生体验，解悟其中蕴含的深刻哲理、深挚情怀、深沉慨叹，与古人成为千古知音。这自然是诗歌鉴赏的一大快事；如果我们不忽视古人的欣赏与创作往往是交织互渗、同时进行的，就不难窥察到这一鉴赏、涵泳过程中内省体验的积习，是与创作时的"实感诗境互证"密切联系着的。

山水名胜的实地观赏，联想起的其实并非仅仅是前贤的名句佳构，而往往有着更为丰富多样的生活体验、欲望追求等人生感慨。晋代著名的"兰亭之游"、"金谷之宴"等，文人群体亦早有深刻的"死生亦大矣，岂不痛哉！"的感叹。而袁宏道登灵岩时也有此心灵体验：

> 登琴台，见太湖诸山，如千百螺髻，出没银涛中，亦区内绝景。山上旧有响屧廊，盈谷皆松，而廊下松最盛。每冲飙至，声若飞涛。余笑谓僧曰："此美人环珮钗钏声，若受具戒乎？宜避去。"僧瞪目不知所谓。石上有西施履迹，余命小奚以袖拂之，奚皆徘徊色动。碧 缱缃钩，宛然石髮中，虽复铁石作肝，能不魂销心死？色之于人甚矣

---

① 王世贞：《艺苑卮言》卷三，丁福保辑《历代诗话续编》中册，第991页。

哉！……①

这岂不是生活中的诗！而又把生活中的实景激发出的情绪记忆、联想体验进一步诗化了。

其四，上述审美体验的方法，往往能顺便推究出前代诗歌中的"本事"，对于先前不得甚解的诗句，有了更为深刻到位的理解，如杨恩寿《续词馀丛话》称：

> 余在中州，与士大夫燕会，见有戴高竿……又见一女童贴地蛇行，惊跃数四，备极疾徐之妙，与金鼓相应。久之，忽于尻间出一头，以两足代手拱揖，反复旋转，首尾浑不可辨。花蕊夫人宫词有"两头娘子拜夫人"之句，初不可晓，亦岂谓此等，若舞态中"太平天子字当中"者耶？②

黄宗羲（1610—1695）《朱人远墓志铭》有"众情"与"一情"说，指出情分为两种："幽人离妇，羁臣孤客，私为一人之怨愤，深一情以拒众情，其词亦能造于微。至于学道之君子，其凄楚蕴结，往往出于穷饿愁思一身之外，则其不平愈甚，诗直寄焉而已。"③ 生活实景体验，可以将诗人个别性的感受，同早有的、共同的、普适性审美体验的总结瞬时间沟通，于是个体感受印证、丰富了他人既有的体会，这不仅提升了创作主体当下个体体验的层次，也丰富了既有的审美经验的总结抒发。

钱锺书先生《容安馆札记》第一卷曾谈及吴惟信《菊潭诗集》的《咏猫》诗："弄花扑蝶悔当年，吃到残糜味却鲜。不肯春风留业种，破毡寻梦佛灯前。"即刻与当下的生活体验迅即挂钩："按，余豢苗介立叫春不已，外宿二月余矣，安得以此篇讽喻之！"也是当下情景与既有文本的互证，顺接联想，这一联想成为民族化的审美及其鉴赏习惯，说明本章所论问题的持久价值。

金庸小说《飞狐外传》第十四章《紫罗衫动红烛移》写胡斐与两个

---

① 袁宏道：《灵岩》，钱伯城笺注《袁宏道集笺校》卷四，上海古籍出版社1981年版，第165页。

② 《中国古典戏曲论著集成》九，第321页。

③ 沈善洪编校：《黄宗羲全集》第十册，浙江古籍出版社1993年版，第470页。

女子袁紫衣、程灵素走进书房之中，书童点了蜡烛：

> 这书房陈设甚是精雅，东壁两列书架，放满了图书。西边一排长窗，茜纱窗间绿竹掩映，隐隐送来桂花香气。南边墙上挂着一幅董其昌的仕女图；一副对联，是祝枝山的行书，写着白乐天的两句诗："红蜡烛移桃叶起，紫罗衫动柘枝来。"……

此时读书不多的胡斐，没有留心什么书画，看了也未必懂，而小说写程灵素却在心中默念了两遍，瞧着桌上红烛，又望了一眼袁紫衣身上的紫罗衫，暗想："对联上这两句话，倒似为此情此景而设。可是我混在这中间，却又算什么？"① 对联的诗句印证了眼前景象，三人各怀心事，而雨打残荷竹叶之声，伴随烛泪，程灵素的心绪与眼前景交融，似又象征三人日后的命运。

　　以上，简略论述了中国古代"诗境印证实感"的诗学意义，未必尽当，但这一课题还值得进一步探讨，请方家教正。

---

① 小说中袁紫衣身上经常穿着紫罗衫。

第十二章

明清"作诗免罪"母题与诗歌艺术的生产消费

明清民俗故事叙述中,流传着一个带有普遍性的"作诗免罪"故事类型。此虽在先唐已露端倪,唐宋也有少量载录,但只有到了明清才算蔚为大观,其中有着古代诗歌文化生产消费的内在原因。何以因能即时作诗,就得以免罪(或免祸),这是古代诗歌创作、传播及其与民俗心理、诗学文化价值观多重互动的一个饶有兴味的问题,也是本章要结合诗歌艺术生产理论所予略加探讨的。

一 明清小说中的作诗赋免罪描写

值得注意的是,明清时代的一些并未被今人列为一流的小说中,因为"作诗免罪"故事的出现,增加了小说作品的民俗文化因子,从而小说母题出现了新的变化,主要是故事中心人物身份和人物关系,较多变成了下层普通青年男女因为某种过失"犯罪",而以具有贵族般诗词创作的才华,幸运地得到地方官员的宽宥。

约明代天启年间的《僧尼孽海》(日本抄本)在"六驴十二佛"故事之后,又附以《延庆寺僧》,说是延庆寺的僧人作偈调戏姑娘柳含春,柳告知父亲,父诉于方谷珍,后者命以大竹笼装此僧拟投入激流中,行刑前,方为僧作偈,而僧人也作偈回复。方怜惜僧之才,于是就宽宥了。

明末小说《鼓掌绝尘》写书生文荆卿治好李若兰小姐的相思病之后,得蒙其爱恋,两人幽会,不期被李的叔父李岳撞见,捉住告官,大有才干的高太守"清正慈祥,宽宏仁恕,看见两个是宦家子女,心中就有几分宽宥之意",他问明原委之后,就命文荆卿以檐前蛛网为题,李氏以堂上竹帘为题，分别面试一首。文荆卿信口吟云：

> 只因赋性太颠狂，游遍花间觅遍香。
> 今日误投罗网内，翻身便作采花郎。

李小姐亦吟哦："绿筠劈破条条节，红线经开眼眼奇。只为爱花成片断，致令直节有参差。"高太守不禁赞叹不已，当即判处二人成婚。[①] 委婉辩解中，呈现青年男女一脸的初衷可悯，起决定性作用的还好是两个当事人不约而同地及时呈献诗作。

在才子佳人小说高涨的明末清初，当场赋诗的才能，在小说塑造才子佳人形象中起到了重要作用。《两交婚》写刁直为骗婚告发了甘梦娘，聪明的王知县当堂出《咏驴》的题目让彼此对作。甘梦娘的才能受到赞美，而半字写不出的"村夫"刁直则被赶出，知县还为才子佳人缔结良缘。《平山冷燕》前两回写山黛《白燕诗》经其父献给皇上，皇上读后欣然拍案："果是香奁佳句！"百官次第传看，"无不动容点首，啧啧道好"。研究者曾注意到："在《玉支玑》、《两交婚》、《锦疑团》、《合浦珠》、《孤山再梦》、《蝴蝶缘》等小说里都有家长用考诗来挑选女婿的故事"。[②] 明清才子佳人小说中的作诗比赛很多，对于赋诗体现的才思敏捷，要求之高，大有对当时八股文不以为然的隐隐深意。《平山冷燕》第九回写燕白颔，慨然自称："任是诗歌词赋，鸿篇大章，俱可倚马立试，断不辱命。"第十一回写贵公子张寅跟不上联句，平如衡就大加嘲笑；而燕白颔与他不相上下，便结为好友。而且他们的才华显露又往往是同伴作诗才华所激发催奋的。第六回写冷绛雪称："人家总不论，城里乡间也不拘，只要他有才学，与孩儿或诗或文对作，若作得过我，我便嫁他；假饶作不过孩儿，便是举人进士、国戚皇亲也休想。"又如《玉娇梨》第六回苏友白见白红玉的《新柳诗》清新可喜，他便"笔也不停，想也不想，便信手顷刻作完了一首诗"。人际关系竟然全凭作诗的才能来决定，又见《飞花咏》写才子唐昌与表妹凤彩文联句《咏飞花》，因而互生爱慕，结为夫妇。《生花梦》第九回写葛

[①] 金木散人：《鼓掌绝尘》第二十七回《李二叔拿奸鸣枉法，高太守观句判联姻》，春风文艺出版社1985年版，第306—307页。

[②] 苏建新：《中国才子佳人小说演变史》，社会科学文献出版社2006年版，第145—148页。

万钟以作赋为能,他的观点是"诗句恐涉浮夸,制义亦不过章句之学,俱不足以见才。今日即事命题,各成《东园雅集赋》一篇,以纪胜事"。而那些参加科举考试的才子们:"虽有才情,然所学不过时艺,即或兼通诗理,便算多才的了。能有几个潜心古学,少具骚赋之才?一闻作赋,尽皆噴舌缩手,俱不敢下笔。及见小姐所作,连句法韵法都茫然不解,自揣勉强作来,也是不妙的了,便一个一个的溜了出来。"这些小说中吸引人的场面情节、对话议论,似都与本章所论母题,不无相关。

康熙年间刊本《闹花丛》第八回写庞国俊(文英)与小姐刘玉蓉私会,被女方二叔天表发现,一纸诉状告到王宗师那里,称侄女被强奸,后者"清正慈祥,宽宏仁恕,将状词看了,见是宦家子弟,先人体面,心中便有宽宥之意"。审问两人后,说你两人既能作诗,就此面试,文英将檐前蛛网悬蝶为题,小姐将堂上竹帘为题,各面试一首,当场,赞叹不已的王宗师就将两人判为夫妇。文英和刘小姐所吟,就与上面《鼓掌绝尘》中男女两位主人公的诗作一致,只是个别字略有不同而已。萧相恺先生曾指出,《闹花丛》是杂凑多书而成,基本框架来自《鼓掌绝尘》[①],这里的两首诗几乎就是与上引《闹花丛》雷同,看来还有一个母题借用和共享的问题,可见这一描写所传达的意旨是怎样的必不可少。

清人还叙述,康熙年间,王大儒在陈鸿家坐馆,与其侄女彩凤有了私情,被家长发现后拘男女送官府,大儒却是以骈语为供词,简直就是一篇美丽的骈体文,运用了许多精美典故,其中自然也不乏微妙的辩解之意,官员的判词,自然也是骈语:

> 夫女有家而男有室,本为人情;织为女而牛为郎,注成天牒。苟桃已实,紫绡之慕何来?梅已倾筐,红拂之奔安有?而儒则椿萱并谢,慕春燕之双飞;凤则叔婶俱存,悲秋鸿之孤泪。男女之婚嫁愆期,彼此之情怀燕昵。按律均应治罪,开忱敢吁原情。诚使三星在上,秦楼之月重圆;两美当前,廉浦之珠还合。则他日之兰孙桂子,皆慕今朝之甘雨和风矣!供语非虚,陈情是实。

---

① 江苏省社会科学院明清小说中心、文学研究所编:《中国通俗小说总目提要》,中国文联出版公司1990年版,第417—418页。

地方官以优美的骈文判案,而这骈文事实上不啻就是优美的诗篇:"用开一面之网,免褫青衿;更推三宥之恩,特加锦被。今王生未聘,许作馆甥;陈女无家,归为内子。……"① 于是庭审断案,成为一场当事人与法官之间的争才斗文的游戏,严肃的执法断案,一时间为雅韵歌诗的审美情趣和奇特魔力所冲淡,所激活,所取代,官员自然情不自禁徜徉在优雅的文学海洋中,竟然当场判作二人成亲。

这一母题的泛化,还同社会舆论对于文才的价值判定至为相关。是否具备诗赋之才,往往成为判别当事人是否为不法之徒的一个有力证明。明末清初才子佳人小说《春柳莺》写,苏州名士石池斋被衙门的公差误捕,带往州衙,途中瞌睡,梦一老者引一女子近前,女子称:"石生,你明月星上,云开万里,见青天矣。"在堂上州官凤公要求石生对出对联,以见分晓,出:"日暮人归,鸟落一村遮古木。"石生回思梦中女子之言,恰与相合,即对:"月明星上,云开万里见青天。"凤公闻对,排除了公差的干扰,确认书生身份而释放。② 文才的及时表露,构成读书人身份无可辩驳的佐证,这种检验方式,也表明传统社会对于读书人身份乃至价值的认可尺度。而托梦暗示的神秘母题介入,强化了母题伦理必然性的书写理由。

佚名《萤窗清玩》卷四《碧玉箫》写明代正德年间苏郡李生是个爱花才子,他为官之后也当然亲近和同情才子佳人。因此,审案官的主观性和先入之见,在这里又一次占了上风:

> 郡中有梁生者,与其邻张姬私通。姬父觉而致讼。李生览状,令拘生及姬,诣案审之。李生见姬垂首含羞,以扇蔽面。轻盈二八,绰约堪怜,固尤物也。而梁生亦风流俊雅,矫矫不群。暗想曰:"此佳匹也,当玉成之。"因谓之曰:"看汝等温文尔雅,应是文学中人。若能为诗,当即免罪。"生姬衔之,李生乃指蛛网上所缚一蝶,令梁生题之。又指堂前一梅花,令张姬题之。各赐纸笔,须臾,彼此稿就。呈于李生,生看梁生《蛛网蝶诗》曰:"涂金傅粉逐春华,误入

---

① 青城子:《亦复如是》(《志异续编》)卷五,重庆出版社 2005 年版,第 128—130 页。
② 南北鹖冠史编:《春柳莺》第六回《秋风天解元乞食 明月夜才鬼做官》,春风文艺出版社 1983 年版,第 92—94 页。

东风第几家。今日孓身投法网,悔教何事苦贪花。"李生喜曰:"语语双关,是蝶是人?双管齐下,此笔殆从江郎借来者。"又看张姬《梅花诗》云:"玉骨亭亭一摽梅,实三实七自徘徊。主人若肯开生面,莫使移将别处栽。"李生点头微笑曰:"又是个双管齐下的,身临法地,尚觉佳句可观。平昔所为,已可概见,妙才也。"因亦援笔书一绝曰:"名花好蝶一般春,花蝶从来已有因。我亦风流花蝶客,不妨权作旧媒人。"书毕,顾谓姬父曰:"才子佳人,适逢其偶,此天定也。"因判令生姬成婚。化怨成恩,彼此允愿。时人谓官府作伐,相与荣之。后梁生亦膺科选,督学黔中,及返京偕姬以谒李生。往往隆其报效,此后事也。①

执法官竟然忘记了自己的角色使命,他在品味欣赏之余,也跟着才子佳人一起参与了诗歌创作活动。

当然,也不限于此才子佳人小说,如清初小说《照世杯》写,穆文光之父因不识字误用徐某牌坊上的字作堂名,竟被诈银五百两,徐公子还当众辱骂其父,情急不忿的文光当即手刃徐公子,知县见他承认是为父复仇,认定他"分明是个有血性的汉子",便出题命作,说文章做得好就予宽宥,见其所作文中有"子产刑书,岂为无辜而设;汤王法网,还因减罪而开",拍案连称"奇才",终于设法宽释了他。后文光进学,二人还结下了师生之谊。当事案犯的所谓血性侠气(如谐道人所评:"穆文光手刃公子,勇气豪节,掣电惊雷,可作《少年行》赠之")②,即执法者所理解的正义复仇动机,其实穆太公并未身死,而被杀的徐公子也并未犯下必死之罪。可是,在同情复仇孝子的地方官员这里,文才,有韵对偶的四六句,与诗密切相关,也被作为宽纵的理由。

二 作诗免罪母题在明清野史笔记中的基本表现

与上面的"小说中语"密切联系的,是在明清野史笔记中,也较为

---

① 《萤窗清玩》,中国古代珍稀本小说续1,春风文艺出版社1997年版,第303—304页。
② 酌元亭主人:《照世杯》第四回《掘新坑悭鬼成财主》,上海古籍出版社1985年版,第100—104页。

广泛地关注了作诗免罪传闻，从而构成了母题传扬的广阔的民俗背景，结合上述小说描写看，可谓成为叙事文学热点生成的重要现实成因。

一者，是犯人能在堂上即时作诗，当时博得赞赏，随即获得断案官员的同情宽纵。明代这类故事引起了野史笔记的重视，如：

> 苏州月舟和尚犯奸，长洲知县闻其能诗，以"鹤"为题，诗曰："素身洁白顶圆朱，曾伴仙人入太虚。昨夜藕花池畔过，鹭鸶冤却我偷鱼。"释之。
>
> 又一妇以夫盗牛事犯，上县尹诗云："洗面盆为镜，梳头水当油。妾身非织女，夫倒会牵牛。"免其罪。①

这两首诗都运用了双关法，前者，以鹤的形貌和吃鱼习性自比，暗示自己的身份，"偷鱼"实际上是性隐语，在辩解中含有宣示明知偷鱼不雅之意；后者，则一个盗牛之徒的妻子居然能即兴赋诗，化用了民间熟知的牛郎织女的神话传说，在贬低自身中巧妙地与织女类比，还恰如其分地表达出不赞成丈夫偷牛（故意以"牵牛"一词将盗牛之罪轻描淡写而出），同时，暗示出夫妻恩爱的令人同情之意。对此，清初褚人获还予以关注并着意加以缩写："弘正间，苏州月舟（一作洲——原注）和尚犯奸，长洲知县某，闻其能诗，以鹤为题，月舟援笔曰：'素身洁白顶圆珠，曾伴仙人入太虚。昨夜藕花池畔过，鹭鹚冤却我偷鱼。'县令阅诗，释之。又一妇以夫犯盗牛事，上县令诗云：'洗面盆为镜，梳头水当油。妾身非织女，夫岂会牵牛。'县尹见诗，亦免其罪。"②

冯梦龙《情史》卷十二《情媒类》也写，某士人与在室女（未出嫁的女子）偷情，事觉到官，府尹马光祖面试《逾墙搂处子》一诗，士人秉笔云：

> 花柳平生债，风流一段愁。逾墙乘兴下，处子有心搂。谢玉应潜越，韩香许暗偷。有情还爱欲，无语强娇羞。不负秦楼约，安知汉狱囚。玉颜丽如此，何用读书求。

---

① 李诩：《戒庵老人漫笔》卷一《奸盗皆以诗免》，中华书局1982年版，第21页。
② 褚人获：《坚瓠集》三集卷二《奸盗以诗免》，《笔记小说大观》第十五册，第81—82页。

第十二章 明清"作诗免罪"母题与诗歌艺术的生产消费 263

> 光祖判云：多情多爱，还了生平花柳债。好个檀郎，室女为妻也合当。杰才高作，聊赠青蚨三百索。烛影摇红，记取媒人是马公。

对此，冯梦龙还禁不住评议道："文士既幸免罪，反因以此得佳偶。此事不可为训。风流太守，偶示一奇，亦何不可！"① 褚人获亦称：

> 昔一女有诗才，因奸见郡守。守闻其名，将械示之，指械为题，命作一词："佳则宥汝。"女赋《黄莺儿》云：奴命水星临，霎时间上下分，松杉裁就为圆领，交颈怎生。 画眉不成，眼睛儿盼不见弓鞋影，为多情。风流太守，持赠与佳人（一作"独桌宴红裙"）。守大称赏，即释之。②

甚至，当场替代作对，也可以获得免罪。据说一位高官未得志时，就有这样的奇特经历："歙相微时，尝为人授徒。一夜，衣囊皆失于贼，幸未出，复获于主者家，将行吊打。其人急曰：'是我，是我！'诘之，乃失馆先生。相为解，主者曰：'能答对则已。'曰：'斯文盗贼，先生来劫先生，岂是偷光凿壁？'其人不能对，相为代答曰：'霄夜王孙，是我终然是我，且教免挞悬梁。'笑而纵之。"③ 现场作对联，这当然需要随口能诗一般的素养，其实质与"赋诗免罪"的意旨几乎并无区别。又据《驹沉冗记》载，韩襄毅（雍）有一次巡按江南："方鞠死狱，忽诵句曰：'水上冻冰冰积雪，雪上加霜。'久不能对，一囚冒死请对，韩曰：'能对，贷汝死。'囚曰：'空中腾雾雾成云，云开见日。'韩称善，果为减死。或谓不若'空中拥雾雾成云，云腾致雨'，更顺，但'见日'意于囚为当耳。"④ 如果结合死囚自身的处境心情斟酌，"云开见日"当然更符合彼时的焦虑和期盼。

作诗僧人得罪蒙宽释，在这一类故事中无疑占有一个特殊位置。明代田艺蘅《留青日札》写明州少女柳含春患病祷告关帝庙而愈，为少年僧竺月华追求，遭到方国珍（1319—1374）拘捕，临刑前作诗，方"笑而

---

① 詹詹外史：《情史》卷十二《情媒类》，春风文艺出版社1986年版，第326—327页。
② 褚人获：《坚瓠集》首集卷四《咏械》，《笔记小说大观》第十五册，第29页。
③ 王同轨：《耳谈类增》卷三十七《斯文盗贼》，中州古籍出版社1994年版，第312页。
④ 褚人获：《坚瓠集》首集卷二《一对减死》，《笔记小说大观》第十五册，第14页。

释之,且令蓄发,以柳氏配为夫妇"①。而进入到另一笔记之中,传闻的表述基本没什么变化:

> 含春姓柳氏,国初明州女子也。年十六,患病,祷于关王祠而愈,因绣旛往酬之。一少年僧颇聪慧,窥柳氏之姿而悦之,因以其姓戏作咒语,诵之于神云:"江南柳,嫩绿未成荫。攀折尚怜枝叶小,黄鹂飞上力难禁。留取待春深。"女亦甚慧,闻之不胜其怒,归告于父。父讼之于方国珍。时国珍据明州,捕僧至,问之曰:"何姓?"对曰:"姓竺,名月华。"国珍命以竹笼盛之,将沉之江。又曰:"我欲取汝姓,当作一偈,送汝归东流。"因吟曰:"江南竹,巧匠结成笼,好与吾师藏法体,碧波深处伴蛟龙。方知色是空。"其僧痛哭,哀诉曰:"死,吾分也,乞容一言。"国珍许之,僧曰:"江南月,如镜亦如钩。明镜不临红粉面,曲钩不上画帘头。空自照水流。"国珍知其以名为答,大笑而释之。且令蓄发,以柳氏配为夫妇。②

此故事又被收入《情史》卷十二《情媒类》,"攀折"句作"枝软不堪轻折取",还有一些文字小异;第一首词被名之曰《回回偈》。研究者还注意到,其实,比《留青日札》更早载录此故事的,是多记元末明初轶闻的黄溥《闲中今古录》,其中的女性人物身份虽然不同,但心理活动、细节描写更为丰富:

> 方谷珍(方国珍)一女,年十八,患痘,祷延庆寺关王神,既愈,躬往奉油谢之。寺僧作偈,用梵语,诵于神前,名曰《回回偈》,云:"江南柳,嫩绿未成荫。枝小未堪攀折取,黄鹂飞上力难禁。留与待春深。"僧料女子莫喻,而其女聪明,闻之恚,归以语父知。谷珍怒,捕僧将戮之。其戮人用竹笼,状若猪笧,笼之,投之浮桥急流中。僧既至,谷珍曰:"我亦作一偈送汝。"曰:"江南竹,巧匠作为笼。留与吾师藏法体,碧波深处伴蛟龙。方知色是空。"僧又诉曰:"死即死,再容一言。"国珍领之,僧曰:"江南月,如镜亦如钩。如镜不临红粉面,

---

① 田艺蘅:《留青日札》卷二十一《柳含春》,上海古籍出版社1992年版,第396页。
② 惠康野叟:《识馀》卷二,《笔记小说大观》第十二册,第320页。

如钩不上画帘头。空自惹伤愁。"谷珍笑而宥之,曰:"饶你聪明的小和尚。"可见谷珍虽不读书,而此词亦可美,又口口人如此。入附后,此女配黔国公之子,在云南。宣德间,吾鄞徐宪副训奉化方伯履平仕口口彼,此女年已老,以乡里视之,往来如亲戚云。

研究者还指出,《绣谷春容》杂录卷二《方谷珍竹节笼和尚》与《闲中今古录》略同,简略些,而《情史》同时参照了二书:细节人名取《留青日札》,词曲取《闲中今古录》。① 只是研究者没有注意到惠康野叟《识馀》也载录了这一故事。

异文的出现,说明故事经历了口头传播,被人乐于引为谈资,在传播过程中得到了再创作,而不免走样。本来,牵连这类桃色新闻事件,对僧人这类民间有着明显成见的社会角色,非常不利,单只因诗作得好,得到了赏悦诗歌的执法者的宽谅,爱屋及乌,竟得到如此圆满结局,传为佳话,该何等令人大喜过望!于是民俗心理介入而愈加激发了传播。

二者,作诗而免遭其他灾祸。作诗蒙盗释,则体现了"盗亦有道"的一个具体侧面,因此善举甚至盗之伦理阶位得以提升。据明人谈论:

> 泰和邓学诗,性至孝。元季,母子俱为盗所获,盗魁知其儒者,哀之,与酒食,口占一诗,命之和。约:和免死。盗诗曰:"头戴血淋漓,负母沿街走。遇我慈悲人,与汝一杯酒。我亦有佳儿,雪色如冰藕。亦欲如汝贤,未知天从否?"应口和曰:"铁马从西来,满城人惊走。我母年七十,两足如醉酒。白刃加我身,一命悬丝藕。感公恩如天,未知能报否?"寇喜,道之出城,得远去。学诗后以荐为校职,考终。嗟嗟!此盗可应举做官。②

孝子所和之诗的内容,非常符合自己当下的不幸遭逢,也极易于引起盗贼

---

① 金源熙:《〈情史〉故事源流考述》,博士学位论文,复旦大学,2005年,第106—108页。故事中的词,本借自欧阳修和罗烨,参见叶晔《元僧竺月华词事的前世今生》,《古典文学知识》2014年第2期。该文引用了本节的梗概即最初发表本(载《福建师范大学学报》2011年第6期,中国人民大学《复印报刊资料》J2专题2012年第3期转载)。

② 朱国祯:《涌幢小品》卷二十《和盗诗》,第477页。《坚瓠集》四集卷一复述之后感慨:"嗟嗟!此盗有人心,可堪应举,或加纳授官,定为循良之吏。"

的同情，当然，这也是基于盗有侠气，敬重读书人的大前提。

大体说来，作诗得蒙官兵宽释，也当属此列。在明清极为流行、种类和异文颇夥的"乱离之后巧相认"母题中①，有一种夫妻相认就是因为切题而引人共鸣的诗篇，才呼唤起某人同情心而得以破镜重圆的：

> 吴士姜子奇娶妇三载，值淮张据吴，明兵临城下，子奇胁妻出避，怆惶间因失其妻，为领官兵携归京邸，子奇流落四方者数年。行乞至京，有高门一妇人见之而泣，贻酒馔米囊，急使之去。子奇不敢仰视。翌日，复乞于此，妇呼与语，又为主女所见，白母令人追之，检其囊中有金钗一只，书一封，因告其夫。启视之，则律诗一首云：
> 夫留吴越妾江东，三载恩情一旦空。
> 葵藿有心终向日，杨花无力暂随风。
> 两行珠泪孤灯下，千里家（一作江）山一梦中。
> 每恨妾身罹此难，相逢愧把姓名通。（一作音书谁寄子奇翁）
> 官兵见诗怜之，即遣还。仍给钱米，以资其归。②

故事意蕴相当丰富而有理想化色彩。一来，人间的夫妻至爱，乱离人生的凄楚，女性风雨飘零的悲剧身世，在故事女主人公浸满血泪的诗作中，一以总多、小中见大地得以倾诉；二来，可以看出故事中读诗的"官兵"肯定不是一般人，显然是具有较高文化素养的懂诗者；三来，其不仅能懂，且非常认同屈原以降"美人香草"、"男子作闺音"含蓄象征的诗歌抒情方式，这才有了寻妻者始料未及的结局。

甚至，作打油诗竟能扬名。李开先《词谑》称，某参政知事厅后有一粉壁，雪中升厅，见有题诗于壁上："六出飘飘降九霄，街前街后尽琼瑶。有朝一日天晴了，使扫帚的使扫帚，使锹的使锹。"参政以壁污大怒，左右将张打油带来，答以："某虽不才，素颇知诗，岂至如此乱道？如不信，试别命一题如何？"时南阳被围，请禁兵出救，即以为题，张打油应声曰："天兵百万下南阳。"参政曰："有气概！壁上定非汝作。"急令成下三句。云："也无援救也无粮。有朝一日城破了，哭爷的哭爷，哭

---

① 参见王立等《〈聊斋志异〉中印文学溯源研究》第二十五章，第559—583页。
② 褚人获：《坚瓠集》三集卷二《妇散重婚》，《笔记小说大观》第十五册，第88页。

娘的哭娘。"依然前作腔调模范。参政禁不住"大笑而舍之"。虽诗作本身"鄙俗",故事的传播能量却十分惊人,一时间竟"以是远迩闻名"。①

百一居士《壶天录》卷上称:

"女子无才便是德",世人类言之。然能恪守闺箴,虽遇人不淑,而无交谪之声,则才德兼备矣。盐城有才女者,不详其姓氏,嫁夫某,业儒,家贫甚,而伉俪颇相得。届天中节,杼轴其空,几不能举火。女咏一诗云:"自怜薄命嫁穷夫,明日端阳件件无。佳节莫教虚过去,聊将清水洗菖蒲。"书于案头。夫见之,殊自愧,忽忽去。明晨操豚蹄、酒一盂以返,邀妻大嚼。妻不解,因诘之,笑不答。

未数日,吏胥拘夫去,盖端阳酒肉之需,从邻家窃牛来也。县令诘责,某随口诵妻诗,因逮女问曰:"汝既能诗,可面试乎?"女曰:"可。"令遂以窃牛为题。女口占云:

滔滔黄水向东流,难洗今朝满面羞。

自笑妾身非织女,夫君何事效牵牛?

令大加击节,遂赦其夫。为赎牛归之邻家,并给白镪二十金,以济其贫。呜呼!令可谓风雅爱才者矣!若女也,巧思天成,冰清玉洁,谓之才女也可,谓之贤妇也亦可。②

故事与前引《戒庵老人漫笔》的故事,颇有交叉重合之处,很可能是先前故事的改写,也说明了故事在民间的口耳流传。

三者,有些较小的民事纠纷,因作诗赏诗的调节而消解。据说弘治年间余杭贡士符楫未第时:"舟行过土豪之滩,乱其菱芡,被留。闻为秀才,请作诗,楫口占云:'侬是余杭符秀才,家闲有事出乡来。撑船稚子虽无识,总是豪滩试占开。'笑而释之。又汝水有放生池,官禁采捕。有士子垂钓于中,为逻者所获,送之有司。询知士人,试以诗,钓者口占曰:'投却长竿卷却丝,手携蓑笠赋新诗。如今刺史清过水,不是渔人下钓时。'礼而释之。"③故事发生与传播的前提基于社会对读书人的尊重,

---

① 《中国古典戏曲论著集成》三,第 272 页。
② 《笔记小说大观》第二十二册,第 140 页。
③ 褚人获:《坚瓠集》二集卷一《赋诗得释》,《笔记小说大观》第十五册,第 44 页。

而"尊重知识"体现在当场作诗且能"切题"上。

四者,作诗竟可止父再娶,从而免于年少无辜者自身的生存状态恶化。陆诒孙《说听》称,嘉兴女子朱静庵,父亲是读书人,她本人为教谕周汝航之妻,能诗多佳句:"父执某有青衣曰'寒梅',妻亡,欲图再娶,萌开阁之意,青衣过静庵泣诉其情。静庵曰:'吾能止之。'因题一绝于扇,令人持视父执。云:'一夜西风满地霜,粗粗麻布胜无裳。春来若睹桃花面,莫负寒梅旧日香。'父执见诗,感其意,不复再娶。"① 男性为中心的社会里,一个柔弱的在室女能凭借切题诗歌的迅即生产,取得强大"父权"的让步,岂不是"能诗"所促生的一个奇迹!

五者,前代相关的老故事也常得到复述重温。如重说宋代的老故事:

> 熙宁中郑侠上书,事作下狱。悉治平时所往还厚善者。晏叔原(幾道)亦在数中。侠家搜得叔原与侠诗云:"小白长红又满枝,筑球场外独支颐。春风自是人间客,主管繁华得几时。"神宗见诗,即令释出。②

六者,与上述五者相联系的,因作诗而得以承领幸运。作诗得蒙君主和当朝将相赏识,在汉代之后君权渐趋强化的"人治"国度里,当然难免发生。明中叶的戴冠《濯缨堂笔记》卷一,就载录了这样一个很有说服力的传闻,说当年刘基初见朱元璋:"太祖曰:'能诗乎?'基曰:'诗,儒者末事,何谓不能?'时帝方食,指所用斑竹筷使赋之。基应曰:'一对湘江玉并看,湘妃曾洒泪痕斑。'帝颦蹙曰:'秀才气味。'基曰:'未也。'复云:'汉家四百年天下,尽在张良一借间。'帝大悦,以为相见晚。"③ 而作为一种文化风习的濡化嗣续,就有了名将风度的如是渲染:"左文襄公宗棠用兵西陲,收抚镇靖诸堡。董福祥最后降,文襄怒,且患其跋扈难制,命斩之。已解衣辫发矣,福祥忽高唱《斩青龙》(即《锁青龙》)一剧,盖隐以单雄信自况也。所唱秦腔,声情激越,至'雄信本是奇男子'一句,冲冠怒目,尤有凛凛不可犯之概。文襄壮之,命释缚,并赐酒食。曰:'吾与单将军压惊也。'旋奏赏副将,令统率部众,随老

---

① 褚人获:《坚瓠集》四集卷二《吟诗止娶》,《笔记小说大观》第十五册,第119页。
② 褚人获:《坚瓠集》七集卷二《诗祸得释》,《笔记小说大观》第十五册,第218页。
③ 王春瑜主编:《明史论丛》,中国社会科学出版社1997年版,第414页。

湘营赴前敌。后克新疆,董功为多。"① 歌诗为核心的地方曲调,有如此巨大感召力,亦缘其前有刘伯温等人诗才表演的幸运遭遇,"能诗"成为个体才华能力的外现与无可争议的标签。

相关的赋诗竞技比才的风习及文化背景,也为该母题在明清小说中盛行,铺设了必要的基础和条件。于是,通俗小说创作者纷纷采集这类颇有文化意趣的诗歌史佳话,穿插到叙事文学的情节结构中,为一时风尚。

行政、执法一体化,构成了地方官员断案的自主性、主观性。苗怀明博士研究公案小说注意到,古代州县官员集多种权力于一身,审理辖区刑事、民事案件是其日常最重要的公务之一。因此,不能排除"作诗免罪"母题中潜在的对于灵活办案官员们的赞赏,前提是这些故事中当事人所谓的"罪",作为"奸"、"盗"之类的民事纠纷,罪不当诛。明代法律对诸如和尚犯奸的处罚条例,不过是较轻的罪,正可以借机进行教化并显示为官者仁德。《明律》卷二十五规定"若僧、尼、道士、女冠犯奸者,各加犯奸罪二等";卷十八规定"凡盗马、牛、驴、骡、猪、羊、鸡、犬、鹅、鸭者,并计赃,以窃盗论。若盗官畜产者,以常人盗官物论。若盗马、牛而杀者,杖一百,徒三年"。② 因此,在法律允许的范围和自主权许可的范围内,的确有这样一些灵活执法的事情:"审案过程便带有一定的表演成分,一些有才气、个性鲜明的长官会借机表现自己,大出风头,获得好名声。用现在的话来说,叫善于'做秀',它与现代流行的行为艺术倒有某些暗合之处。州县官员们别出心裁的审案方式,也因其新颖、别致、富有传奇性而在民众中广为流传,进入民间文艺的视野,从公案小说中可以明显地感受到这一点。……"③ 而实际上,这一灵活办案造成的"作诗免罪"等类似现象,更早些时候便出现了。

三　宋代之前作诗免罪母题的盛兴及特点

作诗免罪,其母题的发生当起自南北朝时期。而萌芽在作赋免遭家长责罚。著名的曹植为皇兄所迫,作"七步诗"的故事,可谓发端。南朝

---

① 徐珂:《清稗类钞》第十册《音乐类》,第4937页。
② 怀效锋、李鸣点校:《唐明律合编》,法律出版社1999年版,第714、520页。
③ 苗怀明:《中国古代公案小说史论》,南京大学出版社2005年版,第279—282页。

君臣们对于文学的爱好，主要体现在诗文的文辞用典的积累和技巧运用上，有力地推动了文学创作才华的价值评定高扬。

在社交性的场合，当众在现场"命题作文"比赛文采，带有应试的性质，也体现在与诗歌作为邻近文体的赋。据《三国志》卷五十六《吴书·朱异传》裴松之注引《文士传》：

> 张惇子纯与张俨及异俱童少，往见骠骑将军朱据。据闻三人才名，欲试之，告曰："老鄙相闻，饥渴甚矣。夫骥騄以迅骤为功，鹰隼以轻疾为妙，其为吾各赋一物，然后乃坐。"俨乃赋犬曰："守则有威，出则有获。韩卢、宋鹊，书名竹帛。"纯赋席曰："席以冬设，簟为夏施。揖让而坐，君子攸宜。"异赋弩曰："南岳之干，钟山之铜。应机命中，获隼高墉。"三人各随其目所见而赋之，皆成而后坐，据大欢悦。①

这里的东道主骠骑将军朱据，就仿佛一个手握大权的断案官员，检视到场三个年轻文士的才华，三人即席做的都是咏物赋，很可能"宿构"有备而来，不过既然是临时性的命题作文，的确需要较高应对能力与真才实学，三人都没有怯阵。刘宋元嘉二十九年（452），谢庄新任太子中庶子："时南平王铄献赤鹦鹉，普诏群臣为赋。太子左卫率袁淑文冠当时，作赋毕，赍以示庄，庄赋亦竟，淑见而叹曰：'江东无我，卿当独秀。我若无卿，亦一时之捷也。'遂隐其赋。"② 这已经带有比试个高低的性质。

又史载顾欢家贫而早慧："父使驱田中雀，欢作《黄雀赋》而归，雀食过半，父怒，欲挞之，见赋乃止。"③ 故事体现了佛教影响下禁杀生思想，也强调了文采提高，能引起家中长辈宽谅的价值观念。

《南齐书》载争竞文才的场面："国子祭酒沈约、吏部郎谢朓尝于吏部省中宾友俱集，各问慰祖地理中所不悉十余事，慰祖口吃，无华辞，而酬据精悉，一座称服之。朓叹曰：'假使班、马复生，无以过此。'"④《陈书》也称："后主嗣业，雅尚文词，傍求学艺，焕乎俱集。每臣下表

---

① 《三国志》卷五十六，第1316页。
② 《宋书》卷八十五《谢庄传》，中华书局1974年版，第2167—2168页。
③ 《南齐书》卷五十四《高逸传》，中华书局1972年版，第928页。
④ 《南齐书》卷五十二《文学传》，第901页。

疏及献上赋颂者，躬自省览，其有辞工，则神笔赏激，加其爵位，是以搢绅之徒，咸知自励矣。若名位文学晃著者，别以功迹论。"①

明代胡应麟指出，庾肩吾和张融，都因具有即时援翰作诗为赋的本领，而均曾得到了脱贼毒手的幸运：

> 梁贼宋子仙破会稽，得庾肩吾欲杀之，先谓曰："吾闻汝能作诗，今可即作，若能，将贷汝命。"肩吾操笔便成，辞采甚美，贼释之。齐獠贼执张融将杀之，融神色不动，方作《洛生咏》，贼异之而不害。②

也是先考验文采大名是否属实，而后才网开一面。一般来说，汉魏六朝时期，人们也不乏因才捷敏思而得到时论佳评，但由于小国之君的挟贵好胜，却出现了不少担心才名过盛招灾致祸，以致故意"藏拙"的事情。③

《南史·文学传》写徐伯阳因当场赋诗获赏："鄱阳王为江州刺史，伯阳常奉使造焉。王率府僚与伯阳登匡岭置宴，酒酣，命笔赋剧韵三十，伯阳与祖孙登前成，王赐以奴婢杂物。后除镇右新安王府谘议参军事。"④ 而因诗获得官复原职，已同"赋诗免罪"意旨十分接近。姚思廉《梁书》卷三十三写：

> 孝绰免职后，高祖数使仆射徐勉宣旨慰抚之，每朝宴常引与焉。及高祖为《籍田诗》，又使勉先示孝绰。时奉诏作者数十人，高祖以孝绰尤工，即日有敕，起为西中郎湘东王谘议。⑤

著名的以诗考验故事，还见于唐人对前朝故事的叙述："隋朝徐德言妻陈氏，叔宝妹。因惧乱不能相保，德言乃破一镜分之，以为他年不知存亡，但端午日各持半镜于市内卖之，以图相合。至期适市，果有一破镜，德言乃题其背曰：'镜与人俱去，镜归人不归。无复嫦娥影，空余半月

---

① 《陈书》卷三十四《文学传》，中华书局1972年版，第453页。
② 胡应麟：《少室山房笔丛》卷十七，第168页。
③ 参见王立《中国古代文学主题学思想研究》第六章，第83—95页。
④ 《南史》卷七十二《文学传》，中华书局1975年版，第1790页。
⑤ 《梁书》卷三十三《刘孝绰传》，中华书局1973年版，第482页。

辉。'时陈氏为杨素所爱,见之,乃命德言对饮,三人环坐,令陈氏赋诗一章,即还之。陈氏诗曰:'今日何迁次,新官对旧官。笑啼俱不敢,方验作人难。'素感之,乃还德言。"[1] 相认前,对男性的"考验",并非没有必要。由于性别带来的男女生理差异,男性重新觅偶的条件相对优越,乱离后无疑男性较为容易重新找到意中人,虽然生杀予夺大权在杨素,然而这一赋诗仪式主要是从女性维护角度考虑的。

侠盗敬诗人,早自唐代的《云溪友议》卷下即予以生动的描述,这可以说是在盗贼的锋刃下"因诗免祸",可谓宋代之后"因诗免罪"的诗歌文化史佳话之先声:

> 李博士涉,谏议渤海之兄。尝适九江看牧弟……至浣口之西,忽逢大风,鼓其征帆,数十人皆驰兵仗,而问是何人。从者曰:"李博士船也。"其间豪首曰:"若是李涉博士,吾辈不须剽他金帛。自闻诗名日久,但希一篇,金帛非贵也。"李乃赠一绝句。豪首饯贶且厚,李亦不敢却。而睹斯人神情复异,而气义备焉。因与淮阳佛寺之期,而怀陆机之荐也。……李生重咏《赠豪客》诗,韦叟愀然变色曰:"老身弱龄不肖,游浪江湖,交结奸徒,为不平之事。后遇李涉博士,蒙简此诗,因而跙迹。李公待愚,拟陆士衡之荐戴若思,共主晋室,中心藏焉。远隐罗浮山,经于一纪。李即云亡,不复再游秦楚。"追愧今昔,因乃清然。或持觞而酹,反袂而歌云:"春雨萧萧江上村,五陵豪客夜知闻。他时不用相回避,世上如今半是君。"云溪子以刘向所谓"传闻不如亲闻,亲闻不如亲见"也。乾符己丑岁,客于霅川,值李生细述其事。[2]

赠江湖豪客诗,也体现出如同《世说新语·自新》写陆机看重正在指挥抢掠的戴渊之才一样,一下子拉近了李涉与江湖豪首之间的距离,肯定了江湖豪客们也是懂诗的、够资格的诗歌消费者。而在北宋人所引早期诗话《百斛明珠》里,这类颇有意趣的传闻还被津津有味地谈论,略显不同的是闻诗者为"无赖",了解作诗者身份后表现得颇为高雅:

---

[1] 李冗:《独异志》卷下,《独异志 宣室志》,中华书局1983年版,第78页。
[2] 范摅:《云溪友议》卷下,古典文学出版社1957年版,第61—63页。

第十二章 明清"作诗免罪"母题与诗歌艺术的生产消费

唐末,有宜春人王毂者,以歌诗擅名于时。尝作《玉树曲》云……此词大播于人口。毂未第时,尝于市廛中忽见同人被无赖辈殴打,毂前救之,扬声曰:"莫无礼!识吾否?吾便是解道'君臣犹在醉乡中,面上已无陈日月'者。"无赖辈闻之,敛衽惭谢而退。①

《唐诗纪事》卷七十等也将此传闻采集载录之②,扩大了故事的传播,另一方面也说明了人们的认可与喜闻乐见。王毂以擅长歌诗创作赢得了市井无赖的敬畏,这在别的时代和文化土壤里,很难出现。故事至少说明:(1)相关歌诗普及的程度,的确到了妇孺皆知的普遍,而且对于名句佳构即使"无赖"也真的能如流行歌曲那样是耳熟能详。(2)各阶层人们都不约而同地喜爱歌诗,且爱屋及乌,从而对于歌诗的创作者也达到肃然起敬地步。(3)优秀歌诗的创作者本人,也是有着一种良好的自我感觉,晓得自己的作品所给予自己带来的声望,在关键时刻还能够及时地利用这种声望,去维护社会秩序,儆戒社会上不平现象。

赌诗服人,竟然也在临场即时比赛中体现。李肇《国史补》卷上载:"郭暧,升平公主驸马也。盛集文士,即席赋诗,公主帷而观之。李端中宴诗成,有'荀令'、'何郎'之句,众称妙绝。或谓宿构。端曰:'愿赋一韵。'钱起曰:'请以起姓为韵。'复有'金埒'、'铜山'之句,暧大出名马金帛遗之。是会也,端擅场。"③孟棨《本事诗》"情感第一"则称:

朱滔括兵,不择士族,悉令赴军,自阅于毬场。有士子容止可观,进趋淹雅。滔问之曰:"所业者何?"曰:"学为诗。"问:"有妻否?"曰:"有。"即令作《寄内诗》。援笔立成,词曰:"握笔题诗易,荷戈征戍难。惯从鸳被暖,怯向雁门寒。瘦尽宽衣带,啼多渍枕檀。试留青黛着,回日画眉看。"又令《代妻作诗》,答曰:"蓬鬓荆钗世所稀,布裙犹是嫁时衣。胡麻好种无人种,合是归时底不

---

① 阮阅:《诗话总龟》前集卷二十九引,人民文学出版社1987年版,第293页。
② 参见周勋初主编《唐人佚事汇编》,第1670页。
③ 《唐国史补 因话录》,第21—22页。

归？"滔遗以束帛，放归。①

虽不过为代妻所作的"男子作闺音"，诗作文本本身却不可谓情不深切，于是逃脱了被迫骨肉分离的"抓壮丁"的人生厄运，即时赋诗的才能可真的能改变命运！

至若宋代，有的科举考试的成功者，也是因为同情作为弱者的女性，从而实现了期盼已久的愿望，并幸运地得到命运的奖赏，而其发迹变泰的人生旅途"陡转"竟然也是因为类似于"作诗免罪"的"作赋免罪"：

> 冯京，字当世，鄂州咸宁人。其父商也，壮岁无子。将如京师，其妻授以白金数笏曰："君未有子，可以此为买妾之资。"及至京师，买一妾，立券偿钱矣。问妾所自来，涕泣不肯言，固问之，乃言其父有官，因纲运欠折，鬻妾以为赔偿之计。遂恻然不忍犯，遣还其父，不索其钱。及归，妻问买妾安在，具告以故。妻曰："君用心如此，何患无子！"居数月，妻有娠，将诞，里中人皆梦鼓吹喧阗迎状元，京乃生。家贫甚，读书于灉山僧舍，僧有犬，京与共学者烹食之。僧诉之县，县令命作《偷狗赋》，援笔立成。警联云："团饭引来，喜掉续貂之尾；索绹牵去，惊回顾兔之头。"令击节，释之，延之上座。明年遂作三元。有诗号《灉山集》，皆其未遇时所作。如"琴弹夜月龙魂冷，剑击秋风鬼胆粗"。"吟气老怀长剑古，醉胸横得太行宽"。"尘埃掉臂离长陌，琴酒和云入旧山"。"丰年足酒容身易，世路无媒着脚难"。皆不凡。②

故事后来被改编为南戏和明代沈受先（字寿卿）的《三元记》。类似的痴男怨女适逢某种机遇结合，而"作诗免罪"使其避开了本应承领的风险，这类故事，还见于陈鹄《西塘集耆旧续闻》。说太傅公镇守会稽时，上元节放灯有一士人注目贵宦女乐，触幕被执，在为自己辩解时，公观其应对不凡，就许诺赋斑竹帘为诗（暗合"幕"），落笔立就："春风戚戚动帘帷，秀户朱门镇日垂。为爱好花成片段，故教直节有参差。"他竟被延为

---

① 丁福保：《历代诗话续编》上册，第5—6页。
② 罗大经：《鹤林玉露》乙编卷四《冯三元》，第192页。

公的上客。罗烨《醉翁谈录》乙集卷一《县台王刚中花判》所载妙龄的静女与儒生陈彦臣私通，也被官员责令作诗咏竹帘："绿筠擘破条条直。红线经开眼眼奇。为爱如花成片段，致令直节有参差。"小说史家指出这一故事流传甚广。① 虽然故事主人公男女名字在各自文本中不一，有些细节有差异，但同源的可能性较大。

因当众赋诗，提高自身价值，以期得到重视，从根本上说当然也是"官本位"文化的产物。得到为官一方的地方父母官当场称赏，传为佳话，其实算作官场的一个"主流话语"，不过这些为官者及其交往者多为诗歌爱好者而已。应该说，这与南宋后文化重心的南移有关，当时江浙一带的交通要道上，那些歌女"有慧黠知文墨，能于席上指物题咏应命辄成者，谓之'合生'；其滑稽含玩讽者，谓之'乔合生'。盖京都遗风也"。临川守张安国在为人饯行时，酒宴上招郡士陈汉卿参加，正赶上散乐一妓言自己学作诗，汉卿就出下题目："太守呼为'五马'，今日两州使君对席，遂成'十马'。汝体此意做八句。"妓凝立良久吟曰：

> 同是天边侍从臣，江头相遇转情亲。
> 莹如临汝无瑕玉，暖作庐陵有脚春。
> 五马今朝成十马，两人前日压千人。
> 便看飞诏催归去，共坐中书秉化钧。

诗中暗用了汉乐府《陌上桑》的典故，又照应了当下场面和宾主，"安国为之叹赏竟日，赏以万钱"。而该篇又写洪迈本人镇守会稽时，也有位歌诸宫调女子洪惠英，借当场赋歌诗来试图改善自身处境：

> 正唱词次，忽停鼓白曰："惠英有述怀小曲，愿容举似。"乃歌曰："梅花似雪，刚被雪来相挫折。雪里梅花，无限精神总属他。梅花无语。只有东风来作主。传语东君，宜（一作"且"）与梅花做主人。"歌毕，再拜云："梅者惠英自喻，非敢僭拟名花，姑以借意。雪者指无赖恶少者。"

---

① 程毅中编：《古体小说钞·宋元卷》，中华书局1995年版，第499页。

据官奴介绍，洪惠英刚刚来府一月，"而遭恶子困扰者至四五，故情见乎词"①。有所感又能借题发挥，这种当场应对"命题作诗"，必须要有足够的知识储备和应对能力，宋代已蔚为一时风气。

然而，若说作诗免罪母题进入女性为主要角色的实质层面，还当属宋代这样一个传播广远的妓女"作诗免罪"故事，此在母题史发展的流脉中非常具有代表性：

> 湖州吴秀才女，慧而能诗词，貌美家贫，为富民子所据。或投郡诉其奸淫。王龟龄为太守，逮系司理狱。既伏罪，且受徒刑。郡僚相与诣理院观之。仍具酒，引使至席，风格倾一坐。遂命脱枷侍饮，谕之曰："知汝能长短句，宜以一章自咏，当宛转白待制为汝解脱。不然危矣。"女即请题。时冬末雪消，春日且至，命道此景作《长相思》令。捉笔立成，曰："烟霏霏，云霏霏，雪向梅花枝上堆，春从何处回。　醉眼开，睡眼开，疏影横斜安在哉？从教塞管催。"诸客赏叹，为之尽欢。明日，以告王公，言其冤。王淳直不疑人欺，亟使释放。其后无人肯礼娶，周介卿石之子买以为妾，名曰淑姬。王三恕时为司户摄理，正治此狱，小词藏其处。
>
> 又台州官奴严蕊，尤有才思，而通书究达今古。唐与正为守，颇属目。朱元晦提举浙东，按部发其事，捕蕊下狱，杖其背，犹以伍伯行杖轻，复押至会稽，再论决。蕊堕酷刑，而系乐籍如故。岳商卿霖提点刑狱，因疏决至台，蕊陈状乞自便。岳令作词，应声口占云："不是爱风尘，似被前身误。花落花开自有时，总是东君主。　去也终须去，住也如何住。若得山花插满头，莫问奴归处。"岳即判从良。②

严蕊事又见周密（1232—1308）《齐东野语》卷二十，以及《朱文公文集》等，相关事迹更为详备。而明代《二刻拍案惊奇》卷十二又敷衍了这一故事，称被判从良后，有一宗室子弟丧偶："也慕严蕊大名。饮酒中间，彼此喜乐，因而留住。倾心来往了多时，毕竟纳了严蕊为妾。严蕊也

---

① 洪迈：《夷坚志》支乙卷六《合生诗词》，第841页。
② 洪迈：《夷坚志》支庚卷十《吴淑姬严蕊》，第1216—1217页。

第十二章　明清"作诗免罪"母题与诗歌艺术的生产消费　277

一心随他,遂成了转身结果。"

蒙冤受屈的女性当事人的出现,使得该母题最为本质意义的层面变得更加凸显,母题的蕴含因性别意蕴介入而为之丰富且深厚。无疑,女性当事人给予地方官员以足够的尊重,而即兴吟哦的辞令不卑不亢,或即景言情,或双关巧做,为此,而女性诗人所可能承领的同情、悯惜,便如愿以偿地达到最理想程度。然而,实际上当事人窘迫现状下的创作,又并非那么具有功利性的,而不过是长期屈辱生活情境、心情的一个真实袒露,言为心声又笔细如织。因此,清人的选摘缩写,也体现了充分的赏爱之情:

> 宋湖州吴氏女,美慧能诗,坐奸系狱。时王龟龄为守,命以冬末雪消春日且至为题,作长相思令,女援笔立就曰:"烟霏霏,云霏霏,雪向梅花枝上堆,春从何处回。　醉眼开,睡眼开,疏影横斜安在哉。从教塞管催。"龟龄赏叹而释之。①

这故事载录本身,就是对诗歌文化史上既有佳话的一种肯定评价。

又据说张任国省试下第,取道平江,入市买酒呼妓佐樽:"偶与恶少年数人邻席,顾一秀才独坐,夺妓同饮。张有膂力,不胜愤,起殴之,为厢卒录送府,诣曹供对。张取纸大书一诗曰:'扁舟一叶下姑苏,正值春风卖酒垆。欲买一杯浇眊瞲,不甘群小恣挪揄。青衫有分终须著,红粉无身不受呼。闻得使君明似镜,不知照得此情无?'府守读诗激赏,饷以十尊,而尽杖诸恶子。"② 只因有了诗歌韵文高雅而凝练的表达,不仅将受害者(民事纠纷涉案者)无端受辱的过程如现目前,还含蓄地表露出读书仕子绝非故意惹事之徒,那种令人同情的无辜和委屈,又怎能不使同样为读书人、爱诗者出身的地方官员顿生惺惺相惜,感同身受的共鸣!

与此相联系的,是女性的现场表达能力超群卓异,也往往会遇难呈祥。说孙绍远到福建长平作官,路过建康,故旧舒某留饮,孙在席间称赞其美姜歌舞,其妻就以饮酒满觥为赠,真的饮满得姜。后姜见到舒某前来送衣衫的仆人,说自己如同庖婢待遇不好,舒某闻而来,姜向故主悲诉,在孙的责骂下跳入水中,救出后拜见太守丘宗卿,姜请一纸自书:

---
① 褚人获:《坚瓠集》四集卷二《吴氏女》,《笔记小说大观》第十五册,第108页。
② 洪迈:《夷坚志》再补《对簿哦诗》引《榕阴新检》,第1797页。

>　　本临安人，父亦有小可名目，为舒省干以厚价买来，尚未一月，遣去孙郎中处，忽见故主，喜而出迎，正欲跨过船，不觉为风吹开，以致坠水，念元无罪犯，何肯轻投死地？若以为过，受杖不辞。

故事的结局是皆大欢喜的："丘读之，壮其言辨，但以付女侩家，而呼其父择婿嫁之。"载录者评曰："此妾蹈死如归，视官刑如谈笑，固非笼中物也。……"① 可见，有时对于"赋诗免罪"叙述中的"诗"，不妨作较为宽泛的理解，即可以是诗歌为主、为核心的韵文，甚至简洁优美的散文。不过，这一类型故事的主体，传播的机制，却主要是诗歌文化的。

蒙受恩赦的个体，一般处于弱势群体——女性，尤其是易于受到欺凌的妓女，也当是这类故事内部构成的一个规律。可以说，以散文辩解获宽恕的罕闻，而以作诗免罪的倒是如此屡见载录，一方面是这类事情经常发生，另一方面就是人们乐于传扬。因而，可印证丁乃通先生的正确论断："其实一个熟悉中国民间故事的人可以发现中国社会和国民性中有许多方面是其他学科的专家不太看得到的。例如，一般人通常认为中国旧社会传统上是以男性为中心，但若和其他国家比较，就可以知道中国称赞女性聪明的故事特别多。"② 可见，"赋诗免罪"母题唐宋时期也偶或发生，却掺杂着个别因为作诗而蒙罪受责的事情③，而到了明清时期则"赋诗免罪"故事大盛，甚至构成了一个流传复述的系统。可见该母题中的内在诗歌创作与消费规律，也有了明清时期新的时代特点，是不能不予以关注的。

---

① 洪迈：《夷坚志》三志辛卷七《舒权货妾》，第1434—1435页。
② ［美］丁乃通：《中国民间故事母题索引》，郑建成等译，中国民间文艺出版社1986年版，第25页。
③ 如北宋刘颁《中山诗话》载："余靖两使契丹，情益亲。余能胡语，作胡语诗。北主曰：'卿能道，吾与卿饮。'靖举曰：'夜筵设逻（侈盛）臣拜洗（受赐），两朝厥荷（通好）情斡勒（厚重）。微臣雅鲁（拜舞）祝若统（福佑），圣寿铁摆（嵩高）俱可忒（无极）。'主大笑，遂为醻觞。"《续资治通鉴长编》载："庆历五年五月，知制余靖前后三使契丹，益习外国语，尝对契丹主为番语诗。侍御史王平、监察御史刘元瑜等劾奏靖失使者体，请加罪。庚午，出靖知吉州。"参见蒋祖怡、张涤云《全辽诗话》增订卷下，岳麓书社1992年版，第110页。

四 母题盛于明清的部分现实成因及其艺术生产本质

其一，明清江南沿海城市的繁荣，使得某些具有新闻性质的谈资，能够在较大范围和人群中较快传播。空间上、时间上信息传播的迅速，增大了单一事件信息能量的触发力。例如以揭帖动员造反起事即一个新动向。明代范濂载万历二十一年（1593）松江府市民群起留任知府李铎减：

> 先有好事者，刻一保留文榜，遍贴晓传，于是三县士民，各出己见，乱书语言，或贴府县照壁，或揭关门闹市，即狱人丐户娼优，靡不到矣。府前有万余人，侍候出，必拥入府堂，号乎动地。①

这样一步步传播，事态很快发展到难以控制的规模。而明代笔记亦称，民谣所承载的社会心理，其发酵的速度声势，也是先前较少感受到的："妇女儿童竞传'若要柴米强，先杀董其昌'之谣。至于刊刻大书'兽宦董其昌'，'枭孽董祖常'等揭纸，娼妓龟子游船等项，亦各有报纸相传，真正怨声载道，穷天罄地矣。"② 其对于朝廷和上级官府考核官员，当然产生了不可忽视作用。

清代这类事件的民间传播，也在"民变"的群体行为中，成为决定性的推动力量。据《康熙朝汉文朱批奏折汇编》（1985）第5册，载康熙五十三年（1714）五月二十二日赵弘燮奏称：

> 近见奸徒暗结地方刁棍，吹毛求疵，见臣属员一有过误，则张大其词，或在辇毂之下，遍贴揭帖，或赴在京衙门捏词越告。推其意不过欲陷臣受失察之愆耳。③

---

① 范濂：《云间据目抄》卷三《记祥异》，《笔记小说大观》第23编第5册，台北：新兴书局1978年版，第2662—2665页。
② 佚名：《民抄董宦事实》，《笔记小说大观》第10编第4册，第2164页。
③ 参见巫仁恕《明清城市"民变"的集体行动模式及其影响》，邢义田、林丽月主编《社会变迁》，第367—393页。

因此，以民事诉讼这种直接关系到地方官员考评、声誉的事情，碍于舆论，断案官员一般不敢不审慎从事。这也是许多民事纠纷在未出现人命关天的事情时，一些官员愿息事宁人、从轻发落以赢得民众好感的原因。

其二，明清时代对于诗文"捷对"的提倡，甚至超过前代。据说开国之君朱元璋就很重视："皇太孙生而额颅稍扁，性聪颖，善读书，然仁柔少断。太祖每令赋诗，多不喜。一日，令之属对，大不称旨；复以命燕王，语乃佳。太祖常有意易储……"[①] 而如上所引，明末清初的褚人获似乎对于这类传闻有着特殊的兴趣，他多次辑录，并非无感而发，这无疑是对于以当场赋诗所体现出来的人才价值观的一种认可。

其三，作诗免罪母题如此源远流长广为传播，充分体现了传统"人治"社会法律与执法的特点。在年深日久"原心论罪"的"春秋折狱"的惯习下，执法者在执法过程中的主观人为判断和情感因素，显得非常重要。地方官员带有较大的自主权，而他们几乎无一例外地具有传统诗学文化所奠定的深厚诗歌素养，其"爱屋及乌"的心理，类比博依的思维习惯，难免不融会了求学求仕的艰辛体验，影响到断案场景下决策者的当下心境"场域"中。这里，"创作主体"与"消费主体"事实上是具有同一性的。

能够作出令人欣赏的诗，还能使地方官改变对外邦难民的态度，据褚人获《坚瓠集》四集卷四引《桐下听然》称，万历辛亥（1611），温州盘石卫获外夷船二只，凡一百二十人，自称安南国人："皆环目黑齿，被发，衣袷无幅，言语支离不通，而文字不异中国。……"因饥困和水土不服，有的已死亡。而他们中的酋长却能为诗云：

>　微躯飘泊岂无家，只为蝇头一念差。
>　昔日已曾朝北阙，今朝焉得指南车。
>　梦魂自信归乡国，骸骨谁怜没草沙。
>　寄语妻儿休问卜，年年滴泪向中华。

据说，正是由于这首非常得体的诗，而得到了当地"上官"的怜悯同情，

[①] 谷应泰：《明史纪事本末》卷十六，中华书局1977年版，第231页。

于是为他们配备了给养:"后因遣使封王,遂送归其国。"① 其实,不通华夏语言的他们怎能构思撰写出如此符合身份、心理而投合那些自我中心的官员的诗篇?岂非当地好事者代劳?据后来他们被送归的结局而以果推因。

其四,犯法者因能诗而提高了个体品位,当然也是灵活执法的一个理由。更为重要的是,诗作得快且好,被执法者内心里欣喜认同,进入"圈子"之中,被当成是"自己人"、自己同类——具有某些共同点的人,这样唤起了执法者身心中一种"自我认同感",同时也确认了"知音者"、"识曲者"的自我价值。古云"曲有误,周郎顾",能识曲,懂得好诗、认可好诗,这也是有着"周郎情结"的执法者们闲情逸致中的深层价值意念。与此同时,从跨文化的角度看:"公众舆论对于规范各级官员的行为起着非常重要的作用。"而控制地方舆论的主要就是士大夫乡绅阶层:"他们既是调解平息百姓之间纷争不和必不可少的仲裁者,又是处理调解官民之间事无巨细大小问题的中间媒介。他们形成了一个非官方然而又是被特别认可的'陪审团',随叫随到。清朝中央政府通过一系列的监察制度与这一阶层保持着密切的联系。……对于地方官来讲,他也不敢太过于放肆,因为他需要士大夫乡绅阶层的道义支持,以维系自己统治的权威。"② 因此,对于"诗书传家"的士大夫乡绅阶层来说,即时作诗,也是迎合他们口味的聪明之举。爱才,当然是地方官员为政宽仁的一个值得宣扬的方面。换个角度来看,以当事人"现场作诗"作为一个带有赌博式的"考验"关目,是否也是为官员施加宽仁找出一个可以服众、有利于舆论导向的借口?答案应该是肯定的。

当然,在明清繁盛的"作诗免罪"主流为官员宽谅"子民"之表现时,也不免有某些不谐之音,因恐惧犯上而免罪息事宁人者亦有之。如周亮工《闽小记》卷四称,正德改元时某守在西湖游宴,郑堂冲其前导,守怒,说作诗可释。得纸笔即书"苦"数个,守笑而讥讽,最后诗成:"苦苦苦苦苦苦天,上皇晏驾未经年。江山草木皆垂泪,太守西湖看画船。"守官赶紧将其释放了。故事据有关专家考,当来自明代程文宪《中

---

① 《笔记小说大观》第十五册,第136页。
② [美]何天爵:《真正的中国佬》(*Real Chinaman*),鞠方安译,中华书局2006年版,第182—185页。

洲野录》，而后又为《雨窗消意录》改写，仍在民间流传。① 应该说，流变中故事主导倾向由庄严至诙谐，讽谏而转为嘲讽。

其五，明清时代作诗免罪故事的兴盛，其中还有一个重要原因，当时元代戏曲题材及其相关母题的扩散，体现了不同文体对于该母题的共同关注，也显示了母题的扩散力。焦循《剧说》引《艺苑卮言》即指出："正德间，有妓女失其名，于客所分咏，以骰子为题云：'一片寒微骨，翻成面面心。自从遭点污，抛掷到如今。'元人关汉卿杂剧载钱可、谢天香事亦有之，特后人稍易其语耳。"② 青楼女性以其文学素养较高，她们很可能在接受妓女题材戏曲时，注意到了与下层女性生存状态、命运攸关的该母题。可见，文学与现实生活体验的互动，文学母题浸染到实际生活中，而原本来自生活的母题也为此更加得到特定角色的深切体验，而激发出更多的母题传播契机。

其六，诗歌文化因子的跨文体渗透。前举小说野史中的诗歌及其故事即此。而特别值得注意的是，在历史故事新编中，这一母题仍得到青睐。如还珠楼主《岳飞传》第三回《民怒已如焚，犹溺狂欢，不知死所；敌强何可媚，自招凌侮，更启戎心》写元夜张灯时少妇若兰与丈夫失散，因拾金杯被捉到宫中，写供状，巧遇喜爱诗词的风流皇帝：

> 赵佶见盗杯的是个少妇，姿容又极美秀，怒意早消。再见她语音清朗，举止从容，见了自己的威风势派，并没有失魂落魄、周身乱抖的讨厌神情，越发动了怜惜之念，不等内侍转奏，便把头微微一偏……文房四宝俱都现成，内侍只一转身便取了来，交与若兰，并在她身前放下一张小条几。若兰知道当夜吉凶全在这支笔上，仗着文思敏捷，业已打好了腹稿，提笔就写。写完，自有内侍代为呈上。赵佶见她所写供状乃是一首《鹧鸪天》，书法十分秀润，交呈又快，先就高起兴来。这一首词的词句是：
>
> 月满蓬壶灿烂灯，与郎携手至端门。贪看鹤阵笙歌举，不觉鸳鸯失却群。　　天渐晓，感皇恩。传宣赐酒饮杯巡。归家恐被翁姑责，窃取金杯作照凭。

---

① 祁连休：《中国古代民间故事类型研究》，河北教育出版社2007年版，第964—965页。
② 《中国古典戏曲论著集成》八，第123页。

赵佶问知若兰身份，当时传旨赏金杯与金银彩绢，命宫车护送回去。①

进一步说，母题生成与发展兴盛，也符合古代诗歌艺术生产与消费过程中的一般规律。赵敏俐教授指出，过去我们受意识形态论影响，多年来很少考虑到艺术也是一种生产，文学研究表现得最为突出：

> 因为文学具有意识形态的特性，所以，我们在对其进行研究时，同时也把文学生产者当作哲学家和思想家进行研究，并倾向于把这一切当作文学研究的中心，而忽视了文学作为一种产品的普遍生产规律。我们把目光往往集中到作者的生平、思想、人生际遇和个体创作动机等方面来。……至于有关文学的物质生产方面的问题，比如生产的环境、生产的条件以及生产的过程等，我们实在关注的太少了。②

对此，他结合马克思等多种相关理论和古代歌诗创作的实际，将古代歌诗艺术生产与消费的基本方式，分为"自娱式的生产与消费"、"寄食式生产与特权式消费"和"卖艺式生产与平民式消费"，并加以精当的阐发，指出这三种基本方式在不同历史阶段中的地位、历史发展及辨证关系。他特别注意到三种基本方式，其中一个具有重要特点，"也就是诗与乐的结合"③，其中突出的就是现场展演，即带有特定情感、身份下的、有权威听众在场之特定情境中的表演性。

因自身负罪而现场作诗，又因诗成得到另眼相看而被免罪，这一当事人"身份改变"的幸运故事说明什么呢？如果用诗歌艺术生产与消费理论解释，庶几可揭示某种本质原因。

一者，诗歌创作伴随着迅即消费的过程，离不开生产主体与消费主体共同置身于一个特殊的情境。作诗者面临一个价值失落、身份被质疑的窘迫处境中，他是"犯罪嫌疑人"，甚至已被定罪，不过是如何量刑的问题（或被擒获的猎获物，可被随时及任意处置的陷于困境者等）。

---

① 周清霖、李观鼎编校：《还珠楼主小说全集》总第四十六卷，山西人民出版社、北岳文艺出版社1998年版，第36—38页。
② 赵敏俐：《导论关于中国古代歌诗艺术生产的理论思考》，赵敏俐等：《中国古代歌诗研究——从〈诗经〉到元曲的艺术生产史》，北京大学出版社2005年版，第9页。
③ 赵敏俐等：《中国古代歌诗研究——从〈诗经〉到元曲的艺术生产史》，第24—43页。

二者，从诗歌生产者角度看，正是在这种特殊的十分不利的诗歌生产环境中，由于诗歌文化本身所拥有的众所认同的崇高地位，负罪的作诗者被赏爱诗歌的官员（或其他控制局面拥有"消费特权"者）允许，当场发挥他们的诗才。其中既有自嘲自娱的成分，也往往不乏自辩解嘲的动机。当然，这可区别于文人自娱，倒近乎"卖艺式的"生产。如本章开头所说，明清叙述较多变成了下层男女因过失"犯罪"，而以具有贵族般作诗才华得到官员宽宥，这也印证了赵敏俐教授所概括的诗歌史晚期"卖艺式生产与平民式消费"的历时性特点，与其他许多时代特色共生互动。

三者，从诗歌消费者角度看，这一特殊的生产和消费过程，事实上也正是官员们（或其他具有"消费特权"的角色，如上面生产者类似，角色的称呼可以置换，但角色功能则一）主体精神价值、审美情趣和伦理品位被考量、被确证的过程，确认的结果就是他们是否采取宽容的态度。

四者，作为产品——诗歌作品，实际上也未必就是真正意义上的好诗，但一般来说，至少要符合这样一些叙事话语中惯常的标准，必须按照特权者（消费者）临时命题的要求，切题，具有"双关"性即表层深层的双重蕴涵，而深层引申的蕴涵之中又往往有适度的自辩自解，乃至为了表达委婉含蓄而必要的自嘲诙谐意味，还不能忽视要现场的"消费特权"者即刻看懂听懂。

综上，这实际上是"卖艺式生产"与"特权式消费"结合的"快餐式"消费。这里的生产者与消费者，都无疑是诗歌爱好者，他们从主体内在价值看待作诗行为是一回事，关键在于彼时彼地当下的身份角色的规定性。而也正由于诗歌生产者特殊情境下的"言为心声"，"形诸歌咏"，同时也难得地为具备"特权式消费"资格的品诗者、知音识曲者提供了绝好的发挥施展机会，他们岂非也是在"表演"？应该感谢，是生产者的即时而无奈的表演，提供了消费者进行趁便而得意的特权炫示，后者何尝又不是在表演？而且更具有表演性！

作诗免罪母题传播过程中，其积极意义是显而易见的。一者，是至少体现了文化史上"尊重人才"的意趣，虽则"诗才"其实未必真的能等同于"人才"，然而，不能否认，诗国传统往往还就是持久地以此判定人的价值品位高下的。二者，是朴素的人道主义思想与人际和谐理想，可以说，是把人当作人、珍视生命个体的情感与人伦价值的一个基本表现，是因诗、因能诗而发现了个体价值及其文化层次,从而唤醒了对于个体价值的基本尊重,尤其显示了文人阶层的文化心理向社会运作机制、普通民众舆论的渗透。三者,是诗歌本身及其诗学传统的审美魅力,在微妙地起作用。这一值得注意的古代诗歌传播史现象,也是中国古代诗歌之诗学功能的一个别致体现。四者,就是上述故事叙述过程中韵散呼应的方法,多半是借鉴了中古汉译佛经故事及其影响下变文的表述习惯,显示了诗歌文化传播过程中外来影响的介入。

参考文献

（晋）陈寿：《三国志》，中华书局1982年版。
（南朝宋）范晔：《后汉书》，中华书局1965年版。
（南朝梁）沈约：《宋书》，中华书局1974年版。
（南朝梁）萧子显：《南齐书》，中华书局1972年版。
（唐）房玄龄等：《晋书》，中华书局1974年版。
（唐）姚思廉：《陈书》，中华书局1972年版。
（唐）姚思廉：《梁书》，中华书局1973年版。
（唐）李延寿：《南史》，中华书局1975年版。
（后晋）刘昫等：《旧唐书》，中华书局1975。
（清）张廷玉等：《明史》，中华书局1974年版。
吴则虞集释：《晏子春秋集释》，中华书局1962年版。
郭人民：《战国策校注系年》，中州古籍出版社1988年版。
（汉）东方朔撰，傅春明辑注：《东方朔作品辑注》，齐鲁书社1987年版。
（汉）王充撰，黄晖校释：《论衡校释》（附刘盼遂集解），中华书局1990年版。
（汉）应劭撰，吴树平校释：《风俗通义校释》，天津人民出版社1980年版。
（晋）干宝、（晋）陶渊明撰，李剑国辑校：《新辑搜神记·新辑搜神后记》，中华书局2007年版。
（晋）王嘉撰，（梁）萧绮录，齐治平校注：《拾遗记》，中华书局1981年版。
（晋）张华撰，范宁校正：《博物志校正》，中华书局1980年版。
（南朝宋）刘敬叔撰：《异苑》，中华书局1996年版。

（南朝宋）刘义庆撰，余嘉锡笺疏：《世说新语笺疏》，中华书局1983年版。

（北朝）颜之推撰，王利器集解：《颜氏家训集解》，上海古籍出版社1980年版。

鲁迅：《古小说钩沉》，齐鲁书社1997年版。

《笔记小说大观丛刊》，台北：新兴书局有限公司1981年版。

《笔记小说大观》，江苏广陵古籍刻印社1983－1984年版。

吴曾祺编：《旧小说》，上海书店1985年版。

江畬经编：《历代小说笔记选》，商务印书馆1934年版。

周光培编：《历代笔记小说集成》，河北教育出版社1994年版。

"古本小说集成"第一、二、三、四、五辑，上海古籍出版社1991年版。

（晋）葛洪撰，王明校释：《抱朴子内篇校释》（增订本），中华书局1985年版。

（晋）葛洪撰，杨明照校笺：《抱朴子外篇校笺》（上下册），中华书局1991、1997年版。

（梁）慧皎撰，汤用彤校注：《高僧传》，中华书局1992年版。

（梁）僧旻、（梁）宝唱等编：《经律异相》，上海古籍出版社1988年版。

（梁）陶弘景整理，［日］吉川忠夫、［日］麦谷邦夫编：《真诰校注》，朱越利译，中国社会科学出版社2006年版。

（唐）释道世著，周叔迦、苏晋仁校注：《法苑珠林校注》，中华书局2003年版。

［日］高楠顺次郎等编：《大正新修大藏经》，台北：新文丰出版公司1990年版。

《道藏》，文物出版社、上海书店、天津古籍出版社1988年版。

郭良鋆、黄宝生译：《佛本生故事选》，人民文学出版社2001年版。

（唐）韩愈撰，钱仲联集释：《韩昌黎诗系年集释》，上海古籍出版社1984年版。

丁如明辑校：《开元天宝遗事十种》，上海古籍出版社1985年版。

周勋初主编：《唐人佚事汇编》，上海古籍出版社1995年版。

李时人编校：《全唐五代小说》，陕西人民出版社1998年版。

（宋）孙光宪：《北梦琐言》，上海古籍出版社1981年版。

（宋）李昉等编：《太平广记》，中华书局1961年版。

（宋）罗大经：《鹤林玉露》，上海古籍出版社1983年版。

（宋）刘斧：《青琐高议》，上海古籍出版社1983年版。

（宋）王明清：《挥麈录》，中华书局1961年版。

（宋）吴曾：《能改斋漫录》，上海古籍出版社1979年版。

（宋）洪迈：《夷坚志》，中华书局1981年版。

（宋）罗烨：《醉翁谈录》，古典文学出版社1957年版。

（宋）周密：《齐东野语》，中华书局1983年版。

（宋）周密：《癸辛杂识》，中华书局1988年版。

（宋）郑樵：《通志二十略》，中华书局1995年版。

（元）陶宗仪：《南村辍耕录》，中华书局1959年版。

（元）无名氏：《湖海新闻续夷坚志》，中华书局1986年版。

（元）王莹编：《群书类编故事》，江苏广陵古籍刻印社1990年版。

［意］马可波罗著：《马可波罗行纪》，冯承均译，东方出版社2007年版。

程毅中编：《古体小说钞：宋元卷》，中华书局1995年版。

（明）臧懋循：《元曲选》，中华书局1979年版。

（明）叶盛：《水东日记》，中华书局1980年版。

（明）郎瑛：《七修类稿》，中华书局1959年版。

（明）李诩：《戒庵老人漫笔》，中华书局1982年版。

（明）沈德符：《万历野获编》，中华书局1959年版。

（明）胡应麟：《少室山房笔丛》，上海书店出版社2001年版。

（明）谢肇淛：《五杂组》，上海书店出版社2001年版。

（明）何良俊：《四友斋丛说》，中华书局1959年版。

（明）严从简：《殊域周咨录》，中华书局1993年版。

（明）马欢撰，冯承钧校注：《瀛涯胜览校注》，中华书局1955年版。

（明）袁宏道撰，钱伯城笺校《袁宏道集笺校》，上海古籍出版社1981年版。

（明）王同轨：《耳谈类增》，中州古籍出版社1994年版。

（明）无名氏：《轮回醒世》，中华书局2008年版。

（明）田艺蘅：《留青日札》，上海古籍出版社1992年版。

（明）陆楫编：《古今说海》，上海文艺出版社1989年版。

（明）宋懋澄：《九籥集》，上海古籍出版社1984年版。

（明）朱国祯：《涌幢小品》，中华书局1959年版。

（明）焦竑：《玉堂丛语》，中华书局 1981 年版。

（明）谈迁：《枣林杂俎》，中华书局 2006 年版。

（明）冯梦龙：《平妖传》，上海古籍出版社 1986 年版。

（明）詹詹外史评辑：《情史》，春风文艺出版社 1986 年版。

（明）罗懋登：《三宝太监西洋记通俗演义》，上海古籍出版社 1985 年版。

（明）凌濛初：《二刻拍案惊奇》，上海古籍出版社 1992 年版。

（明）磊道人：《七十二朝人物演义》，书目文献出版社 1988 年版。

（明）酉阳野史：《续三国演义》，凤凰出版社 2008 年版。

（明）心远主人：《二刻醒世恒言》，北京大学出版社 1990 年版。

（明）梦觉道人、西湖浪子辑：《三刻拍案惊奇》，北京大学出版社 1987 年版。

薛洪勣、王汝梅主编：《明清传奇小说集》，吉林文史出版社 2007 年版。

（清）黄宗羲撰，沈善洪编校：《黄宗羲全集》，浙江古籍出版社 1993 年版。

（清）顾炎武撰，（清）黄汝成集释：《日知录集释》，上海古籍出版社 2006 年版。

（清）屈大均：《广东新语》，中华书局 1985 年版。

（清）草亭老人：《娱目醒心编》，上海古籍出版社 1988 年版。

（清）蒲松龄撰，盛伟编：《蒲松龄全集》，学林出版社 1998 年版。

（清）蒲松龄撰，任笃行辑校：《全校会注集评聊斋志异》，齐鲁书社 2000 年版。

（清）王士禛：《池北偶谈》，中华书局 1982 年版。

（清）张潮辑：《虞初新志》，河北人民出版社 1985 年版。

（清）钮琇：《觚賸》，上海古籍出版社 1986 年版。

（清）毛奇龄：《西河文集》，"万有文库"本，商务印书馆 1937 年版。

（清）袁枚：《子不语》，上海古籍出版社 1998 年版。

（清）和邦额：《夜谭随录》，中州古籍出版社 1993 年版。

（清）长白浩歌子：《萤窗异草》，辽宁古籍出版社 1995 年版。

（清）纪昀：《阅微草堂笔记》，上海古籍出版社 1980 年版。

（清）钱泳：《履园丛话》，中华书局 1979 年版。

（清）潘纶恩：《道听途说》，黄山书社 1996 年版。

（清）毛祥麟：《墨馀录》，上海古籍出版社 1985 年版。

（清）阮葵生：《茶馀客话》，中华书局 1959 年版。
（清）梁绍壬：《两般秋雨庵随笔》，上海古籍出版社 1982 年版。
（清）宣鼎：《夜雨秋灯录》，黄山书社 1995 年版。
（清）刘声木：《苌楚斋随笔》，中华书局 1998 年版。
（清）叶天士：《临证指南医案》，华夏出版社 1995 年版。
（清）周寿昌：《思益堂日札》，中华书局 1987 年版。
（清）丁柔克：《柳弧》，中华书局 2002 年版。
（清）赵翼、（清）姚元之：《檐曝杂记 竹叶亭杂记》，中华书局 1982 年版。
（清）曹雪芹：《红楼梦》程甲本，启功等校注，中华书局 1998 年版。
（清）吕熊：《女仙外史》，"古本小说集成"第二辑，上海古籍出版社 1991 年版。
（清）丁耀亢：《金瓶梅续书三种》下，齐鲁书社 1988 年版。
（清）周亮工：《书影》（十卷本），上海古籍出版社 1981 年版。
（清）王培荀：《听雨楼随笔》，山东大学出版社 1992 年版。
（清）佚名：《圣朝鼎盛万年青》（《乾隆游江南》），北京师范大学出版社 1993 年版。
（清）昭梿：《啸亭杂录》，中华书局 1980 年版。
（清）解鉴：《益智录》，人民文学出版社 1999 年版。
（清）菊池幽芳氏：《电术奇谈》，东莞方庆周译述，百花洲文艺出版社 1996 年版。
（清）俞樾：《右台仙馆笔记》，齐鲁书社 1986 年版。
（清）俞樾：《春在堂随笔》，张道贵、丁凤麟标点，江苏人民出版社 1984 年版。
（清）丁治棠：《仕隐斋涉笔》，四川人民出版社 1985 年版。
（清）梁溪坐观老人：《清代野记》，巴蜀书社 1988 年版。
（清）王文濡辑：《说库》，浙江古籍出版社 1986（影印）
（清）酌元亭主人：《照世杯》，上海古籍出版社 1985。
（清）金木散人：《鼓掌绝尘》，春风文艺出版社 1985 年版。
（清）磊砢山人：《蟫史》，人民文学出版社 1992 年版。
（清）王兰沚：《绮楼重梦》，时代文艺出版社 2001 年版。
（清）南北鹖冠史编：《春柳莺》，春风文艺出版社 1983 年版。

徐珂编纂：《清稗类钞》，中华书局1986年版。

林纾：《畏庐琐记》，商务印书馆1921年版。

梁启超：《饮冰室文集》，云南教育出版社2001年版。

程毅中等编：《古体小说钞：清代卷》，中华书局2001年版。

中国古代珍稀本小说，春风文艺出版社1996年版。

中国古代珍稀本小说续，春风文艺出版社1997年版。

陈如江、徐侗纂集：《明清通俗笑话集》，上海人民出版社1996年版。

张寿崇主编：《满族说唱文学：子弟书珍本百种》，民族出版社2000年版。

丁锡根编著：《中国历代小说序跋集》，人民文学出版社1996年版。

中国戏曲研究院编：《中国古典戏曲论著集成》，中国戏剧出版社1959年版。

（清）何文焕辑：《历代诗话》，中华书局1981年版。

（清）丁福保辑：《历代诗话续编》，中华书局1983年版。

（宋）阮阅：《诗话总龟》，人民文学出版社1987年版。

（宋）胡仔：《苕溪渔隐丛话》，人民文学出版社1962年版。

郭绍虞辑：《宋诗话辑佚》，中华书局1980年版。

蒋祖怡、张涤云：《全辽诗话》，岳麓书社1992年版。

（清）王夫之等：《清诗话》，上海古籍出版社1978年版。

郭绍虞编选：《清诗话续编》，上海古籍出版社1983年版。

江苏省社会科学院明清小说中心、文学研究所编：《中国通俗小说总目提要》，中国文联出版公司1990年版。

[英] J. G. 弗雷泽：《金枝》，徐育新等译，中国民间文艺出版社1987年版。

[法] 拉法格：《思想起源论》，王子野译，生活·读书·新知三联书店1963年版。

[法] E. 杜尔干：《宗教生活的初级形式》，林宗锦、彭守义译，中央民族大学出版社1999年版。

[法] 迪尔凯姆：《社会学方法的准则》，狄玉明译，商务印书馆1995年版。

[英] 马林诺夫斯基：《两性社会学》，李安宅译，中国民间文艺出版社1986年版。

［苏］ Ю. N. 谢苗诺夫：《婚姻和家庭的起源》，蔡俊生译，中国社会科学出版社 1983 年版。

［俄］维谢洛夫斯基：《历史诗学》，刘宁译，百花文艺出版社 2003 年版。

［荷］高罗佩：《中国古代房内考》，李零、郭晓惠等译，上海人民出版社 1990 年版。

［荷］高罗佩：《秘戏图考》，杨权译，广东人民出版社 1992 年版。

［德］恩斯特·卡西尔：《神话思维》，黄龙保等译，中国社会科学出版社 1992 年版。

［美］斯蒂·汤普森：《世界民间故事分类学》，郑海等译，上海文艺出版社 1991 年版。

［瑞士］弗朗西斯·约斯特：《比较文学导论》，廖鸿钧等译，湖南文艺出版社 1988 年版。

［日］伊藤清司：《〈山海经〉中的鬼神世界》，刘晔原译，中国民间文艺出版社 1989 年版。

［美］埃利奥特·阿伦森：《社会性动物》，郑日昌等译，新华出版社 2002 年版。

［美］卢克·拉斯特：《人类学的邀请》，王媛、徐默译，北京大学出版社 2008 年版。

［美］约翰·杜威：《人的问题》，傅统先、邱椿译，上海人民出版社 1965 年版。

［法］西蒙·波伏娃：《第二性》，李强译，西苑出版社 2004 年版。

［美］何天爵：《真正的中国佬》，鞠方安译，中华书局 2006 年版。

［法］安德烈·比尔基埃等主编：《家庭史》，袁树仁等译，生活·读书·新知三联书店 1998 年版。

［美］丁乃通：《中国民间故事母题索引》，郑建成等译，中国民间文艺出版社 1986 年版。

［美］史华兹：《古代中国的思想世界》，程钢译，江苏人民出版社 2003 年版。

鲁迅：《鲁迅全集》，人民文学出版社 1982 年版。

胡适：《中国章回小说考证》，实业印书馆 1942 年版。

王重民：《敦煌古籍叙录》，中华书局 1979 年版。

孟森：《心史丛刊》（1935 年），中华书局 2006 年版。

郑振铎:《中国俗文学史》,人民文学出版社1959年版。
余嘉锡:《余嘉锡论学杂著》,中华书局1963年版。
俞平伯:《论诗词曲杂著》,上海古籍出版社1983年版。
冯友兰:《中国哲学简史》,北京大学出版社1985年版。
钱锺书:《管锥编》,中华书局1979年版。
钱锺书:《七缀集》,生活·读书·新知三联书店2002年版。
《西域南海史地译丛》,冯承均译,中华书局1956年版。
季羡林:《比较文学与民间文学》,北京大学出版社1991年版。
王树英选编:《季羡林论中印交流》,新世界出版社2006年版。
季羡林主编:《印度文学研究集刊》第二辑,上海译文出版社1986年版。
季羡林主编:《印度文学研究集刊》第三辑,上海译文出版社1997年版。
马伯英:《中国医学文化史》,上海人民出版社1994年版。
马伯英:《中外医学文化交流史——中外医学跨文化传通》,文汇出版社1993年版。
宋岘:《回回药方考释》,中华书局2000年版。
宋岘:《古代波斯医学与中国》,昆仑出版社2003年版。
一粟编:《红楼梦卷》,中华书局1963年版。
周贻白:《中国戏剧史长编》,人民文学出版社1960年版。
李辰冬:《李辰冬古典小说研究论集》,中华书局2006年版。
王运熙:《乐府诗述论》,上海古籍出版社1996年版。
马昌仪编:《中国神话学文论选萃》,中国广播电视出版社1994年版。
刘魁立、马昌仪、程蔷编:《神话新论》,上海文艺出版社1988年版。
祁连休、程蔷主编:《中华民间文学史》,河北教育出版社1999年版。
祁连休:《中国古代民间故事类型研究》,河北教育出版社2007年版。
刘守华:《佛经故事与中国民间故事流变》,上海古籍出版社2012年版。
程蔷:《骊龙之珠的诱惑——民间叙事宝物主题探索》,学苑出版社2003年版。
王孝廉编:《哲学·文学·艺术》,台北:时报文化出版企业有限公司1986年版。
陈鹏翔:《主题学研究论文集》,台北:东大图书公司1983年版。
李建民主编:《生命与医疗》,中国大百科全书出版社2005年版。
邢义田、林丽月主编:《社会变迁》,中国大百科全书出版社2005年版。

黄宗智：《清代的法律、社会与文化：民法的表达与实践》，上海书店出版社 2001 年版。
李贞德、梁其姿主编：《妇女与社会》，中国大百科全书出版社 2005 年版。
龚鹏程：《中国小说史论》，北京大学出版社 2008 年版。
刘仲宇：《道教法术》，上海文化出版社 2002 年版。
牟钟鉴、张践等：《中国宗教通史》，社会科学文献出版社 2000 年版。
高国藩：《敦煌古俗与民俗流变》，河海大学出版社 1990 年版。
范伯群、孔庆东：《通俗文学十五讲》，北京大学出版社 2003 年版。
张赣生：《民国通俗小说论稿》，重庆出版社 1991 年版。
陈洪：《沧海蠡得——陈洪自选集》，南开大学出版社 2012 年版。
王春瑜主编：《明史论丛》，中国社会科学出版社 1997 年版。
齐裕焜主编：《中国古代小说演变史》，人民文学出版社 2014 年版。
黄霖等编：《古代小说鉴赏辞典》，上海辞书出版社 2004 年版。
王国良：《魏晋南北朝志怪小说研究》，台北：文史哲出版社 1984 年版。
李剑国：《唐前志怪小说史》（修订本），天津教育出版社 2005 年版。
李剑国：《唐前志怪小说辑释》，上海古籍出版社 1986 年版。
李剑国：《唐五代志怪传奇叙录》，南开大学出版社 1993 年版。
李剑国：《古稗斗筲录》，南开大学出版社 2004 年版。
李零：《中国方术考》（增订本），东方出版社 2001 年版。
刘跃进：《结网漫录》，学苑出版社 1997 年版。
陈文新：《中国文言小说流派研究》，武汉大学出版社 1993 年版。
过常宝：《原史文化及文献研究》，北京大学出版社 2008 年版。
高小康：《市民、士人与故事：中国近古社会文化中的叙事》，人民出版社 2001 年版。
黄景春、程蔷：《中国古代小说与民间信仰》，上海文艺出版社 2013 年版。
赵园：《家人父子：由人伦探访明清之际士大夫的生活世界》，北京大学出版社 2015 年版。
赵敏俐等：《中国古代歌诗研究——从〈诗经〉到元曲的艺术生产史》，北京大学出版社 2005 年版。
刘黎明：《宋代民间巫术研究》，巴蜀书社 2004 年版。

苗怀明：《中国古代公案小说史论》，南京大学出版社 2005 年版。
苏建新：《中国才子佳人小说演变史》，社会科学文献出版社 2006 年版。
刘卫英：《明清小说宝物崇拜研究》，中国社会科学出版社 2008 年版。
龙文玲：《汉武帝与西汉文学》，社会科学文献出版社 2007 年版。
秦燕春：《清末民初的晚明想象》，北京大学出版社 2008 年版。
张振国：《晚清民国志怪传奇小说集研究》，凤凰出版社 2011 年版。
李长莉、左玉河主编：《近代中国社会与民间文化》，社会科学文献出版社 2007 年版。
王立：《中国文学主题学——意象的主题史研究》，中州古籍出版社 1995 年版。
王立：《宗教民俗文献与小说母题》，吉林人民出版社 2001 年版。
王立：《文人审美心态与中国文学十大主题》，辽海出版社 2003 年版。
王立：《佛经文学与古代小说母题比较研究》，昆仑出版社 2006 年版。
王立：《中国古代文学主题学思想研究》，天津教育出版社 2008 年版。
王立等：《〈聊斋志异〉中印文学溯源研究》，昆仑出版社 2011 年版。

后 记

本书分为前言、四编十二章，对传统文学的若干主题、母题，进行了一番巡览。"传统文学"在这里的含义，事实上针对文学母题因袭流变的实际情况，跨越了传统意义上的"古代文学"（上古至1840）、近现代文学（1840—1919，1919—1949），甚至有的母题还衔接到了本来算作当代海外文学的金庸小说之中。这是根据中国文学母题史发展的实际，实事求是，并没有受到按照政治年代划分框架的局限。当然，视具体母题个案的情形，延伸的情况也有差异。

第一编"人伦诚信编"属于抽象观念的主题，与思想史有着密切的联系。脱胎于孔子出处仕隐观念的孟子"社会正义原则"，给予中国文人进取与退隐的心态，以恒久的影响，为了强调主题的演进变异，特提出了唐末林慎思对孟轲仕隐观的理解发挥，说明主题观念在明清时代的变化实始自唐代。婆媳关系是古代惯常题材母题，本书以名作《孔雀东南飞》剖析了具有东方文化特色的婆媳关系书写，适当关注了故事表现与中古时期地域风俗的联系，还注意将当下体会与研究史结合。父子关系母题，则是由春秋时一个齐国的老故事剖析开来，在人们讨论较多的"子孝父"的声音中，加入一点"不和谐音"，提出了一个"坏父亲"究竟值得不值得"愚孝"的问题。

第二编"博物器物编"主要是母题史研究。如同上编，也不是试图将母题一网打尽，而是拣选出相对说来，人们较少涉及的母题。至于干宝《搜神记》，其的确是小说母题史上的一个奇特存在，这里也是有重点地解析其荦荦大者。可以看出，该作品的确是古代叙事文学诸多母题的滥觞。"媚药"也是一个跨文化寻源的探讨。"窃印还印母题"政治性、现实性很强，如何凭依神秘崇拜而生发流传的问题，颇有意趣。

第三编"传奇人物编",属于人物母题的个案性流变研究。博物母题,实际上是一个包含众多人物母题的题材类型系统,众多的博物者,系列纷陈,展示出中国古人渴盼认识世界、了解殊方异域的不懈追求。有丰富民俗记忆价值的罕有谈起的"奇女子"刘三秀个人命运的奇遇,其不断被改写,体现出清代平民意识、满汉融合的高涨与加深,多民族交汇、南北贯通等由"小家"至邦国的统一意识,留下了时代印痕。

第四编"艺术生产与消费编",虽以抒情文学研究为主,实际上也注意将主题史的触角伸展到抒情文学中的叙事要素之中,运用马克思的艺术生产消费理论,不仅解析了古代创作主体审美"先结构"的重要,还讨论了起于宋代盛行明清的"作诗免罪"母题与诗歌艺术的关系,从而借助母题史的梳理,强化了诗歌作品生产消费中某些内在本质因素的研究。

四编十二个专题可看作是一个整体,体现了作者近些年来文学主题史、母题史演变的文化学探讨,具有多学科理论容受的特点,可以同作者有关中印文学母题比较、武侠史、生态叙事等方面的论著参看。

本书梗概曾摘要发表在《南开学报》、《福建师范大学学报》、《大连理工大学学报》、《中南民族大学学报》、《山西大学学报》、《管子学刊》、《江西师范大学学报》、《中国韵文学刊》等,此次都作了较大增订,且均与作者本人的其他著作不相重复。部分章节的初稿撰写得到了研究生潘林、张亮、刘团妮、陈康泓、刘季赟、秦鑫、赵伟龙、安稳等协助,特此致谢。

作　者

2015年3月于大连